Helen Klaus

Poly

kladde | buchverlag

Erste Auflage 2021
Gestaltung und Satz: rombach digitale manufaktur, Freiburg
Druck: rombach digitale manufaktur, Freiburg
Lektorat und Korrektorat: Lisa Helmus
Covergestaltung: Kai Kraehmer

ISBN: 978-3-945431-67-2
eISBN: 978-3-945431-68-9

---

www.kladdebuchverlag.de

1

War ihre Liebe im Strom der ewigen Streitereien ersoffen wie ein kranker Fisch? Die stickige Luft in der U-Bahn drückte auf Evis Kopf. Klaus saß ihr gegenüber. Die ungewaschenen Locken seines viel zu langen, schütteren Haares fielen in sein Gesicht. Er wischte sich die schweißnassen Hände an seiner abgewetzten Jeans ab.

Müde stützte sie ihren Ellenbogen auf dem schmalen Streifen Gummi unter der Scheibe ab. Nur noch fünfzehn Minuten bis zum Bahnhof. Nur noch dreißig Minuten bis zur Abfahrt seines Zuges. Danach würde sie zu Jan fahren, ihrem anderen Partner.

Sie lebten polyamor. Evi war hin und her gerissen. Sie freute sich darauf, endlich mit Jan unbeschwert den Abend zu verbringen, konnte sich nichts Schöneres vorstellen, und doch wollte sie Klaus genauso wenig verabschieden. Sie blickte zu ihm auf. Wie er dasaß, den Rücken durchgestreckt, die Finger voller Tuscheflecken. Wie ein kleines Kind, das mit dem Füller nicht umgehen konnte. Dann wanderte ihr Blick weiter nach oben, und sie sah in seine Augen. In diese ungeduldigen, klugen, tiefbraunen Augen. Leise seufzte sie. Vor acht Jahren hatte sie sich in ihn verliebt. Damals, in der Schule, er eine Klasse über ihr. Und jetzt war alles furchtbar kompliziert. In der Liebe und der Kunst und dem Leben. Seine Sturheit bewunderte und verabscheute sie. In letzter Zeit hatten sie so viel gestritten, dass ihnen die Worte ausgegangen waren. Sie konnten nur noch schweigen. Jetzt, da er nach Berlin fuhr und für drei Monate weg war. Drei Monate ohne ihn in München, so hatten sie es ausgemacht. Drei Monate waren sie auf Pause. Drei Monate hatten sie beide Zeit zum Nachdenken. Es erschien ihr furchtbar kurz und viel zu lang zugleich.

„Können die das nicht zu Hause machen?“ Klaus rieb seine Handfläche über den hellblauen Jeansstoff. Er starrte an ihr vorbei. Evi drehte sich um. Was meinte er?

„Ich hoffe mal, dass die Leute im Zug ihre Klappe halten.“ Er zog sein Telefon aus der Hosentasche. Das Display leuchtete auf.

Bestimmt meinte er die Großfamilie, die auf der Bank hinter ihnen diskutierte. Eine korpulente Frau, ein bärtiger Mann, zwei Mädchen, die miteinander tuschelten. „Bestimmt.“ Sie drehte sich wieder zu ihm um. Kurz sah sie ihn an, dann starrte sie aus dem Fenster. Graue Betonwände zogen an ihnen vorbei, zwischendurch braune staubbedeckte Kabel.

„Nicht, dass wieder so ein Kind die ganze Zeit bei voller Lautstärke Videos glotzt. Muss ja nicht sein.“ Mit dem Daumen der linken Hand strich er sich die Locken zurück. Seinen Haaren konnte man beim Ausfallen zusehen. Langsam, aber beständig zogen sie sich zurück. Als hätten sie keinen Bock mehr auf ihn. Wie oft sie ihm schon gesagt hatte, er solle sie abschneiden. Aber dann würde er aussehen wie sein Vater. Geheimratsecken im Reihenmittelhaus, mittleres Management im Mittelstand. Es gab nichts, was er mehr verabscheute als Mittelmaß. Nichts, wogegen er sich mehr wehrte. Evi starrte auf den graumelierten Linoleumboden der U-Bahn, mit dem Zeigefinger drückte sie an ihre Schläfe. Ein Schweißtropfen löste sich von ihrer Stirn und lief an ihrem Finger vorbei die Wange hinab. Sie hatte sich damit abgefunden, dass man mit einem normalen Job Geld verdienen musste. Er sträubte sich mit allem dagegen, was er hatte.

„Ich hoffe nur, ich hab alles." Seine Handfläche scheuerte über den Stoff.

„Wenn du etwas vergessen hast, schicke ich es dir. Du bist ja nicht aus der Welt." Das blaue Polster drückte in ihren Rücken. Sie verschränkte die Arme, hielt sich an ihren Ellenbogen fest, die rechte Hand am linken, die linke am rechten. „Ich bin mir sicher, das wird eine spannende Zeit für dich."

„Ich fürchte, es wird nur Zeitverschwendung." Er starrte auf das schwarze Display des Telefons.

Evi lehnte ihren Handrücken gegen die kühle Plexiglasscheibe, atmete langsam ein.

„Ich kann meine Arbeit nicht vorantreiben." Er starrte sie an.

Seine Arbeit? Evi seufzte. Wie oft sollten sie sich noch im Kreis drehen? War es nicht irgendwann genug? „Das hatten wir schon", murmelte sie. „Ich bin mir sicher, das bringt dir mehr, als alleine in deinem Zimmer zu sitzen."

„Es bringt mir mehr, an dem zu arbeiten, was ich selbst voranbringen will. Anstatt mich mit dem zu beschäftigen, was andere von mir sehen wollen. Ich brauche nicht den nächsten Namen auf meinem Lebenslauf. Ein Name noch dazu, von dem ich nichts halte."

„Auf jeden Fall gibt es viele junge Galerien in Berlin … Und ist nicht auch eine Ausstellung am Ende geplant?" Hinter breiten Betonsäulen rauschte eine Bahn in die Gegenrichtung. Grellgelbes Licht fiel auf anonyme Stadtgesichter. Die Mundwinkel auf Kinnhöhe.

„Eine Ausstellung, Galerien … Alles derselbe neoliberale Mist. Wer sind die Käufer?" Er lehnte sich zurück, machte dabei eine ausladende Handbewegung. „Firmen, die sich gegenstandslosen Müll in ihre Korridore hängen, um ihre Mitarbeiter zu verblöden. Der Markt verlangt …"

„Nach dem Bequem-Politischen", vervollständigte Evi seinen Satz. Wie oft hatte sie das schon gehört. Erfolgreiches war bequem und Bequemes erfolgreich. Er aber wollte unbequem sein. Sie starrte in die betongraue Leere vor ihr. Der Zug blieb stehen, die Hydraulik schnaufte, die Türen öffneten sich.

„Du solltest es gut finden, dass ich mein Ding durchziehen will."

Sie nickte. Sie war es leid. Sie hatte keine Worte, keine Kraft mehr. Sie blickte nach oben, ihr schräg gegenüber hing der U-Bahn Fahrplan. Noch drei Stationen.

„Nicht wahrgenommen zu werden ist nichts, worüber man sich Sorgen machen sollte. Weißt du, wie viele Künstler erst nach ihrem Tod bekannt wurden? Cézanne, Van Gogh … Man muss sich entscheiden. Will man seinen Prinzipien treu sein oder tun, was gefällig ist. Zu seiner Zeit hielt man die Impressionisten für Schmierer."

Die Hitze hatte ihren Kopf in eisernem Griff. Es war Zeit für ein Gewitter, dachte sie.

Passagiere stiegen aus und ein. Sie blickte nach oben, in die ihr fremde Menge, in das glatzköpfige Gesicht eines hageren Mannes in Jeans und Bomberjacke. Ausgezehrt. Ausgespuckt von der Gesellschaft. Dunkle Ringe unter den Augen.

Klaus schwieg, die Arme vor der Brust verschränkt. Es war immer dasselbe mit ihm, dachte sie. Wieder dieselbe Diskussion, nie kamen sie weiter. Und dann waren da die schönen Momente. Die Momente, in denen sie sich mit ihm so verbunden fühlte wie mit keinem anderen Menschen.

Auf dem Bahnsteig drängten sich die Leute. Paare lagen sich in den Armen, als würden sie für immer auseinandergehen. Als wäre es nicht Berlin, sondern Peking oder Chicago oder der Mond und ein Abschied für immer, irgendwohin weit weg, nicht vier Stunden Zugfahrt. Er stapfte voran, Wagen 23, Platz 87, und blieb schließlich vor der Tür stehen. Seine Schultern senkten sich. Dann drehte er sich um.

Langsam glitt ihre Hand vom Griff des Koffers.

„Ich wünsche dir eine schöne Zeit in Berlin."

Er sah sie an, ein Lächeln auf den Lippen. „Dann sehen wir uns in drei Monaten", sagte er, hielt ihr seine Hand hin.

„Ruf mich an, wenn was ist. Ja?" Evi nahm seine Hand, drückte sie, spürte seine von den Lösungsmitteln raue Haut unter ihren Fingerkuppen. Sie wollte ihn nicht gehen lassen, auch wenn sie wusste, dass es besser war. Sie sah nur ihn, ihre erste Liebe, den Jungen mit den struppigen Haaren und den irren Gedanken. Er beugte sich zu ihr hinab, küsste sie. Für einen

Moment versank sie in ihm, schmeckte ihn, spürte seine Lippen. Sein Bart kitzelte ihr Kinn.

Er nickte, lächelte sie spitzbübisch an. Es konnte so schon sein, dachte sie. Sie und Klaus und Jan.

„Pass auf dich auf", flüsterte er.

Sie nickte.

Durch die blaugetönten Zugscheiben beobachtete sie, wie er zu seinem Platz ging. Sie sah dem Zug hinterher, als er aus dem Bahnhof in den Regen fuhr. Eine kühle Brise strömte über die Gleise zu ihr, sie atmete die frische Luft tief ein. So roch also Freiheit, dachte sie. Als sie zur U-Bahn ging, durchbrach der Donner das Geräuschgewirr der Bahnhofshalle.

Evi stieg am Bonner Platz die Betonstufen der U-Bahn hinauf. Er war fort. Das erste Mal seit Monaten, seit Jahren, nachdem sie mit Klaus nach München gezogen war, fühlte sie sich frei. Sie blickte nach oben, die Wolkendecke riss auf, dahinter blauer Himmel. Sie ließ die Schultern sinken. Keine Diskussionen mehr, keine Ausflüchte, keine nervenzehrenden Streitereien. Kein leeres Schweigen. Warum brauchst du das mit Jan? Bin ich dir nicht genug? In dunklen Stunden immer dieselben Fragen, in hellen Momenten Zustimmung durch zusammengebissene Zähne. Klar, mach doch. Ich freue mich für euch. Er weigerte sich zu verstehen, dass sie nicht anders konnte, als beide Männer zu lieben. Dass es für sie keine andere Möglichkeit gab. Sie hatten gemeinsam damit angefangen, hatten die Keksdose geöffnet. Den Deckel konnte man nicht einfach wieder draufschrauben.

Oben auf der Treppe blieb sie stehen. Ein zitronengelber Käfer fuhr an ihr vorbei. Sie blinzelte in die Sonne, ein einzelner Regentropfen fiel ihr auf die Stirn. Mit der Hand wischte sie ihn fort. In der Luft lag der Geruch von feuchtem Gras und heißem Asphalt. Sie wollte schon immer etwas Besonderes sein. Ihr volles Potential ausschöpfen. Doch entgegen wilder Prophezeiungen ihrer Mutter war nie etwas Besonderes aus ihr geworden. Sie hatte nicht die besten Noten geschrieben, hatte nicht als Konzertpianistin das Publikum bewegt, und war Meilen von jeglicher Universitätsprofessur entfernt. Stattdessen stand ihr ein bürgerliches Durchschnittsleben als Lehrerin am Gymnasium in Aussicht. Schon früh hatte sie sich Männer gesucht, von denen sie dachte, sie würden Großes leisten, sie würden anders leben wollen. Klaus, der Künstler mit Visionen, der Freigeist, dem gesellschaftliche Konventionen egal sein sollten. Und der mittlerweile den Biedermeier wiederaufleben ließ. Jan, der Physikdoktorand am Max-Planck-Institut, der genauso überzeugt war vom Poly-Leben wie sie. Nur, dass es bei ihm keine politische Überzeugung war.

Die Blätter der Bäume leuchteten in sattem Grün. Tausend Wassertropfen klebten auf Autodächern, glitzerten im Sonnenlicht wie Rohdiamanten. Evi atmete einmal noch durch, bevor sie weiterging.

„Da bist du ja."

Als Evi die Wohnungstür aufschloss, stand Lore schon im Gang. Lore, ihre beste Freundin und Partnerin von Jan. Das Shirt hing locker über ihrer Yoga-Hose.

„Na, wie war es?" Lore fiel ihr um den Hals.

Evi drückte ihre Freundin an sich, und für einen Moment standen sie in stummer Umarmung im Flur. Wie lange hatten sie einander schon nicht mehr gedrückt, fragte sich Evi. Sie atmete den Geruch ihrer Freundin tief ein. Sie roch nach Lavendel und Rosen.

Langsam ließ Lore Evi los.

„Du bist ja ganz kalt. Willst du einen Tee?" Leichtfüßig ging Lore in die Küche, drehte den Wasserhahn auf. Ihre WG-Küche war ein länglicher, schmaler Raum. Links offene Holzregale, rechts die Arbeitsplatte mit den tiefen Kerben, darüber die Küchenschränke mit den abgeschlagenen Ecken. Auf dem Herd standen die verkrusteten Töpfe vom Vorabend. „Grün? Ich hab auch Bio Roibuschtee gekauft. Wenn du da Bock drauf hast."

Lore war der gute Geist der WG. Wegen ihr war der Kühlschrank gefüllt. Nur Bio natürlich, alles vegetarisch.

„Roibusch klingt gut." Evi folgte ihr in die Küche. Das Fenster zum Balkon stand offen. Kühle, feuchte Luft drückte herein.

„Also, wie war es?"

Das Wasser im Wasserkocher rauschte, als sich Lore zu Evi an den Tisch setzte.

„Er ist wirklich weg." Evi ließ ihre Schultern sinken.

„Ja. Aber ich bin mir sicher, das ist nicht schlecht. Ihr habt euch so oft gefetzt."

Langsam nickte Evi. Sie hatten ihre guten und ihre schlechten Momente. Acht Jahre war eine lange Zeit.

„Ich hab manchmal nachts wachgelegen, wenn ihr euch gestritten habt."

Evi sah zu ihrer Freundin auf, sah in ihre großen grünen Augen, die halb vom Pony verdeckt waren. „Das hast du mir nie erzählt", flüsterte sie.

Lore nahm Evis Hand. „Es war ja auch nicht so schlimm." Ihr blondes Haar schimmerte in der Sonne. „Ich meine ja nur, manchmal habt ihr eben [illegible] und an auch etwas lauter … Die Wände sind dünn …" Mit Bedauern in den Augen sah Lore Evi kurz an, dann ließ sie ihre Hand los und stand auf. Schon jetzt vermisste Evi die Berührungen ihrer Freundin.

„Es tut euch sicher gut. Ihr habt beide nochmal die Chance über alles nachzudenken", schob Lore hinterher.

Der Schalter des Wasserkochers schnappte in die Stille, die sich zwischen ihnen ausgebreitet hatte. Dann war Lore froh, dass Klaus weg war? Konnte Evi das so interpretieren? Früher hatte Lore ihr alles erzählt. Seit sie mit Jan zusammen war, lag ein Graben zwischen ihnen. Evi hätte nichts lieber gemacht, als einen Spaten zu nehmen und ihn zuzuschütten.

„Wie geht es dir denn jetzt damit?" Lore stand mit dem Rücken zu Evi, als sie das kochende Wasser in die Kanne goss.

„Ich weiß noch nicht so recht", sagte Evi. „Vielleicht liegt es auch daran, dass wir schon so lange zusammen sind. Seit acht Jahren. Das ist eine lange Zeit. Mit Jan ist es erst …"

„Ein Jahr und zwei Monate." Lore drehte sich zu ihr um. Ihre Lippen umspielte ein sanftes Lächeln.

„Ja." Evi nickte. Vor einem Jahr und zwei Monaten hatten Jan und Evi beschlossen, dass sie mehr waren als nur Mitbewohner und Freunde. Sie hatten auf der Couch gesessen und eines ihrer langen Gespräche über Wirtschaft und Philosophie geführt. Wie aus dem Nichts war Jan auf das Thema Polyamorie gekommen. Was sie denke? Ob sie es sich vorstellen könnte? Sie läse ja die ganzen Bücher, käme schon länger mit zum Stammtisch. Er interessiere sich für sie. So hatte er es damals genannt. Interessieren. Ihr Herz war fast stehen geblieben, und als er sie schließlich küsste, war ein Feuerwerk in ihrem Bauch explodiert. Tausend Schmetterlinge, die sich nicht mehr hatten setzen wollen. Es hatte sich so richtig angefühlt, und das tat es auch heute noch. Denn für Evi war Poly nicht nur Lebenseinstellung und Notwendigkeit, es war die ultimative Konsequenz eines linksfeministischen Lebens. Wenn alle in der Gesellschaft gleichgestellt sein sollten, durfte es auch in der Liebe keine Hierarchien geben. Seitdem konnte sie sich nicht mehr vorstellen, nur einen Menschen zu lieben. Es kam ihr egoistisch vor von einem Menschen alles zu erwarten.

„Klar ist es mit Jan etwas anderes." Lore stellte die Teekanne auf den Küchentisch. Das Teeei schwamm auf der Oberfläche des Wassers wie ein kopfloses Quietsche-Entchen, das nach einem Ausweg suchte. „Aber so ist das eben. Jan und du … ihr seid noch frisch verliebt. Ihr habt so viel New

Relationship Energy." Lore stützte ihre Hände auf der Tischplatte auf und ließ sich langsam auf den Stuhl sinken, als wäre sie eine gebrechliche alte Frau und nicht Mitte zwanzig und drei Mal die Woche beim Yoga. „Klaus und du, ihr kennt jeden Winkel des anderen. Jeden Gedanken." Lore zuckte mit den Schultern. „Da kommt es eben zu Reibereien. Und dann ist er auch noch ein Dickkopf. Ihr seid beide Dickköpfe."

Evi nickte stumm.

„Es ist so viel passiert im letzten Jahr. Ihr habt euch wahnsinnig entwickelt", fügte Lore an.

„Ich weiß nicht", sagte Evi. „Ich glaube, ich habe ihn abgehängt." Das Glas der Teekanne fing das Sonnenlicht ein, der Tee schimmerte bernsteinfarben. Sie hatte ihren neuen Lebensentwurf angenommen und ihn dabei zurückgelassen. Und das war nicht gut, das wusste sie. Wenn sie etwas bereute, wenn etwas ihre Schuld war, dann das. Aber hätte er sich nicht mehr einbringen müssen, hatte sie sich immer wieder gefragt. Hätte er nicht mehr mitmachen können? Sie hatte nie verstanden, warum er die Bücher nicht las, die sie ihm extra auf den Schreibtisch gelegt hatte. Sie hatte nie verstanden, warum er so selten auf die Stammtische ging, so wenig darüber reden wollte. Sie hatten doch beide gemeinsam die Entscheidung getroffen, ihre Beziehung zu öffnen. Sie glaubte noch immer daran, dass sie es schaffen konnten. Wenn er mitzog.

Langsam ging Lore zum Schrank und nahm zwei Tassen heraus. „Ich glaube, er braucht einfach Zeit. Zeit darüber nachzudenken, was er will. Und deswegen ist es gut, dass ihr die Pause macht."

Ja, die Pause. Ein Kloß steckte in Evis Hals. Sie hoffte, dass Lore Recht hatte. Hoffte, dass es die richtige Entscheidung war.

Gemeinsam tranken sie noch eine Tasse Tee, dann stand Lore auf. „Ich muss los", stellte sie fest. „Ich wünsche euch einen schönen Abend heute."

„Ja." Evi blickte sie von unten herauf an. „Danke."

„Nicht dafür." Lore lächelte.

„Doch." Evi folgte ihrer Freundin, Kommilitonin und Mitbewohnerin in den Gang und umarmte sie. „Genau dafür."

Nachdem die Wohnungstür hinter Lore zugefallen war, war sie schließlich allein. Allein mit sich und den leeren Zimmern.

Evi stellte sich in die Mitte des Ganges, senkte die Augenlider, lauschte in die Stille. Sie ging zu Lores Zimmer, lehnte sich an den Türrahmen. Auf der Kommode gegenüber dem mit orientalischen Kissen vollgeräumten Bett stand eine Kommode. Darauf thronte die Statue des indischen Elefantengottes Ganesha. Beweglicher Tänzer, gelenkiger Liebhaber und

Beseitiger von Hindernissen, wie Evi von Lore wusste. Die Statue blickte aufs Bett, die Beine im Yogi-Sitz gefaltet, links und rechts daneben Kerzen. [illegible] Hitze zwischen den Ständen, staubiger Boden, und eine strahlende Lore, die viel zu viel für die Statue gezahlt hatte. Evi betrat das Zimmer, trat vor Ganesha. Vor ihm stand eine flache Wasserschale, in der abgerissene Blumenköpfe schwammen, halb verwelkt. Lore hatte ihre Art der Spiritualität gefunden. Seitdem Evi aus ihrem Heimatdorf in der christlichen Provinz weggelaufen war, war ihr jede Art Spiritualität suspekt.

In der Ferne rauschten Autos auf dem nassen Asphalt. Evi wanderte zurück in den Gang, zu dem Zimmer, das für alle tabu war und jetzt für drei Monate verwaiste. Klaus' Arbeitszimmer. Sie ging in seinen Raum, der Schreibtisch aufgeräumt. Alles, was von ihm zeugte, war eine vollgekritzelte Schreibtischunterlage. Lose Satzfragmente, hingeschmiert mit schwarzer Tusche. Traurige Augen. Bäume in der Dunkelheit. Sie legte ihre Hand auf das Papier, strich mit dem Finger über die für sie bedeutungslosen Worte. Manchmal war es ihr ein Rätsel, wie sein Kopf arbeitete. Wie er diese düsteren wunderbaren Kunstwerke hervorbrachte, die ihr nachts Angst machten. Seine Skizzen lagen in Mappen im Regal. Seine Materialien, Farben, Pinsel, Tuschefederhalter fuhren mit ihm nach Berlin. Die Leinwände lehnten an der Wand, abgedeckt mit einem Baumwolltuch. Die Metallbox, in der er sonst seine Stifte aufbewahrte, war leer bis auf den alten Radiergummi mit dem Drachenaufdruck, den er seit der Schule hatte, aber nicht mehr benutzte und nur aus Nostalgie aufbewahrte. Evi drehte die vollgekritzelte Schreibtischunterlage um. Ein weißes Blatt Papier starrte sie an. Sie ließ die Schultern sinken. Drei Monate. Sie würde ihn vermissen. Wahrscheinlich mehr, als sie gedacht hatte.

Es gab einen Lichtblick. Etwas, worauf sie sich jede Woche aufs Neue sehr freute. Jan käme bald. Jan war großartig. Er war intelligent, er sah gut aus. Sie wusste nicht, was er an ihr fand, konnte es sich nicht erklären. Sie war nicht besonders schlau oder hübsch. Ihre Oberschenkel fand sie zu breit, das übliche Problem mit der Körperwahrnehmung, auch wenn ihr Verstand es besser wusste. Wenn Jan sie ansah, dann waren alle Gedanken an dicke Schenkel weggezaubert durch seine leuchtenden Augen. Dieses Leuchten, das in Klaus' Augen schon längst der Realität gewichen war. Einmal hatte Jan ihr vorgerechnet, dass sie erst zwei Monate zusammen wären, denn mit den vier Tagen im Monat, die sie miteinander verbrachten, teilte sich ihre Brutto-Beziehungszeit durch sieben, und aus dem Jahr würden zwei Monate, aus einer langen Zeit eine zu kurze. ‚Typisch Physiker', dachte sie, ‚typisch Jan'. Sie schmunzelte.

Im Wohnzimmer ließ sie sich auf die abgenutzte Ledercouch fallen. Die stand seit ihrem Einzug hier, Lores Eltern hatten sie für die WG beigesteuert. Daneben ein dunkelblaues Veloursofa, es war erst später dazugekommen. Altbestand aus Klaus' Elternhaus. Der Stoff kratzte und die Polsterung war zu hart, sie saß nie darauf. Gegenüber ein grün-blau karierter Ohrensessel, ein Relikt vom Vormieter. Sie schloss die Augen. In drei Stunden käme er nach Hause. In ihrem Bauch breiteten die Schmetterlinge wieder ihre Flügel aus. Sie streckte sich nach der Fernbedienung, schaltete den Fernseher an. Es lief nichts, auf Phoenix kam eine Politik-Diskussion über Kopftücher. Gelangweilt schaltete Evi das Gerät wieder aus. Hinter ihren geschlossenen Augenlidern sah sie den Zug, wie er hinter dem Regenschleier aus dem Bahnhof fuhr. Immer und immer und immer wieder.

Sie wachte auf, als die Haustür ins Schloss fiel. Autoscheinwerfer malten im Vorbeifahren Schatten an die rau verputzten Wohnzimmerwände.

„Evi?" Jans Stimme draußen im Flur.

Sie drehte sich zur Seite, sah auf die Uhr. Halb acht. „Im Wohnzimmer." Evi rieb sich die Augen.

„Hi." Die Couch wippte leicht, als er sich auf die Armlehne setzte. Der Geruch von Haargel und Stadt und Schweiß stieg ihr in die Nase. Aus müden Augen sah sie zu ihm auf. Er trug sein übliches Outfit, wie immer ein hellblaues Hemd zur dunkelblauen Jeans. „Hast du geschlafen?" Er beugte sich zu ihr hinab. Kurze Bartstoppeln kratzten über ihre Lippen.

„Ein bisschen." Sie rieb sich die Augen, versuchte, die Müdigkeit loszuwerden.

Er küsste sie. Seine braunen Augen schwarz in der Dunkelheit. Sie lächelte ihn an. Langsam richtete sie sich auf. Endlich war er da. Sie streckte sich nach einem weiteren Kuss. Doch er stand schon vor der Couch. „Ich hab echt Hunger", sagte er. Dann ging er ihr voran in die Küche, öffnete den Kühlschrank. Die kühle Innenraumbeleuchtung war das einzige Licht im sonst dunklen Raum. Sie tastete die Rauputzwand nach dem Lichtschalter ab. Mit einem Klacken legte sie ihn um. Der Lampenschirm aus rotem Krepp tauchte die Küche in sein schummriges Licht. Lore hatte ihn zusammengebastelt, als sie eingezogen war. Damals, vor Evi und Jan.

„Was haben wir da?" Es war eine rhetorische Frage, die er sich gleich durch einen Blick in den Kühlschrank selbst beantworten würde.

„Ich war ewig nicht mehr einkaufen."

Aus der Hocke sah er sie an. „Wie geht's dir denn?"

Dann erzählte sie ihm, was sie Lore schon erzählt hatte. Dass Klaus jetzt tatsächlich fort war, und sie nicht wusste, ob die Pause die richtige [illegible]

„Vielleicht lernt er jemanden kennen.“ Jan zuckte mit den Achseln und zog den Deckel einer Frischhaltebox ab.

„Meinst du?“, sagte sie nachdenklich und starrte auf die weiße Wand hinter ihm. Wirklich vorstellen konnte sie es sich nicht. Klaus und eine Andere. Eine Zweitfreundin ... „Dann würde er mal sehen, wie es so ist“, murmelte sie. Bisher war immer nur sie diejenige gewesen, die herumexperimentierte, wie Klaus es so abschätzig nannte.

„Hast du auch Hunger?“ Aus der Besteckschublade nahm er eine Gabel, dann sah er sie an. Sie schüttelte den Kopf. Irgendwas lag ihr im Magen.

„Es sind drei Monate. In der Zeit kann viel passieren. Er hat Zeit sich Gedanken zu machen, was er wirklich will. Ich meine“, er steckte die Gabel in die kompakte Masse in der Dose, „so richtig dabei war er nicht.“ Er schob sich eine Portion Reis-Gemüse-Mischung in den Mund.

„Was meinst du?“ Sie wusste, was er meinte. Sprach die Frage trotzdem aus.

„Na, er hat sich nie für jemand anderen geöffnet.“

Sie hatte Klaus abgehängt. Vielleicht würde er in den drei Monaten auch aufholen. Wenn es ihm gelang, dann wäre alles perfekt. Sie wären eine große Familie. Aufgebaut aus Vertrauen und Liebe, alle gleichberechtigt. Evi seufzte leise.

„Ich fände es gut.“ Sie starrte auf den im Licht der Lampe rötlich schimmernden Linoleumboden und nickte schließlich. „Ja, ich glaube, ich fände es gut.“ Sie sagte es mehr zu sich selbst als zu Jan.

Jan wischte sich die Hände am Küchentuch ab, das neben dem Kühlschrank auf der Arbeitsplatte lag. Dann kam er auf sie zu, streckte die Hände nach ihr aus, zog sie an sich.

Sie sah zu ihm auf, in seine Augen, erlaubte sich für einen Moment darin zu versinken.

„Ich liebe dich“, sagte sie.

Er vergrub sein Gesicht in ihren Haaren, küsste ihren Nacken.

„Ach übrigens, Lore besucht am Sonntag ihre Großmutter. Wir könnten also was machen.“

„Was meinst du? Fährst du nicht mit?“ Überrascht sah sie ihn an. Normalerweise begleitete er Lore. Ihre Großmutter war dement, mal ging es ihr besser, mal schlechter. Sonst legte Jan großen Wert darauf, Lore zu unterstützen. Würde er jetzt wegen Evi nicht mitfahren?

„Nein, beim nächsten Mal wieder. Ihre Mutter fährt mit. Und danach wollten sie noch irgendwas regeln, etwas essen. Wir haben also den ganzen Tag." Er lehnte sich zurück.

Es klang wundervoll. Evi grinste.

„Was meinst du?" Jan zog sie an sich heran.

„Wenn es Lore nichts ausmacht. Wenn sie dich aber lieber dabei haben will ..."

„Ihr macht es nichts aus. Mach dir da mal keinen Kopf. Sie freut sich, dass wir eine schöne Zeit miteinander verbringen können." Er strich ihr eine Strähne aus dem Gesicht, streichelte ihre Wange.

„Ich fände es gut, den Kopf frei zu bekommen. Jetzt, wo Klaus weg ist." Sie nahm seine Hand, ihre Finger glitten zwischen seine, als gehörten sie dorthin. Seine Hand war warm, seine Haut weich. Sie hielt sich an ihm fest, streichelte seine Knöchel mit ihrem Zeigefinger, ihr Gesicht ganz nah vor seinem.

„Wunderbar." Er grinste. „Was willst du machen? Kino? Theater?"

„Nichts mit Kunst." Sie sah ihm tief in die Augen.

„Wir könnten auch schwimmen gehen."

„Im Schwimmbad?" Das war normalerweise gar nicht sein Ding. Er ging ins Fitnessstudio, um effektiv seinen Trainingsplan abzuarbeiten.

„Ja." Er zuckte mit den Achseln. „Warum nicht?"

Evi grinste ihn breit an. Sie liebte es, zu schwimmen. Wenn sie einen Ort nennen sollte, an dem sie sich wirklich zuhause fühlte, dann war es in der Mitte eines Sees. Sie wusste, er schlug es wegen ihr vor. Um ihr eine Freude zu machen.

„Klar, dann gehen wir schwimmen. Und was machen wir jetzt?"

Er strich ihre Haare zurück. „Wir können machen, was wir wollen. Wir haben die Wohnung für uns."

Sie biss sich auf die Unterlippe.

„Ich hab was dabei." Er löste seine Hand von ihrer, dann stand er auf und ging in den Flur. Er kramte in seinem Rucksack, eine Plastiktüte raschelte unter seinen Fingern. Als er zurückkam, legte er ein kleines, in Plastik eingeschweißtes Päckchen auf den Tisch. Auf dem Karton war eine nackte Frau abgebildet. „Was meinst du?" Erwartungsvoll sah er sie an.

Mit spitzen Fingern nahm sie den Karton auf, drehte ihn. Nippelklemmen. Sie zog die Lasche auf, eine Kette mit zwei schwarzen gummierten Klemmen daran fiel auf den Esstisch.

„Wir hatten das doch letztens in dem Porno gesehen. Der hat dir doch gefallen. Oder nicht?"

Typisch Jan. Er hielt sich an Nullen und Einsen. Entweder etwas war gut oder schlecht. Dazwischen gab es nichts. Dass sie etwas, nur weil sie die Vorstellung [illegible], lag jenseits seiner Vorstellungskraft.

Er kuschelte sich von hinten an sie, küsste ihren Nacken. Sie lagen zusammen eingewickelt unter der Bettdecke in einem Kokon. Die kleine Box mit der Frau darauf und den Nippelklemmen darin lag neben ihrem Nachtkästchen auf dem Stapel Outlander-Romane. Der bläuliche Schein des Fernsehers beleuchtete ihre Gesichter. Es lief eine Tierdoku über Urwaldaffen. Ein Affenweibchen hüpfte rastlos von Ast zu Ast, genauso wie die Gedanken in Evis Kopf. Sie dachte an Klaus, wie er im Zug davonfuhr. Ob er in Berlin tatsächlich jemanden kennenlernen würde? Es erschien ihr so surreal. Klaus und eine andere Frau. Tief in ihrem Inneren zog sich etwas zusammen. Nie war das Thema gewesen. Und jetzt? Jetzt erschien es plötzlich wie eine realistische Option. Sie drückte sich nach hinten, näher an Jan, näher an seine Wärme, atmete durch. Wenn er wirklich jemanden kennenlernen würde, dann würden sie einen Weg finden, damit umzugehen. Dann würden sie lange Gespräche führen und gemeinsam herausfinden, wie sie alle damit glücklich würden. Jeder neue Partner war anders. Jede neue Beziehung war anders. Sie schloss die Augen. Jans Atem streichelte sanft ihren Nacken. Jans Arm umschlang sie, Jans Wärme hüllte sie ein. Er war für sie da. Er würde sie auffangen, sie würden sich gegenseitig auffangen. Das war das Wunderbare am Poly-Sein. Und es wäre schön, wenn Klaus jemanden finden würde, wenn er eine zweite Partnerin hätte, die ihm die gleiche Geborgenheit, das gleiche Gefühl des Angekommen-Seins geben könnte, wie Jan es ihr gab. Sie wünschte es sich für ihn. Sie atmete langsam ein und wieder aus, versuchte, dieses diffuse Gefühl von Eifersucht weg zu atmen. Aber was, wenn er die Neue lieber mochte als sie? ‚Nein', dachte sie. Eifersucht war Egoismus. Eifersucht war das selbstzentrierte Gefühl, nicht loslassen zu können. Einen lieben Menschen an sich ketten zu wollen, weil man Angst hat, ihn zu verlieren. Aber man kann einen Menschen nicht festhalten, er bleibt bei einem oder geht. Aus freien Stücken. Eifersucht war ihr Problem, sie musste sich damit konfrontieren, an sich arbeiten und sie überwinden.

Sie drehte sich auf den Rücken, sah in Jans Augen. „Hey", flüsterte sie. „Ich …"

Das Geräusch des Schlüssels im Schloss der Haustür zerriss ihre Gedanken. Machte allem ein jähes Ende. Im Gang sprang das Licht an, fiel durch den kleinen Türspalt in ihr Zimmer, mischte sich mit dem bläulichen Schein des Fernsehers. Lore war zu Hause. Jan küsste Evis Nacken, sein Atmen streichelte ein letztes Mal ihre Haut.

„Wir sprechen später, ja?" Er küsste sie auf die Stirn. Dann rief er „Hallo" in Richtung Gang.

„Hi." Vorsichtig machte Lore Evis Zimmertür auf, als wollte sie nicht stören. ‚Überflüssig', dachte Evi, sie störte doch sowieso. Das rosarote Sport-Top drückte ihre Brüste nach oben, der weite Hoodie schlackerte um ihre Hüften. Die blonden Haare klebten an ihrer Stirn.

„Wie war Yoga?" Jan stützte sich auf. Kalte Luft streifte über Evis Rücken, wo er gerade noch gelegen hatte. Sie fröstelte.

„Gut." Lore betrachtete erst ihn, dann sie.

„Komm doch her." Er streckte die Hand nach ihr aus. Immer wollte er sie in ihre Höhle einladen. Nie kroch sie unter die Decke. Evi lächelte Lore an.

Und die schüttelte den Kopf. Natürlich. „Ich sollte duschen. Ich bin ganz verschwitzt. Wie war euer Abend?"

‚Vorbei', dachte Evi. Jetzt war er vorbei. Dabei hatte sie mit Jan sprechen wollen. Über Klaus, über die Eifersucht, die sie auf einmal beschäftigte.

„Schön. Entspannt", sagte Jan.

Lore nickte. „Schön", murmelte Lore und sah Evi dabei an. Dann drehte sie sich zu ihm: „Kommst du dann? Ich geh ins Bad. Ich bin hundemüde."

„Klar." Er schlug die Decke zurück, kletterte aus dem Bett.

Nachdem Lore verschwunden war, sagte Evi zu Jan: „Du musst jetzt gehen?" Von unten herauf sah sie ihn an. Er war nicht mehr bei ihr. Kaum rief Lore, war er weg, und sie allein. Konnte er sie nicht ignorieren? Für eine Weile nur? Bei ihr bleiben, obwohl Lore auf ihn wartete?

Er zuckte mit den Achseln.

„Kannst du nicht dableiben? Nur eine Nacht?"

Er beugte sich zu ihr hinab. Mit dem Daumen strich er über ihre Wange. „Heute nicht", wisperte er. „Sicher ein anderes Mal. Ich spreche mit Lore."

Sie seufzte und nickte. Natürlich musste er es mit Lore abklären und Grenzen neu verhandeln und es brauchte alles seine Zeit. Sie betrachtete ihn. Der nachdenkliche Blick. Sein Lächeln. Manchmal fühlte sich das alles nur wie eine Hürde an, nicht wie eine Bereicherung. Es gab Momente, die waren so wundervoll, so voller Liebe, so perfekt. Und dann gab es diese Herausforderungen, die einen auf die Probe stellten und einen hinterfragen ließen, warum man das alles machte. Doch die Antwort war klar: für die schönen Momente. Die Momente, in denen sie von Klaus zu Jan ging, und sich von beiden so sehr geliebt fühlte.

Er küsste sie ein letztes Mal, dann war er fort und sie allein. Wirklich allein. Sie und der Gedanke an Klaus und Jans Geruch, und irgendwo noch Klaus, [illegible] Sie dachte an den Kuss am Bahnsteig, an Klaus' Lippen, an seine klugen tiefbraunen Augen, an seine tintenfleckigen Finger, und musste schmunzeln. Wie er immer in seinem Arbeitszimmer saß, die Augenbrauen in tiefer Konzentration zusammengezogen. Im Alter würde er über der Nase sicher eine tiefe vertikale Denkerfalte haben. Sie drehte sich auf den Rücken, starrte an die Decke. Dann tastete sie nach den Nippelklemmen. Sie setzte sich auf, schüttete den Inhalt der Box auf die Bettdecke. Mit dem Zeigefinger schob sie die Kette über den Baumwollstoff, die schwarzgummierten Klemmen kleine Gewichte, die ihrer Bewegung mit Verzögerung folgten. Sie nahm eine Klemme auf und steckte sie sich auf ihren Finger. Erst war da nur der leichte Druck auf ihr Nagelbett, auf die Fingerspitze. Die Haut unterm Fingernagel färbte sich rot, dann weißlich. Es schmerzte nicht mehr, als wenn sie sich beim Wäscheaufhängen gedankenverloren eine Wäscheklammer auf den Finger setzte. Sie zog die Klammer vom Finger und legte die Kette wieder aufs Bett. Dann zog sie sich ihr T-Shirt über den Kopf. Sie setzte sich auf und steckte die erste Klemme auf ihren linken Nippel. Es baute sich Druck auf, er zog von ihren Brüsten hinein in ihren Bauch. Sie lehnte sich zurück und betrachtete ihren geklemmten Nippel. Sie dachte darüber nach, ob sie das Gefühl geil fand oder nicht. Es war, als betrachtete sie nicht ihre Brust, sondern den Busen einer anderen. ‚Ah, so sieht das also aus'. Unentschlossen öffnete sie die Klemmen wieder. Ein spitzer, heller Schmerz, dann war es vorbei. Aber geil? Sie legte die Klemmen zur Seite, streifte ihr T-Shirt wieder über, rutschte auf dem Bett nach unten und zog sich die Bettdecke bis ans Kinn. Dann hörte sie in die Stille der Wohnung hinein, hörte auf die Geräusche der anderen.

Als Evi sich am nächsten Morgen im Bett aufrappelte, war die Luft geschwängert vom Geruch nach frischem Toast und Ei. Ihre Beine waren schwer wie Blei, sie hievte sie über die Bettkante, stützte sich mit den Ellbogen auf den Knien auf, legte den Kopf in die Hände. Wann war sie schlussendlich ins Bett gefallen? Um drei Uhr? Langsam drückte sie sich hoch. Sie nahm den dicken Strickcardigan vom Schreibtischstuhl und zog ihn über.

In Hotpants und Spaghettiträger-Top tanzte Lore in der Küche zu poppiger Radiomusik. Sie rührte in einer Pfanne, neben dem Herd lag ein

Holzbrett, darauf kleingeschnittener Schnittlauch. Die Sonne schien durch das Küchenfenster. Mit den Hüften wippte Lore im Takt der Musik hin und her.

„Morgen", sagte Evi und setzte sich an den Küchentisch. Drei Gedecke. Teller, Messer, Gabel, geblümte Servietten. Dazu Erdbeermarmelade, Butter, Brot, bräunlich angelaufene Apfelspalten.

„Morgen. Hast du gut geschlafen?" Lore grinste sie breit an. Vom Holzbrett ließ sie Schnittlauch auf das Rührei regnen.

„Ja." Evi zog einen der Stühle nach hinten, ließ sich auf die Sitzfläche fallen. Ihr Körper fühlte sich an wie ein nasser Sack.

Lore sang den Text mit, mit dem Pfannenwender schabte sie das Ei vom Rand. Ihr Hintern wippte von links nach rechts, von rechts nach links.

Evi nahm sich ein Brot aus dem Korb. „Du bist aber gut gelaunt heute."

„Ja." Lore sah sich über die Schulter zu ihr um und zuckte mit den Achseln. „Manchmal, da geht es mir einfach gut. Hat keinen besonderen Grund."

Mit dem Messer schälte Evi die Butter in dicken Scheiben ab und legte sie eine nach der anderen aufs Brot. Dann begann sie alles zu einer hellgelben Schicht zu verstreichen. Sie wünschte sich, sie hätte Lores gute Laune. Evi legte das Messer zur Seite. ‚Vielleicht beim nächsten Mal', dachte sie. Beim nächsten Mal würde er bei ihr bleiben, statt zu Lore zu gehen. Wo war er eigentlich? Sie lehnte sich zurück und sah durch den Türspalt hinaus in den Gang.

Die nassen Haare glatt nach hinten gestrichen kam Jan aus dem Bad, ein Handtuch um die Hüften geschlungen, barfuß. Er grinste Evi an, als er die Küche betrat, aber Lore küsste er.

„Hey", quietschte Lore. „Du bist ganz nass." Mit der flachen Hand schlug sie ihm spielerisch auf die Brust.

„Nur frisch geduscht." Er grinste breit, drehte sich zu Evi um. „Meine beiden Schönheiten." Er roch nach Granatapfel und Zimt. Das Duschgel hatte Evi vor ein paar Tagen gekauft. Evi sah ihm hinterher, als er aus der Küche ging. Seine rechte Hand hielt den Handtuchknoten zusammen. Bestimmt sammelte er mit seinen feuchten nackten Füßen wieder den Staub vom Linoleumboden auf. Sein Hintern zeichnete sich unter dem weißen Frotteestoff ab. Sonntag, dachte sie. Schon morgen. Sonst hatte sie immer eine ganze Woche warten müssen bis zum nächsten Date. Sie hatten in der Vergangenheit zu wenig Zeit miteinander verbracht.

„Und, was hast du heute vor?", fragte Lore.

„Ich glaub ich kauf mir neue Bettwäsche."

„Ja? Warum das?"

„Mal was anderes. Meine Bettwäsche ist uralt. Ich hab Lust auf was Neues.“

„Wann willst du los?“ Lore nahm die Pfanne vom Herd, stellte sie in die Mitte des Tisches.

„Gleich nach dem Frühstück.“

„Und heute Abend? Hast du Pläne?“

„Therese kommt vorbei.“ Früher waren sie das Trio infernale gewesen, Therese, Lore und Evi. Nichts hatte sie trennen können, immer hatten sie über die Gesellschaft und die großen Fragen des Lebens diskutiert. Lore war mittlerweile kaum noch dabei.

„Ach stimmt. Das hattest du gesagt.“ Lore setzte sich neben Evi, faltete die Blumenserviette auf und legte sie sich über die Oberschenkel.

„Wenn du dazukommen willst …“, sagte Evi, doch sie wusste, Lore würde ablehnen. Aus dem Trio infernale war ein Duo geworden. So schade es war, sie musste es akzeptieren. Auch wenn sie dem hinterhertrauerte, was einmal gewesen war.

„Ich kann leider nicht.“ Lore schaufelte sich mit dem Pfannenwender Rührei auf den Teller. „Wir treffen Jule und Chris.“

„Dann sag den beiden schöne Grüße von mir.“

„Klar, mach ich.“

Schließlich schwiegen sie. Sie saßen nebeneinander und aßen, während Evi darüber nachdachte, was sie sagen sollte. Uni? War das gerade echt ihr einziges Thema? Aus dem Bad erhob sich das Aufbrausen des Föns über die Stille zwischen ihnen. Evi hob einen Pfannenwender voll Rührei auf ihren Teller. Dann sah sie Lore dabei zu, wie die sich Frischkäse auf einen Pumpernickel schmierte. Wegen der ganzen Ballaststoffe, sagte Lore immer.

Am Nachmittag kuschelte sich Evi in ihre Kissen. Das Buch, das sie lesen wollte, lag auf ihrer Brust. Claire suchte Jamie, wie es schien für immer und ewig – unerfüllte Liebe, Outlander. Sie mochte die Bücher, mochte sie trotz der Vergewaltigungssymbolik, trotz der Unterdrückung der Frau durch das Patriarchat. Es störte sie weniger als Therese, die konnte sich stundenlang darüber aufregen. Als ob es keine anderen Möglichkeiten gäbe, die männliche Dominanz in der Gesellschaft zu kritisieren. Es gab subtilere Mittel. Doch für Evi war es die Romantik, die die Bücher ausmachte. Auch beim zweiten Mal lesen fieberte sie mit, ob Jamie und Claire alle Herausforderungen meistern würden. Es klingelte. Evi tastete nach dem Lesezeichen, steckte es zwischen die Seiten und klappte das Buch zu. Dann sprang sie aus dem Bett. Die Klingel piepte erneut in schrillem Dreiklang, als sie zur Tür eilte. „Ja ja“, murmelte sie vor sich hin. „Ich komm ja gleich.“

Im Gang stand, die roten langen Haare hinters Ohr geklemmt, Therese, ein breites Lächeln auf den Lippen. Sie trug ein schwarzes Shirt und eine schwarze Hose, bei ihren roten Doc Martins hatte sie nur jedes zweite Loch geschnürt. Evi fiel ihr um den Hals. „Therese. Hallo“, sagte sie, als sie sie nach einer innigen Umarmung losließ.

„Du bist ja gut drauf.“ Therese machte einen Schritt in die Wohnung. „So hab ich dich ja selten erlebt.“ Sie hatten sich am ersten Tag des Studiums kennengelernt, und vom ersten Moment an hatte Evi gewusst, dass Therese ihr als Freundin erhalten bleiben würde.

„Wie geht es dir?“

„Ich habe mit Jakob Schluss gemacht.“ Therese ging auf die Knie, öffnete den seitlichen Reißverschluss ihrer Stiefel. Dann stand sie wieder auf, und schob mit dem rechten Fuß die Schuhe ins Eck. Sie sah in die Leere des Ganges. „Sind wir allein?“

„Ja“, sagte Evi. Und dann: „Schon wieder?“. Jakob war Thereses aktuelle On-Off-Beziehung. Sie war selbsterklärte Serien-Monogamistin.

Therese kramte in ihrer Tasche herum, zog ihr Smartphone heraus und steckte es gleich wieder weg. „Willst du Tee?“, rief Evi auf halbem Weg in die Küche.

„Tee klingt gut. Aber vielleicht später noch was anderes. Ein gutes Glas Whiskey …“ Therese folgte Evi in die Küche. „Und wie geht es dir? Ist Klaus schon in Berlin?“

„Ich habe ihn gestern zum Zug gebracht.“

„Und, wie ist es?“ Therese lehnte sich an die Küchenarbeitsplatte.

„Gut.“ Evi nahm die Tee-Box aus dem Regal. Es hatte keinen Sinn, mit Therese ihre Zweifel breitzutreten. Die hatte eine Meinung, und die war: Klaus und Evi passten nicht zusammen. Evi war es leid, das alles zu diskutieren.

„Nun sag schon, wie ist es so … ohne Klaus?“, sagte Therese.

„Ich weiß nicht“, antwortete Evi. „Es ist anders … Mal sehen.“ Der Wasserkocher zischte leise. Evi schälte die Teebeutel aus ihrer Papierverpackung und hängte sie in die Teekanne.

„Es wird höchste Zeit, dass du mal für dich bist. Ich meine, wie lange wart ihr zusammen?“

Evi sah zu Therese, während sie sich nach dem Holztablett auf dem Küchenschrank streckte. ‚Sie kann es einfach nicht lassen‘, dachte Evi. Mit dem Zeigefinger hob sie das Tablett an, zog es nach vorne, bis es ihr entgegenkam. Sie brauchten endlich mal einen anderen Platz für das Ding. Sie stellte das Tablett auf die Arbeitsplatte. „Acht Jahre. Und wir sind immer noch zusammen."

„Dann warst du sechzehn, als ihr zusammengekommen seid. Sechzehn …" Das heiße Wasser dampfte aus der Kanne, als Evi den Tee aufgoss. „Das ist quasi dein ganzes Leben." Therese stand mit verschränkten Armen neben ihr.

„Siebzehn", korrigierte Evi. „Ich war siebzehn." Evi stellte Teekanne, Tassen und Zucker aufs Tablett. Der Tee schwappte über den Rand der Kanne, als sie es hochhob. Eine Pfütze Wasser formte sich auf dem unbehandelten Holz.

„Ihr habt die ganze Zeit aufeinander gehockt." Therese ging Evi voran ins Wohnzimmer. „Die *Pause*", sie malte Gänsefüßchen in die Luft, „ist das Beste, was dir passieren konnte. Endlich hast du den Kopf für was anderes frei." Das Leder knarzte, als sich Therese auf die Couch setzte. Sie schlug die Beine übereinander und sah Evi von unten herauf mit gehobenem Kinn an. Sie hatte diese Fähigkeit, immer überlegen zu wirken, immer von oben herab, immer schlagfertig. Wie konnte man sie nicht dafür bewundern?

„Zucker?" Evi beugte sich nach vorn, stellte das Tablett in der Mitte des dunkelbraun lasierten Eichenholz-Couchtisches ab.

„Nein. Mit Zucker habe ich aufgehört." Therese schlug die Beine übereinander, lehnte sich zurück.

Evi nahm Therese gegenüber in dem alten Lesesessel Platz. Sie beugte sich vor, schenkte ihnen beiden ein. Der heiße Tee-Dampf stieg aus den Tassen auf. Es roch nach Minze und Süßholz. „Es ist schön, mehr Zeit zu haben. Zeit für Jan."

„Ja …", Therese nahm einen Schluck von ihrem Tee, „Jan …" Sie zog seinen Namen unmöglich in die Länge, das n löste sich in ihrem Mund auf wie ein Stück Würfelzucker. „Du könntest auch einfach mal alleine sein", schlug sie vor. „Oder dich nach was Neuem umsehen …" Über den Rand ihrer Teetasse sah sie Evi an.

Die schaufelte sich einen Löffel Zucker in den Tee, rührte um. Sagte nichts dazu. Das Thema war zwischen ihnen nicht neu. Jan hatte Lore und sie dürfte nicht zu viel erwarten von ihm, sie kannte ihn doch. Bla, bla, bla. Das mit der Polyamorie wäre ja schön und gut, sie sei aber seine Zweitpartnerin, das müsse sie sich merken – und überhaupt, wenn sie das unbedingt machen wolle, war das ihre Sache, nur politische Gründe waren die falschen, es ging hier um das persönliche Glück, nicht um einen Kampf gegen das System oder die Kleinfamilie oder was auch immer, auch wenn Therese natürlich ihre Einstellung respektierte. So oder so ähnlich lief die Argumentationskette ab. Gerade eben konnte sie drauf verzichten.

„Es spricht nichts dagegen, dass du dich umsiehst.“ Therese zuckte mit den Achseln. „Ich meine, du wirst immer die Nummer Zwei sein. Reicht dir das wirklich?“

„Wir haben keine Hierarchien.“ Evi richtete sich in ihrem Stuhl auf.

„Naja, also …“ Therese verzog ihr Gesicht.

Evi schüttelte den Kopf. Was wusste Therese schon? Sie hatte doch keine Erfahrung mit Polyamorie. Sie immer mit ihren wechselnden Typen und On-Off Beziehungen. Im Grunde war Therese doch unfähig, sich länger zu binden. Und Evi hatte es gleich mit zwei Männern geschafft. Wenn, dann sollte sich Therese was von ihr abschauen, nicht umgekehrt. „Wir haben keine Hierarchien“, wiederholte Evi.

„Also“, Therese atmete tief ein, „ich kenn mich ja nicht aus. Aber wenn ich mir das so anschc, wic ihr vicr das hicr organisicrt habt …“ Sic bctrachtete Evi mit ihrem skeptischen Blick. „Ich will einfach nicht, dass du in dein eigenes Unglück läufst. Ich habe das Gefühl, dass du dich in einen Tagtraum reinsteigerst. Jan wird nie die Hälfte seiner Zeit mit dir verbringen. Er wird dich nie seinen Eltern vorstellen. Du wirst nie die Feiertage mit ihm verbringen. Und das hoffst du doch, oder?“

So hatte sich Evi ihren Abend nicht vorgestellt. Therese konnte nicht in ihre Beziehung reinschauen. Was wusste sie schon? Evi kniff die Lippen zusammen. „Was ist jetzt eigentlich mit Jakob?“, fragte sie und stellte ihre Tasse auf den Tisch. Es war ja gut und schön, wenn Therese sich um sie kümmern wollte. Nur manchmal schlug sie über die Strenge. Gerade war der Punkt erreicht. Es war ihre Beziehung, ihre Liebe, ihr Leben, und Therese konnte ihr raten, was sie wollte: Die Entscheidung lag bei ihr und alleine bei ihr und sie hatte sie schon längst getroffen. Es gab Jan und das war gut so.

„Ach, Jakob. Er ist mir einfach zu anhänglich.“ Therese zuckte mit den Schultern und nahm einen großen Schluck vom Tee.

„Schade. Ich fand, ihr habt gut zusammengepasst“, sagte Evi mit spitzer Zunge.

Therese betrachtete Evi für einen Moment. „Was meinst du?“

„Na, ihr habt so harmonisch gewirkt.“ Evi hatte die beiden nur ein paar Mal zusammen erlebt. Aber das war egal, jetzt konnte es ruhig um Thereses Beziehung gehen. Nicht immer nur um Jan und dass er nie werden würde, was sie sich wünschte. Ja, vielleicht hatte Therese Recht. Und vielleicht hing Therese auch nur ihrem eigenen Klischee hinterher. Poly war eben anders.

Nachdenklich nickte Therese. „Wir sollten anstoßen“, schlug sie vor.

„Worauf?“ Evi klammerte sich an ihrer Teetasse fest.

„Darauf, dass wir in fabelhaften Zeiten leben, dass wir uns unsere Partner frei aussuchen können, dass wir tun und lassen können, was wir wollen", sagte Therese. Sie sprach langsam, nachdenklich. „Hätten wir vor hundert, zweihundert Jahren gelebt, wir wären längst verheiratet und schwanger und studiert hätten wir sowieso nicht. Das darf man nicht vergessen."

Evi nickte.

„Frauen kämpfen seit Jahrhunderten um ihre Rechte. Und das werden sie auch noch ein Weilchen tun. Aber nichtsdestotrotz können wir trotzdem anstoßen und uns freuen, dass wir unsere Männer einfach verlassen können, wenn wir es wollen. Viele Frauen auf der Welt haben diese Freiheit nicht, das ist eine Schande. Umso mehr müssen wir unsere Freiheiten feiern und nutzen und mit denen solidarisch sein, denen es schlechter geht."

„Mit Tee können wir schlecht anstoßen." Evi stand auf. „Sekt?"

„Whiskey. Hast du einen guten da? Ich hab dir doch letztens einen mitgebracht."

„In der Küche."

Evi füllte den Whiskey in Wassergläser, etwas Besseres hatten sie nicht. Schon als sie die Flasche mit der bernsteinfarbenen Flüssigkeit zur Seite stellte, nahm Therese ihr Glas in die Hand, hielt es gegen das Licht.

„Dann lass uns anstoßen." Sie kniff ein Auge zu, schwenkte die Flüssigkeit im Glas, als suche sie nach Verunreinigungen in einem Diamanten. „Auf unsere Freiheiten", rief Therese feierlich aus und hob ihr Glas in die Höhe.

„Auf unsere Freiheit." Halb im Stehen stieß Evi ihr Glas gegen das von Therese.

„Hast du das Buch gelesen, das ich dir gegeben hatte?"

Evi zog die Schultern hoch, setzte ihr Glas an ihre Lippen. Wenn sie das zweite Mal mit Outlander durch war, würde sie damit anfangen. Es klang anstrengend. Totalitärer Staat, Unterdrückung von Frauen, die als Gebärmaschinen benutzt wurden. Sie schluckte den Whiskey runter, auf ihrer Zunge hing ein trockener schwerer Geschmack.

„Du solltest es echt lesen. Wir besprechen es auch in meinem feministischen Lesezirkel. So stelle ich es mir beim IS vor." Thereses Blick driftete ab, sie blickte irgendwo in die Ferne, durch die Küchenwand hindurch. „Die Unterdrückung. Was junge, intelligente Frauen dazu bringt, freiwillig dieses Regime zu unterstützen … Ich werde es nie verstehen." Therese fokussierte ihren Blick, starrte dann in ihr Glas. „Wir müssen über sowas reden. Wir sind viel zu schnell wieder in der Steinzeit."

„So wie ich es verstanden habe, ist es das Gefühl, etwas aufbauen zu können. Etwas Neues schaffen zu können.“ Sie zuckte mit den Schultern. Früher war sie oft bei Diskussionsrunden dabei gewesen. Doch die Beziehung zu Jan und die ewigen Diskussionen mit Klaus hatten ihre ganze Zeit verschlungen. Etwas hatte weichen müssen, und das war das feministische Engagement gewesen.

Kurz nach Mitternacht kamen Jan und Lore nach Hause. Sie verschwand gleich im Bad, er grinste breit, als er Therese sah, zog sich auf dem Weg zum Wohnzimmer seine Jacke aus und schmiss sie auf die ungenutzte Velourscouch. Er setzte sich neben Evi auf die Armlehne des Lesesessels, beugte sich zu ihr hinab für einen schnellen Kuss.

„Na, ihr beiden?“ Für einen Moment noch hingen seine Augen an den ihren. Sollte Therese doch denken, was sie wollte. Evi liebte es, wie er sie ansah, liebte diese Momente, in denen nichts außer ihm existierte. Diese Momente, in denen die Welt auf das Wesentliche zusammenschrumpfte.

„Hattet ihr Spaß?“, fragte sie.

„Es war nett. Wir haben ... Was haben wir gleich nochmal gespielt, Schatz?“, richtete er sich an Lore, ohne seine Augen von Evi abzuwenden.

„Pandemic.“ Lore stand in der Tür. Dunkle Ringe gruben sich tief unter ihre Augen. „Hallo, Therese.“

„Hallo, Lore“, sagte Therese, als sie aufstand und Lore in die Arme schloss. „Es ist ja ganz wunderbar, dich mal wieder zu sehen.“ Therese ließ sie los und setzte sich wieder auf die Couch. „Sag mal, hast du schon ein Thema für deine Arbeit?“ Sie setzte ein Lächeln auf, das Evi nur als unverbindlich beschreiben konnte.

„Ich hatte mir überlegt etwas über das Frauenbild Aldous Huxleys zu schreiben.“ Therese streckte sich nach vorne, umfasste die Flasche Whiskey am Hals und schenkte sich nach. Zum zweiten, zum dritten Mal? Therese war noch nie jemand gewesen, der einen guten Alkohol links liegenließ.

„Ach“, sagte Jan. „Ein Freund von mir hat sich damit beschäftigt. Ich kann dir seinen Kontakt geben.“

„Das klingt gut.“ Therese nickte, nahm einen großen Schluck der goldbraunen Flüssigkeit, und presste die Augen zusammen, als sie schluckte. „Und du?“ Sie wandte sich an Lore.

„So weit bin ich noch nicht. Ich habe überlegt, ob ich über ein zeitgenössisches TV-Format schreiben soll. Vielleicht analysiere ich eine Folge des Tatorts“, sagte Lore achselzuckend. Als gäbe es nichts Unwichtigeres als das Thema ihrer eigenen Masterarbeit.

„[illegible]“ Therese schlug die Beine übereinander. Natürlich machte sie wieder eine Feminismus-Frage daraus. Evi grinste in ihr halbvolles Whiskey-Glas hinein.

„Es war damals auch wirklich überfällig mit der weiblichen Kommissarin“, gab Therese weiter einen ihrer feministischen Impulsvorträge. „Gab es dazu eigentlich eine Vorgeschichte? Oder haben die Produzenten und Regisseure sich einfach so überlegt eine Frau hinzustellen? Da gibt es bestimmt was dazu. Vielleicht ist auch jemand unbequem geworden. Ich sage dir eines.“ Mit dem Zeigefinger deutete sie auf Lore, als wolle sie ihr ihre Idee einpflanzen, mitten in den Brustkorb. „Immer wenn Frauen unbequem werden, dann wird ein einschüchterndes und bedrohliches Klima geschaffen. Wir werden noch viel reden und kämpfen, demonstrieren und schreiben müssen.“ Sie lehnte sich zurück, faltete ihre Beine in den Schneidersitz. „Aber das Thema hatten wir ja grad vorhin.“ Sie zuckte mit den Achseln. „Und es wird immer wieder Männer geben, die uns Rechte wieder aberkennen wollen, die wir uns erstritten haben. Wir können so schnell in die Steinzeit zurückfallen, das glaubst du gar nicht! Deswegen ist es wichtig, dass wir Frauen miteinander reden. Ich kann euch gar nicht oft genug zu meiner Lesegruppe einladen.“

‚Betrunkene Therese bedeutet Redeschwall‘, dachte Evi und musste grinsen.

„Einmal im Monat“, sagte Therese, reckte ihr Glas nach oben. Etwas vom Alkohol schwappte über den Rand, tropfte auf den Tisch.

„Aber Männer dürfen noch immer nicht teilnehmen?“, fragte Jan. Seit Evi Jan kannte, erklärte er sich in regelmäßigen Abständen zum Feministen. Seit Evi Therese kannte, regte sie sich über sein Mansplaining auf, seine ständigen Versuche, alles besser zu erklären als alle anderen. ‚So ist er eben‘, dachte Evi, ‚unglaublich intelligent, unglaublich gebildet, unglaublich schlau‘.

„Nein“, Therese schüttelte den Kopf. „Nicht bei den regulären Treffen. Aber wo du es sagst … Wir hatten überlegt, mal ein Probetreffen mit Männern zu machen. Um zu sehen, wie es funktioniert. Und wie viele kommen. Die Mehrheit der Teilnehmerinnen hat sich knapp dafür ausgesprochen.“

„Das klingt gut. Sag Bescheid.“

„Klar, mache ich.“ Sie nickte auf eine übertriebene Art und Weise, die Stirn in Falten gelegt, die Augenbrauen zusammengezogen. „Ich bin ja gespannt, ob das dann gleichberechtigt abläuft oder ob die Männer das Wort zum Sonntag geben." Therese stellte das leere Whiskeyglas auf den Tisch. „Aber sollte ein Idiot kommen, dann können wir ihn immer noch rausschmeißen."

„Finde ich gut", stellte Jan fest.

„Ich verzieh mich." Lore beschrieb mit ihrer Hand einen Kreis.

„Ich komm auch gleich", rief Jan ihr hinterher, während er Evis Hand streichelte.

„Mhm." Mehr brachte Lore nicht raus.

„Ich packe es auch." Unvermittelt stand Therese auf. „Sonst fährt mir die U-Bahn davon." Sie ging zur Wohnungstür, setzte sich auf den Boden, nahm den Schaft ihres rechten Stiefels mit beiden Händen. Auf den ausgestreckten Fuß zog sie den Stiefel auf wie eine Socke. ‚Wie ein Kind', dachte Evi.

„Du kannst immer hier übernachten", sagte Jan. Mit verschränkten Armen stand er über ihr.

„Nein, nein." Therese winkte ab. „Das geht schon. Die U-Bahn fährt mich quasi ins Bett."

„Gut." Jan lachte. „Wenn du meinst."

Nachdem die Tür hinter Therese zugefallen war, schloss Jan Evi in seine Arme. Er drückte sie an sich, beugte sich zu ihr hinab für einen Kuss.

„Ich wünsch dir eine wunderbare Nacht." Er lächelte.

„Danke." Sie stieg auf die Zehenspitzen. Ihre Nasenspitzen berührten einander zu einem Eskimokuss.

„Bis morgen", sagte er und ließ sie langsam los. Er schloss Lores Schlafzimmertür leise hinter sich und Evi stand alleine im Gang. ‚Hat Therese Recht?', fragte sie sich für einen kurzen Moment. Sollte sie offen sein für Neues? Sich umsehen? Als wollte sie den Gedanken loswerden, schüttelte sie den Kopf. Nein, sicher nicht. Es war genau richtig so. Jan und sie, es genügte vollkommen.

2

Im Treppenhaus tanzte der Staub in den Strahlen der untergehenden Sonne. Klaus schleppte seinen Koffer die Treppe hinauf, rollte ihn über die welligen Holzdielen, hievte ihn den letzten Absatz nach oben. Der Schlüssel knackte im Schloss und die alte Holztür knarzte, als er die Tür aufstieß. Der schwere Geruch von gebratenem Fleisch schlug ihm entgegen, sofort knurrte sein Magen. Klaus sog den Duft ein und dachte an Lammbraten und Rinderhack mit Zimt. Er hob den Koffer über die Türschwelle, dann stellte er seinen Rucksack neben das schwarze Ungetüm. Endlich angekommen. Sein neues Zuhause auf Zeit. Endlich. Tief atmete er ein. Die Zugfahrt hatte ewig gedauert, zwischendurch eine Weichenstörung und Kriechgeschwindigkeit. Klaus wischte sich den Schweiß von der Stirn.

„Hallo", rief er in die Stille. Von dem breiten, hellen Gang führten sieben Türen weg. Vier davon standen offen, der Rest war verschlossen. „Hallo?" Er spähte in die erste offenstehende Tür, offensichtlich war es die Küche. Sie war klein, quadratisch, an zwei Wänden Küchenschränke, eine hellbraune Kunststoffarbeitsplatte, ein Ofen. Auf dem Herd stand ein großer Topf, abgedeckt mit einem Glasdeckel. Der Kühlschrank ratterte neben einer mit Stickern zugeklebten Tür. Generationen von Studenten hatten hier wohl ihr Revier markiert.

„Hi." Hinter ihm erklang eine Frauenstimme.

Klaus drehte sich um. Eine schlanke Frau stand ihm gegenüber, die Haare kurz zu einem Bob geschnitten. Sie zog ihren grobmaschigen Strickcardigan enger um ihren zierlichen Oberkörper. Mit nackten Füßen kam sie auf ihn zu. Eine Tür auf der anderen Seite des Ganges stand offen.

„Maria." Sie streckte ihm die Hand entgegen.

„Klaus." Ihr Händedruck war warm und schlaff. Wie ein fleischgewordenes Kuscheltier.

„Du bist grade angekommen?" Sie lächelte ihn unverbindlich an. „Es sind noch zwei Zimmer frei. Da ..." Sie deutete ans Ende der Wohnung. „Eins zur Straße und eins auf die andere Seite. Such dir was aus."

„Danke." Er nickte.

In der offenen Zimmertür hinter ihr stand ein Mann. Er war bullig, trug ein enges Shirt, die schwarzen Barthaare waren so adrett gestutzt, als wäre die Linie mit dem Rasiermesser gezogen. Er war einen Kopf größer als Klaus, sah ihn von oben herab an.

Maria drehte sich um. „Das ist Sinan. Mein Freund. Sinan."

„Klaus“, sagte er und ging auf Sinan zu. Der Freund. Er roch nach Knoblauch und Fleisch und Moschus. Ein tiefer, dunkler Geruch zu einem festen Händedruck. Klaus hatte das süßliche Raucharoma von Shisha-Bars erwartet. Das zumindest verband er mit Männern arabischer Abstammung. Shisha-Bars und schnelle Autos.

„Du bist auch für das Seminar da?“ Sinans Stimme klang rau.

„Ja“, Klaus schob seine Hände in die Hosentaschen. Der würde hoffentlich bald abhauen. Er betrachtete Maria. Eine so zarte Frau, so schlank, so feingliedrig gebaut und ein solches Vieh von einem Kerl.

„Dann komm mal an“, sagte sie. „Wenn was ist, klopf einfach.“ Ihr Lächeln wieder unverbindlich.

Als die beiden in ihrem Zimmer verschwunden waren, ging Klaus über den knarzenden Dielenboden zurück zu seinem Koffer. Er zog den Henkel aus, rollte ihn hinter sich her, in das Zimmer neben der Küche. Es war kleiner als das gegenüber, aber hoffentlich ruhiger. Er mochte keinen Straßenlärm. Deswegen hatten sie Lore und Jan in München auch das Zimmer zur Straße aufgedrückt.

Draußen war zwei Meter vor dem Fenster eine rote Backsteinmauer. Kein Baum, an dem die Blätter im Wind tanzten. Kein Grün, nur Grau, keine Evi, nur Arbeit. Und nicht einmal schöne Arbeit. Stattdessen anbiedernder Mist. Hörte es nie auf? War das Studium nicht genug gewesen? Er seufzte. Unter dem Fenster standen ein Jugendheimschreibtisch und daneben ein neunzig Zentimeter breites Jugendheimbett. Gegenüber Jugendheimbücherschrank und Jugendheimkleiderschrank. Er ließ sich auf die harte Matratze fallen, das helle Birkenholz knarzte. Wie damals in der zehnten Klasse beim einwöchigen Wanderausflug.

Klaus starrte die Wand an. Weißer Rauputz, langweiliger ging nicht – und als er davon genug hatte, stand er auf und öffnete das Fenster. Gedämpfte Autogeräusche klangen an der Backsteinwand wider. Er hatte nicht damit gerechnet, dass die Wohnung, die ihnen vermittelt worden war, großartig wäre. Er hatte nicht mal damit gerechnet, dass sie schön eingerichtet oder komfortabel wäre. Aber von etwas Besserem als dem hier war er schon ausgegangen. Immerhin knöpfte ihm die Uni Miete ab, und das nicht zu wenig. Er lauschte für einen Moment dem ununterbrochenen Rauschen der Großstadt, dann legte er seinen Koffer vor dem Kleiderschrank auf den Boden, klappte ihn auf und versperrte damit die Türen des Schrankes. Er hatte nicht vor, auszupacken. Warum auch? Gab es etwas Sinnloseres als hier tatsächlich einzuziehen?

Als er so vor dem Koffer kniete und in den Klamottenberg starrte, auf die sauber gefalteten Shirts, auf die zusammengelegten Socken, da wurde ihm klar: Er war wirklich allein. Keine Evi, die ihm erklärte, er solle seine Klamotten einsortieren, und zwar T-Shirts in die Mitte und Pullover drüben und Hosen nach unten und Socken in die Schublade und auf keinen Fall anders, denn nur so machte es Sinn. Keine Evi, die ihm einbläuen wollte, er solle die Dreckwäsche in den Wäschekorb legen und keine alten Socken im Gemeinschaftswohnzimmer unter der Couch liegen lassen. Keine Evi, die ihm vorwarf, dass der Teller mit dem halb gegessenen Sandwich in seinem Atelier zu schimmeln begann. Was ging es sie an? Es waren seine Klamotten, sein Atelier, und er konnte Essen darin vergammeln lassen, wie er wollte.

Er zog sein Telefon aus der Jeanstasche. Keine Nachrichten von ihr, natürlich nicht. Um sich abzulenken, ging er in die Küche.

Maria stand an der Küchenzeile, zupfte Teebeutel aus einer hölzernen Box.

„Hey.“ Er lehnte sich an die Wand. „Wie lange seid ihr denn schon da?“ Jede Unterhaltung war besser, als alleine rum zu hocken und über Evi nachzudenken. Selbst eine mit der schlaffen Hand.

„Seit letzter Woche. Wir sind schon etwas früher angekommen und verbringen ein verlängertes Wochenende hier. Es ist unglaublich, was man alles in Berlin machen kann. Ist schon ein Unterschied zu Heidelberg, das muss man echt sagen.“ Sie entwirrte zwei Teebeutelfäden, ließ den Holzdeckel der Box mit einem Knall zufallen.

Klaus nickte und setzte sich an den Esstisch neben der mit Stickern dekorierten Tür.

„Willst du auch Tee?“

„Gerne“, sagte er und beobachtete sie, wie sie Wasser aufgoss und den Deckel auf die Teekanne setzte. Lieber hätte er was von dem Essen gehabt. Von dem Eintopf oder was auch immer da in dem Topf war.

„Montag geht es los.“ Aus dem Hängeschrank nahm sie einen Karton mit Würfelzucker. „Ich bin schon gespannt. Er hat einen guten Ruf“, sagte sie.

„Mhm.“ Einen guten Ruf, dass er nicht lachte. Der Prof war ein Konsumjunkie. Kunst und Geld. Klaus sah aus dem Fenster, davor hing ein kleiner kahler Betonbalkon.

„Also, Klaus, richtig?“ Sinan stand in der Tür.

Klaus nickte.

„Was ist dein Fokus?“

Klaus wandte sich dem Hünen zu. Was meinte er? Seine Kunst? „Radierungen“, sagte er.

Sinan nickte. „Maria macht Portraits.“

Konnte sie nicht für sich selbst sprechen? Klaus sah von Sinan zu ihr, wie sie auf Zehenspitzen nach Tassen im Hängeschrank kramte.

Klaus nickte. Warum auch nicht Portraits. Im Grunde genommen war es ihm egal.

„Wichtige Frauen der jüngsten Geschichte, neu interpretiert." Maria stellte eine weiße Tasse auf die Arbeitsplatte. „Es ist echt schwierig, hier passendes Geschirr zu finden. Ist alles total durcheinandergewürfelt. Da hat bestimmt jeder was dagelassen. Hier steht eine Tasse von einer Firma, die irgendwas mit Autos macht. Und überall sind die Ecken abgeschlagen." Mit dem Zeigefinger fuhr sie über abgeplatztes Porzellan.

Sie streckte sich wieder, stand auf den Zehenspitzen. Schob Tasse für Tasse von links nach rechts, von rechts nach links, die Stirn in Falten gelegt. Von ganz hinten zog sie eine weiße Tasse hervor, betrachtete sie von allen Seiten, stellte sie neben die erste. Sie waren nicht ganz gleich, aber anscheinend gleich genug.

„Ich mag deine Arbeiten", sagte sie über die Schulter in seine Richtung, als sie sich wieder streckte.

„Du kennst meine Arbeiten?", fragte Klaus. Die Irritation konnte er nicht verbergen.

„Wir waren auf der Abschlussausstellung deines Jahrgangs. Irgendwie ist mir deine Arbeit im Kopf geblieben. So düster ..." Sie fischte eine dritte weiße Tasse aus dem Schrank. „Wie aus einer anderen Welt", murmelte sie, als sie sie auf der Arbeitsplatte abstellte. „Und so extrem detailverliebt."

Durch den aufsteigenden Wasserdampf betrachtete er sie, als sie Tee einschenkte. Sie mochte seine Arbeit? Ein kalter Schauer lief seinen Rücken herunter. Ein Hauch von Stolz kam in ihm auf. Düster und aus einer anderen Welt. Er räusperte sich. „Ist sonst schon jemand da?", fragte er. Es war mehr Lob gewesen, als Evi im ganzen letzten Jahr zustande gebracht hatte.

„Ein Typ namens Swen", sagte sie, doch die Worte flossen schon an ihm vorbei wie Wasser über einen Kieselstein. Stattdessen Evi in seinem Kopf. Da kannte er Maria gerade einmal fünf Minuten, und es war mehr Verbindung, mehr Verstehen seiner Arbeit da als bei Evi. Es war erstaunlich.

„Der ist unterwegs", fügte sie an. „Ist aber ziemlich schüchtern ... Wir haben noch nicht viel miteinander gesprochen." Sie zuckte mit den Achseln.

Der Tee schmeckte schwer und süß und machte ihn noch hungriger und trotz des Koffeins müde. Er sah Evi vor seinem inneren Auge. ‚Das will ich nicht im Schlafzimmer hängen haben, da bekomme ich ja Albträume.' Doch das war nicht der wahre Grund, er wusste es. Sie wollte nicht Jan unter einem seiner Bilder vögeln. Unter dem Tisch ballte Klaus die Hand zur

Faust. Was machten die beiden gerade? Kniff er ihr in die Brüste, streichelte er ihren Hals, küsste er ihre Lippen? Diese wunderbaren Lippen mit der [illegible] Langlauf hingefallen war. Es waren seine Brüste, sein Hals, seine Lippen. Sie gehörten ihm, nur ihm. Maria und Sinan unterhielten sich über den Kurs und über Heidelberg und ihre Gemälde und alles, was sie erzählten, war überflüssig. Wenn er an Evi und Jan zusammen dachte, wurde sein Brust eng und alles verschwamm. Die unsichtbare Hand griff nach ihm, drückte seinen Schädel zusammen, das Blut rauschte in seinen Ohren. Er nickte und trank seinen Tee, süß und bitter und schwer. „Klaus?" Maria beugte sich vor und tippte ihm auf die Schulter.

„Ja?" Er sah zu ihr auf. Seine Finger umklammerten seine Tasse. „Ja?", wiederholte er.

„Ich wollte nur wissen, ob du eine Freundin in München hast." Sinans Augen waren schwarz wie die Nacht.

„Ja." Klaus nickte. Langsam schälte er seine Finger vom weißen Porzellan. „Evi."

Sinan nickte. „Was macht sie?"

„Sie studiert Lehramt. Gymnasium."

„Das ist ja ein Zufall!" Maria sah ihn an. „Ich will später auch unterrichten."

„Ja?" Klaus' Kopf war dumpf. Was hatte sie gesagt?

„Ich studiere Kunstpädagogik."

„Und wo?", rang er sich die Frage ab. Vor Konzentration zog er die Augenbrauen zusammen.

„An der PH Heidelberg." Sie schenkte sich Tee nach. „Ich will mit Menschen mit geistiger Behinderung arbeiten."

Er nickte. Es war ihm egal. Nichts war ihm gerade mehr egal als Marias Berufswunsch.

Das Bildschirmlicht färbte die weiße Bettwäsche gespenstisch blau. Auf dem Display die letzte Unterhaltung mit Evi. Ein langer Schlauch von Nachrichten. Er tippte.

Bin gut angekommen. Wie läuft es in München?

Seine Finger schwebten über der Touchscreen-Tastatur. Er seufzte, löschte alles wieder. Er konnte nichts schicken, oder doch? Er tippte. Wieder. Der gleiche Text. Wieder löschte er die Nachricht. Dann schaltete er den Bildschirm aus.

3

Die Bettdecke wurde angehoben. Kühle Luft löste ihr Körperwärmekissen auf. Evi blinzelte. Eine Hand legte sich auf ihre Hüfte, ein Körper kuschelte sich an sie. Löffeln. Sie sah sich um zu ihm. Er roch nach Kaffee, bitter mit einer Note dunkler Schokolade, und irgendwo darunter sein Duft. Sie drückte sich an ihn. Seine Wärme war ein Vorgeschmack auf den Frühsommertag. Sie hatten den ganzen Tag füreinander, miteinander. Nur sie beide. Tief atmete sie ihn ein.

„Morgen.“ Er küsste ihren Nacken.

„Morgen.“ Die Frage, ob Lore schon gegangen war, lag ihr auf den Lippen. Doch sie stellte sie nicht. Der Tag sollte ihnen gehören. Ihnen allein. Lore hatte darin nichts zu suchen.

„Hast du gut geschlafen?“ Aus blauen Augen betrachtete er sie. „Du siehst wunderschön aus.“

„Ach ...“ Spielerisch vergrub sie ihr Gesicht in den Kissen.

„Lass uns ein Foto machen.“ Er streckte sich nach ihrem Handy auf dem Nachttisch.

„Nein.“ Sie zog sich die Bettdecke über den Kopf. „Meine Haare sind bestimmt total durcheinander und sehen furchtbar aus.“

„Was redest du denn?“, sagte er. „Du siehst nach Sonntagmorgen aus.“ Er zog an der Bettdecke, langsam glitt sie Evi aus den Fingern. „Ich mag dich am Sonntagmorgen.“

Jan hielt das Handy am ausgestreckten Arm in die Höhe, presste sich an sie. Sie lachte in die Kamera, er küsste sie auf die Wange und drückte auf den Auslöser. Aneinandergekuschelt betrachteten sie das Foto.

„Das ist doch süß, oder?“, fragte er. Sie beide, zusammen in ihrer neuen Bettwäsche. Er von der Seite, sie frontal auf dem Bild, ihre Haare zerzaust.

„Du riechst gut“, flüsterte er ihr ins Ohr, dann knabberte er an ihrem Ohrläppchen.

Sie legte das Telefon zur Seite, der Bildschirm erlosch. Unter der Decke tastete sich seine Hand vor – unter ihr Shirt, zu ihren Brüsten. Er streichelte sie, mit dem Zeigefinger fuhr er über ihre Nippel, wieder und wieder, bis sie hart wurden und sich nach oben drückten. Evi zog sich ihr Shirt über den Kopf.

„Willst du sie probieren?“

„Hm?“ Sie wandte sich ihm zu, die Augen geschlossen. Nur er und sein Geruch nach Sonntagmorgen und frischen Kaffee.

„Die Nippelklemmen." Er küsste ihren Hals.

„Jetzt?" Sie hielt sich an ihm fest. Wie sehr sie ihn wollte.

„Ich dachte, wir probieren es aus", [illegible] unter ihm, zwischen seinen Fingern drehte er ihre Brustwarze. Der spitze Schmerz ließ sie zusammenzucken. Seine Hand schob sich unter den Bund ihres Höschens „Ich weiß nicht", sagte sie, sah ihn an. Seine blauen Augen waren tief wie das Meer.

„Wenn du nicht willst …" Dann küsste er sie. Mit seinem Knie drückte er ihre Beine auseinander, sie lag unter ihm. Er streifte sein Shirt über den Kopf, streckte sich nach dem Nachtkästchen. Dann zog er mit dem Zeigefinger die Schublade auf und nahm ein Kondom heraus.

Sie kuschelten sich aneinander, schmiegten sich in die neu befleckten Bettlaken, die Decke wie ein Schild gegen die störende Außenwelt. Evi robbte aus dem warmen Kokon, als ihr Magen knurrte.

„Was ist los?", murmelte er und sah sie aus halb geschlossenen Augen an. „Wo gehst du hin?"

„Ich hab Hunger."

„Hm …" Er drückte sein Gesicht ins Kissen, sagte dann: „Na gut." Dann schälte er sich langsam aus der Decke.

„Du kannst liegen bleiben."

„Nein, nein. Ich lass dich jetzt nicht allein in die Küche rüber laufen." Langsam erhob er sich von der Matratze.

Vom Boden ihres Zimmers suchte Evi die warmen Stricksocken zusammen. Trotz der frühlingshaften Temperaturen bekam sie in der Wohnung ständig kalte Füße. Sie hopste auf einem Bein, als sie sich die Socken überzog. Sonst war sie nackt. Sie waren alleine. Mehr brauchte sie nicht.

Die Küche war kaum wiederzuerkennen. Das Stahlwaschbecken glänzte. Wo gestern noch Dreck am Rand geklebt hatte, war jetzt glattpolierte Oberfläche. Das Sieb im Spülbecken war sauber. Keine zusammengefallenen Feldsalatblätter mehr, die sich im Ablauf verfingen. Keine Reste vom gekochten Reis, die das Rohr verstopften. Nicht mal die Verfärbungen, die Jan immer produzierte, wenn er seine Teebeutel achtlos ins Becken warf, waren zu sehen. ‚Ohne Lore würde die WG im Müll versinken', dachte Evi, als sie zum Kühlschrank ging und einen Eierkarton herauszog. Bio. Lore hatte sie gekauft. Es kam ihr nichts anderes mehr unters Dach. Ohne Lore hätten sie auch nichts zu essen.

„Was machen wir?" Jan streckte sich. Sein Schwanz baumelte zusammengeschrumpelt zwischen seinen Beinen. Keine Schamhaare, unter denen er sich verstecken konnte. Jan rasierte sich einmal die Woche, immer vor dem Wochenende. Als hätte er ein Ritual, mit dem er sich auf Evi vorbereitete.

„Eier?" Evi zog die kleine Schüssel mit einem hellblauen 70er Jahre *Good Morning Good Breakfast*-Aufdruck und dem abgeschlagenen Rand aus dem Küchenschrank. Sie sah Jan an, wartete, bis er nickte, dann schlug sie die Eier hinein. Die hellbeigen Eierschalen in der einen Hand öffnete sie den Schrank unter der Spüle mit der anderen. Der Müll war geleert. Lore. Sie warf die Schalen in die Abfalltüte. Evi schmiss die Verbundholztür zu.

Jan verquirlte die Eier, bis Luftbläschen die Masse durchzogen.

Evi briet die Eier und das Fett spritzte aus der Pfanne auf die spiegelglatte Glasfläche des Ceranfeldes. Jetzt machte sie Lores toll geputzte Küche dreckig. Und die würde wieder putzen. Ohne sich zu beschweren. Und wieder. Mit einem spülmittelgetränkten Schwammtuch wischte Evi grob die dicken Fettspritzer vom Glas.

Dann saßen Jan und Evi vor Toastbrot und Rührei noch immer nackt am Esstisch. Evi hatte schon lange nicht mehr so etwas Leckeres gegessen. Das Ei schmolz ihr auf der Zunge, der Toast knackte laut zwischen ihren Zähnen. Buttriges Aroma breitete sich auf ihrer Zunge aus. Sie grinste Jan an, und der grinste zurück. Er nahm ihre Hand in seine, als er auf einem rühreibeladenen Toastbrot herumkaute. Sie waren alleine, und es fühlte sich gut an. So richtig. Als gäbe es nur sie zwei, als bräuchte es nicht mehr. Evi ließ ihre Schultern sinken.

„Also, worauf hast du Lust?" Jan legte seinen Toast auf den Teller und wischte sich die Hände an einem Küchentuch ab.

„Es ist schön draußen", stellte Evi fest, drehte sich um und schaute aus dem Küchenfenster auf ihren kleinen Balkon. Der Schnittlauch und die Petersilie reckten sich zur Sonne. „Ich glaube, ich will raus. Vielleicht in den englischen Garten? Oder schwimmen?"

„Schwimmen klingt gut." Er stand auf, holte die Schokocreme aus dem Regal. Dann schmierte er sich einen Toast damit, trug das braune Zuckerzeug zentimeterdick auf.

„Echt jetzt?", fragte sie.

Er grinste. „Ein Frühstück ohne Nutella ist einfach kein Frühstück."

„See oder Schwimmbad?" Sie betrachtete ihn, wie er mit Genuss in seinen Toast biss.

„Schwimmbad", sagte er.

‚Natürlich', dachte sie. Schwimmbad. Für ihn musste alles planbar sein. Evi war mehr der Typ für See.

Die Blätter der Linde tanzten über ihren Köpfen im Wind. Evi lag neben Jan auf der Picknickdecke. Der stützte sich auf die Ellenbogen, sein Tablet [illegible] hen. Wikipedia war die typische Jan-Freizeitbeschäftigung. Sich von einem Thema zum nächsten durch die Online-Enzyklopädie klicken. Evi blinzelte, beobachtete das Wechselspiel aus Schatten und Sonne über sich. Das Bikinioberteil klebte feucht auf ihrer Brust. Das Höschen hatte sie gewechselt, aus Angst vor einer Blasenentzündung. Schwerfällig drehte sie sich zur Seite, legte ihren Arm auf Jans Rücken. Seine Haut und sein Haar rochen nach Chlor. Ein Geruch, den Evi mochte und der sie gleichzeitig ekelte. Mochte, weil er sie an unbeschwerte Sommernachmittage nach der Schule erinnerte. Es ekelte sie, seit Jan sie darüber aufgeklärt hatte, dass Chlor erst dann seinen typischen Geruch entwickelte, wenn Urin ins Spiel kam. Wie viele von den anderen wohl ins Wasser pinkelten? Seitdem sie das wusste, beäugte sie alle anderen Badegäste skeptisch. Jeden Moment konnte jemand neben ihr loslegen. Man sah es den Menschen nicht an. ‚Dann lieber See', dachte sie. Lieber da schwimmen, wo nicht viele Menschen waren. Wie viel Liter Urin sie mit dem Schwimmbadwasser wohl schon geschluckt hatte?

„Was machst du?", sagte sie und lehnte ihre Stirn an die kühle Haut seines Unterarms.

„Lesen." Er sah zu ihr hinab.

„Und was liest du?"

„Einen Artikel über den italienischen Faschismus", erklärte er, als wäre es ganz selbstverständlich. Evi fragte sich schon gar nicht mehr, wie er immer bei seinen Themen ankam. Dabei war er selbst fast schon ein wandelndes Lexikon. Man konnte ihn alles fragen – und sie kam sich regelmäßig ziemlich dumm neben ihm vor.

„Wollen wir nochmal ins Wasser gehen?" Mit geschlossenen Augen küsste sie seine Haut.

„Jetzt gleich?", fragte er.

„Mhm", schnurrte sie neben ihm. Alle ihre Glieder waren schwer. Diese süße Schwere, in die einen Wasser und Sonne drücken.

„Ich lese das noch schnell fertig, ja?"

Sie nickte in seine Wärme, drückte ihre Stirn gegen seine Haut. Ein Windhauch strich ihr über den Rücken. Sie war angekommen. An dem Ort, der perfekt zu ihr passte.

Als sie die Wohnungstür aufsperrten, schlug ihnen kühle Luft entgegen. Lachend zog Evi Jan hinter sich her. Er roch nach Chlor und schmeckte nach Sommer. In der Mitte des Eingangsbereiches wirbelte sie herum, stellte sich auf die Zehenspitzen, küsste ihn, schmolz in seine Umarmung, presste sich gegen ihn. Jans Hände waren überall, lagen auf ihrem Hintern, hielten sie eng umschlungen.

„Hey ihr beiden."

Evi erstarrte. Gleichzeitig sahen sie zur Seite. Lore stand in der Schlafzimmertür.

„Lore", sagte Jan. „Bist du schon wieder da?"

Ihre Arme hingen schlaff an ihrem Körper herab, ihr Gesicht war weiß, farblos.

„Was ist los?", sagte er. Langsam entglitt er Evi und sie ließ los, konnte nichts anderes tun. Schließlich stand sie alleine da. Sie fröstelte.

Lore schüttelte den Kopf als wäre nichts. Als sähe sie immer so aus. Ihre Masche. „Wie war euer Tag?"

„Schön." Er stand bei ihr. Evi kannte das, er sah nur noch sie. Evi umklammerte ihren eigenen Oberkörper. „Wir waren im Ungererbad. Aber was ist denn bei dir los?"

„Hört sich gut an", flüsterte Lore, die Augen auf den Boden gerichtet. Sie sah aus, als müsste sie gleich weinen.

Jan umarmte Lore, legte sein Kinn auf ihren Kopf. „Was war?", sagte er. Evi hatte er den Rücken zugekehrt. Evi war allein. Sie drehte sich um, wandte sich von den beiden ab, ging in ihr Zimmer. Langsam schloss sie die Tür hinter sich. Nie wusste sie, wie sie sich in solchen Situationen verhalten sollte. Sollte sie fragen, was los war? Ihre Hand schwebte über der Türklinke. Wollte sie überhaupt fragen? Sie schluckte den Kloß in ihrem Hals herunter, als ihre Hand das kalte Metall der Türklinke berührte. Sie drückte sie langsam nach unten.

Die beiden standen noch immer im Gang, eng umschlungen. Dunkelheit legte sich über ihre gemeinsame Silhouette.

„Lore", sagte Evi, trat an ihre Freundin heran. Die hatte ihren Kopf gegen Jans Brust gepresst. „Was war denn?"

Lore wandte ihr den Kopf zu: „Sie hat vergessen, wer ich bin."

Jan küsste Lores Haar.

„Das tut mir leid", flüsterte Evi.

„Sie ist ja fast neunzig. Meine Mutter nimmt es mehr mit als mich." Lore sah sie aus leeren Augen an. „Kommst du beim nächsten Mal wieder mit?" Sie sah zu Jan auf.

Der nickte. „Klar." Er küsste sie wieder.

„Wollen wir kuscheln?“

Jan nickte, strich Lore eine blonde Strähne aus dem Gesicht.

„Das wird schon“, sagte Evi und [illegible]

„Ich hab Hunger.“ Lore sah sie an. „Kannst du was bestellen?“

„Was willst du?“ Evi ließ ihren Arm sinken.

„Indisch? Wie immer?“

„Klar.“ Evi nickte.

„Kommst du?“ Lore sah Jan aus glasigen Augen an.

Er nickte und ineinander verschlungen gingen sie in ihr Zimmer, ließen Evi alleine im kalten Dämmerlicht des Ganges stehen. Die Tür fiel hinter ihnen zu. Evi streckte die Hand nach dem dunkelbraunen Holz aus, berührte mit den Fingerspitzen die glatte Oberfläche. Sie könnte mit hineingehen. Aber was, wenn sie sie nicht dabeihaben wollten? Ihre Schultern sackten nach unten, die chlorgeschwängerten Haare fielen ihr ins Gesicht. Aus einem Stapel getragener Kleidung zog sie ihre warme Strickjacke, zog sie eng um sich und machte die dicken hölzernen Knöpfe zu.

In der Küche hatten sie ein kleines Fach nur für Bestellprospekte. Sie fächerte die darin liegenden bunten Heftchen auf. Das dritte von oben war das vom indischen Lieferdienst. Mit Essen gefüllte bunte Schüsseln, unappetitlich fotografiert auf dem glänzenden, von Fett verschmierten Flyer. Das Gleiche wie immer. Also für Lore rotes Kichererbsencurry und dazu Naan. Evi ließ den Flyer sinken. Machte Lore es mit Absicht? Sie blinzelte den Gedanken weg. ‚Nein‘, dachte sie. Sicher nicht. Wie konnte sie überhaupt so etwas denken? Lores Großmutter war krank und das war alles. Dass sie deswegen fertig war, war mehr als verständlich. Und doch … Es war immer zur richtigen Zeit. Immer dann, wenn Jan und sie glücklich waren, Zeit miteinander verbrachten. Immer, wenn es besonders schön war. Das gekippte Fenster klapperte, Wind rauschte in dem schmalen Schlitz. Evi legte den Flyer auf die Küchenarbeitsplatte. Dann ging sie zur Balkontür, sah hinaus. Der Himmel hatte sich zugezogen, graue Wolken hingen über grauen Wohntürmen. Der Wind warf die Blätter der Petersilie hin und her, ließ den Hängekasten in seiner Verankerung klappern. Schob sie ihre Großmutter vor, um Aufmerksamkeit zu erheischen? Mit nackten Füßen trat sie auf den warmen Betonboden des Balkons. Dann stellte sie den Balkonkasten nach unten auf den Boden. Der Wind zerrte an dem schweren Stoff des Cardigans, blähte ihn auf. Das letzte Mal war doch noch alles gut mit ihr gewesen, dachte sie. Ja, sie war im Altersheim. Ja, sie war dement. Aber war das der wirkliche Grund für das Drama? Irgendwie … Evi stützte sich auf das Balkongeländer. Sie schloss die Augen. ‚Bin ich paranoid?‘, dachte sie und blickte in die Ferne. Eine Sturmfront rollte auf die Stadt zu. ‚Nein. Lore würde sowas nicht ausnutzen.'

Regen prasselte an ihr Fenster. Wind heulte an den Hauskanten. Evi hatte sich in ihre Kunstpelz-Flauschdecke eingewickelt, lag auf dem Bett und sah eine Verwechslungs-Liebeskomödie. Sie drückte die Pausentaste, als die Klingel der Wohnungstür durch den Film schnitt. Hektisch sprang sie auf, lief zur Tür, drückte den Summer, zog die Tür auf. Der Geruch von nassem Asphalt und Regen strömte in die Wohnung. Ein Lieferant hastete mit einem Styropor-Karton im Arm zu ihr hinauf. Sein Shirt klebte nass auf seinen Schultern. An seiner weißen Haut liefen Wassertropfen herab, er hinterließ kleine Wasserpfützen auf dem Boden.

„Sie haben bestellt?", fragte er.

Evi nickte und gab ihm das Geld. Aus seiner Box zog er drei in weiße Plastiktüten eingepackte kleine Plastikboxen. Leise klopfte Evi mit dem Knöchel an Jan und Lores Zimmertür. Jan machte die Tür gerade so weit auf, dass er sich durch den Spalt zwängen konnte. Eine Armlänge Abstand war zwischen ihnen. Er stand ihr gegenüber, die Türklinke in der Hand. An ihren Fingern baumelten die Plastiktüten.

„Das Essen", flüsterte sie.

„Super. Welches?"

Er war so weit weg von ihr. So unnahbar. Sie lächelte ihn an, hielt ihm zwei der Tüten hin.

„Es geht ihr gerade nicht so …", sagte er, als bräuchte es eine Entschuldigung.

„Klar." Evi nickte. Sie war hier fehl am Platz, sie hatte verstanden. Dann ging sie rückwärts von ihm fort, und er zwängte sich durch die Tür zurück ins Zimmer. Kein Raum mehr für sie. Sie stellte ihr Essen auf dem Schreibtisch ab. Dann sah sie nach draußen in den Regen. In dicken geraden Fäden fiel er herab. Dunkelheit hatte sich über die Stadt gelegt. Baumspitzen schwankten sanft im Wind.

Evi hatte den ganzen nächsten Tag an ihrem Schreibtisch zugebracht. Sie saß da, den Kopf gesenkt, die linke Hand flach auf dem Tisch, in der rechten hielt sie einen gelben Textmarker. Mit dem Daumen fuhr sie unter die Plastiklasche des Stiftes, ließ sie wieder los. Die Lasche schnalzte zurück auf den Stift. Den Kopf hatte sie über einen Uni-Text gesenkt. Es ging um Objektifizierung. Frauen als Objekt. Patriarchat.

„Essen ist fertig." Lore rief aus der Küche.

„Ich komme gleich.“ Langsam schob Evi ihren Stuhl zurück. Ihre Augen hingen noch an einem Satz. An seinem Ende angelangt ließen ihre Augen [illegible] auf.

Über der Küche hing die schwüle Hitze des Sommertages, hereingetragen durch das offene Südbalkonfenster. Lore beugte sich nach vorne, die ofentauglich behandschuhten Hände auf den Knien aufgestützt, starrte in das gelbe Backofenlicht. Sie öffnete die Tür und griff nach dem Backblech. Darauf lagen vier rundlich-aufgeblähte und panierte Camembert-Leiber. Auf dem Tisch stand eine riesige Schüssel Salat. Lore war wie ausgetauscht. Keine Spur mehr von der am Boden zerstörten, weinerlichen Kreatur von gestern. Stattdessen zog sie sich mit einem Lächeln auf den Lippen die Ofenhandschuhe von den Händen.

„Das ist eine ganze Menge“, sagte Evi und nickte in Richtung des Backblechs.

„Ja. Ich glaube nicht, dass es bei Therese viel zu essen gibt. Eher Chips.“ Dann nahm Lore die Teller vom Tisch und belud sie mit Camembert und Salat.

„Ich bin gespannt auf heute Abend“, sagte Lore. Sie war auch seit Ewigkeiten nicht mehr bei Therese gewesen.

Evi schob sich das Käse-Salat-Gemisch in den Mund.

„Sie kennt ja so viele Leute.“

Evi nickte kauend. Therese war ein Netzwerk-Talent. Ständig schleppte sie neue Menschen an. Die einen verfielen ihr so schnell, wie sie die anderen hassten.

„Vielleicht sehen wir auch jemanden, den wir kennen.“

„Vielleicht“, murmelte Evi. „Und bei dir alles wieder gut?“ Sie betrachtete Lore, wie sie ein Salatblatt ordentlich mit Messer und Gabel faltete, es auf der Gabel aufgespießt noch einmal durch die Salatsoße schob und es sich in den Mund steckte.

„Alles gut“, sagte sie. „Nur gestern …“ Lore starrte diffus an Evi vorbei. „Gestern war anstrengend.“ Ihr Blick richtete sich auf Evi. „Danke dir.“

„Ich hab nichts gemacht“, sagte Evi. Sie stocherte ohne Ziel in ihrem Salat herum.

„Doch.“ Lore lächelte.

Thereses kleine Einzimmerwohnung in der Innenstadt war gerammelt voll. Selbst auf dem kleinen Innenhofbalkon quetschten sich Leute zwischen den Topfpflanzen. Therese schnitt in der Küche eine Gurke in Scheiben, drapierte sie zwischen Paprika und Karotten auf einem Teller. Der süßliche Geruch von Schmorzwiebeln hing in der Luft. Die Küche war der Wurmfortsatz von Thereses Wohnung, schmale Küchenmöbel in einem schlauchigen Gang, an der Wand grüne Fliesen. Es war stickig und warm, obwohl beide Fenster weit offenstanden.

„Da seid ihr ja." Therese legte das Messer zur Seite und drückte zuerst Evi an sich, dann Lore. Sie grinste breit, was die Sommersprossen, die sich quer über ihre Nase zogen, tanzen ließ. „Schön, dass ihr da seid!" Sie sah Lore an. „Und du. Wann warst du das letzte Mal hier?"

‚Es muss eine halbe Ewigkeit her sein', dachte Evi.

„Es sind ja schon einige Leute da." Evi stellte sich auf die Zehenspitzen, versuchte die Wohnung so gut es ging zu überblicken. Vor ihr stand von ihr abgewandt ein bulliger Typ, sein Rücken wie eine baumwollbezogene Wand.

„Ja, ist das nicht wunderbar?", fragte Therese. „Wollt ihr was trinken? Vielleicht einen Gin Tonic? Eiswürfel sind hier." Sie zog die Schublade des Gefrierfaches auf. „Oder Whiskey?"

„Ja", sagte Evi. „Gerne. Warum nicht. Gin." Der bullige Typ schob sich hinter Evi vorbei.

Therese ließ eine der frisch geschnittenen Gurkenscheiben in ein Glas plumpsen und füllte es zur Hälfte mit Tonic Water. Sie streckte sich zwischen zwei Frauen durch, kam mit einer offenen Flasche Gin zurück, schüttete klare Flüssigkeit auf das Gemüse. Die Eiswürfel klimperten gegen das Glas. „Hier, bitte." Sie reichte Evi den Drink. Dann sah sie Lore fragend an, doch die schüttelte den Kopf.

„Es sind gar nicht so viele Leute hier, die wir kennen", stellte Lore fest.

Therese goss Gin in das nächste Glas. „Ach, ich kenne die alle von verschiedenen Veranstaltungen. Da hinten", sie nickte in Richtung eines Grüppchens Frauen, die sich um ihren Couchtisch auf Kissen niedergelassen hatten, „ist meine feministische Runde. Es kann sein, dass ihr manche nicht kennt. Und dort", sie zeigte zum Esstisch, „sitzen die Leute von der Uni."

„Ist das nicht Jakob?" Am langen Ende des Tisches saß über ein Tablet gebeugt ein schlaksiger, groß gewachsener Mann.

„Ja …", Therese wischte sich eine Strähne von der Wange. „Naja, wir haben uns wiedergesehen …" Sie stellte die Flasche neben dem Schneidebrett ab.

„Ach." Evi verschränkte die Arme vor der Brust.

„Du brauchst mich gar nicht so vorwurfsvoll anzuschauen. Wir hatten einen schönen Tag."

Evi zog die Augenbrauen hoch.

„Jetzt tu nicht so." Therese stieß sie mit der rechten Hand an.

[illegible] chens, das neben dem Esstisch stand. Zwei Frauen, ein Mann, Evi hatte sie noch nie gesehen.

„Meine Theatergruppe."

„Du spielst Theater?"

Der Typ war ein gutes Stück älter als Therese und redete auf die beiden Frauen ein. Die trugen dicke Hornbrillen und eine der beiden fuhr sich mit dem Handrücken ständig über die Nasenspitze, als müsse sie einen Niesreflex unterdrücken. Dazu nickte sie zu seinen Worten, die Evi wegen des allgemeinen Gemurmels im Raum nicht hören konnte. Die andere starrte abwesend in Richtung Fenster, als würde sie das alles nicht interessieren.

„Das wusste ich gar nicht", sagte Evi.

„Erst seit ein paar Wochen. Ich hab Flyer auf dem Campus gesehen, sie haben Leute für ein Stück gesucht. Der Kirschgarten von Tschechow."

„Therese", hörte Evi eine fremde Frauenstimme hinter ihrem Rücken sagen.

Evi drehte sich um. Eine dünne Brünette streckte sich angestrengt nach einem Glas in Thereses Hängeschrank. Dumpf stellte sie es auf die Küchenarbeitsplatte. „Eine wunderbare Party." Evi hatte sie noch nie gesehen.

„Ach, Nalini", sagte Therese. „Das sind die Freundinnen, von denen ich dir erzählt habe. Evi, Lore."

„Freut mich." Sie streckte Evi die Hand hin, der Ellenbogen angewinkelt und an die Taille gepresst. Um ihren Hals baumelte eine Kette mit einem Unendlichkeits-Anhänger. Poly. Evi machte einen Schritt auf Nalini zu und reichte ihr die Hand. Der Geruch von Sandelholz-Räucherstäbchen und Salbei hüllte sie ein.

„Das sind also Lore und Evi?", fragte Nalini. Die Betonung lag auf dem Wort ‚das'. Als passe Imagination und Realität nicht zueinander.

„Ja." Therese nickte.

„Schön euch kennenzulernen. Therese hat mir so viel von euch erzählt."

„Was denn?", fragte Lore auf so hinreißend-naive Art und Weise, dass Evi nicht anders konnte als breit zu grinsen. Um ihren amüsierten Blick zu kaschieren, hob sie ihren Drink zum Mund. Die Eiswürfel schlugen gegen das Glas, als sie einen Schluck daraus trank. Das leichte Gurken-Aroma hatte sich mit dem Wacholder-Geschmack des Gins vermischt.

„Von eurer Triade." Nalini nahm eine Paprika-Spalte vom Gemüseteller, biss die Hälfte ab.

„Keine Triade", korrigierte Evi sie.

„Wir wohnen zusammen in einer WG“, erklärte Lore, als würde sie ein Referat halten. „Mein Partner ist auch Evis Partner. Aber wir beide sind nicht zusammen.“

Nalini nickte und lächelte. „Wie lange schon?“

„Seit fast zwei Jahren“, sagte Lore.

„Schon eine ganz schön lange Zeit. Aber dann seid ihr beiden nicht zusammen?“ Ihr Blick wanderte von Lore zu Evi und wieder zurück.

Lore schüttelte den Kopf.

„Hm …“, summte sie. Nur Hm. Dann erst mal nichts. Sie presste die Lippen aufeinander, betrachtete sie beide. Evi mochte es nicht, gemustert und beurteilt zu werden. Sie war mehr als die Freundin von Lores Partner. Sie studierte auf Lehramt, schwamm gerne und war außerdem überzeugte Feministin. Gerade kam sie sich vor wie eine Schülerin im Zimmer der Rektorin, die die selbstgetöpferte Vase ihrer Klassenkameradin mutwillig zerbrochen hatte. Als ob die Frau das irgendwas anging, dachte sie.

„Das ist wunderbar“, schloss Nalini und ihre Stimme stieg um drei Oktaven. „Ihr solltet zu uns auf den Hof kommen.“ Dann tunkte sie ihre Paprika in den Gin.

„Auf den Hof?“, fragte Lore.

„Ja, wir sind ein alternatives Wohnprojekt. Wir veranstalten Workshop-Wochenenden und Vorträge. Da ist bestimmt auch was Interessantes für euch dabei. Therese war auch schon mal da.“

„Es war interessant. Es ging um Prostitution“, warf Therese dazwischen.

„Der Vortrag war toll. Wir hatten eine politisch engagierte Sexarbeiterin da, die aus ihrem Alltag erzählt hat, und davon, wie sich die aktuelle Gesetzeslage auf ihre Arbeit auswirkt.“ Nalini wedelte mit ihrer Paprika herum. „Aber hauptsächlich geht es bei uns um alternative Lebensmodelle.“ Ihr Blick klebte an Lore, als hätte man mehrere Schichten Uhu draufgeschmiert.

„Ich dachte mir, das ist was für euch.“ Therese zog eine Haarnadel aus ihren roten Locken, steckte sie an anderer Stelle wieder fest. „Ich schau mal bei den anderen vorbei, ja?“, sprach sie und sah zu ihrer Theatergruppe hinüber. Beiläufig legte sie Evi die Hand auf die Schulter.

„Was habt ihr denn für Veranstaltungen?“, fragte Lore. Wie gebannt hing sie an Nalinis Lippen. ‚Als ob wir sowas nicht schon zur Genüge gemacht haben‘, dachte Evi. Sie waren doch auf so vielen Treffen gewesen und hatten ihren Stammtisch. Ihre Leute.

„Ach, letztens hatten wir einen Vortrag zu gewaltfreier Kommunikation.“ Nalini stützte sich mit der Hand auf der Küchenplatte ab.

Evi nickte. Was zu erwarten war, dachte sie. Dazu war am Stammtisch auch erst einen Workshop angeboten worden.

„Und einen Meditationsworkshop. Oder, ganz spannend, wir hatten mal einen Vortrag zu OM“, sagte Nalini.

„OM?“ Lore hing an Nalinis Lippen.

„Orgasmic Meditation.“

„Klingt spannend“, warf Lore ein.

„War es auch. Die Frau, die den OM-Workshop gegeben hat, ist Sexualtherapeutin. Hendrik sucht die Dozenten aus. Er managt den Hof. Wir waren alle so begeistert, dass wir jetzt regelmäßig OM-Sessions machen. Es ist unheimlich befreiend.“ Sie brachte die Hände vor dem Oberkörper zusammen wie zu einem Gebet und schloss die Augen. Dann atmete sie tief ein, ließ die Schultern sinken und sagte in dem Moment, in dem sie die Augen wieder öffnete: „Hast du es mal versucht?“

„Nein, noch nicht“, sagte Lore, sah dann Evi an. „Braucht man dazu einen festen Partner?“

„Es findet sich immer jemand. Es geht darum, sich selbst, den eigenen Körper spannungsfrei zu erleben. Kommt unbedingt vorbei. Wir haben bald wieder eine Session. Oder vielleicht habt ihr ja auch einfach nur Lust auf einen Kommunikationsworkshop.“ Nalini löste ihre Hände. „Wie ihr wollt. Wir haben auch Sessions, in denen wir akute Probleme in Beziehungskonstellationen besprechen und Lösungen anbieten wollen. Wir können nur voneinander lernen.“

„Ja.“ Wie bei einem Wackeldackel schwang Lores Kopf in einem steten, langsamen Rhythmus vor und zurück. „Ja“, wiederholte sie. „Habt ihr einen Verteiler?“

„Klar. Schreib mir deine Adresse auf und ich sag Hendrik Bescheid, dass er dich draufsetzen soll.“ Nalini hielt ihr das Smartphone hin, Lore tippte ihre Kontaktdaten ein, reichte es an Evi weiter.

„Passt“, sagte Evi. Ohne ihre Mailadresse einzugeben, gab sie das Telefon zurück. Es reichte, wenn Lore drauf war. Ihr war die Sache irgendwie suspekt. Es klang zu gut, um wahr zu sein. Da war bestimmt ein Haken. Vielleicht verlangten sie eine horrende Summe Geld, oder man musste in die Kommune eintreten und seinen Lohn spenden. Doch Lore hatte offensichtlich keine Bedenken.

Es war dunkel in der Wohnung, als sie nach Hause kamen. Jan war auf der Couch vor dem Fernseher eingeschlafen, halb hatte er sich mit einer

Wolldecke zugedeckt. Das Fernsehlicht tanzte lautlos über seinen Körper. Lore beugte sich zu ihm hinab, küsste ihn auf die Wange. Evi blieb im Türrahmen stehen. Zeit Abstand zu wahren. Auch wenn sie am liebsten zu ihm hingegangen, sich zu ihm gelegt hätte. Aber eine unsichtbare Grenze verlief zwischen ihr und Lore, und gerade war nicht ihre Zeit. Die würde wieder kommen. Sie musste geduldig sein und warten und Grenzen akzeptieren, Lores Grenzen. Es waren genau solche Momente, in denen sie wünschte, Lore gäbe es nicht. Und den Gedanken danach gleich wieder bereute.

„Hi", flüsterte Lore ihm ins Ohr.

„Was?" Er blinzelte, streckte sich langsam. „Wie spät ist es?"

„Es ist kurz nach Mitternacht. Alles gut", beruhigte Lore ihn.

Jan sank wieder auf der Couch zusammen. Er zog sich die Decke über die Schultern, rieb sich die Augen. Er trug sein blaues Hemd, die blaue Jeans. Er hatte sich nach der Arbeit nicht umgezogen. „Wie war die Party?", fragte er.

„Gut. Wir haben jemand Interessantes kennengelernt. Nalini."

„Schön …", sagte er. „Das ist schön."

Lore setzte sich neben ihn, hob seine Füße auf ihren Schoß. „Sie lebt auf einem Hof mit alternativem Wohnkonzept."

„Okay …" Müde sah er sie an.

„Ich will hingehen", erklärte Lore. „Sie ist großartig. Sie machen Vorträge, Diskussionsabende. Viel zum Thema Poly."

„Dann mach das. Du kannst mir morgen mehr erzählen, in Ordnung? Ich bin supermüde. Mein Tag war echt lang."

„Hey." Evi trat einen Schritt nach vorne. Aus dem beleuchteten Gang ins halbdunkle Wohnzimmer. Sie wollte, dass er sie ansah, sie bemerkte, sie wahrnahm, sie begrüßte.

„Hi." Schwerfällig drückte er sich hoch. Dann zog er seine Füße von Lores Schoß und stand auf. Im Vorbeigehen küsste er Evi beiläufig auf die Wange. Er hauchte noch ein schnelles „Gute Nacht", dann zog er die Tür zu seinem Zimmer hinter sich zu. Evi sah ihm hinterher. Sie hatte mehr erwartet. Mehr Freude, sie zu sehen. Mehr Zuneigung. Zumindest eine Umarmung. Da war wieder der Knoten in ihrem Magen. Es war nicht ihre Zeit, dachte sie. Ihre Zeit würde wieder kommen. Und er war müde.

„Ich komm gleich", rief Lore ihm hinterher. Sie stand von der Couch auf. „Gute Nacht, Evi", sagte sie noch, bevor sie ins Bad ging.

Evis langer Schatten fiel über die Couch, bedeckte die Stelle, auf der Jan gelegen hatte, stritt sich mit dem leise tanzenden Licht des Fernsehers. In der Stille der Wohnung setzte sie sich hin, wo gerade noch seine Schultern gelegen hatten, das abgewetzte Leder war noch warm von ihm. Die zerknüllte Decke zog sie sich über die Schultern, atmete seinen Geruch tief ein. Sie streckte sich nach der Fernbedienung, die auf dem Wohnzimmer-[illegible] lag, [illegible] Ihre Zeit würde wieder kommen, sie durfte die Dinge nicht überinterpretieren, er war müde gewesen und sie einsam, das war keine gute Mischung. Sie atmete tief aus und lehnte sich zurück. Dann zog sie sich die Decke bis unter Kinn. Sein Geruch hing noch im rauen Stoff. Was hatte sie sich vorgestellt? Es war nicht anders, überhaupt nicht, jetzt wo Klaus weg war. Jan war bei Lore. Gut, sie hatten einen Tag mehr gehabt. Einen Tag. Aber was war mit der Nacht? Jeden Morgen wachte sie alleine auf, er schlief immer bei Lore und Evi wusste nicht so recht warum. Sie wusste nur, die beiden hatten ihre Gründe und Lore ihre Grenzen. Zumindest nahm Evi an, dass es an Lore lag. ‚Sicher nicht an Jan', dachte sie. Er wollte bestimmt bei ihr sein, sie nicht im kalten Bett allein lassen. Wenn Lore auch nur mal eine Nacht weg wäre, wenn sie übers Wochenende zu ihren Eltern fahren würde, wenn sie auf ein Yoga-Retreat fahren würde. Doch stattdessen war sie jeden Abend zu Hause und jeden Abend schlich Jan zu ihr ins Zimmer und Evi blieb allein. Und auch jetzt, wo Klaus weg war, war alles genauso wie früher, und das Einzige, was wegfiel, waren Klaus' Vorwürfe. Sie schlug die Decke zurück, setzte sich auf. Einen Moment verharrte sie, dann drückte sie sich langsam hoch. Leise waren Jan und Lores Stimmen, als sie den Gang betrat. Gedämpft durch die Tür. Wie von einem anderen Planeten.

Klaus' Arbeitszimmer war genauso leer wie der Rest der Wohnung. Kein Kratzen der Tuschefeder über Papier. Keine verbrauchte Atemluft, weil er vor lauter Konzentration vergessen hatte, zu lüften. Kein Klaus, der, die Stirn in Falten gelegt, vor einer Leinwand stand. Keine Farbe, die auf die alte Überdecke am Boden tropfte. Evi seufzte. Und so wie das Arbeitszimmer leer war, fühlte sich auch ihr Schlafzimmer leer an. Das Bett ein einsamer Ort, an dem sie nicht sein wollte, also setzte sie sich an ihren Schreibtisch und starrte aus dem Fenster in die Nacht. Der Mond tauchte den Grünstreifen zwischen den Häusern in sein kaltes Licht. Das Zimmer war zu groß für sie.

4

Kühle Luft drang durch die hohen Fenster aus dem sonnenhellen Innenhof in den Saal. Zitruspflanzen reckten sich entlang der bunt gestrichenen Wände in den Himmel. „Das Leben ist ein ewiges Lernen." Der hagere Typ, dessen struppiger Vollbart wie das Fell eines alten Straßenköters aussah, ballte im Plenum die Hand zu Faust. „Und darum sind wir hier, um zu lernen." Er machte eine dramatische Pause, stützte sich auf seinem Pult mit beiden Händen auf und streckte die Arme durch. Jeden einzelnen seiner auserwählten Studenten sah er mit ernstem Blick an. „Voneinander", erklärte Professor Deez mit Nachdruck.

Die großen Werktische waren mit Farbe verschmiert. Die hölzerne Lehne des alten Drehstuhles drückte sich Klaus in den Rücken. Er versuchte eine bequeme Sitzposition zu finden, drückte den Rücken durch, was schon nach kurzer Zeit zu anstrengend wurde, dann sackte er wieder zusammen. Er betrachtete Maria auf dem Platz neben ihm. Sie reckte den Kopf nach oben, hing an Deez' Lippen. Ihr Gesicht zu einem Lächeln verzerrt. Wie sie den alten Trottel anschmachtete, sie hatte ja keine Ahnung. Der Typ war kein Genie. Der Typ war weniger als Durchschnitt. Der nahm keinen Pinsel mehr in die Hand. Er ließ produzieren, am Fließband. Nicht seine eigenen Ideen, sondern die seines Teams. Dafür hatte Klaus nicht Kunst studiert.

„Dieses Seminar ist wichtig für Sie." Deez blickte ernst ins Auditorium, die Augen zusammengekniffen. „Vergessen Sie das nicht. Unsere Erfolgsgeschichte spricht für sich. Etwa die Hälfte von Ihnen wird eine Galerie finden. Also strengen Sie sich an. Die Abschlussausstellung ist wegweisend. Es liegt in Ihrer Hand. In Ihrer Hand allein. Hier werden Sie Kontakte knüpfen, die Sie Ihr ganzes Leben lang begleiten." Wieder ballte Deez die Hand zur Faust.

Klaus lehnte sich zurück, verschränkte die Arme vor der Brust. ‚Ja', dachte er. ‚Wenn man sich selbst verkaufen will und nur produziert, was gefällig ist …' Und Maria? Er sah es ihr an, sie roch das Geld. Auch wenn sie es nicht zeigte. Wahrscheinlich war da doch ein anderer Plan in ihrem Kopf als Kinder und Küche. Karriere. Klaus starrte aus dem Fenster. ‚Widerlich', dachte er. Es war genau, was er nicht wollte. Er wollte frei sein. Wieder hatte er sich von Evi beschwatzen lassen, so einen Mist zu machen. Wieder und wieder hörte er auf sie. Obwohl er es eigentlich besser wusste. Die Frau hatte etwas, das ihn schwach machte, gefügig.

Zwei junge Frauen traten aus dem Saal gegenüber in den Innenhof, sie trugen etwas in den Händen, Pappbecher, wahrscheinlich Kaffee oder Tee. Beide geschminkt, [illegible] Haaren, [illegible] Kunststudentinnen, angehende Galeristinnen, aus ihren Poren sickerte die Essenz des unethischen Industrieketten-Kaffees, den sie sich in ihre gierigen Mäuler schütteten.

Abgang Deez. Der Professor setzte sich auf einen knarzenden Holzstuhl. Auftritt seines hageren Assistenten. ‚War klar, dass er die Arbeit jemand anderem überlassen würde', dachte Klaus. Er lehnte sich nach vorne, stützte die Ellenbogen auf die farbverschmierte Tischplatte. Der Assistent stellte sich als Günther Breuer vor. Dämlicher Name. „Ihr werdet in mehrere Gruppen eingeteilt." Er zählte Namen auf. Der von Klaus fiel. Und Marias. „Die Personen, die ich aufgerufen habe, sind in meiner Gruppe. Der Rest arbeitet mit meiner Kollegin." Er nickte in Richtung einer pummeligen unscheinbaren Frau. Sie saß auf einem Stuhl am Fenster und trug einen Schal, der aussah wie eine übergroße Wolldecke. Wie sie das bei der Hitze tragen konnte, war Klaus ein Rätsel. Da hatte Deez sich ja zwei Spezialisten angelacht.

„Wie Professor Deez vorhin schon erwähnte", erklärte Günther, „arbeitet ihr miteinander, lernt voneinander. Das ist eine wichtige Chance für euch. Vergeudet sie nicht."

‚Eine schöne Chance', dachte Klaus.

Die Straße vor dem Kunstgebäude buk in der Sommerhitze. An der Ampel stauten sich die Blechhaufen zurück bis vor den Eingang des Hauses. Um Marias Hüften wallte ein schwarzer bodenlanger Rock im Lufthauch. Wenn sie ging, sah man die Ballerinas an ihren Füßen. Sehr züchtig. ‚Selbst schuld', dachte Klaus, ‚was musste sie sich auch einen Araber suchen'.

Maria schob den Träger ihres Spaghettiträgertops zurück auf ihre Schulter. „Er ist nett, oder?" Sie kniff die Augen zusammen.

Klaus starrte sie an.

Stirnrunzelnd betrachtete sie ihn, dann hob sie die Hand wie einen Schirm über ihre Augen. „Na, Günther. Unser Betreuer."

‚Worauf will sie hinaus?', fragte er sich.

„Hast du gesehen? Er trägt verschiedenfarbige Socken. Irgendwie witzig." Sie grinste. „Ich hatte mal einen Philosophie-Professor, der das auch gemacht hat."

Als ob er sich für ihren Professor interessierte. Schweiß lief ihm über die Schläfen. In der Seitenstraße gegenüber standen Parkbänke im Schatten der Bäume. Als die Straße frei war, überquerte er sie.

„Hey, wo willst du hin?", rief sie ihm hinterher.

„Aus der Sonne raus“, grummelte er. Es war zu heiß, viel zu heiß. Evi hatte ihn nicht nur in den Kommerz, sie hatte ihn in die Hölle geschickt. Wenn sie wenigstens zu schätzen wüsste, was er für sie tat.

„Okay, okay.“ Sie hastete ihm hinterher. „Wenn du meinst. Kannst ja auch vorher was sagen.“

Sie war wie ein abgerichteter Hund, setzte sich neben ihm in den Schatten. Ihren Rucksack stellte sie auf ihre Oberschenkel. Sie zog den Reißverschluss auf, begann währenddessen zu reden. Über den Kurs, wie super es war, dass sie beide einen Platz bekommen hatten. Endloser Wortdünnfluss. Er starrte auf das Gebäude der Akademie. Hohe Säulen erhoben sich über den Eingang wie dicke Gitterstäbe. Waren sie nicht alle geistig eingesperrt? Es war nicht an ihm, den anderen zu zeigen, um was es eigentlich ging. Er war nicht hier, um ihnen das Denken beizubringen.

„Hast du Lust?“

Er sah zu Maria hinüber. Lust? Sie hielt einen Flyer hoch.

„Hast du Lust hinzugehen?“

Er nahm ihr den Flyer aus der Hand. Ein dicker Schriftzug im 80er-Jahre-Stil. Semesterparty der Technischen Universität. TUs konnten doch keine gescheiten Partys. Warum sollte das in Berlin anders sein als in München?

„Komm schon. Oder fährst du nach Hause?“

Er betrachtete sie. „Ne“, antwortete er kurz und knapp.

„Ich auch nicht. Also warum in der Wohnung rumsitzen, wenn man auch weggehen kann. Ich finde es klingt gar nicht schlecht.“ Sie rutschte näher an ihn ran, deutete mit ausgestrecktem Zeigefinger auf das Kleingedruckte. *Die größten Hits der Neunziger.*

Er hob den Blick und starrte auf das Universitätsgebäude. Studenten wanderten vom Dunkel der Akademie ins Licht der Sonne. Sie wären es, die auf der Party zu beschissener Musik herumzappelten, die dem Leben eine Leichtigkeit gab, das die Welt schon bald mit ihrem kapitalistischen Schmelzwasser wegwaschen würden.

„Jetzt hab dich nicht so.“ Maria stieß ihn mit der Schulter an.

Das Telefon lag schwer in seiner Hand. Er saß am Abend im Dämmerlicht in seinem Zimmer. Erstarrt. Unfähig das Licht anzuschalten. Er legte das klobige Teil zur Seite, nahm es wieder auf. Sinan besuchte Maria. Wenn Evi sich einfach mal wie eine anständige Partnerin verhalten würde. Er rollte mit den Augen. Sie hatte ihn weggeschickt, um Zeit für ihn zu haben. Für

Jan. Er hatte versucht sich mit ihm anzufreunden, hatte versucht zu sehen, was Evi in ihm sah. Aber Jan war ein kleines wichtigtuerisches Nichts. Noch immer verstand er nicht, was sie von ihm wollte. Was sie von Jan bekam, das er ihr nicht geben konnte.

Es klopfte an der Tür.

„Ja?“ Er schmiss das Telefon zur Seite.

Die Tür ging einen Spaltbreit auf. Maria steckte ihren Kopf durch den Türschlitz.

„Hey“, sagte sie. „Was machst du?“

„Nichts.“

„Wir wollen einen Film schauen. In meinem Zimmer. Swen hat Popcorn gemacht.“

Er drehte sein Telefon um und schaltete das Display an. Keine Nachrichten. Nichts. Von niemandem.

„Wir sehen Avatar.“

„Avatar?“, fragte er halb abwesend. Wie kamen sie zu der Filmwahl? Einer der hohlsten Filme der Menschheitsgeschichte.

„Es ist Swens Lieblingsfilm und ich hab ihn noch nicht gesehen.“ Mit den Fingerspitzen trommelte sie auf seinem Türstock. „Na, was ist?“

Er wohnte zusammen in einer Wohnung mit jemandem, dessen Lieblingsfilm Avatar war? „Von mir aus“, seufzte er. Dann stand er auf.

„Geh schon mal vor, ich hol noch was zu trinken“, sagte Maria. Sie machte kehrt und bog nach links in Richtung Küche ab.

‚Wo hast du mich alleine gelassen?‘, dachte er, als er in Marias Zimmer ging. Das Jugendherbergsbett hatte sie zur Seite geschoben, stattdessen lag auf dem Boden eine große Matratze, zugedeckt mit bunt bestickten Tagesdecken. Swen saß im Schneidersitz an die Wand gelehnt, den Rücken zu einem Buckel verformt. Seine eingefallenen Wangen waren düster wie die Hohlräume eines Totenschädels.

Maria trug in der einen Hand eine Karaffe Wasser, in der anderen vier Gläser. Sie drückte die Leertaste auf ihrem Notebook. Blaue Wesen hüpften über den Bildschirm.

Nach einer viel zu langen ersten Seminarwoche hatte Klaus eigentlich keine Lust auf eine Studentenparty. Doch etwas Besseres hatte er auch nicht zu tun. In roten High Heels stakste Maria neben ihm über den Zebrasteifen. Auf dem Asphalt klackerten ihre Absätze. Vor ihnen erstreckte sich ein Bau aus den 70er-Jahren über den Bürgersteig. Die große Fensterfront leuchtete abwechselnd farbig auf. Violett, Rot, Grün, Blau, Gelb, ein stetiger Rhythmus des Farbwahnsinns. Ob ihr Araber-Typ wusste, dass sie so rumlief, fragte sich Klaus, als sie in ihren knallengen Jeans vor ihm die Stufen zur doppelflügeligen Eingangstür hinaufstieg. Mit ihrem ganzen Gewicht stemmte sie sich gegen die schwere Metalltür. Die Musik überflutete sie.

Maria drehte sich zu ihm um. „Kommst du?", fragte sie.

Er schleppte sich Stufe für Stufe der Party entgegen. In München hätten ihn keine zehn Pferde in sowas reingebracht. Evi hatte es mal versucht. Am Ende war sie mit Lore und Jan alleine von dannen gezogen. Sie durfte nie davon erfahren, dass er sich von Maria hatte breitschlagen lassen. Was tat man nicht alles, um der Einsamkeit zu entfliehen.

„Du hättest dir auch was Farbenfroheres anziehen können, weißt du? Oder trägst du nur Schwarz?"

Um die Antwort kam er herum, am Ende der Treppe warteten zwei schmächtige Studenten an der Kasse auf sie.

Die Mensa-Plastikstühle waren zur Seite geschoben und am Rand aufeinandergestapelt. Auf der Stroboskop-beleuchteten Tanzfläche zuckten ungelenke Mittzwanziger. Jack Whites Bass brummte bei *Seven Nation Army* tief aus den Lautsprechern.

„Willst du auch was trinken?" Maria stand neben ihm, nickte im Takt der Musik.

„Ein Bier."

Ihr Lippenstift leuchtete im Schwarzlicht. „Ich hol uns was", sagte sie und verschwand in der Menge. Er stand am Rand der Tanzfläche und hatte keine Ahnung, was er tun sollte. Er verschränkte die Arme vor der Brust. Tanzen würde er sicher nicht.

Er sah einem Typen zu, der am Rande der Tanzfläche um eine Frau herumhampelte. Zur Mitte der Fläche hin verdichteten sich die Menschen zu einem Wesen, das im Rhythmus der Musik bebte. Klaus schüttelte den Kopf über so viel fehlgesteuerte Energie.

„Hey." Maria tauchte wie aus dem Nichts neben ihm auf, hielt ihm eine grüne Glasflasche hin. Pils.

„Was Besseres haben sie nicht?" Er runzelte die Stirn, betrachtete die Flasche im wechselnden Licht der Scheinwerfer.

Sie ignorierte ihn, setzte ihre eigene Flasche an die Lippen und nahm einen großen Schluck. Dann beugte sie sich zu ihm rüber, stellte fest: „Ist doch ganz gut hier." und nickte im Takt. *Seven Nation Army* verebbte, unbeholfen wechselte der DJ zu *Summer of 69*. „Dazu muss ich tanzen“, sagte sie und drückte ihm die Bierflasche in die Hand. Dann machte sie drei Schritte auf die Tanzfläche und schob sich in die Menge.

Die Bierflaschen baumelten zwischen seinen Fingern, als Klaus am Rand der Tanzfläche entlangging. Neben ihm zuckten Körper. Die riesigen Fensterscheiben waren beschlagen von den Ausdünstungen des versammelten Studentenkörpers, und genauso roch es auch. Nach verschwitzten und betrunkenen Körpern. Verschwommen lag vor ihm die Stadt, überdeckt von Scheinwerfern und Menschenkörpern, die sich auf der Fensterscheibe spiegelten. Ein grauer Betonklotz. Einzige Farbe: schlechtes Graffiti an den Wänden. Berlin. Die Stadt der Kreativen und der Künstler. Er nippte an dem Bier, dessen Geschmack sich schal und bitter auf seiner Zunge ausbreitete. Er starrte in die Ferne. ‚Freitag‘, dachte er. Jan und Evi. Was sie wohl taten? Sicher lägen sie im Bett, er an sie geschmiegt, seine Hände auf ihren Brüsten. ‚Ich brauche dich, weil Klaus eine Niete im Bett ist‘, flüsterte sie ihm in seiner Vorstellung zu. Klaus zog sein Telefon aus der Tasche, öffnete die Galerie. Er scrollte die Urlaubsbilder vom letzten gemeinsamen Italienurlaub durch. Evi am Strand mit Jan. Evi in der Hütte, neben ihr Lore. Jan und Lore. Immer Jan und Lore. Nie waren sie alleine, wirklich alleine, immer mit den anderen. Wenn er etwas ändern könnte an ihrem gemeinsamen Leben, dann die beiden. Er würde sie einfach streichen. Das war es, was ihnen fehlte. Ein Leben in Ruhe. Nicht das hypothetische Geld, das er verdienen würde, wenn er sich einen richtigen Job suchen würde, wie sie es immer nannte. Ein richtiger Job.

Der letzte Schluck vom bitteren Pils rann seine Kehle hinab. Die Flasche klebte an seine Lippen, an seinen Fingern, und seine Unterarme klebten auf der Theke fest, als er vor der Bar stand. Ekelhaft. Die schwarze Pappe, auf der die mehr als dürftige Getränkeauswahl niedergeschrieben war, war mit der Plastikunterlage verschmolzen. Bier und Weinschorle und dämliche Cocktails, die keiner brauchte. Er hatte keinen Bock mehr auf Studentenpartys.

„Na?“, hörte er von der Seite eine Frauenstimme durch den lauten Klangteppich aus schlechtem Bass und übersteuerten Höhen. War Maria schon mit dem Tanzen fertig? Er blickte zur Seite. Aus mandelförmigen Augen sah sie ihn an. Die hohen Wangenknochen verliehen ihr etwas Katzenhaftes im schummrigen Licht.

„Ich hab dich vorhin beim Grübeln am Fenster stehen sehen“, rief sie über die Geräuschkulisse hinweg. „Lass mich raten …“ Sie lehnte sich zurück, ihr Blick streifte über seinen Körper, als könnte sie herauslesen, wer er war.

„Philosophie.“ Mit einem Pistolenfinger deutete sie auf ihn.

„Was darf es sein?“

Kurz nur sah Klaus den Barkeeper an. Dann wieder sie. Sie war kleiner als er. Ihre Haare hatte sie kunstvoll zu einer hellblonden Wasserwelle geformt. Sie hatte tiefblaue Augen, ihre Mundwinkel deuteten ein Lächeln an.

„Ein Bier“, bestellte er. „Und die Dame …“

„Aperol Spritz“, sagte sie. „Etwas Besseres haben sie hier nicht.“ Sie trat ganz nah an ihn heran. „Habe ich Recht?“

Er brauchte einen Moment, um zu verstehen, was sie meinte. „Kunst“, sagte er.

„Ach.“ Sie grinste. „Knapp vorbei.“

Kühler Wind blies durch seine Locken. Unter ihnen die Häuser, das Rauschen der Autos drang zu ihnen hoch. Sie waren auf einem Dach über der Stadt. Sie hatte seine Hand genommen und ihn nach oben geführt.

„Ich liebe es hier oben. Es fühlt sich so frei an.“ Karin breitete die Arme aus.

Klaus stellte die leere Pilsflasche auf den Boden, stützte sich auf dem Geländer auf. „Woher kennst du das hier?“

Sie lachte ihn an. „Als ob es ein Geheimnis wäre … Wenn man so lange an der Uni ist wie ich, dann weiß man solche Dinge.“ Sie umfasste das Geländer, lehnte sich zurück, streckte die Arme durch.

Er sah nach unten auf die verwaiste Straße.

„Also“, setzte sie an. „Klaus aus München. Wie lange bist du in Berlin?“ Seitlich lehnte sie sich an das Geländer. Die Fransen ihres Minikleides umspielten ihre Hüfte. Der Stoff spannte über ihr tief ausgeschnittenes Dekolleté.

„Drei Monate.“ Er wandte sich ihr zu.

„Drei lange Monate fort von zu Hause.“ Sie legte den Kopf schief. „Und, gibt es jemanden, der auf dich wartet?“ Von unten herauf sah sie ihn an.

„Nein.“ Dass Evi auf ihn wartete, konnte man beim besten Willen nicht behaupten. Sie hatte ihn schließlich wegen ihres Lovers verbannt. Also war es keine wirkliche Lüge.

„Nicht?“, fragte sie. „Niemand?“ Sie kam ihm näher, legte ihm die Hand auf den Oberarm.

Er betrachtete sie, ihr Gesicht, ihre Brüste. Sie streckte sich ihm entgegen. Wie eine Katze, die gestreichelt werden wollte.

„Wenn ich eine Regel habe, dann die, dass ich nicht betrüge.“

Er nickte. Er wollte sie küssen, nichts mehr als das. Ihre vollen Lippen probieren, sie schmecken. Doch sie war es, die ihn küsste. Sie stellte sich auf die Zehenspitzen, dann waren ihre weichen Lippen auf den seinen. Und er versank in ihrem Kuss, legte die Hände an ihre Hüfte, zog sie an sich. Sie schmeckte süß und leicht säuerlich zugleich, nach Aperol Spritz und Cola. Er drückte seine Erregung gegen ihren Bauch. Für eine halbe Ewigkeit standen sie eng umschlungen da, während sich die Welt um sie herum weiter drehte. Es kam ihm vor wie das Ende eines kitschigen Disneyfilms. Dann löste sie sich von ihm. Aus ihrem BH zog sie ein Kondom, riss die Packung auf, hielt es ihm hin. Er zögerte.

„Was ist?" Sie sah ihn an.

„Hier?"

Sie legte ihre Stirn in Falten. „Naja, wenn du keine Lust hast ..."

Ein Moment der Stille verstrich. Sollte er? So eine Frau, so ein Angebot. Er wusste nicht warum, aber endlich war da etwas Gutes. Und Evi fickte schließlich ständig Jan. Ihr war es sicher egal. Er nahm ihr die aufgerissene Verpackung aus der Hand. Sie drehte sich um, beugte sich nach vorne, stützte sich auf dem Geländer auf. Dann schob sie ihr Kleid nach oben über die Hüfte und ihren Schlüpfer nach unten, bis er über ihre Stiefeletten hing. Ihre feuchten Schamlippen glänzten im Schein der Nacht. Sie stöhnte, als er in sie eindrang.

Er stand hinter ihr, als es vorbei war, und schob die Knöpfe seiner Jeans mit dem Daumen durch die Knopflöcher. Der Wind fuhr ihm durchs Haar, trocknete die kalten Schweißtropfen auf seiner Stirn. Er fröstelte. Es war sein erstes Mal auf einem Hausdach gewesen. Sie lehnte mit dem Rücken am Geländer, klammerte sich daran fest. Er schob sein schwarzes Shirt mit der rechten Hand unter seinen Hosenbund.

„Das war", sagte sie und griff nach dem hautfarbenen Schlüpfer, der auf Höhe ihrer Knöchel zwischen ihren Beinen hing, „wunderbar." Sie zog ihn über ihren Hintern, schob ihr Kleid nach unten, durchkämmte mit spitzen Fingern die Fransen am Saum.

„Willst du was trinken?", fragte er. Er wollte nicht, dass es endete. Nicht jetzt.

„Es war schön mit dir." Sie lächelte ihn an. „Ich muss los." Sie kehrte ihm den Rücken zu, ihre Stiefeletten knirschten auf den Kieseln des Daches.

„Lass uns doch noch was machen", sagte er. „Bitte. Du bist hier der erste Mensch, mit dem ich mich verstehe.".

Kurz vor der Tür drehte sie sich zu ihm um. „Du kennst mich doch gar nicht", sagte sie.

Er ging ihr nach. Sie war der erste Mensch, den er in Berlin spannend und sympathisch fand. Er würde sie nicht einfach so fortlaufen lassen.

Sie lächelte. „Na gut." sagte sie und reckte ihr Kinn in die Höhe. „Aber dann lass uns irgendwo hingehen, wo man was Anständiges zu trinken bekommt. Hier gibt es nur Mist."

„Klar." Er konnte es nicht erwarten, die Party hinter sich zu lassen.

Sie drückte die Klinke der schweren Eisentür hinunter, die zum Treppenhaus führte. Dann verschlang sie der schwarze Schacht und sie stiegen hinab in die Dunkelheit. Von unten wummerte ihnen die Musik entgegen.

Sie gingen an der Tanzfläche vorüber, und er sah Maria, die die mit erhobenen Armen darauf stand. Sie hatte die Augen geschlossen und bewegte sich langsam im Takt von Massive Attacks *Teardrop*. Er ging zu ihr hinüber und als er sie an der Schulter berührte, sah sie ihn an.

Er beugte sich zu ihr hinab. „Ich hau ab", sagte er.

Ihr Blick wanderte zu Karin, blieb an ihr hängen, als wäre sie ein groteskes Gemälde.

„Wir sehen uns später, ja?"

Er wartete nicht darauf, dass sie etwas antwortete. Er drehte sich um, ließ sie zurück.

Der Raum war schummrig beleuchtet und hing voller Blechschilder aus den 70ern. Alte Cola Werbung, Waschmittel-Girls und die gute Hausfrau auf schwarz gestrichener Wand. Sie bestellte Absinth und Wasser für sie beide, und als sie sich in einer grün gepolsterten Sitznische gegenübersaßen, starrte er in die blaue Absinthflamme, die langsam einen Zuckerwürfel schmolz.

„Also", sagte sie. „Du willst dich unterhalten."

Langsam rührte er mit seinem totenkopfförmigen Sieblöffel in der Flüssigkeit. Sie nahm die Karaffe mit Leitungswasser, füllte ihr Glas auf.

„Dann sag schon, über was willst du sprechen?"

„Es passiert mir nicht jeden Tag, dass mich eine wildfremde Frau von einer Party abschleppt."

Sie legte den Kopf zurück. „Vielleicht machen es einfach noch viel zu wenige Frauen. Sich einfach nehmen, was sie haben wollen, ohne darüber nachzudenken, was passiert."

„Vielleicht ..." Leise klirrte das Glas, als er mit dem Löffel dagegen stieß.

„Also?", fragte sie. „Nicht, dass es mich nicht amüsieren würde, mit dir hier so zu sitzen. Das habe ich auch nicht jeden Tag."

„Was bist du?", fragte er und betrachtete sie. Der Stoff ihres Kleides spannte über ihren Brüsten, ihre Brustwarzen wie kleine Bergspitzen.

Aber sie lachte nur. „Ich bin eine Muse“, erklärte sie, als wäre es ganz selbstverständlich.

Ihr Gesicht, die hohen Wangen, schimmerten durch das spärliche Licht der Bar. Ihre Augen im Halbdunkel. Er wusste nicht, was er darauf sagen sollte. Wollte sie ihn auf den Arm nehmen?

„Ich nehme mir, was ich will.“ Sie nippte an ihrem Absinth.

„Warum dann Muse?“, fragte er amüsiert.

„Ich bin Inspiration. Denn Inspiration kommt aus der Diskussion. Wie wir alle wissen, wurden namhafte Künstler von starken Frauen beeinflusst, die in ihrer Zeit nicht gesehen wurden. Viele der Frauen haben einen maßgeblichen Beitrag zum Werk der männlichen Künstler geleistet, die am Ende als große Schöpfer gepriesen wurden. Aber die, die dahinterstanden, wenn nicht sogar die Werke geschaffen haben, wurden nicht genannt. Katia Mann.“ Sie stützte die Ellenbogen auf den Tisch. „Aber es gibt auch andere Beispiele. Beispiele dafür, dass beide Partner wahrgenommen wurden. Yoko Ono.“ In einem Zug stürzte sie den restlichen Absinth herunter. „Inspiration beruht auf Gegenseitigkeit. Ich inspiriere dich und du mich. Ich bin deine Muse, wenn du meine bist.“ Sie betrachtete das Glas in ihrer Hand, stellte es auf den Tisch. „Aber jetzt zu dir. Was machst du in Berlin? Klaus, Kunststudent aus München.“

‚Ich bin weit mehr als nur Kunststudent‘, dachte er. „Ich besuche ein Seminar an der Uni.“

Sie nickte. „Und jetzt mal ganz ehrlich.“ Sie schob das leere Absinthglas zur Seite, beugte sich vor. „In München, da wartet niemand auf dich? Keine kleine Freundin, die du jedes Wochenende besuchst? Irgendwie …“ Sie kniff die Augen zusammen. „Irgendwie glaube ich dir nicht.“

Sollte er etwas sagen? Sie kannten einander seit fünf Minuten. Er hatte sie schon angelogen und gefickt. Außerdem … vielleicht machte es ihn nur interessanter. „Nun ja …“, fing er an.

„Hah.“ Karin schlug mit der flachen Hand auf die Tischplatte. „Wusste ich es doch.“

„Wir sind offen“, erklärte er.

„Offen, ja?“ Karin sah ihn mit skeptischem Blick an. „Warum hast du das nicht gleich gesagt? Oben in der Mensa? Als ich gefragt habe.“

„Es wäre“, seine Augen schweiften über ihr Gesicht, ihren Hals, ihre Brüste, „schwierig zu erklären gewesen.“

Sie verschränkte die Arme vor der Brust. Einen Moment starrte sie ihn an, dann stand sie auf. „Ich muss zur Toilette“, sagte sie und schob sich aus der Sitzbank. „Ich komme gleich wieder.“

Er wartete auf sie. Sah auf die Uhr und wartete. Nach fünf Minuten stand er auf, ging zur Bar und bestellte nochmal zwei Absinth. Die Zuckerflammen waren schon ausgegangen, als sie sich wieder auf die grüne Kunstlederbank ihm gegenüber setzte. Sie hatte die Wasserwelle gerichtet und ihren Lippenstift nachgezogen. Keine zerzausten Strähnen mehr auf der Stirn. Klare rote Linien, die Lippen definiert. Karin schüttete kaltes Wasser aus dem Krug in ihr Glas. Dann nahm sie einen großen Schluck. „Irgendwas", sagte sie und schwieg einen Moment. „Ich weiß nicht warum, aber irgendwas an dir gefällt mir. Du hättest es mir gleich sagen können, aber ..." Sie legte den Kopf schief, betrachtete ihn. „Aber ihr seid offen, von daher ... Was du mit ihr ausmachst, ist eure Sache. Wer bin ich, darüber zu richten?" Sie schob ihr Glas mit der rechten Hand ein paar Zentimeter nach rechts. „Außerdem interessiert es mich nicht, wenn ich ehrlich bin. Hör zu", sagte sie. „Ich suche nichts Festes. Das gleich mal vorweg. Aber ich habe nichts dagegen, dich wiederzutreffen. Der Fick war gut. Wir könnten das wiederholen, was meinst du? Ich hatte meinen Spaß. Und ich habe auch Spaß an anderen Dingen." Sie lehnte sich zurück.

Er saß vor seinem halb getrunkenen Glas Absinth. Er würde nicht nein sagen, sicher nicht.

„Keine Regeln, keine Bindung. Wenn einer nicht mehr will, ist es vorbei. Und eins sage ich dir ..." Sie beugte sich vor, richtete den Zeigefinger auf ihn. „Kein Drama! Also, was machst du für Kunst? Erzähl."

Und er erzählte von seinen Projekten zu Hause, von seiner Arbeit neben der Uni, von den Stunden, die er hineinsteckte, von den langen Abenden. Sie nickte und diskutierte mit ihm, stellte Fragen und er dachte: Endlich jemand, der versteht.

„Kunst darf nicht massentauglich sein", sagte sie. „Sie muss polarisieren. Kann Kunst, die in großen Galerien hängt, tatsächlich noch Kunst sein?" Sie leerte ihr drittes Glas Absinth, schenkte Wasser nach, trank es in einem Zug. Dann sah sie auf die Uhr. „Die Zeit verfliegt mit dir, Klaus aus München. Wir sehen uns. Ich muss los. Hier." Sie schob ihm ihr Telefon hin. „Trag deine Nummer ein."

Der helle Bildschirm blendete ihn. Er kniff die Augen zusammen, tippte seinen Namen und seine Nummer ein, schob ihr das Telefon zurück über den Tisch. Dann zog er seines aus der Hosentasche, doch sie winkte ab. „Brauchen wir nicht. Ich melde mich bei dir."

„Soll ich dich nach Hause bringen?", fragte er.

„Klaus aus München." Sie sah ihn an und lachte. „Ich brauche niemanden, der mich nach Hause bringt."

5

Die Fenster des kleinen Nebenraumes der Wirtschaft standen sperrangelweit offen. Draußen schien die Sonne auf Stühle und Tische. Aber sie würden drinnen sitzen, in ihrem eigenen Raum. Damit die anderen Gäste nicht mithörten. Damit sie ungestört waren.

Kati, die Organisatorin des Stammtisches, eine quirlige Frau der andauernd die Brille auf die Nasenspitze rutschte, verteilte Stifte und Zettel. Evi setzte sich an das kurze Ende des großen Tisches, auf die Bank direkt vor das Fenster. Die laue Brise des Sommerabends strich ihr über Schulter und Nacken. Kati setzte sich neben sie. Aus ihrer Tasche zog sie einen weiteren Stapel Zettel, darauf waren mit bunten Filzstiften verschiedene Begriffe und Fragen geschrieben, ganz oben erkannte Evi: Polykül. Bei jedem Stammtisch sammelte Kati Fragen ein, um sie im Anschluss zu sortieren, und bei nächster Gelegenheit wieder rauszuziehen. Bald würde sie ein Lexikon damit füllen können.

„Na, wie geht's?", fragte Kati.

„Gut, und selbst?" Evi beugte sich vor, streckte ihre Hand nach Katis Zettelstapel aus.

„Auch gut." Kathi rutschte mit ihrem Stuhl nach vorn. „Es kommen wieder viele Neue."

„Ja?" Evi schob den Polykül-Zettel zur Seite, dann betrachtete sie den Nächsten. „Was mache ich, wenn mein Partner mit jemand anderem ausgeht und ich alleine zu Hause bleibe?" Evi seufzte innerlich. Manche Fragen wurden nie alt.

„Die kommen alle über diese Jodel-App. Da gibt es diese Gruppe." Kathi zog ihr Smartphone aus der Tasche, legte es flach vor sich auf den Tisch. Mit ausgestrecktem Zeigefinger entsperrte sie den Bildschirm. „Ich schreib ab und zu mit ..." Sie öffnete die App, suchte das Thema. „Poly München".

Evi legte den Zettel zur Seite, darunter das nächste Thema. „Was mache ich, wenn ich eifersüchtig bin?" Sie drehte ihn um, legte ihn mit der Rückseite nach oben auf den ersten. Ja, was macht man dann? Sich ablenken, mit netten Menschen treffen, die dann, wie im Fall von Therese, unpassende Gespräche anfangen. Darüber nachdenken, was schön war, auf das nächste Treffen mit dem Liebsten freuen.

„Hier. Ich habe Angst, dass meine Freundin einen anderen Typen hat. Ich weiß, dass sie polycountry.com liest, da macht sie kein Geheimnis draus. Jetzt habe ich Angst, dass sie wirklich Poly sein könnte. Wenn sie mit einem andern schläft, ist das dann Poly?" Kathi schmunzelte. „Zumindest war die Antwort total nett. Eine Userin hat geschrieben, dass es nicht Poly ist, sondern Betrug. Bei Poly gehen alle offen und ehrlich miteinander um, sie müsste es also zuerst mal mit ihm besprechen."

Evi sah kurz von ihren Zetteln auf, nickte Kathi zu. Dann sah sie wieder runter. Kann man wirklich alle seine Partner gleichberechtigt lieben? Oder wird die Liebe irgendwann beliebig? Evi hoffte, dass es nicht so war. Hoffte, dass Jan sie lieben konnte, wie er Lore liebte. Und wenn er das tat, müsste er nicht auch entsprechend handeln? Evi drehte den Zettel um. Sie hatten noch so viel Arbeit vor sich. Einen ganzen Haufen Beziehungs- und Redearbeit. Man war nie damit fertig. Auf dem nächsten Zettel stand: „Was mache ich, wenn ich mit dem Partner meines Partners nicht einverstanden bin?"

Evi legte die umgedrehten Zettel auf den Stapel und schob diesen in die Mitte.

Ein junger Typ streckte seinen Kopf zur Tür rein. Er war hager, sah aus wie gerade volljährig geworden.

„Hallo. Willst du zum Poly-Stammtisch?"

Der Typ nickte.

Kathi schob ihren Stuhl zurück, stand auf. Sie ging auf ihn zu, streckte ihm die Hand hin. „Freut mich, ich bin Kathi."

„Hallo." Seine Stimme klang schrill, als würde man einen Blasebalg ausquetschen.

„Setz dich doch", sagte Kathi und deutete vage in Evis Richtung auf die Bank. Umständlich faltete sich der Typ neben sie, halb in der Hocke bewegte er sich seitwärts, bis er zwei Plätze von Evi entfernt angekommen war. Er lächelte scheu. Anstatt etwas zu sagen, faltete er die Hände im Schoß und starrte auf die Zettel, die Evi gerade von sich geschoben hatte.

Langsam füllte sich der Saal. Um zehn nach fünf stand Kathi auf, schloss Türen und Fenster, dann hielt sie ihre Eröffnungsrede. Sie freue sich über die rege Teilnahme – mittlerweile saßen etwa fünfzehn Leute an dem großen Tisch – und besonders über die neuen Gesichter. Tatsächlich kannte Evi kaum jemanden. Sie war die letzten beiden Male nicht da gewesen. Einfach zu viel los, mit Klaus und Berlin.

Die Vorstellungsrunde ergab keine großen Überraschungen. Der Großteil der männlichen Teilnehmer studierte irgendwas Technisches, und wenn ausnahmsweise eine Frau Mathe studierte, ging ein Raunen durch den Saal.

Am Ende setzte sich Kathi wieder zu Evi und outete sich als Psychologie-Studentin, woraufhin eine Diskussion darüber entbrannte, wie wichtig es war, dass es endlich mehr Psychologen gab, die sich mit dem Thema auskannten.

„Es gab diese Fälle, in denen Familien ihre Kinder weggenommen wurden, weil sie Poly waren, weil es eben zwei Mamas gab und einen Papa. Und [illegible] dell anfangen konnten. Und solche Horrorgeschichten wird es wohl auch weiterhin geben. Umso wichtiger ist es, dass wir Menschen haben, denen man sich in Krisen anvertrauen kann, und die wissen, wie man mit dem Thema umzugehen hat", erklärte Kathi ihre Studienmotivation zum heroischen Vorhaben.

Der Abend plätscherte ruhig vor sich hin. Evi überlegte immer mal wieder, ob sie das Thema Eifersucht und Klaus und Jan und Lore auf den Tisch bringen sollte, aber als die Diskussion sich um die Frage zu drehen begann, wie und wann sexuelles Einverständnis implizit gegeben war – nach Kathis Meinung nie – entschied sie sich dagegen. Irgendwann anders. Vielleicht doch mit Jan? Morgen war wieder Freitag. Morgen würde sie erst mit Therese shoppen gehen und dann hatte Jan eine Überraschung für sie angekündigt.

Als sie in der Mitte der Kaufinger Straße stehen blieben, schoben sich rechts und links von ihnen Passanten vorbei. Eine Frau in einem zu engen T-Shirt, Shorts und Tennissocken zwängte sich zwischen Evi und einer Betonpflanzschale hindurch. An ihr klebte der Geruch von saurem Schweiß und Sonnencreme. Evi ging nicht sonderlich gerne in der Kaufinger Straße einkaufen. Zu voll, zu viele Touristen, und dann die ganzen Fotografiewütigen Asiaten auf dem Rathausplatz. Wie Motten an Licht hefteten sie sich an die Münchner Wahrzeichen, schossen belanglose Urlaubsfotos, jeder dieselben, sie hätten auch einfach eines aus dem Netz laden können. Qinq was here. Eine Horde junger Asiatinnen lief an Evi vorbei. Jede ein Eis in der Hand. Evi schloss die Augen. Sie klang schon wie Klaus.

„Jetzt komm", forderte Therese sie auf. Sie stand vor Evi, die Entschlossenheit stand ihr ins Gesicht geschrieben. „Ich denke, wir sollten es bei Kaufhof versuchen."

„Ja", entgegnete Evi und rückte den Rucksack über dem schwarzen Neckholder-Kleid zurecht. Sie wollte Dessous für die kommende Nacht mit Jan besorgen. Er hatte eine Überraschung für sie, hatte es groß angekündigt, ein toller Abend.

Therese wartete nicht darauf, dass Evi sich in Bewegung setzte, sondern bog einfach nach links ab, in Richtung Kaufhof. Als Evi sie eingeholt hatte, fragte Therese: „Wie hat es dir eigentlich auf der Party gefallen?"

„Es war schön", sagte Evi. „Viele neue Leute." Unter ihren Boots war etwas Glitschiges. Sie hob den Fuß hoch. Waffelstücke klebten an der Sohle, zusammen mit brauner Soße. Großartig.

„Wisch es einfach gleich am Fußabtreter ab", sagte Therese. „Ja ... Es sind ein paar neue Gesichter dazugekommen. Und das ist auch ganz gut so. Es kommen sowieso viel zu wenige zu den Treffen. Es wird nur langsam besser. Das Thema ist stigmatisiert ... ist zumindest mein Eindruck."

„Ja", sagte Evi. „Ich könnte kotzen, wenn eine Frau irgendwo schreibt ‚Ich bin zwar keine Feministin, aber ...‘."

Therese nickte. „Das Aber. Und dann sowas wie ‚für Equal Pay bin ich aber schon. Und mehr Frauen in die Führungsetagen. Aber verpflichten sollte man niemanden dazu. Die Frauen müssen durch Leistung beweisen, dass sie genauso gut sind wie die Männer.‘" Therese stieß langsam die Luft aus. „Uns fehlt in Deutschland sowas wie die Riot Grrrls."

Evi nickte.

„Wir verdanken unseren Vorgängerinnen viel. Aber irgendwann muss man weiterdenken."

Evi nickte, blickte auf den Boden. Graue Betonplatten. Aufgeheizt von der Sonne.

„Und auf der anderen Seite die Antifeministinnen. Wenn ich die schon reden höre ..."

Sie standen vor dem Schaufenster des Kaufhauses. Eine riesige Lego-Burg, daneben Stoff-Seelöwen, die stumm die Mäuler aufrissen. Im anderen Schaufenster räkelten sich gesichtslose Schaufensterpuppen in Dessous, während ihre Waschbrettbauchgestählten Counterparts breitbeinig mit in die Hüften gestemmten Fäusten dastanden. Gängige Geschlechterrollenklischees.

„Ich bin gerade etwas knapp bei Kasse", gestand Evi.

„Aber sag nicht, dass du billigen Mist kaufen willst."

‚Schuldig‘, dachte Evi und betrachtete die Preise in der Auslage. Ja, es war ein Widerspruch. Das eine vertreten, das andere tun. Aber ihr Studentengeldbeutel gab oft nicht mehr her. Fünfzig Euro für einen BH. In ihrem Kopf rechnete sie sich ihr restliches Budget für den Monat aus. Vielleicht noch zweihundert Euro. Sie konnte nicht die Hälfte für Spitzenunterwäsche ausgeben. Therese stemmte die Hände in die Hüften und sah sie mit einem Blick an, der Bände sprach. Was jetzt? Nun sag schon. Bist du auch so eine ausbeuterische kleine Drecksau, die Klamotten kauft, die von Näherinnen in Bangladesch in baufälligen Häusern in Akkordarbeit zusammengeflickt wurden? Nicht alle bekommen genug Geld von ihren Eltern. Evi nickte schließlich. Sie gingen um eine weitere Betonschale herum und traten dann mit einer Welle aus Menschen durch die Schiebetüren in das gefühlt zehn Grad kältere Kaufhaus. Evi fröstelte. Wer konnte schon sagen, ob die [illegible]

„Wo waren wir stehen geblieben?“, fragte Therese.

Nebeneinander standen sie vor der zimmerhohen Schautafel.

„Lingerie, dritter Stock.“ Therese streckte ihren Finger in die Höhe, fast im gleichen Moment stieg sie auf die Rolltreppe.

„Meine Mutter hat mir immer erklärt, dass es als Frau total wichtig ist, dass man etwas Ordentliches lernt und sich selbst versorgen kann. Dass man sich nicht abhängig machen darf von einem Mann. Das war ihr Grundsatz“, erklärte Evi.

Therese nickte. „Wenn es so einfach wäre. Aber damit spricht man jeder Frau das Recht ab, Hausfrau und Mutter zu sein.“ Sie seufzte, dann stieg sie rückwärts von der Rolltreppe. Vor Evi breitete sich das unendliche Reich der Haushaltswaren aus. Ein süßlicher Raumduft, Rosen und Jasmin, schlug ihr entgegen. Auf einem Tisch aufgebahrt lagen gefaltete Handtücher, dahinter Reihen an Porzellan und Vasen. Therese stieg auf die nächste Rolltreppe und drehte sich wieder zu Evi um.

„Ich bin wirklich ein großer Fan der Diotima“, sprach Therese und sah dabei wieder auf Evi hinab. „Ich bin den Frauen dankbar und möchte von unseren Vorgängerinnen lernen, genauso gut kann ich sie kritisieren.“

Evi nickte.

Nach einer Pause fügte Therese an: „Ich habe dir schon gesagt, dass ich es gut fände, wenn du dich mal mit jemand anderem treffen würdest als immer nur mit Jan, oder?“ Sie trat von der Rolltreppe. Sie waren bei den Schuhen angekommen. „Ich will dir Jan nicht madig machen.“ Die nächste Rolltreppe, Therese blickte starr nach vorn. „Aber naja … er und Lore.“

Evi blickte nach unten auf die Köpfe der anderen Kaufhausbesucher. Ein riesiger Sonnenhut fuhr die Rolltreppe unter ihnen hinauf. Sollte sie überhaupt etwas dazu sagen? Oder es doch lieber ignorieren? Evi sah geradeaus, Thereses schwarzer Lederrucksack war auf Höhe ihres Gesichtes. Sein Reißverschluss glänzte im künstlichen Kaufhauslicht.

„Dessous“, sagte Therese in triumphierendem Tonfall, als sie von der Rolltreppe stieg.

BHs hingen über durchsichtigen Kunststoffbügeln an schulterhohen Regalen, farblich geordnet. Vor ihnen Rot, links Gelb bis Weiß, rechts wurden sie dunkler. „Was hast du dir vorgestellt?“

„Hab noch keine richtige Vorstellung“, murmelte Evi und zupfte an einem rosa BH herum. In mehreren Bahnen rankten Rosen aus Spitze vom Brustansatz nach oben. War nicht ihr Ding, ein Rosenstock auf den Brüsten. Sie nahm das gepolsterte Körbchen zwischen Daumen und Zeigefinger, drückte hinein.

„Wenn du dich objektifizieren willst, dann schon richtig." Therese hielt ihr gegenüber einen burgunderroten BH hoch. „Was meinst du dazu? Rot, die Farbe der Liebe."

„Ich objektifiziere mich nicht gleich, nur weil ich Unterwäsche trage."

Therese hängte den Büstenhalter zurück und drehte sich um. „Wie du meinst. Und naja, schon irgendwie."

Evi schüttelte den Kopf, zog die BHs vor ihr auf der Metallstange nach vorne. Dahinter waren einfarbige, ungepolsterte. Das, was sie täglich trug.

„Wie läuft es denn so mit Jan?", fragte Therese unschuldig.

„Therese ..." Evi konnte es nicht mehr hören. Von ganz hinten zog sie einen BH heraus. Er war blassrosa mit doppelten Riemchen. Nicht ihr Geschmack. Sie steckte ihn zurück in die Reihe. „Es läuft gut", stieß Evi genervt aus. „Wir hatten ein wunderbares Wochenende." Hatte Therese ihre Meinung nicht schon deutlich genug kundgetan? Den Kopf noch immer zwischen Büstenhaltern in Zartrosa seufzte Evi. Es wäre nicht Therese, wenn sie sich nicht in dem Thema verbeißen würde wie eine Bulldogge.

„Aber?"

„Was aber?" Evi richtete sich auf.

Mit verschränkten Armen starrte Therese sie an. „Du siehst nach einem Aber aus", bohrte sie nach und neigte erwartungsvoll den Kopf zur Seite. Therese nahm ihr Ziel ins Visier.

„Nein ... Es ..." Evi wusste nicht, was sie sagen sollte. Also zog sie einen BH von ganz hinten heraus, hängte ihn vorne wieder auf. War es denn so offensichtlich? Dann machte es keinen Sinn es zu verbergen. „Es ist einsam, okay?", gab sie nach.

„Was meinst du mit einsam?" Therese bewegte sich nicht. Erbarmungslos fokussierte sie Evi.

„Naja ..." Evi ließ die Schultern sinken. Es half nichts. „Klaus ist nicht mehr da", versuchte sie zu erklären. „Und wenn Jan mit Lore zusammen ins Bett geht, dann ist es manchmal eben einsam. Dann bin ich allein." ‚Manchmal', dachte sie. ‚Eher fast die ganze Zeit. Fast die ganze verdammte Zeit'. Ihre Finger spielten mit den Plastikbügeln auf dem nackten Metall. Übersprunghandlung.

„Siehst du", sagte Therese. „Ich hab es dir doch gesagt."

Evi ließ ihre Hand auf der kalten Stange ruhen.

„Mach dich doch nicht von den Typen abhängig. Hab Spaß. Du bist zu jung, den beiden hinterherzulaufen."

Evis Hände schoben die rosa BHs auf der Stange vor und zurück. Vielleicht hatte Therese Recht, dachte sie. Vielleicht … Sie ließ den Kopf hängen. Sie hatte es sich so einfach vorgestellt. Sie hatte geglaubt, wenn Klaus fort wäre, dann stünde ihnen nichts mehr im Weg. Nie hätte sie gedacht, dass Lore das Problem sein könnte.

„Und wenn du schon was Festes haben willst, dann mal was Neues. Du bewegst dich immer im gleichen Sumpf. Du musst deine Fühler ausstrecken. Mal was anderes sehen. Hör zu. Ich kenne da jemanden“, sagte Therese.

Evi trat vom Zartrosa zurück, ging um das Regal herum. Vor ihr hingen BHs in allen Schattierungen von Dunkelrot.

Sie sah Therese an. Was würde jetzt kommen?

„Max. Mein Regisseur.“

Evi verzog das Gesicht. Hatte sie nicht klar gemacht, dass sie kein Interesse hatte? Und jetzt kam Therese wieder mit einem Künstler daher? Sie war so durch mit Künstlern.

„Er wäre perfekt“, stellte Therese fest. „Für mal so ein bisschen was zwischendurch.“

„Ich suche niemanden“, sagte Evi. „Ich bin zufrieden mit meinen Beziehungen.“

„Gib ihm doch eine Chance. Triff ihn nur einmal.“

Stumm beugte sich Evi nach vorne, suchte bei dem ersten BH das Label, ein schlichtes Modell in Dunkelrot. War bestimmt scheißteuer. Als sie es gefunden hatte, drehte sie es mit dem Zeigefinger zu sich. Fünfzig Euro und zu klein.

„Ich hab ihm von dir erzählt.“

„Mhm …“ Der dritte hatte die richtige Größe.

„Er will dich kennenlernen. Ich hab ihm deine Nummer gegeben.“

Evi richtete sich auf. Das konnte nicht ihr Ernst sein. „Du hast was?“

„Ihm deine Nummer gegeben“, wiederholte Therese. „Ich will ja nur, dass du einmal mit ihm ausgehst. Nur einmal. Mal was anderes sehen als nur Klaus und Jan. Die Welt ist größer als die beiden. Wenn du schon nicht ohne Männer kannst, dann probier zumindest mal was Neues aus.“

Evi presste die Lippen aufeinander. In ihrem Kopf liefen alle möglichen Sätze ab, die sie Therese an den Kopf hätte schmeißen können. Bist du wahnsinnig? Wie kannst du ihm einfach meine Nummer geben? Ich hab doch gesagt, ich brauch keinen neuen Typen. Ich hab schon zwei. „Therese“, stöhnte sie schließlich.

„Sei mir nicht böse.“ Thereses Gesichtsausdruck wechselte in Sekundenbruchteilen von belehrend zu unschuldig. „Es ist nur ein Gefallen, den du mir tust. Wenn du ihn nicht sympathisch findest … dann nicht.“

„Ich fasse nicht, dass du dich wieder einmischen musst.“

„Du kennst mich doch“, sagte Therese. Dann legte sie Evi die Hand auf die Schulter. „Und es ist doch nur ein Date.“

Ließ sie sich gerade tatsächlich breitschlagen?

„Gut, in Ordnung. Aber nur einmal.“

Therese fiel ihr um den Hals. „Du wirst ihn lieben“, prophezeite sie und Evi rollte mit den Augen. Nachdem Therese sie losgelassen hatte, wühlte sich Evi weiter durch Dunkelrot. „Jaja“, murrte sie.

„Was hältst du davon?“ Mit der rechten Hand an einem BH blickte Evi über den Rand des Regales. Therese hielt ein Höschen in die Luft, das im Grunde nur aus ein paar schwarzen Bändern bestand. „Das ist doch eigentlich ganz schick.“

Die warme Luft drückte in den U-Bahnschacht. Evi wischte sich mit dem Handrücken den Schweiß von der Stirn, als sie die Treppe zur Leopoldstraße hinaufstieg. Thereses Worte hallten in ihrem Kopf wider. Sie tastete nach dem schwarzen Höschen mit den Bändern, das in ihrer Tasche lag. Nur ein Date. Evi schüttelte den Kopf. Dass sie sich immer breitschlagen ließ. Sie musste endlich mal lernen, nein zu sagen. Die Sonne schien ihr ins Gesicht, als sie auf die Straße trat. Therese konnte sich mit ihren gut gemeinten Ratschlägen auch einfach nicht zurückhalten. Wenn Objektifizierung, dann richtig. Kein Sex ohne Objektifizierung, dachte Evi. Immer ein Machtgefälle, irgendwie. Oder?

Schon von weitem sah Evi Jan auf den steinernen Stufen des historischen Gebäudes in der Sonne sitzen. Neben ihm lehnte ein fetter Rucksack an der Wand. Er stand auf, als sie noch ein paar Meter entfernt war, und ging ihr entgegen, lachte sie an. Als sie einander erreichten, schloss er sie in seine Arme.

„Hi“, hauchte er in ihr Ohr. Dann küsste er sie. Erst auf die Wange, dann auf die Lippen. „Na, hattet ihr eine schöne Zeit in der Stadt? Therese und du?“

„Ja, es war wunderbar.“ Auf Evis Gesicht hatte sich ein breites Grinsen festgeklammert. Sie konnte es nicht erwarten zu sehen, was Jan geplant hatte.

„Ich hab uns einen Tisch reserviert. Ich hoffe du hast Hunger.“

„Klar“, sagte sie. Ihre Finger glitten zwischen seine, als sie sich Richtung U-Bahn wandten. Sie betrachtete ihn von der Seite, sein Profil hell [illegible] Überraschung! Was für eine Überraschung gab man beim Essen schon bekannt?

Sie liefen zusammen die Straße entlang, hinter ihnen ragte der Friedensengel in die Luft, breitete seine Flügel über München aus. Sie gingen am Lehnbachhaus und am Käfer vorbei, bogen am Schwimmbad rechts ab in eine vollgeparkte Seitenstraße, gerade geschnittene Buchshecken duckten sich unter weiße Sonnenschirme. Jan bog zwischen zwei Büschen ein. Ein schwarzgelockter Kellner in weißem Hemd und schwarzer Fliege begrüßte ihn. „Schön, dass du da bist! Heute allein?“ Wie einem alten Freund drückte er Jan ein Küsschen rechts, ein Küsschen links auf.

„Antonio, hallo. Nein.“ Jan nickte in Evis Richtung. „Mit einer Freundin.“

„Ah“, gab der Kellner von sich. Es war ein herablassendes, wertendes Ah. Ein *Und wer ist die Schlampe da*-Ah. *Wo ist deine Frau*-Ah. Mit skeptischem Blick sah der Kellner auf Evi herab. Schließlich nickte er ihr zu. „Madame. Guten Abend.“

Evi lächelte. Was sollte sie sonst tun? Ihn anschreien, was sein Gehabe sollte? Sie fühlte sich wie eine Affäre, die es zu verstecken galt, um jeden Preis. Mit gesenktem Kopf sah sie Jan an, hatte er sie in sein und Lores Stammlokal gebracht? Dann betrachtete sie den Kellner, der sie durch das Lokal führte. Und was erlaubte er sich, über sie zu urteilen? Am liebsten hätte sie ihn aufgehalten, hätte ihn beiseite genommen und ihm erklärt, dass sie Jans Freundin war. Wie auch Lore Jans Freundin war. Dass es keinen Unterschied gab zwischen ihnen, dass sie beide wichtig waren, beide vollwertige Partnerinnen. Sie hätte in ratlose Augen geblickt, auf offene Münder gestarrt, die nicht verstanden, nicht verstehen wollten, nicht verstehen konnten.

„Kommen Sie“, forderte der Kellner sie auf, ihm zu folgen. Weiße Stühle standen an weißen gedeckten Tischen, an der Wand schlängelte sich eine weiß bezogene Bank wie eine Albino-Python an der Wand entlang. Männer mit Hipster-Haartolle und beigen Anzügen saßen überschminkten Kostümträgerinnen gegenüber. Auf dem Boden schleckte ein Chihuahua aus einer überdimensionierten Schüssel Wasser. Es war nicht Evis Welt. Überhaupt nicht. Sie musste runterkommen. Nur nicht aufregen, es war alles in Ordnung. Sie waren zusammen hier, sollte der Kellner denken, was er wollte. Sie starrte auf Jans Rücken, auf das hellblaue Hemd, das in seiner Jeans steckte. Jan in seiner Standard-jeden-Tag-Kombi.

Wie der Kellner sie angesehen hatte, sie schüttelte den Kopf. Der urteilende Blick. Als ob es ihn in irgendeiner Art und Weise etwas anging, was sie hier machten.

Mit großen Schritten lief der Kellner zwischen den Tischreihen hindurch, bog um die Ecke, blieb vor einer kleinen Nische stehen, legte Jan die Hand auf den Rücken. „Dein Tisch. Wie immer."

Jan nickte ihm zu. „Danke, Antonio."

„Willst du auf die Bank?" Jan deutete Evi mit ausgestreckter Hand, sich zu setzen.

„Gern", sagte Evi. Dann schob sie sich entlang der Tischkante langsam in die Nische. Als sie saß, hielt ihr Jan die Karte hin. Schwarze Schrift auf cremefarbenem Grund, viel Platz zwischen den einzelnen Gerichten. Auf der Karte standen keine Preise. Es war sicher ein teures Restaurant.

Der Kellner, Antonio, kam wenige Minuten später zurück. Wieder begutachtete er Evi von oben herab, eine Augenbraue hochgezogen. Als wäre sie hier so fehl am Platz, wie sie sich gerade fühlte.

„Wie findest du es?", fragte Jan, nachdem er zwei Bellini bestellt hatte und Antonio dankenswerterweise abgedampft war.

„Schön." Evi schlug die Karte auf.

„Lore und ich kommen hier öfter her", sagte er.

Das erklärt so einiges, dachte sie. „Schön", sagte Evi durch zusammengebissene Zähne und starrte in die Karte. Hatte er kein anderes Lokal aussuchen können? Es gab doch in München noch unendlich viele andere Läden.

„Ja ..." Jan legte die Karte auf den Tisch. „Naja, öfter ist vielleicht etwas übertrieben. Vielleicht einmal im Monat. Ich finde das Essen hier ist wirklich gut."

Einmal im Monat, dachte Evi. Vielleicht hatten die beiden es mal erwähnt, hatten erzählt, dass sie mal wieder bei ihrem Italiener waren. Sie hatte es gehört und nicht gehört oder verdrängt. Es gewusst und gleichzeitig nicht wissen wollen. ‚Mit Klaus habe ich kein gemeinsames Stamm-Restaurant', dachte sie abwesend und starrte an Jan vorbei in das überwältigende Weiß. Antonio balancierte zwei Bellinis an ihren Tisch, dazu einen Korb frisches Weißbrot. Evi setzte das tulpenförmige Sektglas an ihre Lippen. Der Cocktail schmeckte süß und fruchtig und entschädigte zumindest ein bisschen für das urteilende Gehabe des Kellners. Nur wenig später spürte sie den Alkohol in ihrem Kopf. Seit dem Mittagessen in der Mensa, schleimige Pilzsoße auf klebrigem Reis, hatte sie nichts mehr gegessen. Sie stellte das Glas ab, nahm aus dem Korb ein Stück Weißbrot. Lore war für immer bei ihnen. Für immer war Evi die andere. Aus ihrer Handtasche zog sie ihr Telefon, schaltete den Bildschirm an. Keine Nachrichten. Nicht von Klaus – nicht, dass sie es erwarten würde – und nicht von Therese – nicht, [illegible] sie sich selten so fehl am Platz, so einsam gefühlt. Max. Mal was für zwischendurch. Was anderes. Sie sah auf, als Jan sich räusperte.

„Ich hab übrigens noch eine Überraschung für dich“, sagte er.

„Ja? Was denn?“ Sie schob das Telefon zurück in ihre Tasche.

„Ich hab uns für heute Nacht ein Hotelzimmer gebucht.“

„Du hast was?“

„Für heute Nacht. Ich dachte mir, das wär mal was Besonderes. Nur wir beide.“

Evi hielt sich an dem Träger ihrer Tasche fest. War das nicht viel zu teuer? Erst das Essen und dann das? Konnten sie nicht einfach zu Hause übernachten, konnte er nicht einfach in ihr Zimmer gehen anstatt in Lores Zimmer, nur einmal? Auch wenn Lore da war? Brachte es sie um? Sie starrte ihn an und wollte fragen, warum. Doch er kam ihr zuvor.

„Ich hab alles mitgebracht, was wir brauchen.“ Er deutete auf den prall gefüllten Rucksack, der neben ihm auf der Bank lag. „Ich war so frei, Klamotten aus deinem Schrank mitzunehmen.“

„Ich …“ Ich will nicht ins Hotel gehen mit dir. Ich will nicht Katz und Maus spielen, damit Lore uns nicht sieht. Ich will mit dir zusammen sein, ganz einfach so. Ohne, dass es etwas Besonderes sein muss.

„Ich hab auch deine Haarbürste. Und dein Duschgel. Ich wusste ja nicht, ob du auch anderes Duschgel magst.“

Natürlich wusste er es nicht, woher auch. Es hatte die gemeinsamen Urlaube gegeben, zu viert, mit Lore und Klaus. Gut sortiert nach Paaren ohne Wechsel. Sie erinnerte sich an Klaus, wie er die Nase gerümpft hatte. Mit Lore konnte er nichts anfangen und er wollte nicht alleine schlafen, und reichte nicht die Zeit, die sie mit Jan tagsüber hatte?

„Wir können doch auch zu Hause übernachten“, presste sie zwischen ihren Zähnen hervor. „Das ist doch nicht nötig. Das Restaurant ist bestimmt teuer, und dann noch ein Hotel.“

„Mach dir keine Gedanken wegen des Geldes.“ Er grinste. „Ist schon alles gebucht.“ Als ob es darum ging. Um das Geld. Verspannung kroch ihr wie ein Parasit in den Rücken.

„Entspann dich doch einfach. Lass uns einen tollen Abend zusammen verbringen, ja? Du wolltest doch mal einen ganzen gemeinsamen Abend haben.“

„Warum nicht zu Hause?“, fragte sie. „Warum gehen wir nicht einfach in mein Zimmer?“

„Ich wollte, dass es etwas Besonderes ist.“

Es sollte nichts Besonderes sein.

„Jetzt komm schon.“ Er lächelte sie an, hob das Sektglas mit dem Bellini in die Höhe. „Nur der eine Abend.“

„Es ist wegen Lore“, presste Evi hervor.

Er senkte seinen Arm, stellte das Glas auf den Tisch.

„Evi …“, flüsterte er.

„Was?“ Sie sah sich um.

„Ich will uns nur was Gutes tun. Es ist unser Abend, unsere Nacht. Ist doch was Besonderes.“

Wie geht es nach dem einen Abend weiter, wollte sie fragen. Doch sie wollte keine Szene machen. Es war nicht die richtige Zeit, nicht der richtige Ort. Stattdessen streckte sie ihre Hand nach dem Sektglas aus. Sie wollte, konnte sich nicht in Jan und Lores Beziehung einmischen. Wahrscheinlich war nicht mehr drin als das. Sie nickte. „Okay“, sagte sie.

„Wunderbar.“ Jan streckte seine Hand nach ihr aus.

„Weißt du“, führte sie aus. „Ich wünsche mir nur, dass wir die Nacht auch einfach mal gemeinsam verbringen können. Ohne ins Hotel zu müssen.“

„Ich weiß“, sagte er. Mehr nicht. Ich weiß. Alles andere war Schattenspiel und Evi konnte nur zusehen.

Evi biss von dem mit Zitronensoße vollgesogenen Weißbrot ab. Ein Tropfen fiel auf die schneeweiße Serviette in ihrem Schoß. Sie steckte sich das letzte Stück Brot in den Mund. Süßlich und sauer zerfloss die fluffige Textur auf ihrer Zunge. Sie nahm eine neue Scheibe, tunkte den Rest Soße auf. Das Essen war herrlich gewesen. Jetzt hatte Jan sein Besteck in den Teller gelegt und sich auf seinem Stuhl zurückgelehnt. Er hob sein Rotweinglas an die Lippen. Ein so gutes Essen hatte sie schon lange nicht mehr gehabt.

„Was isst Lore hier eigentlich?“ Der Wein tanzte zusammen mit dem Bellini in Evis Kopf Tango.

„Sie findet meistens was“, sagte Jan. „Und wenn nicht, dann machen sie ihr was.“

„Echt?“ Evi leerte ihr Glas Wein. „Ich stell mir das schwierig vor, als Vegetarierin …“

„Es ist ihre Lebenseinstellung“, sagte Jan. „Es ist ihre Entscheidung und macht sie zu dem Menschen, der sie ist.“

Evi wollte nach der Weinflasche greifen, doch Jan kam ihr zuvor. Er stellte sie auf den Nachbartisch. „Ich glaube, du hast genug“, stellte er fest.

Evi grinste ihn an, lehnte sich ebenfalls zurück. Sie konnte nicht mehr klar denken. Als sie von der Toilette zurückkam, schob Jan seine Kreditkarte zurück ins Portemonnaie.

Die Tür des Hotelzimmers fiel hinter ihnen in Schloss. Vor ihnen ein weißes Kingsize-Bett, auf dem Fußende ein Herz aus roten Rosenblättern. Jan legte seinen Rucksack auf den schwarzen Ledersessel neben dem Fenster, dann zog er sie an sich heran. ‚Wenn er sich das hier leisten konnte, warum lebt er mit uns in der WG?‘, fragte sie sich, als er sie küsste. Sie musste lachen, als seine Lippen die Stelle unterm Ohr berührten, an der sie kitzlig war – vom Wein verstärkt um zweihundert Prozent. Er sah ihr für einen Moment in die Augen, und alles um sie wurde stumm. Es gab nur noch sie beide, und ihr Blick verlor sich in seinem wie Farbe in einem See. Er hob sie hoch und trug sie zum Bett, knöpfte ihre Jeans auf und sah ihr dabei in die Augen. Erst, als er ihr die Hose samt Höschen auszog, lösten sich ihre Blicke voneinander. Er liebkoste mit seiner Zunge ihre Schenkel, ihren Venushügel, ließ sie um ihren Kitzler kreisen. Er drückte ihre Schenkel auseinander, legte eine Hand unter ihren Po. Streichelte sie und sie stöhnte, drückte sich ihm entgegen. Ihr umnebelter Kopf traf auf einen erregten Körper. Seine Berührungen flossen über sie wie warmes Wasser. Als er seinen Finger gegen ihre Rosette presste, furzte sie. Sie selbst konnte es riechen. Sie lachte, rollte zur Seite. Der Alkohol, der Sex, sie hatte noch nie im Leben einen Finger im Hintern gehabt. Das hatte er doch gewollt, oder? Ihr einen Finger in den Hintern schieben.

Jan verzog das Gesicht, setzte sich auf. „Evi“, sagte er. „Wenn es dir nicht gefällt ... Ich dachte, ich probiere mal was Neues.“

„Es tut mir leid.“ Sie schnappte nach Luft. Sie hielt sich den Bauch, rollte von einer Seite auf die andere.

„Soll ich weitermachen?“ Er hockte auf dem Teppichboden vor ihr, mit verunsichertem Blick sah er sie an.

Evi schnappte nach Luft. Lachtränen standen ihr in den Augenwinkeln. Sie starrte an die Decke, zwang sich, langsam zu atmen. „Geht schon“, keuchte sie. „Ne, ne, mach weiter. Aber nur ein Finger.“ Sie atmete durch.

„Nur ein Finger." Er beugte sich vor. Seine Zunge fand ihren Kitzler, sein Finger ihren Hintern. Es war ein seltsames Gefühl, als er sich in sie schob.

Ihre Überraschung für Jan hatte sie vollkommen vergessen. Der Gedanke schoss ihr durch den Kopf, als sich die seichten Wellen des warmen Badewannenwassers an ihren Brüsten brachen. Sie öffnete die Augen. Ihr Kopf lag auf Jans Brust, der Duft von Zimt und Orangen tanzte in ihrem Kopf, während Wein und Bellini am Rand der Tanzfläche auf ihren Einsatz warteten. Sie richtete sich auf, stützte sich mit der Hand unter Wasser zwischen Jans Beinen auf der weißen Keramik ab.

„Ich hab auch eine Überraschung für dich", flüsterte sie. Er lag mit geschlossenen Augen da, der Kopf zurückgelehnt.

„Mhm ..." Mehr brachte er nicht raus.

Sie stand aus dem Wasser auf, beugte sich nach vorne, streckte sich nach dem Handtuch.

Er schlug die Augen auf. „Pass auf, nicht, dass du hinfällst", murmelte er schläfrig.

Vorsichtig stieg sie aus der Wanne, rieb mit dem Handtuch den Schaum von ihren Waden.

„Ich bin gleich wieder da." Sie ging vom badewannendampfgefüllten Bad ins kühle Schlafzimmer.

Ihre Handtasche mit dem Höschen darin hatte sie in die Ecke geworfen, der Sex war wichtiger gewesen als alles andere. Sie hockte sich davor hin. Schon als sie den Reißverschluss öffnete, blinkte ihr ihr Smartphone hellblau entgegen. Noch immer restalkoholisiert entsperrte sie das Display. Sie kniff die Augen zusammen. Eine Nachricht von Lore. *Hab mit Nalini ausgemacht, dass wir am Montag zu ihnen auf den Hof fahren. Können am Gesprächskreis teilnehmen.*

Wenn sie unbedingt wollte, dachte Evi. Musste sie jetzt mit, oder wie? Sie wischte sich eine nasse Strähne aus dem Gesicht und ließ sich auf ihren Hintern plumpsen und wischte die Nachricht zur Seite.

Als nächstes ploppte Therese auf. *Max ist übrigens 28. Er macht gerade seinen Doktor in Theaterwissenschaften.* Evi rollte mit den Augen. Max. Jetzt hatte sie gerade Jans Finger im Hintern gehabt und Therese kam mit Max daher. 28. Theaterwissenschaften. Sie schob das Telefon zurück in die Tasche und zog stattdessen die Plastiktüte raus. Ungelenk und auf dem Boden sitzend schlüpfte sie ins Höschen. Dann stand sie auf und richtete sich die Bänder. Vor dem Spiegel am Kleiderschrank ein letzter Check. Nicht schlecht. Machte einen guten Hintern. Als sie die Badezimmertür öffnete, kam ihr ein Schwall warmer Luft entgegen. Der Dampf war so dicht, dass man ihn fast schneiden konnte. Sie umfasste mit beiden Händen den Türrahmen, drückte ihre Brust gegen das Holz, streckte ihren Po heraus, stellte sich auf die Zehenspitzen. Wie sie es in dieser einen Poledance-Probestunde gelernt hatte. Sexyer als das ging gerade nicht. Außerdem musste sie aufs Klo. Jan lag, die Augen geschlossen, in der Wanne.

„Na?“, fragte sie.

Nur langsam regte er sich.

„Was sagst du?“ Sie drückte ihren Rücken ins Hohlkreuz.

„Wow. Das ist echt heiß.“ Er grinste sie an. „Komm her.“

Auf Zehenspitzen tippelte sie ihm entgegen. Wenn Objektifizierung, dann richtig. Sie beugte sich nach vorn, stützte sich auf dem Badewannenrand auf, drückte ihre Brüste zusammen. „Komm doch wieder ins Wasser“, forderte er sie auf, ein Grinsen auf den Lippen.

„Dann muss ich die Unterhose wieder ausziehen.“

„Und?“

Sie saßen nebeneinander im Bett, angelehnt an die gepolsterte Rückenlehne. Im Fernsehen lief ein Actionfilm, Evi schob sich kalte Mitternachts-Roomservice-Pommes in den Mund.

„Also, was macht er jetzt?“ Evi leckte sich die fettigen Finger ab.

„Er flieht. Wegen der Verschwörung. Also der Typ …“ Jan deutete auf den Bildschirm, darauf ein grimmig dreinblickender Glatzkopf. Evi grinste, wippte mit den Beinen, den Teller auf dem Schoß. „Der ist ein russischer Spion und sucht mit seinem Team nach …“ Jan hielt inne. „Es hat keinen Sinn, oder?“, sagte er. Dann nahm er sich eine Pommes, tauchte sie in den Ketchup.

Evi schüttelte den Kopf. „Ich glaube nicht.“ Sie zuckte mit den Achseln. „Ist aber egal.“ Sie betrachtete ihn von der Seite. Gab es etwas Besseres als hier zu sein? Mit ihm? Sie drehte eine Pommes langsam im Ketchup, bis die rote Soße ihr an den Fingern hing. Dann biss sie davon ab.

Er legte seine Hand auf ihren Oberschenkel. „Wie hat es dir gefallen? Der Sex?“

Evi leckte sich das Salz von den Pommes-Fingern. „Welchen meinst du? Badewanne oder davor?“

„Beides.“ Er schaltete den Fernseher auf Mute.

„Willst du den Film nicht sehen?" Sie stellte den Teller mit den kalten Fritten auf das Nachtkästchen.

„Ich hab den Film schon gesehen. Und ich hab den Eindruck, der ist grade nicht ganz oben auf deiner Prio-Liste, stimmts?"

Sie rutschte an ihn heran. Sie wollte seine Nähe, seine Wärme. „Stimmt." In seinen zerzausten Haaren hing noch der Geruch des Schaumbades. Zimt und Orange. Sie küsste seine Stirn, atmete den Duft tief ein.

„Und?", fragte er.

„Also, Badewanne." Sie lehnte sich zurück, starrte auf eine fulminante Stummfilmexplosion. „Ich glaub nicht, dass ich das nochmal brauche", stellte Evi schließlich fest. Alles hatte sich so trocken angefühlt. Unter Wasser, als sie auf ihm gesessen hatte, selbst dann, als sie sich über den Badewannenrand gebeugt hatte.

Er nickte, sah sie von unten herauf an, sein Kopf auf Höhe ihrer Brust.

„Es war jetzt auch nicht total schlecht", sie legte ihren Kopf zur Seite, „aber es flutscht einfach nicht. Wenn du verstehst, was ich meine."

Er küsste ihre Schulter, ihr Schlüsselbein. Kurze flatternde Küsse wie die Flügelschläge eines Schmetterlings. „Und das andere?", fragte er. „Wie hat dir das gefallen?"

Wie sollte sie es ausdrücken? Anal penetriert. Konnte sie das sagen? Sie brachte es nicht über die Lippen, es war ihr peinlich. Also flüchtete sie sich in etwas Neutraleres: „Du meinst der Finger?", sagte sie schließlich.

„Wie du das sagst, der Finger. Also, so schlimm?" Sein Gesicht war ausdruckslos. „Ich dachte nur, ich probiere es mal …", schob er hinterher und senkte den Kopf.

„Nein, nein. Es war gut", sagte sie und beugte sich zu ihm hinab, streichelte seine Wange. Mit dem Zeigefinger fuhr sie unter sein Kinn, dirigierte seinen Kopf nach oben. „Ich sage es schon, falls mir etwas wirklich nicht gefällt. Und das hat mir gefallen."

Er blickte zu ihr auf. „Wirklich?"

„Wirklich."

„Was daran hat dir gefallen?" Wieder setzte er kleine Küsse auf ihr Schlüsselbein, auf ihre Brust. Er tastete sich langsam vor.

„Ich weiß nicht", murmelte sie. Sie lehnte ihren Kopf zurück, sah nach oben zur Zimmerdecke. Eine weiß hinterleuchtete Stuckleiste umrahmte den Raum. Was hatte ihr daran gefallen? Sie hatte in dem Moment nicht darüber nachgedacht. Ihr alkoholisiertes Hirn hatte die Empfindungen einfach durchgeschleust. „Sorry, dass ich dich angepupst habe", flüsterte sie.

„Das macht nichts. Das ist ganz normal, wenn man den Sphinkter öffnet. Dann kann es mal zum unkontrollierten Entweichen von Gasen kommen."

Sie biss sich auf die Lippen. Unkontrolliertes Entweichen von Gasen. Typisch Jan. Sprechen wie ein wandelndes Lexikon. Nix mit dirty talk.

„Wusstest du, dass sehr viele erogen stimulierbare Nervenenden am Anus enden?"

„Mhm", machte sie. Sie biss sich auf die Zunge. „Nein, das wusste ich nicht."

„Eine zeitgleiche Stimulation von Klitoris und Anus …"

„Es war gut!", rief sie über seine Worte hinweg, die sie gar nicht mehr hören wollte. „Es war gut."

Im Frühstücksraum roch es nach Ei und Speck und Tee. Neben einer Herdplatte standen Schüsseln mit aufgeschnittenen Tomaten, Zwiebeln, Schnittlauch und Käse. Ein Koch wischte sich die Hände an seiner Schürze ab, dann gab er einen Löffel kleingehackter Zwiebeln in die Pfanne. Evis Magen knurrte.

„Na, lässt du dir ein Rührei machen?" Jan stand neben ihr. Auf seinem Teller lag weißes Toastbrot, daneben Butter und Schinken. Sie hatten sich entschieden, das Hotelbuffet auszunutzen und nicht den ganzen Vormittag im Bett zu verbringen. Denn wann hatten sie schon die Möglichkeit, so ein ausladendes Frühstück genießen zu können?

Sie nickte. „Ich weiß noch nicht mit was."

„Ich hab uns einen Tisch im Wintergarten reserviert", sagte er, deutete auf die entlegene Ecke des Speisesaals.

„Ja", antwortete sie, während sie zusah, wie der Koch den Pfanneninhalt mit dem Kochlöffel auf einen Teller schob, und diesen dem großgewachsenen Glatzkopf vor ihr reichte. Dann sah er sie an. „Rührei mit Speck und Zwiebeln", bestellte sie und ihr Magen knurrte. Sie leckte sich über die Lippen, als der Koch erst Zwiebeln, dann Speck anschwitzte, und schließlich das Ei im ausgelassenen Fett verrührte. Es sah großartig aus. Zu Hause war immer alles so biodynamisch und gesund und fettarm und wenn dann gab es nur Pflanzenfett. Der Koch sah schon den Mann hinter ihr an, als sie ihren Teller entgegennahm. Sie zapfte sich einen Cappuccino aus dem Vollautomaten, dann suchte sie Jans Tisch. Sie ging an blühenden Zitronenbäumen vorbei und fand ihn unter einer Palme sitzend, er schmierte sich Butter auf ein Croissant.

„Wenn Lore das sehen würde, wäre sie nicht begeistert", sagte er.

Evi stellte ihren Teller auf dem Tisch ab, setzte sich zu ihm. Sollte Lore mal ausnahmsweise bleiben, wo der Pfeffer wuchs. Das war ihr Morgen. Die gemeinsame Zeit wäre sowieso schnell genug vorbei. Sie wollte nichts von ihr hören, nicht an sie erinnert werden. Mit der Gabel spießte sie ihr Ei auf. Wenn es nach Lore ging, dann würden eben alle Pumpernickel mit Hummus essen. Sie betrachtete ihn, wie er auf das geviertelte Croissant dick Himbeermarmelade schmierte. Konnten sie Zeit miteinander verbringen, ohne dass es um Lore ging? Konnten sie einander genießen, ohne dass Lore über seine Schulter blickte? Natürlich war sie da, und es war gut so. Aber manchmal, da wollte sie ihn eben nur für sich und alles andere um sich herum vergessen.

„Sie würde sich sicher aufregen. Wie ungesund das alles ist, vor allem die Butter", sagte er. „Und der Zucker in der Marmelade. Ach ja, und die Gummibärchen. Weißt du noch, als sie zu Hause die ganzen Gummibärchen weggeworfen hat, weil sie festgestellt hat, dass für die Herstellung Schweinegelatine benutzt wird?"

„Ja, das war die Zeit, als sie die ganzen abschreckenden Tier-Videos im Netz angesehen hat." Evi erinnerte sich daran, als wäre es gestern gewesen. Überbelichtete Aufnahmen von einem Schweinestall, in dem die Tiere vor sich hin vegetierten. Abgekaute Schwänze und Ohren und offene Wunden. Sie schluckte ihr Rührei hinunter, stocherte in der Masse auf ihrem Teller nach den Speckstücken. Die waren sicher auch nicht Bio.

„Seitdem nur noch Sachen, wo ausdrücklich vegan draufsteht", fasste Jan zusammen. „Ist ja vernünftig." Er biss von seinem Brot ab.

Evi schob ihren Teller zur Seite. Jetzt hatte er ihr tatsächlich ihr Essen verdorben. Sie seufzte. „Weißt du …", fing sie an, schwieg aber dann.

„Was?" Er sah sie an.

„Wenn wir zusammen sind, können wir dann Lore einfach mal beiseitelassen?", fragte sie.

„Ich dachte, das macht dir nichts." Er legte seinen Arm auf den Tisch, seine Hand suchte nach ihrer.

„Nein. Das ist es ja nicht. Es ist nur …" Sie starrte an ihm vorbei, nach draußen. Sie legte ihre Hand in seine. „Ich möchte nur, dass unsere gemeinsame Zeit einfach nur uns gehört. Das ist alles." Was würde er dazu sagen?

Er drückte ihre Hand. „Klar", sagte er. „Ich hab nicht drüber nachgedacht. Du hast absolut Recht."

Die Anspannung entwich aus ihr.

„Was ist mit dem Rest von deinem Ei?“ Er nickte in Richtung ihres Tellers.

Evi [illegible] auf das [illegible] Der Speck darin, der wahrscheinlich von gequälten Schweinen mit abgebissenen Ohren stammte. „Mir reicht es mit dem Ei. Ich hol mir was anderes.“ Dann stand sie auf, ging aus dem Wintergarten zurück zum Buffet. In eine Schüssel schaufelte sie sich zwei große Schöpflöffel Vollfettjoghurt, dazu zwei Esslöffel kleingeschnittene Erdbeeren. Wenn Lore nur nicht Recht hätte mit dem schlechten Gewissen. Evi seufzte, ging zurück zum Tisch und zu Jan. Wahrscheinlich wurden für den Joghurt Kühe gequält.

Lore schlich aus ihrem Zimmer, als Jan und Evi nach Hause kamen. Jan stellte den Rucksack im Flur ab.

„Hey“, begrüßte er sie. „Alles klar?“ Er ging zu ihr, küsste und umarmte sie.

Evi blieb hinter der Tür stehen. Wieder war da dieses Gefühl, dass sie störte.

Lore wisperte etwas, Evi verstand kein Wort.

„Hey Lore“, sagte sie. Doch die würdigte sie keines Blickes, antwortete ihr nicht. War etwas passiert? War etwas mit ihrer Großmutter? Lore vergrub ihr Gesicht an Jans Brust. Als sie nicht auf Evi reagierte, entschied die sich, die beiden in Ruhe zu lassen. Sie würde es ihr erzählen, wenn sie wollte. Wenn sie soweit war. Sie war mal wieder fehl am Platz.

Evi seufzte, sah sich ein letztes Mal um, bevor sie die Zimmertür hinter sich schloss. Doch alles, was sie sehen konnte, war die zufallende Tür der anderen beiden. Dann war sie allein. Wieder allein. Sie musste sich wohl dran gewöhnen, dachte sie. Das oder Max.

Sie ging zu ihrem Zimmerfenster, öffnete es. Autos rauschten in der Ferne über den Asphalt. Das Bellen eines Hundes. Die alte Frau mit ihren beiden Dackeln ging in der Grünanlage zwischen den Wohnblöcken spazieren. ‚Wie ein Uhrwerk‘, dachte Evi.

Was machte sie jetzt? Der Tag war erst halb vorbei. Und Jan war weg. Seufzend zog sie ihren Schreibtischstuhl nach hinten, setzte sich darauf. Also doch Max? Sie stützte die Ellenbogen auf der Tischplatte auf. Eigentlich hatte sie was zu tun, sie sollte sich die Männer aus dem Kopf schlagen. Sie musste für ihre Abschlussarbeit recherchieren. Das perfekte Thema finden. Therese war mit ihrem Frauenbild von Aldous Huxley schon echt gut dabei. Sie nahm einen Kugelschreiber in die Hand, schlug den Block auf, der vor ihr lag. In die Mitte schrieb sie: Feminismus. Den Begriff umkringelte sie, malte eine Linie nach oben. Frauenbilder. Eine zweite Linie malte sie nach unten. Gender. Irgendwas mit Literatur. Sie starrte aus dem Fenster, die Birke ließ in der Hitze des Frühsommertages die Blätter hängen. Frauenbilder in der Literatur. Wieder ein Strich nach oben. Thriller. Krimi. Liebesromane. Aus der Schublade zog sie einen gelben Textmarker und unterstrich fett das Wort Liebesromane.

6

Er saß in seinem Zimmer und hörte in die Stille hinein. Kinderfüße rannten in der Wohnung über ihm hin und her, immer den Gang entlang. Autos rauschten über die Straße. Ein LKW hupte. Seine Mitbewohner waren ausgeflogen, und das war auch gut so. Maria hatte sich am Morgen noch in der Küche bei ihm beschwert, dass er sie auf der Party hatte stehen lassen, dass sie durch die Dunkelheit hatte laufen müssen. Verantwortungslos, das hatte sie ihm entgegengeschmissen. Verantwortungslos. Dann war sie mit Sinan abgedampft, in die Stadt. Shoppen oder was auch immer. ‚Die wird sich wieder abregen', dachte er und starrte an die Decke. Dann drehte er sich zur Seite. Sie waren zusammen auf die Party gegangen – aber nur, weil sie ihn nicht in Ruhe gelassen hate. Er war ein freier Mensch, konnte tun, worauf er Bock hatte. Und er hatte ihr einen Gefallen getan, war mit ihr hingegangen. Was wollte sie mehr? Sie war genauso undankbar wie Evi, die ihn eigentlich mal besuchen könnte, wie es eine richtige Freundin tun würde. Wie Sinan, der Maria nachlief wie ein Hund. Er stand von seinem Bett auf und ging zum Jugendherbergs-Kleiderschrank aus hellem Birkenholz. Davor lag aufgeklappt sein Koffer. Er hatte nichts aufgeräumt bisher, in einem Kleiderberg lagen getragene und frische Klamotten durcheinander. Evi hätte ihm schon längst deswegen die Hölle heiß gemacht. ‚Dass du dich immer so gehen lässt. Was soll das? Was machst du? Räum die frischen Klamotten in den Schrank und die dreckigen in den Wäschekorb.' Mit dem Fuß trat er gegen die Hartschale.

Karin hatte sich noch nicht gemeldet. Er hatte gewartet und gewartet, aber nichts. Kein Mucks. Sie war auch nicht anders als Evi. Machte, was sie wollte, und ihm Vorschriften. Ich melde mich bei dir, wenn ich es will. Es war zum Kotzen. Er drehte sich um die eigene Achse, ging zum Bett. Rückwärts ließ er sich auf die viel zu schmale Matratze fallen.

Er starrte die Decke an, sein Telefon vibrierte. *Hast du Lust heute Abend was zu machen?*

Karin.

Er starrte auf die Nachricht. Heute Abend. Sollte er jetzt springen? Er legte das Telefon zur Seite. Ein kleiner schwarzer Punkt bewegte sich auf der Wand, krabbelte die Fläche nach unten. Es war eine Bewegung, in der er aufstand, mit der flachen Hand das Insekt an der Wand zerquetschte. Übrig blieb ein verschmierter Fleck auf weißem Grund. Er starrte sein Werk an, während er sich den Dreck an der Hose abwischte. Dann nahm er sein Telefon vom Bett. *Wo wollen wir uns treffen?*, tippte er.

Sie schickte ihm ihre Adresse.

Wann?

19 Uhr. Bring Wein mit.

Er sah auf die Uhr, es war fünf. Klaus warf sein Telefon aufs Bett, als die Wohnungstür knarzend aufschwang. Er spähte in Richtung des Ganges. Es war Maria.

„Hey", sagte sie.

Er lehnte sich an den Türstock. Sie legte eine ganze Batterie Einkaufstaschen auf den Boden. Von Sinan keine Spur.

„Bist du allein?" Er verschränkte die Arme vor der Brust.

„Sinan musste schon los." Sie beugte sich hinab, öffnete die Schnürsenkel ihrer Turnschuhe. „Hast du Bock, mit mir zu essen?", fragte sie.

‚Sie hatte sich beruhigt', flog der Gedanke durch seinen Kopf. Natürlich hatte sie das. Oder würde es gleich wieder losgehen? Bei Evi wusste man nie, dann war es ruhig und er atmete durch, und dann brach es wieder los. Wie ein Damm, der notdürftig mit morschen Brettern repariert war, nur um dem Druck nicht standzuhalten. Dem ewigen Druck der Jahre, die sie hinter sich gebracht hatten. Sie mussten den Damm nur ordentlich flicken. Aber wenn Evi so weitermachte, wenn sie nur morsche Bretter heranschleppte, dann würde es nichts.

„Na, was ist?", sagte Maria.

Er überlegte, was er tun sollte. Maria kochte gut, das hatte er in der kurzen Zeit schon gemerkt. Und sie kochte immer ein bisschen mehr, als sie eigentlich brauchte. Falls sonst noch jemand Hunger hatte. Ein bisschen wie Lore. Im Hintergrund immer arbeitend und dabei gut zu ignorieren. Wenn er bleiben, wenn er mit ihr essen würde, dann würde sie ihn in Ruhe lassen.

Maria richtete sich auf und streifte die Schuhe von ihren Füßen. „Ich dachte, wir könnten uns über unsere Sachen unterhalten …" Sie stellte die Tüten zur Seite, an die Küchenwand. „Wir könnten Ideen sammeln für unsere Projekte. Wir sollen doch zusammenarbeiten und uns gegenseitig inspirieren."

Daher kam die Ruhe also. Sie wollte nur seine Ideen abgreifen. Sie hatte selbst wohl nichts. Er streckte den Rücken durch, sah auf sie herab. „Klar. Nur heute ist schlecht", sagte er. Er musste nicht bleiben, sie würde auf ihn warten. Anders als Karin.

„Ja?" Sie runzelte die Stirn. „Wie schade."

„Das Essen holen wir nach."

„Oh." Enttäuscht sah sie ihn an. Was hatte sie erwartet? Als wäre sie überrascht, dass er etwas vorhatte. So abwegig war das auch wieder nicht.

„Wann anders vielleicht?"

Er verschränkte die Arme, sagte: „Auf jeden Fall“, und versuchte sich mit der Ironie zurückzuhalten. „Nur heute ist schlecht.“

[illegible] Noch immer stand sie neben den ganzen Einkaufstüten im Gang. Steif und unbeweglich und klein. So klein.

„Nein.“ Er hatte weder Zeit noch Lust weiter mit ihr Smalltalk zu betreiben. Außerdem musste er los. Und er brauchte noch eine Flasche guten Wein.

Sie nickte. Schwieg. Die Enttäuschung war ihr förmlich ins Gesicht geschrieben. Hatte sie gedacht, er würde sie retten vor ihrer eigenen Belanglosigkeit? Damit sie aus der Beziehung zu ihrem Typen ausbrechen und endlich ihre Karriere als Künstlerin starten könnte? Sie war doch selbst schuld, wenn sie sich sowas wie den aussuchte.

„Morgen“, sagte er.

„Ja, morgen“, bestätigte sie und lächelte. „Morgen geht auch. Aber vielleicht kann ich mir schon ein bisschen was von dir anschauen. Du hast doch bestimmt was da. Ich hätte deine Bilder wahnsinnig gern aus der Nähe, im Original gesehen.“ Es war, als gingen in ihrem Kopf ein paar Glühbirnen an, als hätte sie die rettende Idee. Und die bestand darin, ihm seine zu klauen.

Wie sie dastand, das dürre Mädchen mit den dürren Armen und dem Shirt, das um ihre Hüfte schlackerte. Sie war keine Gefahr. Sie war harmlos. Andererseits, wer war schon wirklich harmlos in einer Welt, in der es auf Ideen und Verkauf ankam?

„Wir können die Sachen zusammen anschauen. Morgen.“ Oder wann auch immer, fügte er gedanklich an.

Sie runzelte die Stirn. „Wenn dir das lieber ist …“

‚Ja, ist mir lieber, Mädchen‘, schmiss er ihr gedanklich entgegen. „Ich muss los“, sagte er. „Ist hier in der Nähe ein Laden, in dem ich Wein kaufen kann?“

„Ums Eck ist ein Supermarkt.“ Sie beugte sich nach unten, griff die Henkel ihrer Taschen.

„Großartig.“ Er schob sich an ihr vorbei, schloss die Wohnungstür hinter sich. Das Holz knarzte unter seinen schwarzen Sneakern, als er die Treppe hinunterlief. Was glaubte sie eigentlich, wer sie war? Und außerdem, was brachte sie in die Gleichung mit ein? Sie musste ihm schon einen guten Grund liefern, warum er ihr seine Ideen auf den Tisch legen sollte. So spielte das Leben nicht.

Ohne zu wissen, was Karin an Wein gefiel, hatte er eine Flasche wahrscheinlich furchtbar überteuerten Sauvignon Blanc im Supermarkt gekauft. Reihen an Reihen viel zu bunt beklebter Flaschen, die Etiketten allesamt furchtbar lieblos gestaltet, nebeneinander aufgebahrt. Er hatte nach dem Teuersten gegriffen. Das Letzte, was er wollte, war, dass sie ihn für einen ungebildeten Idioten hielt, der sich nicht einmal mit Wein auskannte. Wenn sie schon Wein bei ihm bestellte, dann würde er liefern.

Karin wohnte in einem Altbau. Die schwere Eisentür an der Häuserfront war mit geschmacklosem Graffiti verschmiert. Er drückte auf die Klingel. Ein Knacken im Lautsprecher und der Türöffner summte. Hinter der Tür erstreckte sich ein dunkler Gang, der Boden mit grauen Betonfliesen zugepflastert, vollgestellt mit alten maroden Fahrrädern, dahinter duckten sich Büsche gegen die Wand des Nachbarhauses. Er ging die Treppen hinauf in den zweiten Stock, es roch nach Moder und altem Holz. Für einen Moment erinnerte es ihn an den Duft des Friedhofs in dem Dorf, in dem er aufgewachsen war. Die Hütte, aus der seine Großmutter immer die Gießkanne gezogen hatte. Alt und staubig und der süßliche Geruch von verrottendem Holz, verrottender Liebe und Verwesung. Nachdem er geklingelt hatte, öffnete eine andere Frau die Tür. Sie war klein und schlank, kniff die Augen zusammen, als könne sie ihn kaum sehen. Sie streckte ihm die Hand hin. Er zögerte. Sie war nicht ganz hässlich, aber auch nicht hübsch. Die schmalen Lippen zusammengezogen zu einem roten Strich, als wäre ihr Mund eine Wunde, hineingerissen in ihr Gesicht.

„Du bist Klaus, oder?“ Ihr Händedruck war fest.

Er räusperte sich. Die Weinflasche hielt er wie einen Knüppel am Flaschenhals.

„Ich bin Sybille. Ich hab schon von dir gehört.“ Sie grinste ihn an. „Komm doch rein.“ Sie trat zur Seite, öffnete ihm die Tür. „Ich bin gleich weg, keine Sorge.“

Sybille. Wer oder was auch immer. Im schmalen Wohnungsflur befand sich unter einem Spiegel ein weißes schmales Kästchen, darauf lagen aufgerissene Briefe, die ihre Papierfetzen wie Flügel toter Vögel von sich streckten. Daneben Plastikblumen auf Haarnadeln wie deplatzierter Grabschmuck.

„Karin“, rief Sybille, ohne ihn aus den Augen zu lassen. Nicht, als er seine Schuhe auszog, nicht, als er neben ihr stand und wartete.

„Ja.“ Er hörte Karins Stimme aus den Untiefen der Wohnung. „Ich bin gleich da.“

„Ich hab ihn schon mal reingelassen“, rief Sybille.

„Ja, gut.“

„Einen Moment“, sagte Sybille zu ihm. Als hätte er die Konversation nicht mitbekommen. Als stünde er nicht hier neben ihr. „Sie kommt gleich.“ [illegible]

Das konnte er auch. Die Arme hielt er vor der Brust verschränkt, die Schultern hochgezogen, die Augen zu Schlitzen verengt. Wie sie sich ein Lächeln abrang. Der Höflichkeit wegen. Sybille. Hatte er den Namen nicht schon mal gehört? Hatte Karin ihn erwähnt? Er erinnerte sich nicht mehr.

„Hallo, Klaus.“ Er hörte Karins Stimme, bevor er sie sah. Zu nackten Füßen trug sie ein schwarzes Kleid. Sie lehnte sich an die Wand, als er seine Schuhe auszog. Schließlich stand er auf und schob seine schwarzen Turnschuhe unter die Garderobe.

„Du hast Weißwein mitgebracht?“ Karin schmiegte sich an ihn, gab ihm einen Kuss.

„Weißwein, ja.“ Er konnte nicht so schnell reagieren, da war sie wieder fort. Ein Hauch Vanille hing in der Luft, wo sie gerade noch gestanden hatte.

„Dann lass ich euch mal alleine.“ Sybille umarmte Karin, sie küssten einander, als wäre es ein Abschied für immer. Klaus konnte kaum erwarten, dass sie endlich abhaute, hielt sich derweil an der Weinflasche fest. Es war seine Zeit. Seine Zeit mit ihr. War Sybille eine Freundin? Partnerin? Geliebte? Es spielte keine Rolle. Die einzige Rolle, die es spielte, war, dass sie ihm die Zeit stahl. Wie Jan ihm die Zeit mit Evi stahl. Er atmete auf, als sie sich endlich ihre Jacke überzog und in die Sandalen schlüpfte. Dann fiel die Tür zu und sie waren alleine. Endlich.

„Schön, dass es geklappt hat.“ Karin legte ihm die Hände um die Schultern, presste ihre Brüste gegen seinen Oberkörper. Ihr roter Mund war nur ein Spalt offen, doch dieser kleine Spalt war Verheißung genug, dass er sich ausmalen konnte, was noch kommen würde. Er stellte sich vor, wie er sich in ihr versenkte, wie er in ihr abtauchte. Erst in ihrem Mund, dann zwischen ihren Beinen. „Hast du Hunger?“, fragte sie.

Sein Magen knurrte. Aber das Essen war ihm egal. Er hatte anderes vor, essen konnten sie später. Er beugte sich zu ihr, doch sie wand sich aus seiner Umarmung wie eine Raubkatze, nahm ihm die Flasche Wein aus der Hand. „Komm mit“, sagte sie. Sie ging vor ihm den Gang entlang, in der Küche lehnte sie sich an die Küchenzeile. Weiße Küchenmöbel, ein brauner Esstisch in der Mitte. Keine Deko. Er hatte nur Augen für sie.

„Setz dich“, sagte sie und nahm ihm die Flasche Weißwein aus der Hand. „Das war übrigens Sybille, eine Partnerin von mir. Sie ist Philosophin, und wir haben über einen ihrer Texte diskutiert. Es war“, sie blickte nach oben, ein Lächeln auf den Lippen, „berauschend.“

Es war ihm egal, wer die andere gewesen war.

„Was hältst du von Carbonara?", sagte sie, ihr Tonfall mit einem Mal nüchtern. „Jetzt, wo du uns schon einen Weißwein mitgebracht hast? Man muss doch immer das Essen auf den Wein abstimmen, oder meinst du nicht?" Sie lachte.

„Klingt gut", antwortete er. Er war nicht zum Essen gekommen. Ihr Blick. Als wollte sie ihn gleich anfallen.

„Dann …" Sie öffnete den Küchenschrank, stellte sich auf die Zehenspitzen, streckte sich, das schwarze Kleid rutschte ihre Oberschenkel nach oben. Eine Zwiebel in der Hand drehte sie sich zu ihm um.

„Hier." Sie hielt ihm die Zwiebel hin. „Aufschneiden."

Er rührte sich nicht.

„So einer bist du also, Klaus aus München. Einer, der sich bedienen lässt."

Er nahm ihr die Zwiebel aus der Hand. Wenn es nur das war. Er hatte oft genug zugesehen, wie Lore sich mit den Dingern abgemüht hatte. Er würde nicht eine Zwiebel zwischen sich und einen Fick kommen lassen. Aus der Küchenschublade zog sie ein langes, scharfes Messer. „Schneid dich nicht", sagte sie, hielt es ihm am Griff hin. Sie beobachtete ihn, wie er die braune Schale abschälte, wie er sich mit dem Messer an der ledernen, verwelkten äußeren Schicht abmühte. Wie ihm die Zwiebel wegrollte, als er das Messer ansetzte, um sie zu halbieren. Ihm tränten die Augen, als er das Messer in die weißen Schichten sinken ließ, die unter seinen Händen lose auseinanderfielen.

„Na?", fragte sie. „Hast du es bald?" Sie reckte den Kopf nach oben, um ihn besser beobachten zu können.

Er nahm eine Schale, schnitt sie in Würfel, dann die nächste und die nächste. Es dauerte ewig. Aus dem Kühlschrank zog sie eine Packung Speck.

„Machst es wohl nicht so oft", stellte sie fest. „Aber dafür hast du eine gute Ausdauer."

Mit dem Messer schob er die unregelmäßigen Zwiebelstückchen an den Rand des Brettes.

„Ich muss ja ehrlich sagen … Wenn du keine Partnerin in München hättest, ich hätte dich nicht eingeladen. Ich habe keine Lust mehr auf unerfahrene Typen." Sie riss die Packung Würfelspeck mit einem Ruck auf. „Die wollen immer gleich eine Beziehung und was Ernstes, und man kann ihnen noch so oft erzählen, dass es nicht exklusiv ist, es ist, als würde man mit einem Stück Brot reden. Kennst du das auch?"

Stumm nickte er. Und dachte an die Abende, die er alleine in seinem Atelier verbracht hatte, an denen er nichts zustande gebracht hatte, weil Evi mit Jan unterwegs gewesen war. Weil Evi Jan gefickt hatte. Und er hatte an kopulierende Körper gedacht, an sie, wie sie unter ihm stöhnte. Und hatte nicht mehr denken können. Er sah Karin an. Sie wäre ein netter Zeitvertreib. Ein kleiner Fick, um sich von Evi abzulenken. Von Evi, die in München ständig auf Jans Schwanz saß. Er konnte es auch. Er war kurz davor.

„Weißt du …“ Sie nahm das Brett mit den Zwiebeln, schmiss sie in den Topf. Sie zischten im heißen Fett. „Wenn wir uns treffen, dann ist das eine lockere Sache. Siehst du das genauso?“ Sie zog einen hölzernen Kochlöffel aus der Schublade.

„Auf jeden Fall“, sagte er.

„Wir haben ein bisschen Spaß und wenn du zurück nach München gehst, dann gehst du zurück nach München.“ Mit den Fingern schob sie die Speckwürfel ins heiße Fett. Der Duft von gebratenem Fleisch stieg ihm in die Nase.

„Gut“, sagte sie. „Dann koch die Nudeln.“ Sie drückte ihm eine Packung Spaghetti in die Hand.

Er legte Gabel und Löffel auf das Porzellan. Karin hatte ihm von ihrem Dilemma erzählt, von der Suche nach dem Studienfach, das perfekt zu ihr passte. Von den ewigen Wechseln. Immer nach drei, vier Semestern. Die Wohnung hatte ihre Mutter für sie gekauft, also hatte sie keinen Stress. Und so ließ sie sich über die ganzen durchgehetzten Schnellschussstudenten aus, denen nichts wichtiger war, als sich in der freien Wirtschaft ausbeuten zu lassen.

„Das Wichtigste ist“, erklärte sie, „Zeit zu haben. Über das nachzudenken, was entscheidend ist. Sich nicht geistig klein halten zu lassen von der Gesellschaft und dem System.“ Sie drehte eine Nudel auf ihre Gabel. „Alles muss schnell sein. Das Gymnasium, dann das erste Ausbeuter-Praktikum, dann das Studium, und das am besten noch unterhalb der Regelstudienzeit. Aber sag mal“, sie schenkte sich ein Glas Wein ein, „was bringt das denn? Ich meine, wir hetzen uns unser ganzes Leben lang ab, nur damit wir dann die nächsten dreißig Jahre in Unfreiheit verbringen? Dafür, dass wir dann ein Leben führen, das wir uns nicht selbst ausgesucht haben? Warum sollte ich mein Leben derart beschleunigen – und der einzige, der etwas davon hat, ist jemand anderes?“ Mit der Gabel sammelte sie den Rest Nudeln auf ihrem Teller zusammen, schob ihn auf den Löffel. „Es ist wie mit der Kunst“, sagte sie kauend. „Man braucht Zeit. Und das ist es, was den meisten fehlt. Zeit ist das größte Luxusgut.“

Er nickte. Er kannte das Problem nur zu gut. Er dachte an Evi, an ihr rotes Gesicht, an die aufgerissenen Augen, an den ausgestreckten Zeigefinger. Wie sie immer am ihm rummäkelte. ‚Such dir einen Job. Mach was aus deinem Leben. Deine Kunst, damit verdient man doch nichts, das ist doch nur ein Hobby. Mach was Vernünftiges, immerhin hast du einen Studienabschluss.' Sie verstand einfach nicht, dass er die Zeit brauchte. Der ewige Tanz, den er mittlerweile leid war.

„Ich bin froh", sagte sie, „dass meine Mutter das versteht. Sie sagt immer: Kind, sieh dir die Welt an. Lass dir Zeit. Überleg dir, was du werden willst." Sie schwenkte ihr Glas, und die Flüssigkeit leckte an dessen Rand, als wolle sie entfliehen. „Und das ist es, was man braucht."

Wenn Evi es nur einsehen würde, wenn sie ein wenig wäre wie Karin, sie könnten sich so viel nervenaufreibenden Streit sparen. Wenn sie sagen würde: Ich verstehe dich. Ich gebe dir die Zeit, die du brauchst. Sie war kurz vorm Abschluss. Bald hätte sie genug Geld, genug für sie beide. Dass sie ihm nichts davon abgeben wollte, konnte er nicht verstehen. Früher hatte die Sache noch ganz anders geklungen.

„Also", unvermittelt stand sie auf, „willst du mit mir rüber in mein Schlafzimmer gehen?"

Verdutzt sah er sie an.

„Na, willst du, oder willst du nicht?" Sie hatte die Hände in die Hüfte gestemmt.

Er stand auf. Sein Puls schnellte durch die Decke.

Auf dem Boden lag Kleidung verstreut. Der Kleiderschrank stand offen und war so vollgestopft, dass man an den Klamottenbergen nicht vorbeisehen konnte. Links stand ein großes Bett, die Decken zerwühlt, darauf gebettet lag ein alienhafter schwarzer Vibrator, aus Wülsten streckten sich zwei Fühler. Unter dem Fenster stapelten sich Bücher auf dem Schreibtisch. Romane, Lehrbücher, alles gemischt. Mit den Füßen schob sie die Klamotten, die vor dem Bett auf dem Boden lagen, zur Seite. Er ging zu ihr, legte seine Hände auf ihre Hüfte, drehte sie zu sich, doch wieder wand sie sich unter seinen Fingern und entglitt ihm.

„Na", sagte sie. „Zieh dich aus."

Er fragte sich, was sie wollte.„Worauf wartest du? Zieh dich aus." Sie drehte ihren Schreibtischstuhl um und setzte sich darauf.

„Warum?"

„Weil ich es will. Ich möchte dich erst mal ansehen. Bei der Party hatten wir gar kein ordentliches Licht." Sie beugte sich vor, stützte die Arme auf ihren gespreizten Oberschenkeln auf.

‚Sie sitzt da wie ein Mann', dachte er. Dann öffnete er seine Jeans. Er würde das Spiel mitspielen. Mal sehen, wohin es führte. Sie beobachtete [illegible]

Er kehrte seine Hose mit den Füßen zur Seite.

„Weiter", forderte sie ihn auf.

Er zog sich sein schwarzes T-Shirt aus. Als er nur noch seine Unterhose trug, verschränkte er die Arme vor der Brust.

„Na, was ist?" Sie lehnte sich zurück, die Beine noch immer breit.

„Was ist mit dir?", fragte er.

„Mit mir?" Sie lachte. „Bei unserem letzten Treffen hast du mich gefickt, jetzt bin ich dran. Gleiches Recht für alle. Also, die Hose."

Unsicher stand er da. Wie sie ihn ansah. Ihre Blicke auf seiner Haut, seiner Brust.

„Oder willst du nicht?", sagte sie mit einem Kopfnicken in seine Richtung.

Er hakte seine Daumen unter den Bund seiner Unterhose. Es war ein Spiel, dachte er. Und er würde mitspielen. In einem Zug schob er die Hose über seinen Hintern, seine Oberschenkel, über die Unterschenkel zu Boden. Dann stand er nackt da. Mit seinem steifen Schwanz. Er betrachtete sie. Und jetzt?

„Wunderbar", sagte sie. „Jetzt dreh dich."

„Drehen?"

Sie nickte. „Einmal um die eigene Achse."

Also drehte er sich vor ihr, sollte sie ihn sehen, sollte sie alles sehen.

„Wunderbar", wiederholte sie und stand auf. Sie zog die Schublade einer Kommode neben dem Kleiderschrank auf. Als sie sich zu ihm umdrehte, hielt sie etwas wie einen Gürtel in der einen Hand, einen Dildo in der anderen. Wortlos stieg sie in den Gürtel hinein.

„Was wird das?", sagte er.

„Na, wie gesagt. Du hast mich gefickt. Jetzt bin ich dran. Schau." Sie schob den Dildo durch eine kreisrunde Öffnung im Leder. „Ich hab auch einen kleinen ausgesucht. Nur für dich." Der Dildo stand im rechten Winkel von ihrem Venushügel ab. Sie griff nochmal in die Schublade, zog ein Kondom heraus und riss die Verpackung auf. „Oder probierst du nichts Neues aus?" Sie grinste ihn an. „Weißt du", in aller Ruhe rollte sie den Gummi über das schwarze Silikon, „wir Frauen werden so oft von euch Männern gefickt, da gehört es sich doch auch mal andersherum. Knie dich aufs Bett." Sie machte eine kurze Pause, dann fügte sie an: „Wir können auch aufhören, wenn du nicht willst." In der Hand hielt sie ihren Schwanz.

Er hatte es noch nie ausprobiert. Seine Kehle war trocken. Er nickte.

„Es ist deine Entscheidung." Langsam wichste sie ihren Penis. Auf und ab, sie fuhr über den glänzenden hellgelben Überzug. Er war nicht groß, viel kleiner als sein eigener. Es war ein Zwei-Finger-Penis. Würde er passen?

Sie kam auf ihn zu, das Kinn in die Höhe gereckt. „Ich benutze ganz viel Gleitgel." Sie grinste. Er empfand das alles, sie mit dem umgeschnallten Dildo, als unnatürlich. Und diese Unnatürlichkeit faszinierte ihn.

Er räusperte sich. „Ja, okay", sagte er. Es war aufregend und erregend, er hörte das Blut in seinen Adern rauschen.

„Dann runter mit dir", befahl sie.

„Fickst du alle deine Typen?", sagte er, während er sich auf der Matratze niederließ.

„Wenn ich es mal wieder brauche. Und wenn sie es brauchen." Vom Nachtkästchen nahm sie die Tube Gleitgel.

Er war auf allen vieren und sie hinter ihm. Zwischen seinen Beinen hindurch sah er ihren Schwanz. Klaus schloss die Augen. Ein Gefühl der Machtlosigkeit überkam ihm. Noch nie war er einer Frau derart ausgeliefert gewesen. Ein angenehmer Schauer lief durch seinen Körper.

7

Graue Wolken hingen tief über der Stadt, als sie aus dem U-Bahnschacht zur Straße hinaufstiegen. Einzelne Häuser, Vorgärten, in den Einfahrten parkten SUVs. Als wäre es nicht mehr München, sondern ein schwer zugängliches Bergdorf in den Alpen, dessen Straßen weder geräumt noch gestreut würden. Die schwüle Hitze stand auf dem Asphalt. Schweiß lief zwischen Evis Brüsten hinab. Sie hatten die letzten Tage nur wenig gesprochen. Jan hatte kaum Zeit gehabt, und Lore ... Lore war immer schnell in ihrem Zimmer verschwunden. Als wolle sie Evi meiden. Jetzt lief sie neben ihr her und schwieg. Und Evi überlegte, was sie sagen konnte, um mit Lore irgendeine Konversation zu starten. Das Wetter? Heiß und so. Gab nicht viel her. Die Großmutter? Ja, die Großmutter war gut.

„Wie geht es deiner Großmutter?" Evi betrachtete Lore. Sie trug ein bodenlanges Blumenkleid über ihrem sehnigen Yoga-Körper.

„Gut", sagte Lore. „Es ist wie immer. Sie sitzt da, schaut ins Grüne. Meistens lächelt sie so ein stilles Lächeln. Als wäre sie zufrieden."

Evi nickte.

„Manchmal, da ist es wie früher. Bis sie einen fragend ansieht. Dann weiß man, dass sie woanders ist", murmelte Lore und starrte beim Gehen auf den Boden. „Aber im Altersheim machen sie tolle Sachen. Im Februar haben sie Vogelhäuschen gebastelt, die hängen jetzt im Heim vom Garten. Ich glaube, sie schaut oft den Vögeln zu, wie sie rein und raus fliegen. Ja, das hat sie früher auch schon gern gemacht." Lores Mundwinkel deuteten ein Lächeln an.

„Und sonst ...", sagte Evi. „Was gibt es Neues?"

„Nichts." Lore lächelte distanziert. „Alles gut."

Wirklich? Evi wollte über Jan reden, über die Nacht im Hotel. Über den Grund, warum Lore jetzt unbedingt auf den Hof mit seinen Gesprächsrunden und Workshops wollte. Rede mit mir, dachte sie. „Ich finde es gut, dass wir zusammen zum Hof fahren", sagte Evi, in der Hoffnung, Lore so zum Reden zu bringen. „Ich bin echt gespannt."

„Ja", murmelte Lore, ohne sie anzusehen. „Ich auch. Ich bin schon echt gespannt auf das Konzept und was sie erzählen."

„Und mit Jan? Wie läuft es?", wagte Evi einen direkteren Vorstoß.

„Ich finde es schön, wie sich eure Beziehung entwickelt." Lores Mund lächelte, ihre Augen nicht. Das ist wunderbar."

„Und du ...", fing Evi an.

Lore blieb stehen, betrachtete Evi für einen Moment. Dann schweifte ihr Blick ab, und sie zeigte über Evis Schulter. „Da", sagte sie.

Evi drehte sich um. In der Ferne erkannte sie einen alten Bauernhof, und als sie näherkamen, konnte sie ein neu renoviertes Gebäude neben einer Scheune mit halb eingefallenem Dach ausmachen.

„Das muss es sein", sagte Lore.

Der betonierte Platz zwischen den Häusern war an mehreren Stellen gerissen. Graue Brocken lagen auf gebrochenen Betonplatten, die Löcher waren mit Kies aufgefüllt. Auf der rechten Seite befand sich ein mit einer Steinmauer abgetrennter Hochgarten, aus den Fugen sprossen Pflanzen, dahinter befanden sich Wiese und Büsche und ein in den Boden gerammtes hölzernes Rankgitter, an dem sich Bohnen in den Himmel streckten. Einzelne Hühner gackerten über den Hof.

„Das ist es?" Evi verzog das Gesicht. Sie sah erst das Haus an, dann Lore, die neben ihr stand. Ein alter Bauernhof? Wirklich? Sie wusste nicht, was sie erwartete hatte … Das hier war es nicht.

„Ich denke schon." Lore griff über das Gartentor und drückte innen die Klinke herunter. Dann betrat sie den grauen Betonvorplatz. Ein Huhn flatterte aufgeregt zur Seite, als Lore an ihm vorbei in Richtung des Wohnhauses ging. Evi schloss noch das Gartentor hinter sich, als Lore schon an der Haustür klingelte. Es war kein Mensch zu sehen. Nicht im Garten, nicht in der Scheune. Den ganzen Weg zur Haustür beäugten die Hühner Evi. Gerade als sie hinter Lore zum Stehen gekommen war, öffnete ein Mann die Tür. Er streckte seinen Kopf heraus, drehte ihn erst nach links, dann nach rechts. Schließlich trat er aus der Tür auf das kleine Eingangspodest. Eine weite, gelbe Hose schlackerte um seine Beine.

„Hallo", begrüßte er Evi und Lore.

„Hi", sagte Lore. „Nalini hat uns eingeladen."

Sein breites Grinsen entblößte eine Zahnlücke zwischen seinen Schneidezähnen. „Ach, Nalini. Sie hat schon gesagt, dass ihr kommen würdet. Lore und Evi, richtig? Kommt doch rein", sagte er, zog die Tür auf und trat zur Seite. „Weiß sie, dass ihr kommt?"

„Ich habe mit ihr geschrieben", erklärte Lore. „Sollen wir die Schuhe ausziehen?"

Sie standen in einem riesigen Eingangsbereich. Rechts von ihnen hing eine Garderobe voll mit Jacken und Mänteln, daneben ein überquellendes, deckenhohes Schuhregal. Auf dem dunklen Fliesenboden davor standen schlammverschmierte Gummistiefel und Turnschuhe dicht gedrängt beieinander. Hoffentlich mussten sie ihre Schuhe nicht ausziehen, dachte Evi, als sie den ganzen Berg betrachtete. Nicht, dass jemand anderes sie anzog. Bei der Menge Schuhe musste es Verwechslungen geben.

„Nein, nein.“ Der Typ winkte ab. „Wollt ihr in den Garten? Ich [illegible] Nalini Bescheid, dass ihr da seid.“

„Klingt gut.“ Lore lächelte ihn an.

„Ich bin übrigens der Joe“, stellte er sich vor und hielt ihr die Hand hin. „Freut mich euch kennenzulernen. Nalinis Freunde sind auch meine Freunde.“

Lore nickte. „Wohnst du hier, Joe?“

„Ja.“ Er nickte mit wippenden Locken. „Seit einem Jahr. Wir sind eine kleine, aber feine Gemeinschaft.“

„Wie viele Leute wohnen denn hier?“, fragte Evi mit Blick auf den Kleiderberg.

„Siebzehn …“ Er fuhr sich durch die Haare, drückte sie für einen Moment auf seinem Kopf platt, bis sie wie Sprungfedern zurück an Ort und Stelle sprangen. „Drei davon Kinder.“

Evi nickte. Siebzehn Leute. Sie begann, die Schuhe im Regal zu zählen.

„Kommt mit“, sagte er.

Evi starrte noch immer den Schuhberg an, als Lore sie an der Hand nahm. „Komm“, sagte sie.

Er führte sie durch ein großes, modern ausgebautes Wohnzimmer. Weiße Wände, freigelegte Holzbalken. Bestimmt war das Haus früher ein Bauernhof gewesen. Helle, einfache Birkenholztische standen in drei Reihen, dazu passende Bänke. Keine Rückenlehnen. Links neben der Tür, durch die sie den Raum betreten hatten, stand ein alter blaugefliester Kaminofen.

„Hey.“ Nalini kam durch die offenstehende Terrassentür rein.

„Da ist sie ja schon“, sagte Joe in ihre Richtung.

Nalinis Augen leuchteten, ein Lächeln umspielte ihre Mundwinkel. Sie fiel Lore um den Hals. „Wie geht es euch? Schön, dass ihr da seid.“

Nachdem sich Nalini von Lore gelöst hatte, blickte die verschämt zu Boden. „Gut, danke. Es ist schön, hier zu sein.“

Dann drückte Nalini Evi an sich. Als würden sie einander schon Jahre kennen. Sie roch nach Sonne und frisch gemähtem Gras.

„Wollt ihr was trinken?“ Sie ließ Evi los, trat einen Schritt zurück. „Kommt mit.“ Ihr langes Kleid streifte den Boden, als sie den Raum durchquerte, vorbei an Tischen und Bänken bog sie nach links in die Küche ab. In der Mitte des Raumes breitete sich eine Kücheninsel aus, über die gesamte Länge der Wand erstreckten sich Küchenschränke, die Backofen und Kühlschrank beherbergten. Auf dem Fensterbrett stand eine Ansammlung

Kräuter, manche in Tontöpfen, manche standen abgeschnitten in Vasen. Evi erkannte Basilikum, Schnittlauch, Koreander.

„Was kann ich euch anbieten?" Nalini stellte Gläser auf der Kücheninsel ab. „Wasser? Vielleicht mit Sirup? Wir machen ihn selbst. Ich habe Johannisbeere, Holunder und …" Nalini öffnete eine Schranktür, darin eine Auswahl an Flaschen mit buntem Inhalt. „Menthé. Den hat Claire selbst gemacht, aus Minze in unserem Garten. Minzsirup." Sie sah zu Evi und Lore auf. „Mal was anderes. Aber lecker. In Frankreich richtig beliebt. Ansonsten …", sie schob die grüne Flasche nach hinten, „Holunder, Himbeere …"

„Ich nehme gerne Holunder", sagte Lore.

„Ich auch, danke", sagte Evi.

Die Terrasse war alt und uneben, der Holztisch wackelte auf den Betonfliesen. Sie saßen unter einem großen Ahornbaum, hinter ihnen Büsche wildwachsender Rosen, die gelb und rosa blühten und einen lieblichen Duft verströmten. Die Eiswürfel klimperten in der Karaffe, als Nalini Wasser in die Gläser goss.

„Wird der Hof gerade renoviert?", fragte Evi.

„Ja", antwortete Nalini. „Tatsächlich. Wir machen alles selbst." Sie nickte, lächelte ihr breites Lächeln.

„Und es wohnen siebzehn Leute hier?"

Wieder lächelte sie auf die gleiche Art und Weise. Als wollte sie nicht zu viel von sich preisgeben, als wäre ihr Lächeln ihre Wand gegen die Außenwelt. „Ja, wir sind ein generationenübergreifendes Wohnprojekt, bei dem jede Person beisteuert, was sie am besten kann. Zum Beispiel im Garten." Sie nickte in Richtung des Gartens. Hinter einer Reihe Apfelbäume ragte ein Gewächshaus in die Höhe. „Da hinten steht unsere hofeigene Gärtnerei", erklärte sie. „Wir ziehen unsere Setzlinge selbst und verkaufen sie. Jeden Samstag und Sonntag veranstalten wir einen Markt im Innenhof, wir laden auch ansässige Landwirte ein. Alle Produkte ökologisch erzeugt. Das ist Hendrik sehr wichtig. Wir haben große Flächen, auf denen wir unser Obst selbst ziehen. Wir haben das Glück, einen gelernten Gärtner hier zu haben. Pascal. Ohne ihn wäre das alles nicht machbar. Jeder hier hat seine Aufgabe." Immer noch dieses unnahbare Lächeln.

„Wie macht ihr das mit dem Geld? Wie finanziert ihr euch?", wollte Evi wissen. Waren sie hier sowas wie eine Kommune? Eigentlich hatte Evi gedacht, sowas wäre längst ausgestorben.

„Die Menschen, die einer Erwerbstätigkeit nachgehen, steuern ihr Einkommen der Gemeinschaft bei. So haben alle etwas davon."

„Ich finde das großartig“, stellte Lore fest. „Das klingt wunderbar.“

Natürlich fand sie das. Es passte zu Lore. Passte wie die buchstäbliche Faust aufs Auge. „Und was machst du?“

„Ich studiere noch und darf deshalb hier kostenfrei wohnen und lernen. Wenn ich fertig mit meinem Studium bin, dann gebe ich der Gemeinschaft zurück, was ich davor von ihr bekommen habe.“

„Und die Kinder?“, fragte Evi.

Nalini sah sie mit einem sanften Blick an, der Evi wie aus der Welt gefallen schien. „Sie gehen zur Schule und wenn sie nach Hause kommen, kümmert sich die Gemeinschaft um sie. Wir haben eine solidarische Betreuung eingerichtet. Es ist immer jemand da, der bei Hausaufgaben helfen kann. Wir sind ein funktionierendes, abgeschlossenes kleines Ökosystem, das Freiraum bietet für Entfaltung“, sagte Nalini ihren kleinen Werbetext fertig auf. Wo war der Haken? Es gab doch bei sowas immer einen Haken.

„Und wem gehört der Hof?“, fragte Evi.

„Er gehört uns allen. Er ist ein Gemeinschaftsprojekt. Verwaltet wird unsere Gemeinschaft von Hendrik. Er kümmert sich auch um die Renovierungen und entscheidet, wer auf den Hof ziehen darf. Wir sind eine stetig wachsende Gemeinschaft.“

Evi nickte und sah hinaus in den Garten. Neben dem Gewächshaus kniete eine Frau vor einem Beet, zog Unkraut aus der Erde. War sie wirklich freiwillig hier? Oder mussten die Leute ihr Privatvermögen abgeben?

„Und ihr veranstaltet Vorträge und Kurse?“, fragte Lore.

„Das ist auch Teil des Konzepts. Für externe Besucher kostet die Teilnahme etwas. Morgen haben wir wieder einen Shibari-Meister da.“

„Shibari?“ Lore hatte natürlich keine Ahnung.

„Bondage“, sagte Evi, ohne die unkrautjätende Frau aus den Augen zu lassen. Ihr Buckel war krumm, die verkrampften Finger suchten im Dreck nach falsch wachsenden Grashalmen.

„Genau. Du hast Erfahrung?“, fragte Nalini.

Evi sah von der Unkrautjäterin zu Nalini. Dieses distanzierte Lächeln ging ihr schon jetzt auf die Nerven. Sah Lore das nicht? Evi schüttelte den Kopf.

„Und was sonst noch?“, fragte Lore.

„OM zum Beispiel.“

„OM?”

„Orgasmic Meditation. Es geht dabei allein um die Erregung der Frau. Ohne Druck, unbedingt kommen zu müssen, sinnliche Berührungen genießen. Ich bin regelrecht süchtig danach“, sagte Nalini.

Mit federndem Schritt ging ein großgewachsener Mann zwischen den Gemüsebeeten entlang. Er war schlank, hatte ein kantiges Kinn. In der einen Hand trug er einen Spaten, mit der anderen wischte er sich den Schweiß von der Stirn. Er stieg die Stufen zu Terrasse hinauf.

„Nalini." Er beugte sich zu ihr hinab, stützte sich auf der Armlehne ihres Stuhles auf, küsste sie.

Kurz verließ das Distanzlächeln Nalinis Gesicht. Stattdessen schien sie sich wirklich zu freuen, ihn zu sehen. Nalini und der Typ sahen sich für einen Moment tief in die Augen. „Darf ich euch Hendrik vorstellen?", sagte Nalini, ohne ihren Blick von ihm abzuwenden.

Noch einmal küssten sie einander. Ein inniger, intimer Kuss. Erst dann wandte er sich Evi und Lore zu. „Zwei neue Gesichter", sagte er.

„Ich habe sie über Therese kennengelernt, meine Kommilitonin. Erinnerst du dich?"

Er nickte. „Schön, dass ihr da seid."

Eine Frau in einem langen, mit Erde verschmierten Rock ging an ihnen vorbei, grüßte sie mit einem Nicken und trug einen Korb voll Gemüse ins Haus. Die nächste Arbeiterin?

„Sie leben zusammen in einer WG. Evi und Lore sind beide Partnerinnen von ..." Nalini sah Lore fragend an.

„Jan", sagte die.

„Eine Triade?", fragte Hendrik, streichelte Nalini über die Schultern.

„Nicht ganz ...", fing Evi an.

Doch Lore unterbrach sie. „So in der Art."

„Habt ihr ein funktionales Wohnkonzept?" Hendrik ging um Nalini herum, zog den freien Stuhl auf der rechten Seite nach hinten. „Teilt ihr euch alle Räume? Habt ihr ein gemeinsames Schlafzimmer, ein Wohnzimmer? Das wäre ja naheliegend."

„Jede von uns hat ein eigenes Zimmer."

Er lehnte sich in seinem Stuhl zurück und legte die Arme auf die Armlehnen.

„Und euer Partner? Jan?"

Evi sah von Hendrik zu Lore. Ja, und ihr gemeinsamer Partner Jan? Sie war gespannt, was Lore darauf sagen würde.

„Er ...", Lore sah Evi an. „Je nach Bedarf."

Hendrik nickte, legte die Stirn in Falten.

Evi hätte zu gerne gewusst, was er sich jetzt dachte. ‚Je nach Bedarf.' Jan schlief immer bei Lore. Wollte sie das nicht zugeben? Als wäre das was Schlimmes. Dabei legte sie offensichtlich großen Wert darauf. Warum sonst waren sie ins Hotelzimmer gegangen? Evis einzige Erklärung dafür war mittlerweile, dass es doch nicht ganz so cool war, wie Lore immer behauptete.

„Willst du was zu trinken?" Nalini stand auf und nahm die leere Glaskaraffe vom Tisch.

„Gerne." Hendrik und Nalini sahen einander an, wieder war da dieser verliebte Blick, dieses Strahlen in den Augen. Nalini streichelte ihm über die Schulter. Kurze Intimität, als bekämen beide nicht genug davon. Als wäre ihre gemeinsame Zeit zu knapp. Evi kannte das. Der Versuch, zu bewahren, was flüchtig war.

„Kommt doch heute Abend zu unserem Gesprächskreis. Zum Abendessen bleibt ihr doch, oder?" Er stützte die Ellenbogen auf der Armlehne auf, die Hände ineinander gefaltet.

„Heute?"

Er senkte den Kopf, sah sie von unten herauf an, nickte. „Heute."

Für einen Moment dachte Evi, sie sähe den Teufel in seinen Augen. Oder das, was man sich als katholisch erzogenes Mädchen unter dem Teufel vorstellte.

„Klar", erklärte Lore. „Ich habe Zeit. Evi, du doch auch, oder?"

Die Eiswürfel klimperten und kündigten Nalini an, die über die Schwelle der Terrassentür stieg, in der einen Hand die gefüllte Glaskaraffe, in der anderen ein Glas für Hendrik, eine Flasche Sirup hatte sie sich unter den Arm geklemmt.

„Noch jemand was zu trinken?", fragte sie.

Evi räusperte sich. „Ja, bitte." Mit einem scharfen Wasserstrahl wirbelte Nalini den zähen Sirup am Boden von Evis Glas auf.

„Ich habe ihnen gerade vorgeschlagen, heute Abend am Gesprächskreis teilzunehmen."

Nalini stellte die Karaffe auf den Holztisch und setzte sich. „Das ist eine großartige Idee, finde ich. Auf jeden Fall." Wieder dieses distanzierte Lächeln. Sagte sie es aus Höflichkeit, oder weil sie es meinte?

„Evi?" Lore sah sie an. Als bräuchte sie ihre Erlaubnis. Als wäre sie die Autorität am Tisch.

Das Glas an den Lippen nickte Evi. Das Wasser schmeckte bitter, hatte sie zu wenig Sirup reingetan?

„Ja", fasste Lore zusammen, als wolle sie sichergehen, dass es auch stimmte.

„Wunderbar." Hendrik lehnte sich in seinem Stuhl zurück. „Wunderbar", wiederholte er. „Wir freuen uns immer über neue Gesichter." Dann nahm er sein Glas, trank es zur Hälfte aus. „Ich habe noch ein paar Sachen zu erledigen." Er stellte es auf den Tisch, stand auf. „Dann sehen wir uns später.“ Er stieg über die Terrassentür-Schwelle ins Innere des Hauses, verschwand in der Dunkelheit.

„Wollt ihr den Garten sehen?“, fragte Nalini, dann legte sie ihre Hände flach auf den Tisch und stand auf.

„Gerne“, antwortete Lore.

Der Wind rauschte durch das Blätterdach des Waldrandes, an den der Garten anschloss. Es roch nach Nadelbäumen und Waldboden. Am Rand des Gartens wucherten Himbeeren an Rankgerüsten, vereinzelt boten sich Blüten Bestäubern an, und dort, wo die Sonne eine Lücke zwischen den Bäumen hindurch fand, waren die ersten Beeren reif. Evi war die ganze Zeit einige Schritte hinter Nalini und Lore hergegangen. Weil sie Nalinis spirituelle Abenteuer in Indien weit weniger faszinierten als die yogasüchtige Lore, die beim Chanten ja auch immer begeistert mitsang. Schließlich aber blieben sie stehen, und Nalini pflückte eine halbreife Himbeere vom Zweig.

„Weißt du“, sagte Nalini zu Lore. „Einer der Menschen, die mich wahrscheinlich am meisten beeindruckt haben, war ein Inder mit einem pechschwarzen Schnurrbart auf der Oberlippe. Ich war echt lange unterwegs, viel zu Fuß, und kam eines Abends in einer kleinen Herberge an. Es war nicht mehr als ein Restaurant und dahinter ein paar Zimmer mit Betten drin. So Holzpritschen mit dünnen Matratzen darauf. So dünn, dass man die Holzpritsche immer merkte. Also, er hatte nicht viele Gäste. Landsmänner auf der Durchreise, nur mal der eine oder andere Tourist, und dann auch noch ich, eine alleine reisende weiße Frau. Es war irgendwo am Meer, im Süden. Er sprach nur gebrochen Englisch, es war eh schon ein Wunder, dass wir uns verständigen konnten. Am nächsten Morgen dann setzte er sich neben mich, und nachdem ich ihm von meinen Reisen erzählt hatte, sah er mich an und sagte: ‚Weißt du, was sich hinter dem Mensch-Sein verbirgt? Lass mich dir eine Geschichte erzählen. Sie handelt von einer Schlange und einem Frosch. Die Schlange schnappt sich den Frosch, um ihn zu fressen. Sie schluckt ihn langsam hinunter, und solange sie das tut, schaut der Frosch nach draußen aus ihrem Maul. Obwohl er gefressen wird, ist er in Lauerstellung, seine Zunge bereit zum Zuschnappen, um ebenfalls zu fressen. Immer weiter wird er in den Mund der Schlange hineingezogen, doch er blickt nach draußen, schaut sich um, sucht, solange er kann. Er will weiter fressen. Das, meine Liebe, ist die Menschheit.‘“ Sie steckte sich die Beere in den Mund.

Stumm nickte Lore. Als wäre eine höhere Entität zu ihr hinabgestiegen und hätte ihr eine Bergpredigt gehalten. Nalini ging auf die Knie, zupfte [illegible]

„Ich kenne diesen Blick." Nalini betrachtete Evi. Ihr Distanz-Lächeln war aus ihrem Gesicht gewichen.

Evi sah sie an. „Was meinst du?"

„Du bist verschlossen gegen Neues."

Lore betrachtete Evi mit mitleidigem Blick. Was war das jetzt?

„Lass mich dir etwas erzählen. Ein Gleichnis."

Evi schwieg. Was sollte sie schon sagen zu dem ganzen Nonsens? Stattdessen zuckte sie mit den Achseln.

„Als der japanische Meister Yu-in einem Professor der Philosophie eine Audienz gab, da servierte er Tee", sagte Nalini. Innerlich rollte Evi mit den Augen, verschränkte die Arme vor der Brust. Was auch immer.

„Yu-in füllte den Becher des Besuchers, und selbst als er voll war, schenkte er weiter aus. Der Professor sah zu, wie die Flüssigkeit an der Tasse hinunterlief, doch irgendwann sagte er: ‚Der Becher ist voll, es geht nichts mehr hinein.' Yu-in antwortete: ‚Es verhält sich mit Ihnen wie mit diesem Becher. Sie sind genauso voll mit Ihren eigenen Meinungen und Spekulationen. Wie kann ich Ihnen Zen zeigen, wenn Sie nicht zuerst ihre Tasse leeren?'"

Nalini schwieg. In der Ferne hämmerte ein Specht gegen einen Baumstamm. ‚Wenn ich die Stirn runzle, kommt bestimmt noch eine Anekdote', dachte Evi. Also nickte sie, versuchte so neutral wie möglich zu lächeln, und dachte darüber nach, wie wenig Sinn das alles machte.

„Wie lange warst du in Indien?", fragte Lore, als sie weitergingen. Sie lief neben Nalini her, Evi zwei Schritte dahinter.

„Ein Jahr", sagte Nalini.

„Ein Jahr?", wiederholte Lore ungläubig. „Du musst einiges erlebt haben."

Nalini nickte und fing an, etwas von einem Ort zu erzählen, dessen Besuch ihr die Augen geöffnet hatte, und an dem sie ihren wahren Namen bekommen hatte. Ein Name, der ein Spiegel ihrer Seele war. Und Lore nickte und Evi runzelte die Stirn, als sie durch ein Spalier junger Apfelbäume gingen, die voller kleiner grüner Äpfel hingen.

Stattdessen dachte sie an Klaus. Fast ein Monat war vorbei. Was würde er zu der Sache hier sagen? Er wäre bestimmt skeptisch. Ach was, skeptisch … Sie konnte sich bildlich vorstellen, wie er abgehen würde. ‚Was ist das für ein esoterischer Müll? Ich kenn sowas schon, so ein Kommunen-Schwachsinn. Immer findet sich einer, dem die Leute hinterherlaufen. Schau sie dir doch an, mit ihrem religiösen Gequatsche. Die wollen euch doch nur hörig machen, euch reinziehen in ihr Ding, die wollen doch nur euer Geld. Klar, dass Lore da drauf abgeht. Bin ich froh, dass du mehr Ahnung hast und der Sache mit einer gesunden Portion Skepsis gegenüberstehst.‘ Evi grinste in sich hinein. Es war das erste Mal seit Klaus' Abreise, dass sie sich wünschte, sie könnte nach Hause fahren und würde ihn dort treffen. Es war das erste Mal seit seiner Abreise, dass sie mit ihm reden wollte, denn sie wusste, er würde sie verstehen. Jans Meinung dazu konnte sie sich auch schon ausmalen: Na, wenn es ihr gut tut, dann lass sie doch. Ist vielleicht nicht schlecht. Naja, ein bisschen Esoterik. Ist ja oft dabei.

Die Sonne war hinterm Wald verschwunden, als sie an Salat-Hochbeeten vorbei zurück zum Haus gingen. Nalini sprach noch immer über ihre Erfahrungen, und darüber, dass sie für sich festgestellt hatte, dass es keinen Sinn machte, falschen Göttern hinterherzulaufen. Was auch immer falsche Götter für sie waren.

„Ich konnte keinen klaren Gedanken fassen“, beschrieb Nalini ihre Vergangenheit. „Alles drehte sich nur um das Leben dort draußen. Ich war kein sonderlich spiritueller Mensch, Aber ich hatte immer das Gefühl, es fehlte etwas. Als hätte ich einen Teil von mir verloren. Doch der Swami hat mir gezeigt, dass es auch eine andere Art gibt zu leben, fernab von all den Illusionen, die unseren Geist dort draußen verwirren wollen. Ich bin ein besserer Mensch geworden.“

Vor ihnen lag die Stirnseite des Wohnhauses. Nalini zog die Tür auf. Sie betraten einen schmalen Gang, gesäumt von überquellenden Bücherregalen. Im Vorbeigehen las Evi ein paar der Buchtitel. Ein englischsprachiger Beziehungsratgeber „How to Love better“ stand zwischen der französischen Ausgabe von Don Quichotte und Faust mit zerfleddertem Buchrücken. Dann gingen sie an großen Räumen vorbei, raumhohe Fensterfronten eröffneten den Blick in den Garten.

„Das sind unsere Tagungsräume. Hier halten wir die Workshops ab. Oben sind die Gästezimmer. Wollt ihr sie sehen?“

„Gerne“, antwortete Lore.

Also folgten sie Nalini über eine Buchenholztreppe in den ersten Stock. Unter den von dunklen Holzbalken eingerahmten Fenstern standen Topfpflanzen auf weißen Hockern, rechts und links gingen die Zimmer weg. Sie waren klein und spärlich eingerichtet. Doppelbett, Schrank, Schreibtisch. Die Gemeinschaftsduschen lagen am Ende des Ganges.

„Wir vermieten die Zimmer an Kursteilnehmer, die über Nacht bleiben. Das gibt einen kleinen Bonus für die Gemeinschaft, der der Renovierung des Hofes zugutekommt."

Lore stellte sich in eines der Zimmer. „Schön hell." Sie nickte, als wollte sie einziehen.

Nalini setzte sich auf die blaue Tagesdecke auf dem Bett. „Die Einrichtung ist für Kurzzeit-Gäste gedacht. Die Zimmer, in denen wir leben, haben wir selbst eingerichtet."

„Schön", wiederholte Lore, und ging zum Fenster.

In Evis Tasche vibrierte es. Eine Textnachricht von einer unbekannten Nummer. *Hey, ich bin Max. Therese hat mir von dir erzählt. Wollen wir uns mal treffen?*

Sie steckte das Telefon weg. Sollte sie? Wollte sie? Sie hatte es Therese versprochen. Ein Treffen.

Der aromatische Geruch von grünem Curry hing in der Luft, als sie den Speisesaal betraten. „Ich finde es wirklich toll hier", flüsterte Lore Evi zu, als Nalini das Essen holte. Evi ließ ihren Blick über die Köpfe der Anwesenden streifen. An den Tischen saßen Kleingrüppchen von drei oder vier Leuten, in der Mitte standen Schüsseln mit Curry und Reis. Die Unterhaltungen verschwammen in dem hohen Raum zu einem gleichförmigen Stimmenteppich. Im hintersten Eck saß der Typ, der ihnen die Tür geöffnet hatte.

„Ja ...", flüsterte Evi.

„Es ist wie eine Welt in der Welt", sagte Lore.

Evi betrachtete die Menschen um sich und fühlte sich fremd. Sie konnte nicht sagen, ob es den anderen lag, an dem Typen in den gelben Hosen oder an dem großen Raum. Es war ein Gefühl, das sie weder beschreiben noch begründen konnte. Der Vibe? Ja, Vibe traf es wohl am besten.

Nalini kam mit einem Tablett aus der Küche. Darauf Reis, Curry, wie auf allen Tischen hier. Sie stellte das Tablett ab.

„Alles aus eigenem Anbau." Nalini setzte wieder ihr Distanz-Lächeln auf. Sie schöpfte Essen in die Schüsseln. „Es wird immer saisonal gekocht. Hast du schon mal eine Essmeditation probiert?", fragte sie Lore, als sie ihr die Schüssel reichte.

„Nein", sagte Lore begeistert. „Wie läuft das?"

„Das ist eine Achtsamkeitsübung", erklärte Nalini. „Du solltest es versuchen. Es geht darum, in den eigenen Körper hinein zu spüren und wahrzunehmen, welche Geschmacksnoten in unserem Essen stecken. Wir essen viel zu schnell. Nimm einen kleinen Bissen und schmecke ihn für dreißig Sekunden. Achte darauf, wie sich der Geschmack entfaltet." Sie sah von Lore zu Evi. Lore nahm ein Stück grünes labbriges Blattgemüse auf ihre Gabel, steckte es sich in den Mund. Evi betrachtete Lore, dann fischte sie mit ihrer Gabel ein Kartoffeleck aus der grünen Pampe. Evi hatte noch nie versucht zu meditieren. Sie zerdrückte die lauwarme Kartoffel an ihrem Gaumen. Der mehlige Brei lag auf ihrer Zunge. Sie kaute darauf herum und wartete auf die Offenbarung. Die Masse in ihrem Mund wurde süßer. War es das?

„Wirklich." Lore nickte. „Man nimmt alles viel intensiver wahr." Sie blickte drein, als hätte sie das Rad erfunden.

„Nicht wahr?" Nalini nickte. „Nimm mal nur ein Reiskorn."

Evis Magen knurrte. In ihrer Schüssel vermischte sie Reis und Curry, aß einen großen Bissen davon. Sie brauchte das Meditationsgedöns wirklich nicht. ‚Reine Zeitverschwendung, dieses Achtsamkeits-Zeug', hörte sie Klaus sagen. ‚Wieder nur so ein Trick, um die Leute reinzulegen.'

„Schmeckst du es? Die leichte Süße? Ein Reiskorn schmeckt überraschend vielseitig, wenn man sich darauf einlässt", fasste Nalini zusammen.

Lore hatte die Augen geschlossen.

„In dir steckt ein spiritueller Geist", erklärte Nalini Lore. „Das ist wundervoll."

‚Was hab ich gesagt?' Klaus' Stimme in ihrem Kopf.

Der Boden im Gruppenraum war mit Matten ausgelegt. Lampions hingen in den Fenstern, leuchteten rot und beige und weiß. Alle waren still. Gerade so, dass sie noch atmeten. Ein Paar saß links von ihnen. Sie zwischen seinen Beinen, ihr Kopf lehnte an seiner Brust. Er streichelte ihren Arm. Beide lächelten Evi sanft an, als sie den Raum betrat, sie wusste nicht recht, ob sie sich willkommen oder deplatziert fühlen sollte.

Nalini nahm neben einer Blondine Platz und Lore setzte sich im Schneidersitz dazu. Evis Knie gaben ein lautes Knacken von sich. Ungeschickt versuchte sie den Moment mit einem Lächeln zu überspielen. Als Hendrik Nalini zunickte, stand die wieder auf und schloss die Tür.

„Schön, dass ihr heute Abend hierhergefunden habt." Hendrik eröffnete die Runde.

„Wir haben heute zwei Gäste. Evi und Lore." Mit der rechten Hand deutete er in ihre Richtung. „Es freut mich sehr, dass ihr da seid."

Lore nickte ihm zu, legte die Handflächen zum Namaste aneinander. „Danke, dass wir hier sein dürfen."

„Ich schlage vor, wir machen eine Vorstellungsrunde.“ Er deutete auf das Paar zu seiner Rechten, das ineinander verschachtelt dasaß. Sie lebten auf dem Hof, seit einem Jahr. Die Runde lief weiter. Ein langer Typ, der am Etikett einer Wasserflasche herumzupfte. Daneben eine Frau, die ihm zuerst etwas zuflüsterte, und ihm dann die Flasche aus der Hand nahm. Schließlich war Evi an der Reihe.

„Mein Name ist Evi. Ich lebe mit Lore in einer WG in München. Mein Partner ist auch ihr Partner“, sagte sie. Vorstellungsrunden waren einfach nicht ihr Ding. Hendrik nickte ihr zu.

„Hi.“ Lore sah in die Runde. „Mein Name ist Lore. Ich bin Poly. Ich habe einen Partner, Jan, der mit der wunderbaren Evi neben mir zusammen ist. Im Moment bin ich offen für eine neue Beziehung in meinem Leben.“ Lore grinste.

Eine neue Beziehung? Davon hatte Evi ja noch nie gehört.

Nalini nickte Lore zu. „Mein Name ist Nalini. Ich bin auf dem Hof eingezogen, als Hendrik ihn gegründet hat. Wie lange ist das her?“

„Drei Jahre“, sagte er.

„Ja … Drei Jahre. Wie die Zeit vergeht. Ich habe mehrere Partner, einer davon ist Hendrik.“ Wieder nickte sie ihm zu, grinste breit. „Ich bin immer offen für Neues.“

Weiter ging die Vorstellungsrunde zur Blondine neben Nalini. Die erzählte nicht viel Neues. Ein halbes Jahr auf dem Hof, mit ihrem Partner hergekommen.

„Unser Thema heute ist eines, über das wir schon viel diskutiert haben“, erklärte Hendrik. „Kennt ihr Eifersucht in euren Beziehungskonstellationen, und wie geht ihr damit um?“ Er richtete seinen Blick auf Lore. „Willst du anfangen?“

Sie nickte. „Ich …“ Lore ließ die Schultern sinken. „Wir führen eigentlich eine sehr harmonische Beziehung“, murmelte sie. „Wir haben ein Arrangement. Evi und Jan, mein Partner, haben ihren wöchentlichen Date-Abend. Aber in letzter Zeit …“ Sie sah Evi an.

Und Evi betrachtete Lore. ‚Was kommt jetzt?‘, fragte sie sich. Sie setzte sich auf, ohne Lore aus den Augen zu lassen.

„Ja?“, fragte Hendrik.

Lores Augen wurden glasig. „Es hat sich etwas verändert in unserem Polykül“, murmelte sie. Evis Partner Klaus ist verreist, weshalb sich die beiden weniger sehen. Und das führt dazu, dass Jan und Evi mehr Zeit miteinander verbringen.“

„Und wie ist das für dich?“, fragte Hendrik.

Lore sah von Evi zum Boden, ihre Schultern bebten. „Anstrengend“, sagte sie. Eine Träne lief ihr über die Wange, sie wischte sie mit dem Handrücken fort. Dann sah sie wieder zu Evi auf.

„Aber ich freue mich für die beiden. Für euch beide.“ Lore rang sich ein Lächeln ab. „Nur weiß ich nicht, ob ich es kann.“ Sie schüttelte den Kopf.

„Ich …“ Evi starrte sie an. Sie hielt sich an der Armlehne ihres Stuhles fest. Hatte Lore nicht genug Möglichkeiten gehabt, mit ihr darüber zu sprechen? Dann hatte sie ihr wirklich die ganze Zeit etwas vorgespielt. „Warum jetzt?“, presste Evi zwischen zusammengekniffenen Zähnen hervor.

„Oft ist es schwer, den richtigen Moment zu finden“, sagte Hendrik.

Wütend starrte Evi ihn an. Was mischte er sich ein? Wer war er überhaupt? Am liebsten wollte sie aufstehen und gehen. Doch sie hielt sich fest, an dem Stuhl, an dem Ort, an dem sie waren.

Lore schüttelte den Kopf.

„Manchmal braucht es einen Ort des Vertrauens, an dem man sich offen austauschen kann. Und das hier“, verkündete Hendrik, „das ist so ein Ort.“

Evi sah Hendrik an. Wie er auf seinem Stuhl saß, die Beine im Schneidersitz. Wie er auf sie herabblickte, als wären sie Teil seines kleinen Zirkels und als hätte er ihnen irgendwas zu sagen. Als würden sie sich ihm anvertrauen. Als wären sie seine Jünger. „Bullshit“, stieß Evi hervor. Dann wandte sie sich an Lore, neigte ihren Kopf und legte ihr die Hand auf den Unterarm. Mit bebender Stimme fragte sie: „Warum hast du nichts gesagt? Warum hast du immer so getan, als wäre alles gut, als gäbe es nichts auszusetzen? Warum hast du es nicht angesprochen?“ ‚Warum hat Jan es nicht angesprochen?‘, dachte sie, sprach es aber nicht aus.

Lore starrte auf den Boden, während die nächste Träne ihre Wange hinunterrann.

Evi wurde noch wütender, und unter ihre Wut mischte sich Verzweiflung, als sie ihre Freundin ansah, die neben ihr saß, die den Kopf gesenkt hielt und deren Tränen dunkle Flecke auf den Boden malten. „Warum sagst du die ganze Zeit nichts? Wir finden doch alle zusammen eine Lösung. Das haben wir doch immer.“

Lore sah zu ihr auf. „Ich wollte selbst damit klarkommen. Und euch nicht damit belasten.“

„Es ist gut, dass du deine Gefühle ausgesprochen hast“, sagte Hendrik. Er sprach, als wäre er Priester, der eine Stelle aus der Bibel vorliest. Evi lief ein kalter Schauer über den Rücken.

„Ihr seid so wunderbar zusammen. Und ich … Ich will euch nicht im Weg stehen. Ich will an euch wachsen.“

„Aber wir können doch alle gemeinsam wachsen.“ Evi schüttelte den Kopf. Deswegen der Eiertanz und Jans Distanz und das Hotelzimmer. Klaus war weg und jetzt fing Lore an. Wie viel hatten sie ihr verschwiegen? Wie viel hatte Jan ihr verschwiegen? Wie lange ging das schon? Nie im Leben hatte sie Lore verletzen wollen. Sie hatte gedacht sie hätten Ehrlichkeit etabliert, und unter Lores Decke des Wohlwollens faulte die Aufrichtigkeit wie verdorbene Eier. Evis Beziehung zu Jan hatte sich anders entwickelt. So what? Was gab Lore das Recht, einfach darüber zu entscheiden? Sie gehörten alle zusammen. War sie die Einzige, die das kapierte?

Nalini legte Lore ihre Hand auf den Rücken und Evi wollte sie am liebsten einfach wegwischen, wie eine zischende Schlange.

„Lasst uns einen Schritt zurückgehen, lasst uns darüber sprechen, wie wir uns in diesem Moment nach dieser wichtigen Offenbarung fühlen“, hörte Evi Hendrick sagen.

Es war Lores Entscheidung gewesen, hier zu sprechen, nicht zu Hause. Es war nicht ihre. Evi stand auf.

„Lore“, sagte sie. „Lass uns gehen. Lass uns draußen darüber sprechen. Bitte.“

Gebückt saß Lore auf dem Stuhl, sah zu ihr auf. Der Moment zog sich unendlich hin, als sie einander in die Augen sahen und Lore sich nicht rührte.

„Wir befinden uns in einem sicheren Raum“, brabbelte Hendrik vor sich hin.

Evi ballte die linke Hand zur Faust, presste sie gegen ihren Oberschenkel. Die rechte Hand hielt sie Lore hin. Sie konnten das klären. Sie beide, mit Jan zusammen. Oder etwa nicht?

Dann richtete sich Lore auf und streckte ihr die Hand hin.

Evi ging Lore voran aus dem Zimmer, durch den Gang zur Eingangstür. Aus dem Augenwinkel sah sie den Garten, die Menschen in der Küche, deren Augen ihnen folgten. Doch es war ihr egal, sie wollte raus, einfach raus. Evi dachte darüber nach, was sie Lore sagen sollte, schwankte zwischen Vorwurf und Verständnis. Zwischen Anerkennung und Wut. Sie warf die Tür hinter sich zu, ging auf den Hof. Vor dem Gartenzaun blieb sie stehen. Erst da ließ sie Lore los und drehte sich zu ihr um.

„Was …?“ Mehr brachte sie nicht heraus. Ihr Kopf raste, und mit ihm ungesagte Worte, die keinen Weg nach draußen finden konnten.

Lore zog die Nase hoch. „Es tut mir leid“, stammelte sie. „Ich wollte eigentlich nichts sagen.“

„Warum nicht?“, fragte Evi. „Warum sagst du nichts? Die ganze Zeit?“ Sie war ratlos. Ratlos dieser Frau gegenüber, der sie vertraut hatte, und die ihre Freundin war. Hatte sie zumindest gedacht.

Lore war wie ein Kind, das man beim Klauen erwischt hatte. Ein Kind, das sprachlos war der Welt gegenüber.

Evi schüttelte den Kopf. „Lore“, sagte sie. „Ich will doch nicht, dass es dir schlecht geht. Wir müssen uns gemeinsam überlegen, wie wir das anpacken. Und ist doch ganz klar, dass nicht immer alles voll gut ist. Das erwartet doch niemand.“

Lore nickte.

„Aber wir müssen miteinander reden. Es geht nicht, dass du die Dinge so in dich reinfrisst. Und sie dann …“

Evi sah an Lore vorbei in Richtung der Haustür. Ein kleines Grüppchen hatte sich gebildet, das sie beobachtete. Dann trat Hendrik zwischen den Leuten hervor. Das hatte Evi gerade noch gefehlt. Vielleicht meinte er es gut. Aber seine selbstgerechte Einmischung war ihr im Moment wirklich zu viel.

„Ich will euch nichts vermiesen“, murmelte Lore.

„Du vermiest uns nichts. Oder willst du die ganze Sache an sich beenden?“

„Nein“, sagte Lore.

„Dann … Dann finden wir eine Lösung.“

„Ich will euch nicht im Weg stehen.“

„Tust du nicht.“

Evi sah über Lores Schulter hinweg zur Tür des Hauses und betrachtete die Menschen, die sie beobachteten. Sie wollte das alles nicht öffentlich besprechen. „Wollen wir gehen?“, fragte Evi.

Lore nickte. „Einen Moment noch“, sagte sie und drehte sich um. Sie ging zum Haus, und Evi sah Nalini heraustreten. Die beiden umarmten sich, besprachen etwas, was Evi nicht hören konnte. Nalini gab Lore ein Taschentuch, dann strich sie ihr die Haare aus dem Gesicht. Wieder sagte sie etwas, legte Lore die Hand auf die Schulter. Lore nickte, dann kam sie zurück zu Evi, lächelte sie aus ihrem verweinten Gesicht heraus an.

Als sie zurück in die Wohnung kamen, saß Jan im Wohnzimmer auf der Couch und sah irgendeine Politik-Sendung. Der Bundestag war im Bild, dann ein Politiker, der von einem Journalisten interviewt wurde.

„Eigenkontrolle ist das Gebot der Stunde“, sprach der Politiker mit ernstem Blick.

„Hey“ Jan stand auf, sah Evi und Lore an. [illegible] zwischen Couch und Couchtisch stehen, während der Journalist irgendeine Frage zum Thema stellte. „Was ist los?“, fragte Jan.

„Wir müssen reden.“ Evi ging ins Wohnzimmer, dann nahm sie die Fernbedienung vom Couchtisch, schaltete den Fernseher aus, und legte sie wieder hin. Sie wollte ruhig bleiben, auch wenn es ihr schwerfiel. Ganz sachlich das alles ansprechen. Und doch ballte sie ihre Hand zur Faust, als sie sich auf dem Sessel niederließ.

„Okay …“, sagte er und setzte sich wieder.

Lore schlich ins Zimmer, schob sich neben Jan auf die Couch. Der beugte sich vor zu ihr und küsste sie.

„Was ist?“, fragte er. „Ich dachte, ihr hattet einen schönen Nachmittag.“

„Ich …“, fing Evi an. Ihre Kehle war trocken. „Ich weiß nicht weiter.“

„Was ist los?“ Jan rutschte an die Kante der Couch.

„Lore geht es nicht gut. Und ich …“ Sie konnte kaum in Worte fassen, was sie spürte. Sie fühlte sich betrogen, verletzt. Sie fühlte sich, als stecke ihr ein Messer im Rücken. Sie war Täter und Opfer zugleich und verheddert in einem Gewirr aus Problemen, die sich vor ihr auftürmten. Sie wusste nur eines: Sie konnte nicht weitermachen wie bisher.

Er sah sie an. „Was meinst du?“

„Ich weiß nicht mehr, was ich sagen soll. Ich hatte gehofft, alles ist gut zwischen uns …“

„Ist es doch auch“, fiel er ihr ins Wort.

„Nein“, sagte sie. „Ist es nicht. Ich …“

Jan streckte sich nach Evi, legte seine Hand auf ihr Knie. Doch sie schob ihn fort. „Ich kann so nicht weitermachen. Du hast mir immer wieder gesagt, dass ich mir keine Sorgen zu machen brauche. Du hast …“ Sie starrte auf ihre Hände, die zitternd in ihrem Schoß lagen. ‚Ich-Botschaften senden‘, schoss es ihr durch den Kopf. Gewaltfreie Kommunikation. Wofür hatten sie das alles geübt? Für diesen Moment, diesen Moment, in dem alles zusammenbrach und sie einander in die Augen sehen mussten, nackt und ohne Schutz.

„Ich wollte euch nicht beeinflussen“, stammelte Lore. „Ich wollte dich nicht anlügen.“

„Hast du aber“, brach es aus Evi hervor. Dann presste sie die Lippen zusammen und hielt die Luft an. Sie wollte Lore nicht anschreien. Nur gerade, in diesem Moment, wusste sie nicht mehr, wer sie war. Sie entspannte ihre Lippen, atmete ein, atmete aus, dann sagte sie so ruhig, wie der Kloß in ihrem Hals es zuließ: „Natürlich beeinflusst du uns, ganz egal, was du tust. Die Übernachtung im Hotel … Ich will und kann dich nicht wegsubstrahieren, du bist ein wichtiger Teil der Gleichung. Kapierst du das nicht?“

„Ich konnte nicht“, murmelte Lore. „Ich dachte es würde gehen. Ich dachte …“

„Wir hätten hier übernachten können. Wir hätten abbrechen können. Wir hätten uns um dich kümmern können.“ Evi spie die Worte aus und starrte ihre Freundin an. „Ich hätte mich um dich gekümmert. Ich nehme doch Rücksicht auf dich. Ich will dich nicht verletzen. Kapierst du das nicht?“ Wieder kamen die Worte zu laut aus ihrem Mund, aber Evi konnte nichts mehr dagegen tun, es war vorüber und gesagt.

Lore nickte stumm.

„Es tut mir leid, wenn es dir nicht gut geht“, sagte Evi. „Es tut mir leid, wenn du es nicht erträgst, uns zusammen zu sehen.“

„Das ist es nicht“, sagte Lore.

„Was ist es dann?“

„Ich weiß es nicht“, murmelte Lore. „Ich finde es schön, und dann sehe ich in den Spiegel und erkenne mich nicht wieder und frage mich warum. Selbst wenn ich am lautesten Platz der Stadt bin, stecke ich in einem Loch, und aus dem komme ich in den Momenten nicht raus. Und ganz oben sehe ich euch.“

Evi stützte sich mit dem Ellenbogen auf den Knien auf, dann sah sie Lore an, schließlich Jan. Ihr Blick blieb auf ihm hängen.

„Und ich wollte nicht, dass er etwas sagt. Ich wollte selbst damit klarkommen“, sagte sie.

„Du musst damit nicht alleine klarkommen“, sagte Evi zu Lore. „Du hast nicht nur ihn, du hast auch mich.“ Sie schwieg für einen Moment. „Warum willst du mich nicht?“

Lore schüttelte den Kopf. Eine Träne tropfte von ihrem Kinn. „Ich will dich doch“, sagte Lore. „Und ich wollte dich nicht verletzen.“

Evi streckte ihre Hand nach Lore aus, und die kam ihr entgegen, berührte ihre Finger auf halbem Weg.

„Wie machen wir weiter?“, fragte Jan.

„So nicht“, sagte Evi.

„Wie dann?“, fragte er, doch seine Stimme rauschte an ihren Gedanken vorbei.

„Wir sind für dich da“, sagte Evi zu Lore. „Ich bin für dich da. Ich will, dass wir alles gemeinsam lösen, was uns gemeinsam angeht. Und das geht uns gemeinsam an. Wir sind doch unsere eigene kleine Familie.“ Evi spürte die Tränen in sich hochkommen, die in ihre Augen krochen und sie vereinnahmen wollten. Sie waren einander zu wichtig, und sie konnte nicht auf Lore verzichten. Eher noch würde sie mit Jan Schluss machen.

„Ja", sagte Lore. „Das sind wir."

8

Er kniff die Augen zu. Seine Augenlider kämpften gegen das Sonnenlicht. Schwarze Punkte tanzten vor hellem Grund. Mit der rechten Hand fuhr er seinen Schwanz auf und ab. Durch zusammengepresste Lippen stöhnte er leise. Bilder tanzten in seinem Kopf. Karins Schwanz deutete auf ihn, Karins Schwanz zwischen seinen Beinen. Sie in ihm. Seine Hand wanderte von oben nach unten, ein Schauer lief durch seinen Körper. Er biss die Zähne aufeinander. Seine Gedanken wanderten zu ihren roten Lippen. Das nächste Mal war er dran. Er würde sich in sie schieben und ihr in den Rachen spritzen. Er stöhnte, als er kam. Ein kleiner See aus Sperma sammelte sich in seinem Bauchnabel.

„Hey." Es klopfte.

Klaus schlug die Augen auf. Maria. Großartig. „Einen Moment." Er streckte sich nach der Rolle Klopapier auf seinem Nachtkästchen, riss drei Blätter ab, wischte das Sperma weg und warf das Klopapier auf den Boden. Dann stand er auf und zog sich schnell seine Hose an.

Im Gang stand Maria. „Hey", wiederholte sie. „Ich dachte, wir könnten die Bilder anschauen."

Klaus zog sein Smartphone aus der Hosentasche. Schon wieder war er spät dran. Karin hatte ihn zu einer Party eingeladen. Eine Geburtstagsfeier mitten im Wald. Er wollte es sich auf keinen Fall entgehen lassen. „Ist jetzt leider schlecht", sagte er. „Ich muss los."

„Du musst los?" Stirnrunzelnd betrachtete Maria ihn.

„Ja, leider. Ich bin verabredet."

„Hm …" Maria spähte an ihm vorbei in sein Zimmer. „Also, wenn ich mir die Bilder ausleihen könnte …"

„Ein anderes Mal." Er trat in den Gang, schloss die Tür hinter sich. Was wollte sie nur? Hatte sie keine eigenen Ideen? Sollte sie doch bleiben, wo der Pfeffer wuchs.

„Wie weit bist du schon mit deinem Konzept?"

„Ich hab ein paar Ideen." Er verschränkte die Arme und stellte sich breitbeinig vor seine Schlafzimmertür.

„Ja? Ich hab dich noch gar nicht arbeiten sehen."

Das ging sie gar nichts an. Warum hatten die Frauen in seinem Leben immer das Bedürfnis, sich in sein Zeug einzumischen? Was er wann tat und was nicht, war alleine seine Sache. Er starrte sie an.

„Ich hab übrigens alle Instagram-Accounts von den Teilnehmern gestalkt.“ Sie lachte. „Sind ein paar interessante Sachen bei. Solltest du auch machen. Von dir habe ich nichts gefunden. Als einziger.“

Wie sie das formulierte, *gestalkt*. Hatte sie kein Leben?

„Hast du keinen?“

„Warum ist das wichtig?“, fragte er.

„Na, damit man dich findet. Und deine Arbeit sieht. Aber egal. Ich kann dir nur empfehlen einen zu machen.“

Damit sie ihn auch stalken konnte, oder was? Als sie in Richtung ihres Zimmers ging, schüttelte er den Kopf.

Er ging ihr hinterher. „Hast du schon ein Konzept?“, fragte er. Halb rechnete er damit, dass sie sich umdrehte, beschämt dreinblickte, ihr eigenes Versagen eingestand.

„Für Donnerstag? Aber sicher. Seit der Autofahrt von Heidelberg hierher.“

Er beobachtete sie, wie sie sich auf dem Boden ihres Zimmers im Schneidersitz niederließ. Sollte sie doch reden, was sie wollte. Bestimmt war ihr Konzept schlecht, richtig schlecht.

Aus einer Mappe zog Maria einige Blätter. Sie beugte sich vornüber, einen Bleistift in der Hand. ‚Wie ein kleines Kind‘, dachte er. Er machte sich keinen Stress wegen des Termins. Eine wirklich gute Idee konnte man nicht erzwingen. Wenn sie es versuchen wollte, bitte. Er ging zurück in sein Zimmer und zog seinen Kapuzenpulli aus dem Schrank. In der Nacht konnte es kalt werden.

Die schwüle Hitze hatte sich in der U-Bahn festgekrallt. Er saß zwischen abgehalfterten Verlierern, neben ihm ein Typ im Muskelshirt, der widerlich nach Schweiß stank. Klaus wandte sich von ihm ab, starrte aus dem Fenster. Ein kühler Luftzug strich über sein Gesicht, als er auf der Rolltreppe aus dem Untergrund nach oben fuhr. Über den Himmel wanderten Wolken, der aufgeheizte Asphalt buk seine Füße. Er ging in den Park, der hinter der U-Bahnstation lag, und setzte sich auf eine Bank im Schatten, von der aus er die Bushaltestelle im Blick hatte, an der sie sich treffen wollten. Ihm blieb nichts anderes übrig, als auf Karin zu warten. Immer wieder strömten Menschen aus der unterirdischen Haltestelle und blieben an ihrem Ausgang stehen, sahen sich um. Ein junger Mann, die brünetten Locken nach oben gekämmt wie ein gezähmter Iro, zündete sich eine Zigarette an. Er sog den blauen Dunst tief in seine Lungen und hielt die Luft an. ‚Raucher‘, dachte Klaus und schüttelte den Kopf. Wollen ein politisches Statement machen aber unterwerfen sich der Werbeindustrie mit ihren falschen Versprechen von Freiheit. Raucher hatten sich selbst vom Denken befreit. Klaus legte seinen Kopf zurück, sah den Blättern zu, wie sie im Wind und in der Sonne tanzten, und dachte an den Baum vor ihrem gemeinsamen Zimmer in München und an Evi, wie sie vielleicht an ihrem Schreibtisch saß. ‚Was machst du gerade', dachte er, ‚während ich hier sitze und darauf warte, dass mein Fick endlich aus der Bahn steigt? Wie oft muss ich sie ficken, damit wir gleichauf sind? Wie oft hast du wegen seinem Schwanz gestöhnt? Aber keine Angst, ich hole auf.'

Er sah Karin schon, als sie von der Rolltreppe stieg. Das schwarze kurzärmelige Kleid floss um ihre Knie und platzte fast unter ihren Brüsten, die sich mit jedem Atemzug gegen den Stoff pressten. Ein brauner Gürtel markierte die Linie, auf die er seine Hände legen würde, wenn sie sich im Wald für ihn bückte. Hinter ihrem Ohr steckte eine der Friedhofsblumen von dem Kästchen in ihrer Wohnung, in den Händen trug sie eine riesige Plastikschüssel. Er glaubte, nicht recht zu sehen, als er Sybille hinter ihr entdeckte, einen großen Rucksack auf den Schultern. Die beiden blieben auf dem Gehweg stehen und quatschten miteinander. Was tat der Sidekick hier? Angefressen stand er auf. Das fing ja gut an. Er stapfte zu ihr hinüber und riss sich soweit zusammen, dass er ein Lächeln vorspielen konnte. Zuerst schloss er Karin in seine Arme, küsste sie, sah dabei Sybille an. Die tat so, als wüsste sie von nichts, und starrte auf die Straße vor ihnen. Er würde es ihr zeigen. Sie würde schon sehen. Dann umarmte er sie schnell und flüchtig, um das hinter sich zu bringen.

„Entschuldige, wir sind spät dran", stellte Karin fest.

Er hätte ihr alles verziehen. „Kein Stress. Ich habe da hinten gewartet." Er nickte in Richtung des Parks.

„Es ist echt warm, nicht wahr?", fragte Sybille, als würde es irgendjemanden interessieren. „Ich hoffe, es regnet heute nicht." Sie blickte zum Himmel.

‚Was ist sie für Karin?', fragte er sich. Die kleine Dienerin, die ihr alles nachtrug? Praktisches Accessoire? So, wie man sich einen Hund hielt?

„Und wenn schon. Lass uns mal sehen, wann der Bus fährt."

Sybille ging zur Säule, an der die Fahrpläne aushingen. Ihre Finger schwebten von oben nach unten über die Tafel. „Fünf Minuten", sagte sie und tippte gegen das Glas.

„Und wer hat Geburtstag?", fragte Klaus.

„Ein Freund von uns", sagte Karin. „Es ist eine inoffizielle Party."

„Sowas wie eine Goa-Party", sagte Sybille.

Klaus nickte wissend, auch wenn er keine Ahnung hatte. Er war noch nie auf einer Goa-Party gewesen.

„Eigentlich ist es irgendwas zwischen Goa-Party und Acid Tea. Du wirst sehen. Es ist dein erstes Mal, oder?“

„Oh.“ Sybille zog die Augenbrauen zusammen und sah ihn an als wäre er ein Hundewelpe. „Ein Newbie.“

Klaus biss sich auf die Lippe. ‚Die wird schon noch sehen‘, dachte er mit Blick auf Sybille. ‚Der werde ich es schon noch zeigen.‘

Sie stiegen am Rande des Waldes aus dem Bus. Der Kiesweg knirschte unter ihren Füßen, die Zweige der Bäume neigten sich über ihre Köpfe. Es war gefühlt zehn Grad kühler als in der Stadt, mit dem Handrücken wischte sich Klaus den Schweiß von der Stirn.

„Da hinten“, sagte Sybille und deutete auf einen neonfarbenen Pfeil, der ins Unterholz zeigte.

Ein kleiner Trampelpfad hatte sich in den Wald gefressen, und je mehr neonfarbenen Abzweigungen sie folgten, desto mehr gingen sie abseits jeglicher Wege. Ein kühler Wind wehte durch die Bäume, in der Ferne rauschte Wasser.

„Ich glaube, wir sind falsch gelaufen“, stellte Karin irgendwann fest und suchte die Baumstämme am Rand des Weges ab. „Ich kann keine Pfeile mehr finden. Gibt es eigentlich noch andere Hinweise, wo wir hinmüssen?“

„Ich weiß nicht …“ Sybille lief ein Stück zurück, drehte ihren Kopf nach links, nach rechts, während Klaus mit Karin über einen umgefallenen Baumstamm kletterte.

„Hier“, rief Sybille. „Wir müssen hier in den Wald rein.“

Ohne Klaus anzusehen, machte Karin kehrt. Er konnte ihr nur noch hinterherlaufen.

„Super, dass du es gefunden hast“, rief Karin Sybille freudig zu, und die beiden duckten sich unter einem niedrig hängenden Ast weg, um dem geheimen Weg weiter zu folgen.

„Ihr habt keine Ahnung, wo die Party ungefähr ist?“, fragte Klaus.

„Nein. Sie sind immer woanders. Und wenn wir wüssten, wo sie ist, dann würde sie auch leichter von Leuten gefunden, von denen wir nicht wollen, dass sie sie finden“, sagte Karin und sah sich zu ihm um. „Kommst du?“, fragte sie.

„Was wäre mit GPS?“

„Gleiches Problem“, antwortete Sybille, als sie einen Zweig zur Seite bog. „Aber weißt du, das Suchen ist irgendwie auch Teil des Ganzen. Wie eine Schnitzeljagd.“

Auf der kleinen Lichtung, die sie schließlich betraten, stand ein Pavillon im Gras. Drei Iglu-Zelte schmiegten sich an den Waldrand, vor ihren Eingängen lagen Felle und Teppiche. Ein Drache, zusammengebunden aus neonfarbenen Seilen, flog zwischen den Baumkronen und streckte sich nach einem Schmetterling aus Draht, der seine Flügel hinter den Zelten aufspannte. An einem Tisch stand ein kleiner brünetter Mann in zerrissenen Jeans und einem weißen Shirt. Aus einem Tetrapack schüttete er Orangensaft in eine riesige Karaffe. Sybille und Karin stapften über das hohe Gras und drückten ihn zur Begrüßung an sich. Der Typ streckte Klaus schließlich die Hand hin. „Hey, ich bin Lars“, stellte er sich vor.

Sein Händedruck war fest. „Klaus“, sagte Klaus.

„Sind wir zu früh?“ Karin blickte in die Karaffe.

„Nein, auf keinen Fall. Wir bauen noch auf, sind aber gleich fertig“, erklärte Lars.

„Die Deko ist wieder toll geworden.“

„Ja.“ Lars grinste, als er den nächsten Tetrapack öffnete und den Inhalt in die Karaffe kippte. „Die beiden haben sich mal wieder selbst übertroffen. Wird sicher ein krasser Abend.“

Karin nickte, dann drehte sie sich zu Klaus um. „In den Orangensaft kommt ein bisschen LSD“, sagte sie. „Du musst nicht, wenn du nicht willst.“

Klaus sah erst sie an, dann Sybille, dann nickte er. Was sollte das heißen? Hielt sie ihn für ein Weichei? „Klar, sicher.“ Er nickte, als hätte er Zeit seines Lebens nichts anderes getan, als LSD im Wald zu nehmen.

„Hast du schon mal?“

„LSD?“, flüsterte er, ohne zu wissen warum.

„Oder andere psychedelische Drogen? Pilze?“

Hatte er nicht. Er hatte nie das Bedürfnis gehabt. Es nie gebraucht.

„Macht nix“, sagte Karin, die sein Schweigen richtig gedeutet hatte. „Wir sind beide deine Tripguides.“ Sie grinste breit.

„Da hast du zwei tolle Guides für deinen ersten Trip, Mann“, verkündete Lars. Der leere Orangensaftkarton knackte unter seinen grobschlächtigen Fingern.

Es dauerte eine Weile, bis von verschiedenen Seiten des Waldes die Partygäste eintrafen. Alles Studenten und Normalos – unaufgeregte, langweilige Leute. Langsam wurde es dunkel [illegible] Schwarzlichtlampen sprangen an, tauchten die Lichtung in geisterhaftes Licht und erweckten die Neonfiguren zum Leben. Klaus blickte, den Pappbecher mit LSD-Orangensaft in der Hand, über die Bäume in den rötlich gefärbten, mit grauen Wolken verhangenen Himmel des Sonnenuntergangs. Dann stürzten sie alle gemeinsam den Orangensaft hinunter. Ein bitterer Geschmack blieb auf seiner Zunge zurück.

Dann war es soweit, und endlich küsste Karin ihn. Küsste ihn, wie er es sich vorgestellt hatte. Ihre Zungen berührten sich, sie waren beieinander, es gab nur sie beide. Sie blickte ihm in die Augen, bevor sie sich von ihm abwendete, dann versank sie in Sybilles Mund, verschlang sie.

„Was machen wir jetzt?" Wer hatte das gesagt?

Die beiden Frauen hielten einander eng umschlungen. „Wir essen etwas", sagte Karin.

Sie bedienten sich an einem riesigen Buffet mit Blätterteigtaschen und Brot und Guacamole und Gemüse und Äpfeln und vegetarischen Frühlingsrollen. In der Mitte der Lichtung setzten sie sich ans Feuer, auf einem Rost briet Fleisch, Rauch stieg auf. Sie schnitten Steak mit Plastikmessern auf Papptellern. Im Fleisch hing der Geschmack des Grases, das das Vieh gefressen hatte.

Die Musik war wie eine Welle, die über ihn hinwegschwappte. Sie legte sich auf ihn und trug ihn davon. Das weiche Lammfell, auf dem er lag, streichelte seine Fingerspitzen. Er kämmte es durch, krallte sich hinein, hob seinen Kopf und sah Karin, wie sie tanzte, und hinter ihr der Drache. Rauchgeschwängerte Luft stieg aus seinen Nüstern, der Boden unter ihren Füßen brannte. Wie konnte der Drache so groß sein wie der der Schmetterling? Oder war der Schmetterling so groß wie der Drache? Karin wiegte ihre Hüften zur Musik. Sie riss ihren Mund auf, riss ihn auf wie der Drache, mit genauso vielen Zähnen. Klaus starrte sie an. Sybille sagte etwas zu ihm, legte ihm die Hand auf die Brust und ihre Worte verwoben sich mit der Musik und mit Karin, die tanzte und tanzte, und durch deren Adern das Leben pulsierte. Blau und Grün. Jedes Lebewesen auf der Welt hatte eine zweite Hälfte, war früher eins gewesen und die Evolution hatte es zerrissen. Und sie war seine zweite Hälfte. Das wusste er, als er sie ansah, wie sie tanzte und lachte und ihr Maul aufriss und wie der Rauch aus ihren Nüstern aufstieg und ihre Füße auf dem Höllenfeuer tanzten. Er war ihre zweite Hälfte und sie die seine. Er verschmolz mit dem Fell, als sich die Grenze zwischen ihm und der Welt auflöste. Er öffnete sein Hemd und seine Hose und Sybille sprach Worte, die er nicht hörte, und ihre Hand lag noch immer auf seiner Brust, auf seiner nackten Haut. Da war nichts mehr zwischen ihnen, sie waren eins. Die Nacht leuchtete blau und die Pflanzen grün und das Höllenfeuer loderte und er zog den Rauch in seine Lungen als wäre er Sauerstoff. Sybille streckte sich, blickte auf ihn herab, schlug mit ihren Schmetterlingsflügeln.

Als er aufwachte, lag er nackt auf einem Fell. Das Zeltdach über ihm leuchtete grün im Sonnenlicht. Sybilles Kopf lag auf seiner Schulter. Seine Stirn pochte dumpf, er fasste sich an die Schläfe. Einzelne Bilder kamen hoch. Schmetterling und Höllenfeuer. Sybilles Augen waren geschlossen, ihr Mund leicht geöffnet, ihre Lippen hellrot, ihr Atmen streifte seine nackte Haut. Sie war nackt wie er. Ihre Brüste kleine Hügel, ihre Brustwarzen rosige Bergspitzen, ihre Hüfte gegen seine gedrückt. Wo war Karin? Er zog seinen Arm langsam unter Sybilles Kopf heraus. Sie stöhnte leise im Schlaf. Als er gerade aufstehen wollte, schlug sie die Augen auf.

„Hey“, flüsterte sie. „Morgen.“ Schlafzimmerblick.

Sie lächelte, rieb sich die Augen, sah dabei aus wie ein Hamster, der sich das Gesicht putzte. Hatte er wirklich mit ihr geschlafen? Von allen Frauen auf diesem Zeltplatz mitten im Wald?

„Morgen“, sagte er.

Sie war so klein neben ihm. Kauerte sich zusammen, fröstelte. „Wo ist Karin?“, fragte er.

Sie streckte eine Hand nach ihm aus, klammerte sich an ihm fest. Müde schloss sie die Augen. „Ist doch egal. Sie ist bestimmt draußen irgendwo.“

Er sah sich nach seinen Klamotten um, doch fand nichts im Zelt. Auf allen vieren kroch er zu dessen Ausgang. Kühle Luft schlug ihm entgegen, als er seinen Kopf hinausstreckte. Tau hing über der Lichtung, die Sonne tastete sich zaghaft über die Baumkronen hinaus. Zwischen Fell und Teppich steckte ein schwarzes Shirt. Er zog es heraus und schlüpfte hinein, trotz der Morgenfeuchte, die im Stoff hing. Ein paar Meter weiter lagen seine Boxershorts. Er rappelte sich auf, stieg über einen schlafenden Körper, hob das Kleidungsstück auf. Klamm klebte ihm der Stoff am Oberkörper, an den Beinen. Als er fröstelnd auf dem feuchten Teppich stand, hörte er Karins Stimme. Sie kam von der Feuerstelle. Höllenfeuer unter ihren Füßen. Barfuß lief er durch das nasse Gras. Karin saß im schwarzen Kapuzenpullover neben dem Typen mit dem Orangensaft, wie hieß er gleich … Lars. Lars, die Kapuze tief ins Gesicht gezogen. Glimmende Holzscheite kämpften gegen die morgendliche Feuchtigkeit. Neben Karin lag eine dunkelbraune Decke. Er nahm sie, schlang sie sich um die Schultern. Wie auch seine Kleidung war sie feucht und kalt von der Nacht. Innständig hoffte er, dass die Sonne es bald über die Baumspitzen schaffen würde.

Karin sagte nichts zu ihm. Sie sah ihn nicht mal an. „Aber was hast du zu ihr gesagt?", fragte sie Lars.

„Was soll ich ihr schon sagen? Sie ist einfach gegangen. Ich weiß nicht … Ich weiß nicht einmal, ob ich überhaupt will, dass sie zurückkommt. Sie gestern so zu sehen …"

Klaus starrte nach vorne. Er nahm einen Stecken, der an der Steineinfassung der Feuerstelle lehnte, stocherte mit dem dünnen Ende in der erlöschenden Glut. Kleine Flammen züngelten aus dem Holzscheit.

„Weißt du", sagte Karin. „Ich kann sie nicht verstehen. Ich meine, es ist ja nicht das erste Mal …"

„Nein", sagte Lars. „Ist es nicht. Es war schon öfter. Aber das gestern ..."

Um sie herum schlief die Welt. Der Drache und der Schmetterling erschienen fahl. Als hätten sie ein Dimensionstor aufgerissen. Fremdkörper zwischen Nebel und Tau. Kälte fraß sich in seinen Körper. Irgendwo schnarchte jemand. Ein sägendes Geräusch, das aufbrauste und verebbte, aufbrauste und verebbte. Sein Kopf war schwer und voll und wollte von seinen Schultern abfallen. Mit der rechten Hand hielt er ihn fest.

„Aber das gestern …", sagte Karin.

„Ja, versteh ich auch nicht. Sie hat vor einigen Wochen die Medikamente abgesetzt. Sie war stabil." Lars ließ den Kopf hängen. „Zumindest dachten wir das."

Klaus ließ den Stock ins Gras fallen und fröstelte. Die Kälte hing an seinen Füßen, zerrte an seinen Zehen, biss in seine Haut. Er musste seine Schuhe finden. Orientierungslos sah er sich um, die Decke um die Schultern geschlungen. Sie konnten doch nicht … Vor dem Zelt, aus dem er gekrochen war, standen sie. Als Paar nebeneinandergestellt, wie im Kindergarten. Er ging hinüber und beugte sich hinab. Wie alles andere waren sie kalt und nass.

„Klaus?" Karin stand hinter ihm.

„Ja?" Er kniete auf dem schlammverschmierten Fell vorm Zelteingang.

„Schläft Sybille noch?"

Er sah sie an. Die zusammengekniffenen Augen. Die hohen Wangenknochen. Sie sah aus wie ein Monster, als wolle sie herunterspringen auf ihn, um ihn zu fressen. Er schluckte, widerstand dem Impuls, sich vor ihr zu ducken. Er hatte zu viele Horrorfilme gesehen.

„Lars nimmt mich mit in die Stadt."

Klaus nickte. Er nahm sie mit in die Stadt. Sein Gehirn war zu langsam, um zu verarbeiten, was das bedeutete. Dann schwante es ihm. Ließ sie ihn allein? Klaus starrte den Typen an, mit dem Karin gerade noch gesprochen hatte.

„Willst du auch mit?"

Wieder dauerte es einen Moment. Sie ließ ihn nicht allein. Er wollte sich zu ihren Füßen in den Dreck werfen. Er konnte es nicht erwarten, hier rauszukommen.

„Zieh dich an. Wo ist deine Hose?"

Das war eine gute Frage. Eine sehr gute Frage. Noch immer auf allen vieren drehte er sich im Kreis. „Du bist wie ein hilfloser Hundewelpe", urteilte sie und ging ein paar Schritte weiter. Ihr Rock rutschte nach oben, als sie sich nach vorne beugte. Ihre weißen Waden leuchteten in der aufgehenden Sonne. Warum fror sie nicht? Sie hob eine schwarze Hose auf, der Gürtel baumelte lose herunter. „Ist sie das?", fragte sie.

Er nickte. Das war sie.

Karin schmiss die Hose vor ihm auf den Boden.

„Los, zieh dich an. Und hol Sybille."

Klaus nickte. Noch immer ohne Hose kroch er durch die Zeltöffnung. Stickige, warme Luft empfing ihn, darin der Geruch von Körperschweiß und Sex. Sybille lag zusammengekauert auf dem Fell, den Daumen im Mund, lutschte daran wie ein Kleinkind. Er wollte sich zu ihr legen, sich neben ihr einfach fallen lassen, sich in ihre Wärme kuscheln. Doch er legte Sybille die Hand auf die Schulter. Sie gab ein leichtes Stöhnen von sich. „Nicht jetzt", sagte sie. „Später."

„Sybille."

Ihre Augenlider flatterten, dann sah sie ihn an.

„Wir wollen fahren", sagte Klaus.

„Jetzt? Wie spät ist es?"

Ratlos sah er sie an.

„Wo ist mein Kleid?"

Er rührte sich nicht, war gefangen in der Tiefe ihrer Augen. Wie sie dalag, ihre Haut gegen das Schaffell, ihre rosigen Brustwarzen, die in der Kälte standen, ihre Lippen, schmal und rot.

„Ich suche es", sagte er und kroch wieder nach draußen. Vor dem Fell lag es im Schlamm. Er hob es auf. Dreckverschmiert hing es auf seinem ausgetreckten Zeigefinger, als wäre er ein Kleiderständer.

„Nein", hörte er Sybille sagen. Nackt stand sie hinter ihm vor dem Zelteingang. Sie umklammerte ihren Oberkörper, ihre Beine waren zusammengepresst. „Was ziehe ich jetzt an?"

Karin öffnete den Zipper ihres Pullovers. „Hier."

Weiße Wände und weiß gestrichene Eichenholzböden und weiße Kommoden und die Wohnung war ein einziger Weiß-Flash. Klaus stand inmitten des Ganges, starrte in die weiße Unendlichkeit. Im Bad drehte Sybille Wasser auf. Richtig, baden hatte sie gesagt. Er zog seine Schuhe aus, stellte sie, dreckverschmiert wie sie waren, vor ein weißes Schuhregal auf den Boden. Ungläubig betrachtete er den Schlamm, den Fremdkörper im Reinraum. Er klebte auf dem toten Holz, führte es zu seinem Ursprung zurück, zur Mutter Erde und ihrer alles verbindenden Urmacht. Wurzeln würde es nie wieder schlagen.

„Kommt ihr?", fragte Sybille.

„Ja." Karins Schuhe standen neben seinen. Kleiner. Er hob einen davon auf, betrachtete ihn. Kaum zu glauben, dass sie gerade im Wald gewesen waren. War alles nur ein Traum gewesen? Er rappelte sich auf, Karins Schuh in der Hand ging er zum Bad. Sybille stand nackt vor der Wanne, Wasser lief über ihre Hand in die Keramik.

„Wie ich mich drauf gefreut habe", sagte er.

„Klaus." Auch Karin war nackt, starrte ihn an, als er das Bad betrat. „Was willst du mit meinem Schuh?" Sie nahm ihm das Ding aus der Hand und er fühlte sich, als wäre ihm die Hand amputiert worden. Er starrte darauf, dann bewegte er die Finger, jeden einzelnen. Er existierte noch, existierte in seiner Gesamtheit.

„Komm", sagte Sybille.

Er zog sich aus, langsam, während die beiden Frauen ins Wasser stiegen. Dann saßen sie zu dritt in der Wanne. Sybille goss ein Schaumbad ins einlaufende Wasser, und Klaus beobachtete die Blasen, die von der Stelle emporwuchsen, an der der Wasserstrahl auf die Wasseroberfläche traf. Höher und höher türmten sich feine Bläschen auf, schimmerten in tausend Farben im Licht, bis Karin sie abpflückte und sie ihm ins Gesicht blies.

„Na, wie war dein erster Trip?", fragte Karin.

„Ich hatte bei meinem ersten Trip keinen Sex." Sybille lachte.

„Wie war es?", fragte Karin.

Sybille lehnte sich an Karin, die zwischen Klaus und ihr saß. „Anders", sagte sie. „Gut."

‚Spielt es wirklich eine Rolle, mit wem ich geschlafen habe?', fragte er sich. Sie hatten sich aufgelöst im Moment, waren eins geworden mit dem Universum und mit aller Weiblichkeit. Und wie auch die Natur neues Leben erschuf, war er aus der Natur entstanden, aus der Fruchtbarkeit der Frau, die das Universum in sich trug und geboren hatte vor tausenden von Jahren.

Er betrachtete Karins Brüste, auf denen sich Badeschaumbläschen türmten, die halb im Wasser hingen wie die Küstenbrandung an einem ruhigen Tag. Sybilles Brüste waren klein und flach und wenn sie lag, dann war es, als verschwänden sie in ihrem Brustkorb. Evis Brüste waren groß und rund, eher wie die von Karin, dachte er. Und alle hatten die gleiche Funktion. Alle nährten. Alle schenkten Leben. Hatten sie einen Gummi benutzt?

„Meinst du ernsthaft, eine von uns würde dich ohne Kondom ficken?"

Sybille lachte.

Er betrachtete sie. Hatte er laut gesprochen? Er hatte verstanden, was sie gesagt hatte, und dann auch wieder nicht.

„Hab ich euch mal von meinem ersten Trip erzählt?", fragte Sybille. „Ich saß an einer Klippe, ich glaube, wir waren in Schottland."

„Ich war dein Trip Guide", erinnerte sich Karin. „Wir waren zusammen im Urlaub."

„Ja, stimmt", sagte Sybille. Ihre Hände streichelten Karins Brüste, verschwanden im Wasser, tauchten wieder auf. „Ich habe die ganze Zeit nur die Pflanzen angeschaut. Erst die außerhalb des Wassers. Und dann die drinnen. Als würde alles Leben im Meer leuchten. Es war wundervoll. Das ganze Meer hat gelebt, jedes einzelne Molekül. Es gibt keine Worte dafür."

Sie hatten es irgendwie von der Badewanne ins Bett geschafft und Klaus musste eingeschlafen sein. Er blinzelte ins helle Sonnenlicht, als er aufwachte. Eine Silhouette baute sich vor dem Bett auf.

Karin. Sie trug ein rotes Kleid. Sybille lag neben ihm, atmete leise säuselnd ein und aus. Ein und aus.

„Ich muss los", erklärte sie. Sie kroch aufs Bett, gab ihm einen Kuss. Sybille küsste sie auf die Stirn.

„Wo musst du hin?", fragte er.

„Ich habe ein Date."

Er blinzelte. Ein Date? Jetzt? Heute? Wie spät war es? Und warum? Waren nicht genug Liebhaber oder Partner oder was auch immer hier?

„Tschüss", verabschiedete sie sich. Dann fiel die Wohnungstür ins Schloss, und sie waren allein. Er ließ sich in die Kissen fallen.

„Hm?", machte Sybille und rutschte an ihn heran. Ihr schmaler Körper schmiegte sich an seine Seite.

„Karin ist weg", grummelte er mit tiefer Stimme. „Sie hat ein Date." Der Geruch des Badewannenwassers klebte an seiner Haut. Rosen. Den Wald hatten sie sich erfolgreich aus den Poren gewaschen, auch wenn er aus der Essenz ihres Seins niemals verschwinden würde.

„Ach ja, das Date. Aber du bleibst noch ein bisschen?“

„Ich bleibe noch.“ Was hatte er schon zu tun? In seine Wohnung fahren? Alleine und einsam zwischen Jugendherbergsmöbeln sitzen und sich von Maria beschwatzen lassen? Danke, nein. Dann lieber Sybille. Er schloss die Augen, drückte seinen Kopf ins Kissen.

„Schön“, sagte sie, vergrub ihr Gesicht unter seine Schulter. „Aber sag mal“, sprach sie weiter. „Ich hab letztens nach dir gesucht.“

„Nach mir gesucht?“

„Online.“

Er legte die Stirn in Falten. Noch eine? Ernsthaft? Was war mit den Weibern los?

„Hast du nix auf Social Media?“

Er schüttelte den Kopf.

„Solltest du wirklich“, sagte sie.

„Ich weiß nicht …“

„Doch.“ Sie schlug die Decke zurück, beugte sich über ihn. Ihre Brüste über seinem Kopf, ihre Brustwarzen über seinem Mund. Sie nahm etwas vom Nachtkästchen, dann ließ sie sich wieder ins Bett fallen. „Hier“, sagte sie. „Schau.“

Ihr Instagram-Account. Zweitausend Follower.

„So verkauft man Bücher“, erklärte sie.

Er scrollte durch. Landschaftsbilder, Zitate, und immer wieder Sybille. Nachdenklich an ihrem Schreibtisch. Lustwandelnd bei einem Spaziergang im Herbst.

„Ich weiß nicht“, sagte er.

„Wo ist dein Telefon? Ich zeige es dir.“

Sie stand auf. Nackt ging sie in den Flur, durchwühlte seinen Rucksack, bis sie sein Smartphone gefunden hatte. Sie legte sich neben ihm auf den Bauch, stopfte sich ein Kissen unter die Brust. „Entsperren.“ Sie hielt ihm das Telefon hin.

Er gab seinen Code ein. Dann lud sie die App runter. Während sie das Ding einrichtete, erzählte sie was von Datenschutz und dass man eben abwägen musste, aber dass man ohne nicht mehr auskam. In der heutigen Zeit. Sie hielt ihm das Endergebnis hin. @klaustheartist.

„Na, was sagst du?“ Dann sprang sie auf, stellte sich über ihn, das Telefon im Anschlag. Sie machte ein Foto. Das Endergebnis war er im Bett. Er sah verschlafen aus. Hochgeladen auf dem Portal.

Dann ließ sie sich neben ihm fallen, starrte in die Ferne. Nicht mehr ausgelassen, sondern in sich gekehrt, nachdenklich.

„Was ist?", fragte er.

„Ach nichts", sie sah ihn an.

„Sag schon." Er streichelte über ihren Rücken.

„Manchmal, da denke ich, wir sind in Karins Augen alle nichts Besonderes." Das Licht war aus ihren grünen Augen gewichen. „Du nicht, ich nicht. Als würde sie uns im ewigen Strom des Nicht-Seins einfach wegwischen."

9

Ihre Matratze vibrierte im Einklang mit dem leisen Summen des Handyalarms. Mit geschlossenen Augen tastete sie nach ihrem Smartphone. Es lag dort, wo Klaus sonst immer lag. Evi blinzelte, kniff die Augen zusammen. Es war viel zu hell. Sie hatte die Rollos nicht zugemacht. Sie nahm das Telefon, drückte auf die seitlichen Tasten, bis der blaue Balken verschwunden war und das durchgestrichene Notenzeichen erschien. ‚Jetzt nicht', dachte sie. Sie wollte schlafen. Einfach nur schlafen. Sie hatte keine Energie, nicht für ihre Arbeit, nicht für die Welt. Evi drehte sich auf die andere Seite, vergrub ihr Gesicht in den Kissen, zog sich die Decke über die Schultern. ‚Einfach nur Ruhe', dachte sie.

Es klopfte. Dreimal. Die Tür quietschte leise. Jan? Doch der war lernen. Lore? Langsam öffnete Evi die Augen. Es konnte nur Lore sein. Und die stand in der Tür, die Klinke in der einen Hand, die andere am Türrahmen angelehnt. Sie trug ihr Yoga-Outfit.

„Hey", sagte sie. „Oh, sorry. Hab ich dich geweckt?"

Evi rollte sich aus ihrem Kissenberg auf den Rücken, rieb sich die Augen. „Hey", murmelte sie.

Lore machte die Tür auf. Zögerlich ging sie in Evis Zimmer, setzte sich auf die Bettkante.

„Was ist?", Evi rieb sich die Augen. Sie war so unglaublich müde. Seit sie auf dem Hof gewesen waren. Seit Lores Bekenntnis und ihrer Unterhaltung danach und Nalini und Hendrick und ihrer Aussprache am Abend. Und trotz Lores Einsicht und Entschuldigung saß da eine Unsicherheit in ihren Knochen, die sich festgebissen hatte wie eine Hyäne an einem alten Stück Fleisch. Und sie fragte sich, wo Jan eigentlich stand. So richtig dazu geäußert hatte er sich noch nicht.

„Wie geht's dir?", fragte Lore.

Evi blinzelte, doch ihr Kopf weigerte sich, wach zu werden. Lores Blick wanderte von Evi zum Fenster. Dann sah sie sie wieder an.

„Wie geht es dir?", fragte Evi.

Lore starrte in die Ferne, anstatt ihr zu antworten.

Wieder das Gleiche, wieder war die Wand aufgebaut. Es würde sich doch nichts ändern.

„Ich hab mit Nalini gesprochen", sagte Lore.

„Ja?" Evi schlug die Decke zurück. Darunter trug sie ein weites Schlafshirt, Unterhose und Socken.

„Sie lädt uns ein. Sie haben morgen Abend eine Einführung zu OM."

Die Stirn in Falten gelegt, sah Evi sie an. Wieder dorthin? Nach dem letzten Besuch hatte sie keine Lust auf Nalini oder Hendrik oder wie sie alle hießen. Und OM? Kam ihr irgendwie bekannt vor. Konnte sie aber nicht so recht einordnen. War das nicht das mit dem Orgasmus und Massage oder so …

„Orgasmic Meditation", erklärte Lore. „Das hatte sie doch letztens erzählt, als wir auf dem Hof waren."

Evi nickte. „Klar", sagte sie. „Und du hast mit ihr telefoniert?" Waren die beiden jetzt BFFs? Mit den Fingern kämmte sie durch ihre Haare, blieb an einem Knoten hängen.

„Sie ist doch supernett. Sie weiß genau, was sie will."

Evi nickte, zog ihre Beine an. Irgendwie passten sie zueinander. Nalini, Lore … Das ganze Achtsamkeits-Gedöns. Die Kau-Meditation …

„Ich will auf jeden Fall hingehen. Hast du Lust mitzukommen?"

Nein, dache Evi im ersten Moment. Mich bringen da keine zehn Pferde wieder hin. Doch dann zögerte sie. Gestern noch hatte sie Lore auf Zusammenhalt eingeschworen. Und jetzt? Sollte sie Lore gleich eine Abfuhr erteilen? Oder es zumindest nochmal versuchen? Es konnte nur besser werden als beim letzten Mal. „Was ist das überhaupt?", fragte sie.

„Es geht darum, in den Körper zu spüren. Es geht um das Genießen von Berührungen. Es geht um …" Lore zog ihre Beine nach oben, faltete sie zum Schneidersitz. Sie wischte sich ihren Pony aus der Stirn. „Es geht darum, sich selbst jenseits des sexuellen Drucks kennen zu lernen."

„Ich weiß nicht, Lore", sagte sie. „Meinst du echt, das ist ne gute Idee? Nach allem, was passiert ist …"

„Ach bitte. Das wird bestimmt gut." Lore rutschte an sie heran. „Ich bin mir sicher. Ich würde gerne mal wieder was mit dir machen. Ein bisschen wie früher."

Evi zog an dem Knoten in ihrem Haar, bis die Haarwurzeln an ihrem Hinterkopf schmerzten. Dann gab sie auf.

„Und du kannst doch nicht die ganze Zeit hier im Bett liegen."

War das ein Freundschaftsangebot von Lore? Das Halbdunkel spaltete Lores Gesicht. Die rechte Seite hell, die linke dunkel. ‚Wie früher', dachte Evi. Sie wollte zu einem Früher zurück, und manchmal glaubte sie auch daran, dass es gelingen konnte. Doch gerade jetzt zweifelte sie daran, dass nach dem *Jetzt* noch so etwas wie eine Wiedergeburt des *Früher* stehen konnte.

Andererseits: sollte sie Lore einfach Nalini überlassen?

„Bitte", bettelte Lore. „Es wird sicher gut. Und wie lange hatten wir keinen Workshop mehr in der Richtung?"

„Okay“, sagte Evi schließlich.

„Ja?“ Lore löste sich aus ihrem Schneidersitz, kroch auf allen vieren zu [illegible] Kopfende. „Man macht es mit einem Partner. Nalini meinte, sie wüsste da schon jemanden für mich“, erklärte Lore.

„Echt jetzt?“ Eigentlich war Lore sehr wählerlisch, was ihre Partner anging. Ja, sie war Poly, zumindest sagte sie das immer, aber eigentlich gab es nur einen Traumprinzen für sie, und der saß mal wieder zwischen Büchern in der Bibliothek. Ihr Gerede von wegen da könnte mal jemand daherkommen … bis auf eine Liebelei zwischendurch war das reine Fassade.

„Ich vertraue ihr da“, sagte Lore. „Sie meinte, er wäre sehr nett.“

„Und für mich?“

„Ich bin mir sicher, sie hat auch jemanden für dich, ich sag ihr gleich Bescheid“, versicherte Lore ihr. „Morgen? Um 18 Uhr? Wir können zusammen hinfahren. Ich freu mich.“ Lore krabbelte zum Fußende von Evis Bett, stieg dann hinaus. Auf dem Weg zur Tür drehte sie sich nochmal um. „Ich finde es super, dass wir das zusammen machen“, sagte sie. Dann war sie aus Evis Zimmer verschwunden und die Tür hinter ihr war zu.

OM. Evi streckte die Beine aus, lehnte sich ans Kopfende des Bettes und wischte sich eine Strähne aus dem Gesicht. Dann nahm sie ihr Handy, checkte die Anrufe in Abwesenheit. Therese.

Sie verdrehte die Augen. Ging es um Max? Wieder die Verkuppelungs-Aktion? Nicht, dass sie nicht schon genug Beziehungsstress mit ihren beiden Typen hatte. Kurz starrte sie an die Decke, das Telefon flach in ihrer Hand. Dann drückte sie auf den grünen Anruf-Button. Es dauerte nicht lange, dann hörte sie Thereses Stimme am anderen Ende der Leitung.

„Hey Süße“, sagte sie.

„Therese. Hi. Wie geht’s dir?“

„Gut.“ Ihre Stimme klang hell und freundlich. „Du, nur ganz kurz. Sonntag wäre Theaterprobe“, sagte sie. „Danach gehen wir essen. Hast du Bock mitzukommen?“

„Sonntag?“

„Sonntagnachmittag. Oder hast du schon was vor?“

Hatte sie nicht. Außer sich in Selbstmitleid zu ergießen, weil alles so kompliziert geworden war in den letzten Wochen. Evi schwang ihre Beine aus dem Bett, ging zu ihrem Schreibtisch. Darauf lag der weiße Zettel mit den immer wieder eingekringelten Worten: *Frauenbild in Liebesromanen.* Arbeit hatte sie. Nur keinen Kopf dafür.

Sie sah aus dem Fenster.

„Bist du noch da?“, fragte Thereses Telefon-Stimme.

Evi blickte aus dem Fenster. „Ja, klar. Ich komme mit." Die Ablenkung täte ihr gut.

„Super!" Thereses Stimme überschlug sich förmlich. Vor Freude? „Um 16 Uhr. Die Adresse schicke ich dir noch. Ich freu mich. Dann sehen wir uns Sonntag."

Nachdem Therese aufgelegt hatte, legte Evi das Telefon auf den Tisch. Max. Naja. Sie setzte sich. Mit dem Kugelschreiber trommelte sie auf das weiße Blatt Papier. *Feministische Analyse von Liebesromanen.* Zu unkonkret. Was wollte sie damit zeigen? Was wollte sie analysieren? Welche Autorinnen? Sie stützte ihr Kinn in die Handfläche, blickte nach draußen auf den Nachbarwohnklotz und die Bäume. Die kastenförmigen Vollbetonbalkone malten tiefgraue Schatten auf die hellgraue Wand. Was machte Klaus gerade? Sie suchte zuerst nach seinem Professor und fand ein paar Infos über den Kurs. Nichts wirklich Neues, keine aktuellen Bilder. Dann suchte sie nach Klaus. Sie scrollte auf der Seite nach unten. Nichts. Irgendein alter Ingenieur, der so ähnlich hieß. Anderer Typ, Glatze, Vollbart. Sie tippte auf einen Instagram-Link und erstarrte für einen Moment. @klaustheartist. Es konnte nicht sein. Hatte er wirklich …? Auf der Seite waren nur drei Bilder. Das erste zeigte ihn, im Bett, zerzauste Haare, weiße Laken. Es gab keinen Zweifel. Dann eine Zeichnung. Eine Frau, schwarz-weiß. Signiert mit seinem Namen. Was war passiert? Sie drückte auf den Home-Button, öffnete den Telefon-Dialog, suchte nach seinem Namen. Ihr Finger schwebte über dem Symbol für Textnachrichten. Sie waren auf Pause. Ausgemacht war, dass sie einander für die Zeit, die er in Berlin war, in Ruhe ließen. Sie schaltete das Display aus, legte das Telefon zur Seite, atmete durch. Klaus hatte einen Instagram-Account mit seinen Bildern. Wieder nahm sie das Telefon. Zweiunddreißig Follower. Sie legte es weg. Wer oder was hatte den sturen Bock dazu bewegt?

Evi lehnte sich zurück. Sollte sie wütend sein? Froh? Enttäuscht, dass er auf jemand anderen hörte, nicht auf sie? Was war los? Ihr Display leuchtete auf. Therese hatte geschrieben. Die Adresse des Theaters für Sonntag. Sie drehte das Telefon um, atmete durch. *Outlander,* schrieb sie neben *Frauenbild in Liebesromanen.* Und dann, nochmal: *Analyse des Frauenbildes bei Gabaldon. Geschlechterrollen in Outlander.*

Sie wusste nicht, wohin sich alles entwickeln würde, so vieles schien offen. Sie wusste nicht, was sie über Lore denken sollte, oder *über Jan, der sie angelogen hatte.*

Er kam erst spät nach Hause, sie hörte die Tür schlagen, hörte, wie er seine Tasche auf den Holzboden legte, hörte seine Schritte im Gang. Sie wollte [illegible] auf, um ihn zu begrüßen. Ging nicht in den Gang, um einer Illusion hinterher zu schmachten. Stattdessen starrte sie auf das Blatt vor sich, das vollgekritzelt war mit den Notizen zu ihrer Arbeit, die unter schwarzen Spiralen verschwanden. ‚Es gibt doch etwas Gutes an Klaus', dachte sie. Belogen hatte er sie bisher noch nicht. Er hatte ihr die Wahrheit gesagt, hatte ihr erzählt, wenn ihm etwas nicht passte, wenn er etwas nicht konnte. Dass er so viel schlechter war … Sie drehte ihr Telefon um, öffnete wieder Instagram und seine Seite, betrachtete das Bild von ihm im Bett, von oben fotografiert. Wer hatte es gemacht? Selbst konnte er es nicht gewesen sein. Es musste jemand anders sein, jemand, mit dem er im Bett gelegen hatte. Sie seufzte, dann legte sie das Handy weg und malte weiter mit ihrem Stift schwarze Kreise über sinnlose Notizen. Sie lauschte in die Stille und hörte seine Schritte und schüttelte den Kopf. Morgen Lore, übermorgen er, wieder ihr Date-Abend. Gerade hatte sie keine Lust darauf. Gerade hatte sie Lust, ihn anzuschreien. Die Aussicht auf ein Kennenlernen mit Max erschien ihr immer verlockender.

Ein quietschgrüner Ball mit rosa Punkten rollte Evi und Lore entgegen, als sie über den Innenhof der alternativen Wohngemeinschaft gingen. Hinterher gelaufen kam ein Mädchen, deren Affenschaukel-Zöpfe hin und her schwangen wie Lianen an einem Urwaldbaum. Evi hob den Ball auf und hielt ihn der Kleinen hin. Die zögerte einen Moment. Dann nickte sie, bedankte sich und drückte den Ball an ihre Brust wie ein lange vermisstes Kuscheltier.

„Gerne", sagte Evi, als die Kleine schon längst davongelaufen war. „Ich finde es immer noch schräg, dass Kinder hier wohnen."

„Warum nicht", sagte Lore. „Es ist eine generationenübergreifende Wohngemeinschaft wie jede andere." Dann bog sie vor der Eingangstür links ab und ging auf die kleine Treppe zu, die neben dem Steingarten nach oben führte. Den langen gelben Rock hob sie hoch, als sie die erste Treppenstufe hinaufstieg. Darunter kamen ihre braunen Riemchensandalen zum Vorschein.

‚Wie jede andere', dachte Evi. Naja, wie viele solcher Wohngemeinschaften mit Polybeziehungsdiskussionsworkshops kannte sie denn sonst noch? „Sollen wir nicht klingeln?", fragte sie.

Lore drehte sich zu Evi um. „Nalini meinte, ich kann einfach durch den Garten ins Haus gehen.“ Sie fuhr sich durch das schulterlange blonde Haar.

„Gut, okay“, sagte Evi. ‚Wirklich?‘, dachte sie, ‚ist Lore hier schon halb eingezogen? Jetzt darf sie schon ins Haus, ohne zu klingeln?‘ Sie konnte nicht glauben, dass sie schon wieder hier waren.

Sie liefen um das Haus herum. Im Garten war niemand zu sehen, still lagen die Pflanzbeete im Schatten des Waldes. Es roch nach Flieder und frisch gemähtem Gras. Ganz anders als die Stadt, ganz anders als der kleine Anwohner-Park zwischen den Wohnblöcken. Evi atmete tief ein. Sie gingen an den Obstbäumen vorbei, und schon bevor sie die mit Beton gepflasterte Terrasse sahen, hörten sie das Klappern von Geschirr aus dem Speisesaal.

Ohne anzuklopfen stieg Lore über die Schwelle der Schiebetür ins Innere des Hauses. Einige der Gesichter, die sich kurz nach ihnen umsahen, kamen Evi bekannt vor. Das Paar aus dem Workshop. Der Typ mit den gelben weiten Hosen, dieses Mal in einer abgewetzten Jeans. Und ganz hinten Nalini, neben ihr Hendrik. Sie stieg über die Holzbank, setzte wieder ihr sanftes Lächeln auf, als sie die beiden sah. Dann schlängelte sie sich zwischen den Tischen und Bänken hindurch. Die goldenen Armreifen klimperten, als sie Lore um den Hals fiel.

„Hallo.“ Nalini drückte Lore an sich. „Schön, euch wiederzusehen.“ Dann ließ sie sie los, drückte als nächstes Evi. „Wollt ihr noch was essen?“

„Ja, gerne.“ Lore nickte.

„Setzt euch. Da hinten.“ Sie zeigte auf den Tisch, von dem sie gerade kam. „Da sitze ich mit Hendrik. Ich bringe euch zwei Schüsseln.“

Hendrik. Den hatte sie grade noch gebraucht.

„Super.“ Lore ging voran, an zwei Tischen vorbei, bis sie bei Hendrik standen. Sie zog ihren Rock bis über die Knie, damit sie über die Holzbank steigen konnte. Evi tat sich da in ihrer Jeans ein wenig leichter, auch wenn Lore wesentlich eleganter wirkte.

„Freut mich, dass ihr wieder da seid.“ Hendrik saß kerzengerade auf der Bank, lächelte distanziert. Vor ihm eine leere Schüssel, innen blutrote Schlieren vom Essen.

„Ja, freut uns auch.“ Evi presste die Lippen zusammen. „Danke für die Einladung.“ Sie beugte sich nach vorne, sah in die fast leeren Schüsseln. Rotes Curry. Die zweite Schüssel war mit einem Teller abgedeckt. Sicherlich Reis. Sie wusste nicht, was sie Hendrik sagen sollte. Dem charismatischen Sektenführer.

Die unangenehme Stille löste Nalini mit den Schüsseln auf, die sie vor Evi und Lore auf den Tisch stellte. Sie setzte sich neben Hendrik in die

Bank, teilte halb im Stehen das Essen aus. „Ihr seid sicher gespannt auf den Workshop, oder?"

Lore nickte und nahm die gefüllte Schüssel entgegen.

„Wir haben heute ein rotes Curry mit Linsen", Nalini hielt Evi die zweite Schale hin.

„Sieht gut aus", sagte Lore.

„Wir machen hier alles vegan. Ein Grund für den Untergang der Erde ist schließlich die Überbevölkerung und die damit einhergehende Haltung von Nutztieren."

„Jeder Mensch muss sich selbst überlegen, welchen Beitrag er oder sie leisten möchte", sprach Hendrik.

Evi rührte ihren Reis mit dem Curry um und nahm den ersten Bissen. Erst war es bitter, dann lag ihr der Geschmack von Zitronen auf der Zunge, hell und deutlich, dann die Schärfe von gefühlt zehn Chili-Schoten. Sie hustete.

„Wer kocht eigentlich?", fragte Lore, die noch nichts gegessen hatte.

„Wir haben Mitglieder unserer Gemeinschaft, die sich nur um das leibliche Wohl kümmern. Jeder trägt bei, was er oder sie am besten kann."

„Und der Lebensunterhalt von denen, die nur auf den Hof arbeiten, kommt von der Solidargemeinschaft?" Lore fischte mit ihrem Löffel nach einer Kichererbse, steckte sie sich in den Mund.

Nalini nickte.

„Ich finde das Konzept großartig", bestätigte Lore.

Nalini lächelte. Genauso wie Hendrik. Wieder unnahbar. Evi konnte nicht so ganz in Worte fassen, was ihr Unbehagen bereitete, und doch lief ihr ein kalter Schauer über den Rücken.

„Nein, wirklich." Lore wandte sich an Evi. „Ich meine, jeder leistet, was er am besten kann, und wird von der Gemeinschaft unterstützt."

Es klang zu gut, zu sehr nach heiler Welt.

„Wir haben auch einen Kleidermarkt", erklärte Nalini. „Da legt jeder die Kleidung rein, die er oder sie nicht mehr haben möchte, und jeder kann sich nehmen, was gerade gebraucht wird. Das Kleid habe ich von da."

„Was meinst du dazu?" Lore sah Evi an, die Begeisterung stand ihr ins Gesicht geschrieben. Doch ob sie vom Essen sprach oder von der Wohngemeinschaft, konnte Evi nicht einordnen. Egal was, Evi hustete nur. Weil die Schärfe vom Curry an ihrem Gaumen hing. Weil sie nichts dazu sagen konnte, außer: Ich traue der Sache nicht. Sie würde den Haken noch finden. Freie Liebe, autarke Bewirtschaftung, jeder steuerte bei, was er konnte. Und ihr gegenüber der Sektenführer, in seiner Schüssel Essensreste so rot wie Blut.

„Ich hol dir ein Wasser." Nalini stand auf, wand sich aus der Bank. Und als sie zurückkam, brachte sie nicht nur Wasser, sondern auch einen großgewachsenen Mann mit. Er war schlank, seine Gesichtszüge, seine Bewegungen wirkten feminin auf Evi.

„Das ist Florian", sagte Nalini zu Lore, dann zu ihm: „Das ist Lore, von ihr habe ich dir erzählt."

Lore drehte sich auf der Bank sitzend zu Florian um. „Hi", sagte sie.

„Hi." Er lachte breit und nett und sympathisch.

Lore schoss das Blut in die Wangen.

Sie waren wieder in dem Workshopraum mit den Matten. Die Beleuchtung gedämpft, Lichterketten lagen auf dem Boden. Lores neu zugewiesener Partner Florian nahm von dem Stapel Handtücher im Eck eines herunter, breitete es auf einer der Bodenmatten aus. Lore, mit hochrotem Kopf, folgte ihm. Er setzte sich im Schneidersitz auf den Boden, dirigierte sie neben sich. Sie steckten die Köpfe zusammen, und er legte seine Hand auf ihr Knie.

Evi wusste noch immer nicht, wer ihr Partner sein würde. Deplatziert stand sie am Eingang herum, sah den anderen zu, knetete ihre Hände. Die Workshopteilnehmer strömten in Zweiergrüppchen an ihr vorbei. Das Paar von gestern nahm vor dem Fenster Platz, die Frau zog ihre Hose aus, legte sich vor ihrem Partner hin. Als wäre es das Natürlichste der Welt. Als wäre nichts dabei. Als wären da nicht zwanzig andere Menschen, die alles sahen. Unsicher hielt sich Evi an ihren Ellenbogen fest. Warum war sie gleich nochmal mitgekommen? Sie sah zu Lore, doch die hatte nur Augen für ihren Florian.

„Evi." Nalinis Hand leicht und zart auf Evis Oberarm.

„Ja?" Evi drehte sich zu ihr um. ‚Gottseidank', dachte sie, ‚ich bin nicht mehr allein.'

„Hast du Lust, zu empfangen?" Ihr fragender Blick ließ kein Nein zu.

„Ich …" Evi zögerte. Sie sah zu Lore und Florian. Seine Hand auf ihrem Knie. Ihre Hand auf seinem Oberschenkel. Sie grinste, lachte. Wenn Lore es tat … Sie hatte schon bei Jan und den Nippelklemmen den Schwanz eingezogen. „Ja." Sie nickte. Um sich selbst zu überreden, dass es eine gute Idee war. Sie fühlte sich, als würde sie ins kalte Wasser springen, von dem sie nicht mal wusste, wie tief es war.

Sanft streichelte Nalini ihren Oberarm. „Du kannst auch nur zusehen, wenn du möchtest." Fragend betrachtete sie sie.

„Nein, wirklich. Sehr gerne."

Nalini nickte, stieg über fremde Beine und nahm ein Handtuch vom Stapel. Sie suchte eine freie Stelle, platzierte sie zwischen zwei Paaren, die Frauen lagen nackt und mit gespreizten Beinen vor den Männern.

„Du müsstest deine Kleidung ablegen", sagte Nalini und setzte sich auf den Boden. Evi betrachtete Lore, als sie den Gürtel ihrer Jeans öffnete. Sie hatte noch nie im gleichen Raum wie Lore Sex gehabt. Noch nie im gleichen Raum mit so vielen anderen Menschen. Doch Lore schien in einer anderen Welt. Sie saß nah bei ihm, ihre Finger waren ineinander verschränkt. Kurz dachte sie an Jan. Was würde er sagen? Nichts, war die Antwort. Jan wäre es egal, oder er würde sich freuen. Evi zog ihre Hose aus, die Unterhose gleich mit. Die Socken behielt sie an. Dann legte sie sich vor Nalini. Mit gespreizten Beinen.

„Fahrt die Oberschenkel auf und ab. Auf und ab. Die Yoni berührt ihr noch nicht." Die raue Stimme der Kursleiterin schwappte über Evi hinweg, während sie mit geschlossenen Augen auf dem Handtuch lag. Nalinis warme Hände massierten sanft ihren Oberschenkel, kehrten vor ihrer Vulva um, fuhren wieder nach unten. Sie beschrieb einen Kreis. Von den Knien nach oben, dann ohne ihre Vulva zu berühren wieder nach unten.

"Sanft, lasst euch Zeit", plätscherte die tiefe Frauenstimme im Hintergrund.

„Geht es dir gut?", erklang Nalinis Stimme.

Evi sah sie an und lächelte. Es war seltsam, dass sie hier unter Nalini lag. Sie nickte, dann drehte sie ihren Kopf, versuchte Lore zu sehen, während Nalini auf und ab fuhr, mal mit mehr, mal mit weniger Druck. Zwischen Lore und Evi lagen zwei Paare, sie sah von Lore nicht mehr als deren Knie. Evi legte ihren Kopf zurück und starrte die Holzdecke an. Sie kam nicht über den Gedanken hinweg, dass da Nalini zwischen ihren Beinen saß und ihre Schenkel streichelte. Nalini, die Lore auf den Hof und in den Stuhlkreis gelockt hatte. Die Lore bemitleidete und an ihr zerrte. Und dann war da noch Jan und der gestrige Abend, an dem sie einfach aneinander vorbei gelebt hatten. Sie war nicht aufgestanden und er war nicht zu ihr gekommen. Hatte sie nicht begrüßt. Hatte er nur ihre Grenzen akzeptiert, oder war da noch mehr?

„Jetzt könnt ihr die äußeren Vulvalippen langsam mit einbeziehen", erklärte die Kursleiterin.

Doch Evi zuckte zusammen, als sie Nalinis Daumen spürte, der langsam über ihre Vulvalippen strich. Sie schloss die Augen, versuchte sich auf die Berührungen einzulassen, doch es gelang ihr nicht, und sie sah zu Nalini auf. Sie konnte es nicht, es war einfach der falsche Moment. Vielleicht würde es mit Nalini gehen, nur jetzt gerade nicht. Evi drückte sich hoch, stützte sich auf ihren Ellenbogen auf.

„Danke dir“, sagte sie.

Nalinis Hände verharrten auf Evis Oberschenkeln.

„Möchtest du aufhören?“, flüsterte Nalini.

Evi sah sich um – um sie beide hatte sich eine konzentrierte Stille ausgebreitet. Sie sah zu Lore, Florian streichelte sie, streichelte ihre Vulvalippen, fuhr mit dem Daumen über ihren Kitzler.

Evi setzte sich auf und Nalinis Hände glitten von ihr.

„Ja“, flüsterte Evi. „Vielleicht ein anderes Mal, jetzt passt es nicht so gut.“

„Du kannst jederzeit wieder teilnehmen“, sagte Nalini.

Evi nickte, dann stand sie auf, sammelte ihre Klamotten zusammen und ging nach draußen.

Sie atmete auf, als sie vor der Tür stand. Dann zog sie sich wieder an. Sie ging den Gang entlang zurück zum Gemeinschaftsraum, in dem sie vorhin gegessen hatten, dann setzte sie sich in den Garten in die Sonne und schloss die Augen.

Als die ersten aus dem Workshopraum in den Gemeinschaftsraum strömten stand Evi auf und ging in den Hof. Sie wollte weder Hendrik noch Nalini begegnen, sie wollte nur auf Lore warten und dann endlich zurückfahren. Also wartet sie am Tor des Hofes. Im Dämmerlicht waren die Straßenlaternen angesprungen. Ihr oranges Licht vermischte sich mit dem dunklen Blau des Abendhimmels. Florian hielt Lores Hand. Sie standen eng beieinander, so eng wie man eben war, wenn das erste Date eine Intimmassage gewesen war. Er streichelte ihre Hand. Mit dem Zeigefinger tippte Evi auf das Metall des hüfthohen Tores.

Lore drehte sich von Florian weg, ihre Hände waren noch immer verbunden. Er hielt sie fest, holte sie zurück zu sich. Sie lächelte. Der Wind trug Lores Worte zu Evi herüber. „Ich muss“, hörte sie sie leise sagen. Dann ließ er ihre Hand los. Mit einem breiten Grinsen auf den Lippen ging sie Evi entgegen. Die drückte die Metalltürklinke nach unten, öffnete das Tor.

Lore war stumm, als sie die verwaiste Straße entlang zur U-Bahnstation liefen. Sie sah nach vorne, auf die Straße, auf ihren Lippen ein Lächeln. Sie bogen an einer Kreuzung ab, schlängelten sich zwischen zwei geparkten Autos durch. Evi dachte darüber nach, was sie sagen könnte. Ihr gingen so viele Dinge durch den Kopf, die unausgesprochen zwischen ihnen standen. Angefangen mit Jan. Wie es Lore ging? Was sie störte? Womit sie ein Problem hatte? War ihr aufgefallen, dass sie während der Meditation nach draußen gegangen war? Oder hatte es nur Florian für sie gegeben? Überhaupt, wie war es mit Florian gewesen? Schließlich kannten sich die beiden gefühlt erst seit fünf Minuten.

„Wie hat es dir gefallen?“, fragte Evi.

Verträumt sah Lore sie an. „Hm?“

„Mit Florian?“

„Es war ganz wundervoll.“

„Ich hoffe, ich habe dich nicht unterbrochen, als ich rausgegangen bin“, sagte Evi.

Lore blieb stehen und blickte nach unten auf den Asphalt des Gehweges. „Um ehrlich zu sein … Ich habe das erst gar nicht mitbekommen. Nalini meinte, du wolltest lieber abbrechen, und dass es dir gut geht …“

Wann hatte sie denn mit Nalini darüber gesprochen? Und hätte Lore sie nicht einfach selbst fragen können? Sie hatte es gar nicht mitbekommen? Florian musste ja Vibrator-Hände aus Gold haben. Evi spürte einen kleinen Stich, dann aber schluckte sie ihren Unmut hinunter. ‚Behalt einen freien Kopf‘, dachte sie.

„Ich weiß nicht …“, flüsterte Lore in Richtung Straße, dann sah sie zu Evi auf. „Ich fühle mich Florian so nahe. Du weißt doch auch wie es ist, wenn man jemandem einfach vertraut? Einfach so …“

Entweder war Lore verknallt oder sie war grenzenlos naiv oder beides. Wie konnte sie nur … Evi hielt gedanklich inne. Sie war wie Klaus, schon wieder. Er hatte sich über die Jahre in ihre Gedanken geschlichen, hatte sie mit Negativität und Skepsis angefüllt, bis sie nicht mal mehr beurteilen konnte, was davon gerechtfertigt und was Groll war. Wenn Lore so fühlte, dann war das gut und schön und toll und wunderbar und sie sollte sich mit ihr freuen anstatt sich wie ein verletztes Kleinkind zu fühlen, dass in die Ecke gestellt worden war, nur weil Lore nicht mitbekommen hatte, dass sie rausgegangen war. Sie hatte einen neuen Lover und sich auch noch in ihn verknallt. Alles war rosarot. Wenn jemand das verstehen können musste, dann war es wohl Evi. Sie nickte, dann ging sie weiter Richtung Haltestelle.

„Sag mal", sagte Evi, als diese in Sichtweite kam. Der kubische Glaskasten wuchs mit jedem ihrer Schritte aus der Straße hervor. „Ich wollte noch mit dir über was anderes reden ..."

Abwesend sah Lore sie an. „Hm?", summte sie.

„Wegen Jan."

Lore nickte.

„Ich wollte nur ... Ich weiß nicht, wie ich es sagen soll." Im Schein einer Straßenlaterne blieb Evi unvermittelt stehen. „Ich will nicht, dass es dir schlecht geht."

Lores Blick driftete ab, irgendwo an Evi vorbei, in die Dunkelheit der herannahenden Nacht.

„Es geht mir nicht schlecht", sagte sie. „Es ist nur ..."

Evi verschränkte die Arme. ‚Was', dachte sie. ‚Es ist nur was? War sie jetzt unzufrieden oder eifersüchtig oder traurig oder verloren oder einsam? Was?'

„Manchmal, da muss ich mich eben zurücknehmen und meine Gefühle betrachten und mich fragen, warum ich sie fühle. Ich habe keinen Anlass, zu denken, dass er mich verlassen würde. Ich weiß, er liebt mich." Immer noch starrte sie an Evi vorbei.

„Und trotzdem", sagte Evi.

„Ja. Das steckt tief in mir."

„Was meinst du, woher es kommt?"

„Ich habe eine ziemlich genaue Vorstellung, woher es kommt", sagte Lore. „Manuel."

„Manuel?"

„Ich war ein Jahr mit ihm zusammen, das war noch in der Schule. Kollegstufe. Er hat mich betrogen und jetzt ... Jetzt fällt es mir immer noch schwer, Vertrauen zu fassen. Jan und ich, wir haben schon viel daran gearbeitet. Aber manchmal, da macht es mich eben verrückt. Und das wollte ich euch nicht aufbürden. Verstehst du?"

Evi nickte. „Du musst verstehen, dass es sich richtig scheiße anfühlt, wenn man so belogen wird. Vom Partner und der besten Freundin. Ich fühle mich auch betrogen."

Lore nickte.

„Du bist nicht die Einzige, der es schlecht geht damit", presste Evi hervor.

„Ich weiß, es gibt keine Entschuldigung dafür."

„Es gibt einen produktiven Umgang damit. Es gibt Gespräche und Wege, sich damit auseinanderzusetzen, die nichts mit einem schwarzen Loch zu tun haben, in das du dich begibst."

Lore senkte den Kopf, starrte auf den Asphalt unter ihren Füßen und nickte.

„[illegible]“, [illegible] Evi. Sie blickte in den schwarzen Nachthimmel, der das Licht der Straßenlaterne auf den Boden drückte.

„Wenn das funktionieren soll, dann kannst du das nicht mehr machen. Dann will ich nicht mehr angelogen werden. Dann müssen wir uns zusammensetzen und uns überlegen, was los ist und was wir damit machen.“ Evi schüttelte den Kopf. Sie kam sich vor wie eine Gebetsmühle, als hätten sie einen Schritt nach vorne gemacht und jetzt wollte Lore drei zurückspringen. Und sie wusste nicht weshalb.

„Gefühle sind nun mal nicht rational.“ Evi streckte die Hand nach ihrer Freundin aus. „Und das ist okay so.“ Mit den Fingerspitzen berührte sie Lore am Oberarm. „Und es ist gut, dass es endlich raus ist. Endlich.“ Sie seufzte.

Lore sah Evi an. „Ja“, sagte sie.

„Nie wieder sowas“, wollte Evi Lore einschwören. Eine Träne lief Lores Wange hinab. „Lass uns zur Bahn gehen“, murmelte sie. „Ich würde so gerne über meinen eigenen Schatten springen.“

Freitag. Date-Abend. Evi saß an ihrem Schreibtisch, vor ihr die Mindmap, *Frauenbild in Liebesromanen,* fett umringelt. Sie hatte den ersten Band Outlander aufgeschlagen vor sich auf dem Tisch liegen. Sie starrte auf die Seite, irgendwo mitten im Buch, las zwei Sätze, dann sah sie wieder auf die Uhr. Wann würde er kommen? Würde er kommen? Mit dem Fuß wippte sie nervös unter dem Schreibtisch. Sie musste nochmal mit ihm sprechen, über Lore und über sie. Wieder drückte sie auf den Homebutton, ihr Smartphone erwachte zum Leben und zeigte noch immer die gleiche Uhrzeit an. Die Sekunden standen still. Sie starrte aufs Display, und als es klopfte, drehte sie sich um.

„Hi.“ Es war Jan. Kleine Schweißtropfen glänzten auf seiner Stirn. Zur Jeans trug er ein Shirt mit Comic-Aufdruck. Ein Hai, in einer Sprechblase stand *I love salad.* Darüber in großen Lettern: *Sharkasm.*

„Hey“, Evi sah wieder in ihre Unterlagen.

Er schloss die Tür hinter sich und blieb im Raum stehen. „Alles gut“, sagte er. Es war keine Frage, keine Feststellung, sondern schwebte irgendwo dazwischen.

„Wieso hast du das mit Lore nicht gesagt?“, fragte sie.

„Evi", seufzte er. „Ich habe gemacht, was Lore wollte."

„Ich hab dich gefragt. Ich habe gefragt, ob sie was dagegen hat, und du hast immer gesagt, es ist alles gut." Mit dem ausgestreckten Zeigefinger deutete sie auf ihn. „Warum hast du mir nicht die Wahrheit gesagt?"

„Ich habe dir die Wahrheit gesagt."

Sie schüttelte den Kopf. „Nein", sagte sie. „Du hast mich angelogen. Ich habe ein Recht darauf zu erfahren, was los ist. Ich bin nicht einfach ein fünftes Rad am Wagen. Ich bin ein Mensch. Ich bin deine Partnerin. So geht man nicht miteinander um." Sie verschränkte die Arme vor der Brust.

„Kann ich?", er nickte in Richtung ihres Bettes.

„Sicher", sagte sie.

Er setzte sich. Dann atmete er ein, wieder aus. Betont ruhig sagte er: „Ich gebe dir natürlich Recht. Du bist meine Partnerin, und ich respektiere dich. Aber Lore ist eben auch meine Partnerin."

„Und weiter?", fragte sie.

„Ich respektiere ihre Wünsche, und wenn sie nicht will ..."

Evi konnte es nicht mehr hören. Dieses ganze Wenn-sie-nicht-will. Sie stand auf, sah auf ihn herab. „Wenn sie nicht will. Jetzt reicht es mir damit. Wir haben uns alle dazu entschlossen, diese Beziehungskonstellation einzugehen, und die bedingt eben ein paar Sachen. Und das erste ist einfach Ehrlichkeit. Mir kommt es vor, als hättet ihr euch gegen mich verschworen. Das funktioniert nicht, Jan."

Er starrte sie von unten herauf an.

„Jetzt denk doch mal rational nach", sagte er.

„Rational? Ich denke rational." Wie konnte er so ruhig sitzen bleiben? „Sprich du mir nicht meine Logik ab."

„Du brauchst nicht laut zu werden. Ich bin hier und höre dir zu." Er sah sie an, sprach ganz leise, seine Stimme schon fast monoton. Er rührte sich nicht. „Zum Streiten gehört, rational zu bleiben."

„Ich werde laut, wenn ich es will."

„Lautstärke ist ein Zeichen von Schwäche", urteilte er sie unvermittelt ab.

Sie machte den Mund zu. „Was?", fragte sie.

„Du musst nicht laut werden", wiederholte er.

Fassungslos stand sie vor ihm.

„Lass uns das ganze mal rational durchdenken", sagte er. „Lore will an ihren Emotionen arbeiten. Sie will an unserer Beziehung wachsen."

„Ist das alles, was dir dazu einfällt? Lore will wachsen? Und was fällt dir zu mir ein? Ich bin auch deine Partnerin. Meine Gefühle und Bedürfnisse sind nicht egal, verdammt nochmal."

Er starrte sie an. „Das hat niemand gesagt."

„Doch, das hast du gesagt. In dem Moment, in dem du ihre Scharade [illegible] hen." Sie riss die Arme in die Luft. „Arme Lore. Sie leidet, weil wir uns treffen. Weißt du denn, wie mir es geht, nachdem ich das erfahren habe? Nachdem sie in diesem Stuhlkreis auf diesem fucking Hof saß und plötzlich davon gesprochen hat, dass sie ja so sehr leidet?"

Er schüttelte den Kopf. Dann sagte er: „Wir verlassen hier die rationale Ebene."

Evi verschränkte die Arme vor der Brust. „Du kannst mich mal mit deiner rationalen Ebene."

„Ich habe nur Lores Bedürfnisse ernst genommen und versucht …"

„Merkst du was?", spie sie aus. „Merkst du was?"

Er sah auf zu ihr.

„Du sprichst immer nur von ihr. Ich komme in deiner Gleichung nicht vor." Evi setzte sich zurück in ihren Stuhl. „Therese hatte Recht. Sie hatte die ganze Zeit Recht und ich war zu dumm es zu sehen", flüsterte sie zu sich selbst.

„Womit hatte Therese Recht?", fragte er.

„Das trägt jetzt nichts zur Sache bei. Fest steht, dass wir wohl doch nicht so eine gleichberechtigte Beziehung führen, wie ich dachte. Ich bin das fünfte Rad am Wagen. Ich bin da, gerade wenn es passt. Aber so funktioniert das nicht."

„Ich weiß nicht, was ich noch sagen soll."

„Vielleicht solltest du mal darüber nachdenken, was ich gesagt habe. Vielleicht solltest du mal über uns nachdenken. Was ich für dich bin."

Stumm starrte er sie an.

Eine Stille legte sich über sie, von der sie nicht wusste, wie sie sie füllen sollte. In der Ferne bellte ein Hund, dann hörten sie nur noch das Rauschen der Blätter im Wind.

„Wie machen wir weiter?"

„Ich weiß nicht", sagte sie. „Nicht wie bisher."

„Aber wie dann?"

„Ich will jetzt nicht darüber reden." Sie drehte sich mit ihrem Schreibtischstuhl um und starrte auf das Blatt, das vor ihr auf dem Schreibtisch lag. Sie wartete. Wartete, dass er ging, dass er sie alleine ließ, dass er die Tür hinter sich schloss und dass sie alleine sein konnte. Aber Jan rührte sich nicht vom Fleck, blieb auf ihrem Bett sitzen. Sie sah ihn in der Spiegelung der Fensterscheibe.

„Wir müssen drüber reden", nahm er nach einer Weile das Gespräch wieder auf.

„Ich will nicht mehr reden, ich habe alles gesagt."

„Du bist mir wichtig", sagte er. „Ich sehe dich als meine Partnerin."

„Dann handle auch so." Wieder drehte sie sich auf ihrem Stuhl. Er saß noch immer da, auf dem Fußende ihres Bettes. „Dann sei mir auch endlich ein Partner. Ich bin keine Affäre, die du ins Hotel schleppen musst. Wir wohnen hier gemeinsam. Können wir es nicht schaffen, miteinander zu reden?"

Er nickte. „Ich bin mir sicher."

„Ja?", fragte sie. Sie war sich der Sache nicht mehr sicher. Gar nichts war mehr sicher. Nicht Jan, nicht Lore. Alles, was gerade noch so klar gewesen war, verschwamm vor ihren Augen.

„Ja. Ich … Es tut mir leid."

„Ich brauche jetzt erstmal einen Beweis", sagte sie. „Einen Beweis, dass sich etwas ändert. Noch glaube ich nicht daran."

„Verstehe ich", murmelte er, dann stand er auf. „Wollen wir uns …"

„Später vielleicht", sagte sie. Sie war noch nicht bereit für eine Umarmung. „Ich kann jetzt nicht."

„Ich warte auf dich." Er ging raus, schloss die Tür leise hinter sich.

Den Rest des Abends konnte sie sich auf nichts konzentrieren. Worte spukten durch ihren Kopf und sie malte wieder nur schwarze Kreise auf ihre Blätter. Würde es sich lösen? Sie wusste es nicht, konnte und würde es nicht wissen, es bräuchte Zeit. Sie sah auf ihr Handy, Therese hatte sich nicht gemeldet. Dann checkte sie Klaus' Instagram-Profil. Wenn sie ihm davon erzählte, er würde ihr erklären, dass es doch klar gewesen sei. Dass er Recht gehabt hatte, und dann in seinem Recht baden, bevor er sie in den Arm nahm. Aber immerhin würde er sie in den Arm nehmen und sie verstehen. Sie schaltete den Bildschirm aus.

10

Sie saßen im Atelier, die Türen standen offen, ein Luftzug kühlte den Raum. Günther, der Betreuer von Klaus' und Marias Gruppe, saß vorne auf einem farbverschmierten Holzstuhl. Er hatte die Beine übereinandergeschlagen, wodurch seine verschiedenfarbigen Socken – der eine pink, der andere geringelt in Regenbogenfarben – zum Vorschein kamen. Er betrachtete seine Studenten. Sein Blick wanderte von Gesicht zu Gesicht. Er wollte ein Ergebnis hören. Das Ergebnis ihres ersten Monats im Kurs. Klaus hatte keines. Klaus hatte Karin. Wie besessen hatte er ein Bild von ihr gemalt, sie von hinten, Zähne im Nacken, seine Drachenfrau, die auf Höllenfeuer tanzte. Das Bild war zu ihm gekommen, es war in seinem Kopf aufgetaucht wie eine verdammte Offenbarung. Es hatte gezeichnet werden wollen. Er hatte es auf Instagram hochgeladen und sich angesehen, wie die Likes nach oben gingen. Der Social-Media-Shit war wie eine Droge, eine Droge nach der Droge. Anschließend hatte er lange geschlafen und viel gewichst. Es war, als wäre sein Leben zu ihm zurückgekommen. Das Leben, das Evi ihm ausgesaugt hatte – langsam, aber beständig, wie ein Vampir, der von seiner Lebensenergie zehrte. Er zog sein Telefon aus der Tasche. Er hatte die Fünfzig-Follower-Marke geknackt. Da ging noch mehr. Die Hälfte waren Bots, hatte Sybille ihm erklärt. Aber egal, es waren immer noch genug. Und es war seine Kunst, die online war. Er konnte gar nicht mehr sagen, warum er so lange damit gewartet hatte. Wegen der Bildrechte vielleicht. Er wollte nicht, dass jemand anderes mit seinen Arbeiten Geld machte. Aber Sybille hatte ihm die Augen geöffnet. Wenn er nicht zeigte, was er war, wie würde er sich behaupten? Früher oder später würden seine Werke ohnehin im Netz landen. Genauso gut konnte es unter seiner Regie passieren. Und Menschen wie Maria hätten keine Chance mehr, seine Ideen als ihre eigenen zu verkaufen. Sein Blick wanderte zu Marias Block, auf dem sie lose Ideen zwischen Anime-Zeichnungen niedergekritzelt hatte. Anime-Zeichnungen. Dass er nicht lachte. Aufmerksam und mit durchgestrecktem Rücken saß sie neben ihm. Er wusste, sie hatte etwas. Wie sie im Zimmer gesessen hatte, über das Papier gebeugt. Kleine Kinder-Anime-Kritzeleien als Konzept. Die Frau, die links von Klaus saß, erzählte was von Insekten. Als sie fertig war, sah Günther ihn an. „Klaus, welch seltener Gast in unserer Runde. Wir haben uns schon Sorgen gemacht." Seine Stimme triefte vor Sarkasmus. „Wir sind alle hier sehr gespannt auf deinen Vorschlag."

„Ich bin noch in der Findungsphase für mein Projekt", sagte Klaus und verschränkte die Arme. Er ließ sich nicht hetzen.

„Mhm. In der Findungsphase. Kannst du uns einen Überblick über deine Ansätze geben?“ Günther lehnte sich zurück, ein Notizblock lag auf seinem Oberschenkel. Mit der Spitze seines Stiftes schlug er gegen das Papier. Das Geräusch hallte in Klaus' Kopf wie ein Presslufthammer wider.

„Das mache ich nicht, solange das Konzept nicht fertig ist“, sagte Klaus.

„Wann ist das?“

„Wenn es fertig ist.“ Er würde sich sicher nicht auf einen Termin festlegen lassen.

Günther zog eine Augenbraue hoch, sah ihn an. „Wenn sich hier jemand bewirbt, gehen wir davon aus, dass die Person sich am Arbeitsprozess beteiligt. Du nimmst nie am Kurs teil und hast keine Vorlesungen belegt, die hier stattfinden. Wenn das so weitergeht, stellt sich mir persönlich die Frage …“

„Wir arbeiten zusammen“, sagte Maria neben ihm. Sie sah erst Günther an, dann Klaus. „Ich denke, dass wir voneinander lernen können. Die Düsternis seiner Arbeit fasziniert mich und ist so ganz anders als das, was ich mache.“

„Ja?“ Günther kaufte es ihr offensichtlich noch nicht ganz ab.

Sie nickte. Schwieg und nickte.

„Kannst du noch mehr dazu sagen?“, fragte Günther.

„Wie Klaus schon gesagt hat, wir sind noch in der Findungsphase. Mehr kann ich nicht dazu sagen. Wir können aber vielleicht schon nächste Woche etwas vorstellen“, führte sie aus. „Das sollte möglich sein. Nicht wahr, Klaus?“ Sie stieß ihn mit der Schulter an.

„Ja.“ Er wusste noch nicht, was er davon halten sollte. Sollte er ihr jetzt dankbar sein, dass sie ihn vor dem drohenden Rauswurf bewahrt hatte, wo ihm doch sowieso scheißegal war, ob er flog oder blieb? Sein einziger Grund war Karin. Was würde sie sagen, wenn er flog? Wäre sie enttäuscht? „Ja“, wiederholte er.

„Na gut“, seufzte Günther. Sein Blick wanderte weiter. Zu einem blonden Jungen mit Pagenschnitt.

Nach Ende der Stunde lief er ihr hinterher. Auf dem steinernen Boden hallten ihre Schritte im schier endlos erscheinenden Gang des Altbaus. Griechisch anmutende Säulen warfen Schatten auf den Marmorboden.

„Maria“, rief er.

Sie sah sich um. „Klaus.“

„Danke“, sagte er. Erstmal mitspielen.

Sie blieb stehen. „Ich hab die Bilder auf deiner Instagram-Seite gesehen."
Daher wehte also der Wind.

„[illegible] wohl ich die Einzige von uns beiden bin, die sich irgendwie dafür zu interessieren scheint." Sie reckte den Kopf in die Höhe. „Vielleicht hätte ich mich lieber mit Swen zusammentun sollen."

Er hatte sie vergessen. Oder auch nie die Intention gehabt, die Sachen mit ihr zu besprechen.

„Das war der einzige Gefallen, den ich dir tue. Sieh es als letzte Chance. Ich kann jederzeit wieder aussteigen." Mit ausgestrecktem Zeigefinger sah sie ihn von oben herab an. „Morgen."

„Nachmittag ist in Ordnung."

Sie nickte.

„Wo willst du hin?", fragte er.

„Ich gehe in die Bibliothek. Falls du noch weißt, was das ist, eine Bibliothek. Sag mal, was hast du eigentlich die ganze Zeit über gemacht? Du warst nicht in den Seminaren. Du warst kaum in der WG. Ich hab dich überhaupt nicht arbeiten sehen." Sie stemmte die Hände in die Hüfte. Wie eine Rektorin, die einen Schüler zur Mitarbeit aufforderte. ‚Wenn du weiter schwänzt, dann fliegst du.' Warum in aller Welt sollte er sich vor ihr rechtfertigen?

„Ach, weißt du", sagte sie. „Es geht mich nichts an und interessiert mich eigentlich auch nicht. Entweder du bist morgen da oder nicht." Sie ging weiter, dann drehte sie sich nochmal um. „Deine Entscheidung", fügte sie an. „Wenn du morgen nicht da bist, dann bin ich raus. Dann mache ich mein Ding alleine und du kannst sehen, wo du bleibst." Energisch wandte sie sich von ihm ab. Die Absätze ihrer Schuhe klackerten auf dem Steinboden, als ihre Silhouette im Gegenlicht kleiner wurde. Klaus starrte aus dem Fenster, unter ihm ein grüner Innenhof. Wieder saßen dieselben beiden Weiber mit ihren Papp-Kaffeebechern auf der Bank. Angewidert drehte er sich weg.

In der Dunkelheit wiegten sich die Bäume hin und her. Der Wind zerrte an seinem Pullover. Die Eingangstür knallte gegen das Mauerwerk, der Bass der Technomusik drang auf die Straße. Eine kurzhaarige Frau stellte sich neben ihn, kämpfte mit dem Wind um die Flamme ihres Feuerzeugs. Karin hatte ihn hierherbestellt und jetzt ließ sie ihn einfach warten, in dieser Stadt, in der sich die Häuserschluchten unendlich hinzogen, nur um von der Dunkelheit verschluckt zu werden. Er starrte auf die Tür, als er wartete, und dachte über den Nachmittag nach, über den Kurs, über seine eigene Untätigkeit. Wenn die anderen nicht erkannten, wozu er fähig war, dann war es wohl nicht sein Problem. Wenn Günter ihn nur nach seiner Fähigkeit, sich der Produktivität zu unterjochen, beurteilte und nicht nach seiner Kreativität, nach seinen Einfällen, dann konnte er ihm nur ins Gesicht lachen und ihn ein Opfer des Kapitalismus nennen. Und was wollte Maria überhaupt von ihm? Hatte sie jetzt den ultimativen Weg gefunden, sich seine Arbeit unter den Nagel zu reißen? ‚Geschickt gemacht', dachte er. ‚Wirklich geschickt gemacht.' Er musste den Hut vor ihr ziehen. Vielleicht sollte er alles auf Instagram hochladen, dann wären seine Sachen öffentlich und Maria könnte nur noch Plagiate fabrizieren.

Aber so sehr es ihm auch widerstrebte, er hatte keine andere Option als mit ihr zu arbeiten. Als sich mit ihr zusammenzutun. Als ihr sich und seine Kunst auszuliefern. Er konnte den Kurs schmeißen und nach Hause fahren, zu Evi. Zur keifenden Evi, die ihn nach Berlin geschickt hatte, um ihn loszuwerden. Weil sie mehr Zeit mit ihrem Loverboy verbringen wollte. Weil sie nicht die Eier hatte, mit ihm Schluss zu machen. Er rollte mit den Augen, starrte auf die sich biegenden Bäume, auf die Äste, die kurz in das Licht der Straßenlaternen eintauchten. Würde er zurückfahren, wäre es sicher das Aus für Karin und ihn. Dann wäre er weg und Berlin und Karin würden sich Liebhaber X suchen. Er konnte nicht zulassen, dass sie ihn ersetzte, bevor sie wirklich erkannte, was sie an ihm hatte. Und sie würde es erkennen. Schon jetzt sah sie mehr von ihm in seiner Kunst als Evi.

Er sah eine weibliche Silhouette im Schein der Straßenlaternen. Erst als sie kurz vor ihm stand, erkannte er Sybille. Sie war allein.

„Wo ist Karin?", fragte er, als sie einander zur Begrüßung umarmten.

„Ich freu mich auch, dich zu sehen", sagte Sybille, und küsste ihn auf die Wange.

Er konnte seine Enttäuschung kaum verbergen, vor allem nach dem heutigen Tag.

„Wie geht es dir?" Unschuldig sah sie ihn an.

„Es geht."

In der Ferne grollte der Donner. „Also, Karin kann heute leider nicht. Sie ist verhindert."

„Warum das?"

„Es hat sich kurzfristig jemand angemeldet. Ihr Partner aus Wien. Der, den sie nur einmal im Jahr trifft. Er ist überraschend hier und naja ... Ich kann aber auch wieder gehen."

„Nein.“ Er wehrte ihren Vorschlag mit einer Handbewegung ab. „Jetzt sind wir hier. Jetzt können wir auch reingehen und etwas Spaß haben.“

„J[illegible]“ [illegible] „[illegible]“

Erste Regentropfen fielen auf den Asphalt, malten im Straßenlaternenlicht schwarze Kreise auf das Grau. „Was ist das für ein Club?“ Er nickte in Richtung der Tür.

„Gothic. Wir kommen oft hierher, ist mal was anderes. Wollen wir?“

Er stemmte die Tür auf, die Musik kam ihnen in einem Schwall entgegen. Er ließ sie vorbei, auf dem Weg nach unten zog Sybille ihre Jacke aus. Ihr schwarzes Kleid lag eng um ihre Hüfte, umspielte ihre Beine, ein Neckholder im Chic der fünfziger Jahre schlang sich um ihren Hals. Ihre blonde Haartolle wippte im Takt der Treppenstufen, sie hielt sich mit einer Hand am Geländer fest. Am Fuße der Treppe kassierte ein bulliger Typ ab, zwei tätowierte Vögel tanzten auf seiner Brust. Dann drückte er Klaus eine Chipkarte in die Hand.

Es gab nur einen Raum, Sitzplätze im Halbdunkel, die Tanzfläche im Stroboskoplicht. Kantige Musik aus den Lautsprechern und dazu stampfende Tanzende. Spielerisch leicht wich Sybille den Menschen aus, als sie die Tanzfläche überquerte, dann ging sie um die Bar herum, setzte sich an einen der Tische.

„Eine Cola“, bestellte Sybille, als die Kellnerin fragte, was sie wollten. Er orderte dasselbe, aber zur Hälfte mit Rum.

„Dann ist Karin bei einem anderen?“

Er hatte so gehofft, sie zu sehen. Nach dem Tag, nach seinem fast Rauswurf, nach Maria mit ihrer Erpresser-Taktik. Jetzt hatte sie ihn versetzt und als billiges Substitut Sybille geschickt. Enttäuschung und Wut ließen das Blut in seinen Ohren rauschen. Die Kellnerin stellte die Cola vor ihm auf den Tresen, dann verlangte sie nach der Chipkarte, um sie zu scannen. Stumm schob er ihr das Ding hin, dann starrte er in das braune Gesöff, die Hände zur Faust geballt. Seine Locken fielen ihm ins Gesicht.

„Du hast ein Bild online gestellt“, sagte Sybille.

Er nickte.

„Ich mag es. Es ist so …“

„Düster?“

„Ja“, sagte sie. „Aber nicht nur das. Es hat sowas Gruseliges. Da stehe ich voll drauf. Die Zähne …“

Durch die Haarsträhnen hindurch sah er sie an. Was wollte sie eigentlich von ihm? Warum war sie hier? Karin hätte ihm einfach eine Nachricht schreiben können. Kann heute nicht. Wollte sie ihn aufheitern? Ja, sie hatten eine gute Zeit gehabt und wahrscheinlich auf LSD gevögelt, aber das war's. Er wollte Karin und nicht sie. Hatte sie nicht kapiert, dass sie nur Beiwerk war? Billiger Ersatz?

„Hast du Bock zu tanzen?"

Er starrte zurück in sein Glas.

„Was ist los?", fragte sie.

„Nichts", grummelte er. Sollte er gleich gehen? Das war eine Farce. Er schüttete sich das halbe Glas Rum-Cola in den Rachen.

„Hey", sagte sie. „Dass Karin nicht kann, ist doch kein Beinbruch."

„Kein Beinbruch?" Er richtete sich auf. „Ich war mit ihr verabredet, und wer kommt?" Er starrte sie an.

„Wow", entgegnete sie. „Du musst nicht gleich einen auf Arschloch machen. Ich dachte, du freust dich vielleicht mich zu sehen."

Was dachte sie, was sie waren?

„Ich dachte, wir könnten ein bisschen Spaß miteinander haben." Ihre Schultern sanken nach unten, ihr Oberkörper fiel nach vorne. Die Enttäuschung spiegelte sich in ihren Augen. Fast schon traurig sah sie ihn im blitzenden Licht des Clubs an. „Ein bisschen tanzen, wer weiß."

„Ich glaube, du checkst es nicht", presste er hervor. „Ich war wegen Karin hier."

„Und Karin hat dich zur Seite geschoben, wie sie jeden zur Seite schiebt. Ich glaube, *du* checkst es nicht", sagte Sybille. „Ich bin lange genug mit ihr zusammen, um das zu wissen. Und bitte entschuldige, wenn ich der absolut irren Vorstellung erlegen bin, du könntest dich freuen, mich zu sehen. Ich freue mich, dich zu sehen."

Was? Was war da gerade abgegangen? Auf Gegenwind war er nicht eingestellt gewesen.

Sybille trank den Rest ihrer Cola. Ohne ein weiteres Wort zu sagen, stand sie auf. Im schummrigen Licht des Clubs sah es aus, als weinte sie.

Er sah ihr hinterher. Katzenhaft wich sie den Tanzenden aus. Sie blieb kurz an der Kasse stehen und stieg schließlich die Treppe hinauf ohne sich nochmal umzusehen.

„Fuck." Klaus trank seine Rum-Cola aus, dann versuchte er sich durch die Tanzenden zu schieben, um zum Ausgang zu gelangen. Doch ständig waren irgendwelche Ellenbogen oder Arme oder Oberkörper im Weg. Und als er endlich an dem tätowierten Kassenwart vorbei hinaus ins Freie wollte, versperrte der ihm den Weg.

„Die Karte“, sagte er.

Klaus starrte ihn an und verstand erst nicht, was er wollte. Dann zog er die Chipkarte aus seiner Tasche und hielt sie ihm hin. „Das macht Zwölf“, erklärte der Typ nach dem Scan über die wummernde Musik hinweg.

„Ich komm gleich wieder“, schrie Klaus gegen die Musik an. Er wollte nur Sybille nach.

Der Typ ließ ihn nicht vorbei. „Zwölf“, wiederholte er.

Klaus sah zur Treppe. Sybille war verschwunden. Er suchte in seiner Hosentasche nach Geld. Es dauerte eine Ewigkeit, bis er einen Schein aus den Abgründen seiner Hose hervorgebracht hatte.

„Passt schon“, murmelte er. Das Wechselgeld war ihm egal. Sobald der Typ den Weg freigemacht hatte, hetzte er an ihm vorbei.

Mit einem Krachen fiel die Tür gegen die Hauswand. Klaus lief in die Richtung, aus der Sybille ursprünglich gekommen war, doch keine Spur von ihr. Er hatte nicht mal ihre Nummer. Regen durchweichte seine Klamotten, als er in der Dunkelheit auf der Straße stand. ‚Fuck‘, dachte er. ‚Fuck, fuck, fuck. Was, wenn sie es Karin erzählt?‘ Er war ein riesiger Vollidiot. Klaus fuhr sich durch die nassen Haare. Er hätte verdammt nochmal mitspielen, ihr Honig ums Maul schmieren, mit ihr abgehen sollen.

11

Schlaftrunken kam Evi aus ihrem Zimmer. Im Flur roch es nach Kokos-Bodylotion und Shampoo. Lores Geruch. Unter Evis Füßen fühlte sich der Boden kühl an. Sie streckte sich, gähnte, drückte ihre Zehen gegen das Holz. Dann zog sie ihr zwei Nummern zu großes Schlafshirt über den entblößten Bauch und über die Panty mit dem Herzchenmuster nach unten.

„Morgen", hörte sie es aus Lores Zimmer.

„Morgen." Evi tapste barfuß zu Lore hinüber. Die stand am Bett, faltete Wäsche ordentlich zusammen und legte sie auf kerzengerade Wäschestapel. Daneben lag ihre große Sporttasche. Die, die Jan sonst immer nahm, wenn er übers Wochenende weg war.

„Du packst?" Evi ging zu ihrer Freundin ins Zimmer.

„Ich bleibe ein paar Tage bei Florian." Lore legte drei Shirts in die Tasche und strich sie glatt.

„Ein paar Tage?" Evi rieb sich die Müdigkeit aus den Augen.

„Ja." Am Hosenbund hob Lore eine Jogginghose in die Höhe, faltete sie dann auf T-Shirt-Größe zusammen. „Er hat mich eingeladen." Sie legte das Stück Stoff in die Tasche.

„Das …" Evi betrachtete Lore. Sie wirkte ausgeruht und klar. Nicht mehr müde und nachdenklich wie früher. Der Pony schloss mittlerweile gerade mit ihren Augenbrauen ab. „Das ging aber schnell."

„Ja." Lore zog die Schultern hoch. „Vielleicht. Aber ich kann die Ablenkung gut gebrauchen."

„Ablenkung?"

„Na, mal rauskommen. Ich finde das Haus superschön und das Wohnkonzept klasse. Ich hab auch ein paar Klamotten dabei, die ich spenden will. Nalini hat die gleiche Größe wie ich."

Evi ging auf Lore zu, unter ihren Füßen der flauschige Teppich vor ihrem Bett.

„Das ist ja alles ganz toll. Aber du musst dich nicht zufällig von Jan und mir ablenken?"

Lore legte zwei weitere Shirts in die Sporttasche. Dann richtete sie sich auf, sah Evi an. „Hör zu", setzte sie zu einer Erklärung an. „Ich brauche einfach Abstand von allem. Ich brauche Zeit zum Nachdenken. Zum Reden. Und mit Nalini verstehe ich mich supergut."

‚Und was ist mit mir?', fragte sich Evi. Konnte Lore nicht mit ihr reden? Das lief alles in die falsche Richtung.

„Ich komme ja wieder. Es ist nur für ein paar Tage. Und Florian ist toll. Wir haben gestern lange telefoniert. Das hat so gutgetan, du glaubst es nicht.“

Evi nickte.

Lore wandte sich ihr zu und legte ihr die Hand auf die Schulter. „Ich weiß es zu schätzen, dass du dir Sorgen um mich machst. Ich muss einfach mal raus.“

Lore sah sie für einen stummen Moment an. In ihren Augen war die Liebe, die Freundschaft, die sie jahrelang geteilt hatten. Dann fiel sie Evi um den Hals. Es war eine innige Umarmung, eine Umarmung, die mehr offenbarte als tausend Worte. Ich hab dich lieb. Mach dir keine Sorgen. Ich bin für dich da. Ich verlasse dich nicht. Sie wollte Lore nicht mehr loslassen. Sie drückte sie an sich. Wollte sie festhalten in diesem Moment, in dem sie einfach ehrlich war. Doch als die Glocke durch die Stille der Wohnung schnitt, war es Lore, die die Verbindung unterbrach. Während Evi einfach so dastand und zusah, wie Lore ihr entglitt, schloss die den Reißverschluss ihrer Sporttasche und schulterte sie.

„Das ist Florian.“ Lore lachte. „Er wartet unten im Auto.“

Starr blieb Evi in der Stille stehen. Sie zuckte zusammen, als die Wohnungstür ins Schloss fiel. Dann war Lore weg und sie noch mehr allein. Es fühlte sich an, als verliere sie alle Menschen, die sie liebte.

Evi saß an ihrem Schreibtisch, noch immer über ihren Zettel für die Hausarbeit gebeugt. Vor ihr der Laptop, sie klickte Fotos weiter. Fotos von früher, als alles in Ordnung gewesen war. Fotos aus einer glücklicheren Zeit. Zu viert im Urlaub, Lore, Jan, Klaus und sie. Evi im blauen Bikini mit Hibiskusblüten, die Haut von Sonne und griechischem Meer gebräunt. Lore schnitt unter ihrem großen Strohhut mit der pinken Schleife Grimassen. Sie schielte ihre Nase an und streckte die Zunge raus. Sie hatten gedacht, es würde ewig so weitergehen. Evi seufzte. Es war so schön gewesen. Damals. Das Foto war etwas älter als ein Jahr.

Sie öffnete den Webbrowser, suchte nach Klaus' Instagram-Seite. Sie war noch immer online. Mehr Infos von ihm. Künstler aus München. Tuschezeichnungen, Acryl, Öl. Ein neues Bild. Die gleiche Frau. Wer war sie? Sie klickte drauf, kein Text. Mehr Follower. Sie schloss sein Profil, legte das Tablet weg. Was geschah in Berlin? Hatte er tatsächlich jemanden kennengelernt? Und falls ja, was dann? Würde er in Berlin bleiben? Evi klickte auf das große rote X oben rechts. Sie sollte ihm nicht hinterherspionieren. Er durfte, er sollte, er konnte. Was war los mit ihr? Sie schüttelte den Kopf, öffnete das Textverarbeitungsprogramm, eine neue Datei. Und schrieb: *Analyse des*

Frauenbildes bei Gabaldon. Geschlechterrollen in Outlander. Dann begann sie, darunter Stichpunkte zu notieren. *Vergewaltigung als Symbol für das Patriarchat. Romantisierung des Historischen.*

Die Tasten klackerten unter ihren Fingern. Die Worte flossen. Sie klickte sich durch Internetseiten. Analysen, Kritiken, Blogs. Meinungen. Outlander als feministischer Roman. Outlander als anti-feministischer Roman. Evi markierte eine Textpassage, kopierte sie in ihr Dokument. Sie fügte den Blog, den sie gerade offen hatte, ihren Favoriten hinzu, als die Wohnungstür zufiel.

„Hallo." Jans Stimme.

„Hi." Sie suchte den passenden Ablageort für die Seite raus und legte schließlich einen neuen Ordner mit dem Titel Abschlussarbeit an.

„Evi?", rief er im Gang.

„In meinem Zimmer." Sie atmete tief durch. Sie wollte ihn nicht sehen und dann doch irgendwie.

Sie sah ihn in der Reflektion ihres Fensters, seine Silhouette vor den Blättern des Baumes. Sie drehte sich nicht zu ihm um, sagte: „Sie ist weg." Es war Information und Vorwurf.

„Ich weiß", antwortete er. „Florian hat sie heute abgeholt. Er scheint nett zu sein. Sie hat mir viel über ihn erzählt."

„Hat sie das?" Evi lehnte sich in ihrem Stuhl zurück. Er setzte sich vor dem Hintergrund des blauen Himmels, durchzogen mit angegrauten Wolken, auf ihr Bett.

„Wir haben lange darüber gesprochen", sagte er. „Sie findet ihn gut. Ich bin gespannt, wie sich das alles entwickelt."

Evi sah durch ihn hindurch, in die Ferne. Dunkelgrau am Horizont. War es gut, dass sie fort war? Gerade jetzt? Und was machten sie beide daraus?

„Ist doch schön, dass sie jemanden gefunden hat", sagte Evi.

Wieder betrachtete sie sein unscharfes Bild in der Spiegelung der Fensterscheibe.

„Ich bin erleichtert", sagte er. „Sie hat so lange nach jemandem gesucht, und nie gab es eine Person, die auch nur annähernd ihren Vorstellungen entsprochen hätte. Oder vielleicht hat sie auch nicht wirklich gesucht, ich weiß es nicht."

Am Horizont stach die Sonne durch graues Wolkenmeer. Die Blätter der Birke vor ihrem Fenster wiegten sich im Wind.

„Sie hat nur immer davon gesprochen. Ich meine", er streckte seinen Rücken durch, „es war anstrengend. Das muss man wirklich sagen. Dann wollte sie immer, und konnte nicht, und dann war sie enttäuscht von sich selbst."

[illegible] Enttäuscht von sich selbst. Die Formulierung blieb in ihren Gedanken haften. Die ganze Zeit schien Lore enttäuscht von sich selbst.

Über die Fensterscheibe trafen sich ihre Blicke. „Ich hätte mit dir reden sollen. Wir hätten mit dir reden sollen. Ich hätte es dir erklären sollen. Es war falsch, dich hinzuhalten."

Sie starrte auf die Schreibtischauflage. Die hingekritzelten Worte verschwammen vor ihren Augen. Sah er es jetzt wirklich ein?

„Aber", sprach er weiter, „jetzt hat sie jemanden. Und wir müssen sehen, wie es läuft."

Evi nickte. „Ja."

„Was wollen wir heute Abend machen?", fragte Jan. „Ich habe ganz schön Hunger. Wollen wir zu Riccardo?"

Sie rührte sich nicht. Verharrte in ihrer Skepsis. „Wie war es in der Bib? Bist du gut vorangekommen?", fragte sie.

„Ja, schon." Er stand auf. „War gut heute. Ich hab ein paar neue Aspekte gefunden. Ich zieh mich mal um."

Als er aus dem Zimmer ging, drehte sie sich um. Sie sah noch seine Hand, dann fiel die Tür hinter ihm zu. Er war also erleichtert, dass Lore einen anderen hatte. Würde es einfacher für sie? Oder komplexer?

Der Käse der Pizza zog sich, als sie das Stück mit der Gabel zum Mund führte. Ein Käsefaden blieb an ihrem Kinn kleben. Sie saßen in der Nische des kleinen Italieners an der Ecke mit den lebensgroßen, schlecht gemalten Gondolierebildern an der Wand und den griechisch anmutenden Steinkrügen zwischen den Tischen. Jan schnitt ihr gegenüber ein Stück Lasagne aus einer Keramikauflaufform.

„Wie geht es jetzt weiter?", fragte sie, auf der Pizza kauend. Pilze und Oliven und Artischocken und Peperoni. Es schmeckte wie früher. Manchmal hatten sie zu viert hier gesessen. Manchmal zu zweit. Sie hatte vergessen, wie gerne sie das Lokal gehabt hatte. Sie hatte vergessen, wie Jan und sie sich hier einander nähergekommen waren.

„Mit Lore." Sie riss ein Randstück ab.

„Sie ist jetzt erst mal ein paar Tage bei Florian. Und dann sehen wir weiter."

„Wie geht es dir damit? Ist ja jetzt auch neu für dich."

Er legte sein Besteck zur Seite. Dann wischte er sich die Hände an der Serviette ab, obwohl sie nicht dreckig waren. Er räusperte sich.

„Ich finde es gut. Es ist ein guter nächster Schritt für sie."

Wie er es sagte. Ein guter nächster Schritt. Als hätte das alles nichts mit Gefühlen zu tun, als würde Lore einem Trainingsplan für den Biathlon im nächsten Frühjahr folgen. Mit den Fingern sammelte sie ein Stück Peperoni auf, das von ihrer Pizza gefallen war, schob es sich in den Mund und leckte es ab.

„Und dann?", fragte sie.

Jan legte seine Hand auf die weiße Tischdecke, Handfläche nach oben, darauf wartend, dass sie sie nahm.

„Wir werden sehen", sagte er. „Wir können ihr nichts vorschreiben. Sie muss selbst für sich entscheiden und ihren eigenen Weg finden."

Evi sah seine Hand an, dann streckte sie sich nach ihrem Glas Maracujaschorle und nahm einen großen Schluck. Schließlich hob sie mit beiden Händen das nächste Stück Pizza vom Teller. Er schloss seine Hand zur Faust, dann zog er sie vom Tisch. Wie ein Kadaver plumpste sie in seinen Schoß.

„Wie kommst du mit deiner Arbeit voran?", fragte er.

„Naja, könnte besser sein." Immerhin hatte sie heute schon einiges an Stoff gesammelt. Und sie konnte sich endlich mal konzentrieren.

„Kann ich dich unterstützen? Beim Brainstorming vielleicht? Irgendwas?"

„Wir können das Thema mal diskutieren." Nein sagen wollte sie auch nicht. Auch wenn er wahrscheinlich nicht viel beitragen konnte.

„Was hast du bis jetzt?"

Nachdem sie ihm das Thema erklärt hatte, sah er sie lange an und sagte schließlich: „Finde ich gut. Passt zu dir."

Sie grinste, biss von der Pizza ab, dann legte sie sie zurück auf den Teller. „Ja, hab ich mir auch gedacht."

„Hast du es schon mit deinem Betreuer besprochen?"

„Nein, ich wollte sicher sein, dass ich genug Stoff dafür habe. Aber es sieht gut aus."

Er nickte. „Du solltest es schnellstmöglich besprechen." Er nahm sein Besteck, zupfte mit der Gabel Lasagne aus der Auflaufform, drehte Käsefäden ein.

„Ja, mache ich bald", sagte sie. „Ich kann dir zu Hause ja zeigen, was ich habe."

„Auf jeden Fall. Lass uns das durchdiskutieren." Konzentriert schabte er mit seiner Gabel am Rand der Keramikform entlang, wo der Käse eine dunkelbraune Färbung angenommen hatte. Sie beobachtete ihn und überlegte, was sie tun sollte, und etwas tief in ihr wusste, dass sie nicht anders konnte. Er gelobte Besserung, Lore mehr Offenheit. Sie musste beiden eine Chance geben. Dann legte sie ihre Hand auf den Tisch. Er zögerte einen Moment, dann nahm er sie. ‚Ein bisschen wie zu Hause ankommen', dachte sie und lächelte ihn an.

Später saßen sie bei einem Glas Wein im Wohnzimmer vor einem großen Blatt Papier, auf dem Evi das Konzept für ihre Arbeit ausbreitete. Sie malte Verbindungen von einem Begriff zum nächsten, zog Schlüsse. So kreativ, so frei wie mit ihm hatte sie sich lange nicht gefühlt. Der Wein schmeckte süß, und sie saß im Schneidersitz auf einem Kissenberg vor dem Couchtisch. Er stellte ihr Fragen, die so intelligent waren, dass sie selbst niemals darauf gekommen wäre. Was ist der Zusammenhang zwischen diesem und jenem Motiv? Ist das hier nicht die Folge von dem? Als es spät wurde, und sie zusammen ins Bett gingen, wanderte Evi, die Zahnbürste im Mund, durch die Wohnung. Die Tür zu Lores Zimmer stand offen. Ganesha, auf der Kommode thronend, zwischen den Kerzen und den verwelkten Blüten in der Wasserschale, warf im spärlichen Licht der Straßenlaterne lange Schatten an die Wand. Seine Arme wurden zu verschränkten Spinnenbeinen, die im Licht der vorbeifahrenden Autos die Wand hinaufkrochen. Als streckte er sich nach den Seelen im Zimmer aus, als suche er Halt, wo es keinen mehr gab. Erstarrt betrachtete Evi das Schauspiel, die Zahnbürste im Mundwinkel hängend.

„Was ist?" Jan tauchte neben ihr auf, wischte sich den Mund mit einem Frotteehandtuch ab.

Nichts, wollte sie sagen. Doch vor lauter Zahnpastaschaum brachte sie keine deutlichen Worte raus.

„Kommst du?" Langsam zog er die Tür zu Lores Zimmer zu.

Er wartete im Bett auf sie. Sie knipste die Lichter im Gang aus, dann schlüpfte sie in seine Höhle. Er küsste sie, kuschelte sich von hinten an sie. Sie lag wach, als er schon längst eingeschlafen war, und hörte ihm zu, lauschte seinen regelmäßigen Atemzügen. Hatte sie, was sie wollte? Mit der Frage im Kopf schlief sie ein.

„Ich geh in die Bibliothek." Jans Stimme im Gang.

Sie stand vor ihrem offenen Kleiderschrank, zog ein weißes Sommerkleid am Rockzipfel heraus. Das oder das Dunkelblaue mit den Polkadots? „Ja", sagte sie abwesend.

Es war früher Nachmittag. Sie hatten einen wunderbaren Morgen gehabt, der sie fast schon hatte vergessen lassen, was vorgefallen war. Sie war in ihm versunken, wie in diesem ominösen *Früher*, das jetzt, als sie vor dem Kleiderschrank stand, wieder mehr zu Erinnerung denn zu Versprechen wurde.

„Was machst du später?“ Er stand in der Tür.

Sie hatte ihm noch nichts von Max, dem Theaterregisseur erzählt. Sie zog das dunkelblaue Kleid aus dem Schrank, duckte sich dahinter weg. „Ich hab ein Date.“ Gleich raus damit. Eigentlich kein richtiges Date. Aber egal. Wie würde er reagieren? Ihr Puls schnellte in die Höhe.

„Ach, schön“, stellte er fest. „Mit wem?“

Sie tauchte hinter den Polkadots auf. Sie hatte mit Vielem gerechnet. Zum Beispiel mit Klaus' distanzierter Schuldansage. Aha. Ein Date. Naja, wenn du denkst, du brauchst das. Mit einem Hauch von Eifersucht. Mit enttäuschten Blicken. Aber nicht mit Zustimmung. „Max. Er ist Theaterwissenschaftler. Therese will uns verkuppeln.“

Jan lachte. „Ach, Therese. Ist er nett? Ist er aus der Community?“

Aus der Community? Sie wusste es nicht, sie hatte es angenommen. Implizit, irgendwie. Valider Punkt. Wäre er nicht Poly, konnte sie es vergessen. Sie hatte Therese nicht gefragt.

„Ja, siehst du ja dann. Aber sprich nicht zu spät mit ihm darüber.“ Jan kam zu ihr ins Zimmer. Er schloss sie in seine Arme, küsste sie. Der ganze Morgensexschweiß weggeduscht. Stattdessen klebte Lores Kokosduschgel an ihm. Warum nicht Granatapfel und Zimt?

„Ich weiß“, sagte sie. „Mal sehen, wie er so ist. Ich kenne ihn noch gar nicht.“

„Ich wünsche dir auf jeden Fall viel Spaß.“ Wieder fesselte er sie in einem langen Kuss.

„Danke“, flüsterte sie, als seine Lippen sich von ihren gelöst hatten.

„Ich bin dann weg.“ Er ließ sie los, ging aus ihrem Zimmer, aus ihrer Wohnung, aus ihrem Tag. „Wir sehen uns heute Abend“, rief er, als er fast draußen war, dann fiel die Tür ins Schloss.

Evi stand starr da. Er wünschte ihr viel Spaß. So ganz anders als Klaus. Auf was hatte sie gehofft? Eifersucht? Sie schüttelte den Kopf. Ein kleines bisschen Eifersucht wäre schön gewesen, aber so war er wohl. Dann öffnete sie ihren BH, stieg aus ihrem Höschen. Lores Duschgel stand in dem Hängekorb unter der Duschstange. Mit spitzen Fingern zog sie es heraus. Nachhaltig und hautfreundlich, auf der Verpackung eine aufgeschlagene Kokosnuss, aus der Wasser spritzte, darüber thronte das Bio-Siegel. Keine Silikone. Sie zog den Duschvorhang auf, legte das Duschgel ins Waschbecken. Als sie fertig war und vor dem beschlagenen Spiegel stand, trocknete sie es ab und stellte es in das Schränkchen unter dem Waschbecken.

Kristallglasstrahler beleuchteten schwarzgestrichene Wände. Dunkelrote samtbezogene Sitze reihten sich vor der Bühne auf. Der rote Vorhang war verschlossen. Evi stieg die Stufen vom Eingang hinab. Schon von weitem erkannte sie Therese an ihren langen roten Haaren, an ihrer erhabenen Statur. Sie trug ein bodenlanges dunkelblaues Abendkleid, als wäre es keine Probe, sondern schon die Aufführung. Als sie die letzte Stufe hinabstieg, rief Evi: „Therese. Hey."

Therese drehte sich zu ihr um. „Evi." Als wäre sie überrascht. „Da bist du ja."

Auf hohen Absätzen stöckelte Therese auf Evi zu. Evi hatte keine Ahnung gehabt, dass Therese solche Schuhe überhaupt besaß. Waren die noch vom Abiball übrig gewesen?

Therese drückte sie an sich. „Wir fangen gleich an. Willst du dich in die erste Reihe setzen?"

„Fünf Minuten", raunte eine tiefe, rauchige Männerstimme von der anderen Seite des Raumes. ‚Zu viel getrunken, zu viel gesungen, zu viel geschrien', dachte Evi, als sie sich nach dem Sprecher umsah. Ein Mann in schwarzer Röhrenjeans stieg die Stufen herab. Volle, lockige Haare standen wirr von seinem Kopf ab. Seine Lippen wurden verschluckt von einem Vollbart.

„Das ist Max", sagte Therese.

Sie hielt ihm ihre Hand hin. Er legte seinen Kopf schief, dann nahm er sie. Evi wunderte sich, wie lasch seine Hand in der ihren lag. „Freut mich."

„Mich auch." Er lächelte. „Wollen wir uns setzen?"

Evi sah Therese an, die nickte ihr zu.

„Klar." Evi nahm neben ihm in der Mitte der ersten Reihe Platz. War er ein Klaus-Abklatsch oder eine bessere Version mit den schwarzen lockigen Haaren und der Künstleraura? Hatte Therese ihn deswegen vorgeschlagen? Evi klammerte sich an den Theatersitz.

Aus seiner Tasche nahm er ein zerlesenes Buch, schlug es auf. Der Vorhang öffnete sich, ein einzelner Scheinwerfer sprang mit einem Klacken an. Das Bühnenbild bestand aus einem Meer aus großen weißen Plastikblüten. Eine Frau mit einer Kerze in der Hand und ein Mann mit einem Buch betraten die Bühne. Sie kam von links, er von rechts. Im Scheinwerferlicht blieben sie stehen. Max lehnte sich zu Evi rüber. „Hast du den Kirschgarten schon mal gesehen?"

„Nein", flüsterte sie.

„Es ist ein starkes, gesellschaftskritisches Stück", erklärte er. In seiner Stimme schwang Begeisterung mit. „Es geht um den Untergang des russischen Adels. Die Uraufführung war 1904."

Immer wieder beugte er sich während des Stücks zu ihr rüber, erklärte ihr das eine oder andere Detail. Die Figur des Lopachin, die auf dem Vater des Autors basierte. Dass der Verfasser des Stücks kurz nach der Uraufführung gestorben war. Immer war er mit einem halben Ohr bei seinen Schauspielern, überwachte, dass sie richtig sprachen. Hier und da verbesserte er die Intonation. In der Pause lud er Evi ein, hinter die Bühne zu kommen. Mit der Darstellerin der Anja diskutierte er eine Weile, reckte dazu eine verkrampfte Hand in die Luft, energisch und bestimmt, und sie nickte stumm. Die beiden gingen ein paar Zeilen miteinander durch. Therese stand daneben, auch sie bekam Anweisungen, auch sie nickte. Noch nie hatte Evi Therese so folgsam gesehen, sie musste fast lachen. Und Max war offensichtlich ganz in seinem Element beim Verbessern und Anregen. Mit den Händen untermalte er seine Worte, sein Gesicht spiegelte im Wechsel die Gefühle der darzustellenden Charaktere wider. Evi sah ihm zu und massierte mit den Fingern der linken Hand die Erinnerung an seinen laschen Händedruck fort. Als er mit seinen Schauspielern fertig war, holte er sie ab und sie setzten sich wieder in die erste Reihe. Ein zerlesenes Buch lag in seinem Schoß, und er nahm eine Denkerpose ein. Seine schlanken Finger stützten sein bärtiges Kinn. Dass Therese auf der Bühne stand, bekam sie erst mit, nachdem sie den ersten Satz gesprochen hatte.

Evi stocherte in ihrem Feldsalat herum. Sie saßen in einer bayerischen Wirtschaft auf dunkelbraunen Bänken vor dunkelbraunen Tischen zwischen dunkelbraun vertäfelten Wänden. Evi hatte ihren Platz zwischen Max und Therese eingenommen.

Erst drehte sich das Gespräch um das Stück, und Evi gab zu, dass sie zu selten ins Theater ging.

„Ich nehme dich gerne mit", bot Max an.

Evi lächelte. Seine Augen, seine Haare. Wie es sich wohl anfühlte, ihre Finger tief in seinen Haaren zu vergraben? Sein Bart und ihre Lippen? Mitgehen würde sie, dachte sie. Aber es gab da noch ein anderes, wichtiges Thema. Was wusste er? Was hatte Therese ihm erzählt? Sie drehte den Kopf, von ihm zu ihr. Und ihr Blick sagte: Na, hab ich nicht Recht? Ist er nicht toll? Ist er nicht viel besser als Jan? Oder Klaus?

„[illegible]“, [illegible]

„Hast du mittlerweile ein Thema?“, sagte Therese.

War sie jetzt im Kreuzverhör? Evi nickte. „Das Frauenbild bei Gabaldon.“

„Outlander?“ Therese verzog den Mund. „Wirklich, Evi?“

Evi zuckte mit den Achseln. „Warum nicht?“

„Ich weiß nicht, ob ich das gut finden soll oder nicht …“ Therese seufzte. „Ist mir schon klar, dass Outlander keine Hochkultur ist, aber …“

„Keine Hochkultur? Oder trivial?“

Evi presste die Lippen aufeinander.

„Klärt mich doch mal auf“, sagte Max.

„Wundert mich nicht, dass du es nicht kennst“, sagte Therese.

Innerlich verdrehte Evi die Augen. Nicht nur einmal.

„Es ist eine Liebesgeschichte, in der nach dem zweiten Weltkrieg eine Krankenschwester in das achtzehnte Jahrhundert zurückgeworfen wird. Und dort findet sie die Liebe ihres Lebens. Und natürlich“, Therese verdrehte die Augen, „bleibt sie dann dort.“

„Sie ist eine starke Frauenrolle“, sagte Evi.

„Ja, so stark wie eine starke Frauenrolle sein kann in dem Szenario“, ließ Therese ihrem Unmut freien Lauf. „Und er ist ein profilloser, klischeehafter Überliebhaber. Und jetzt mal ganz ehrlich. Für Gabaldon ist das Patriarchat Vergewaltigung.“

„Und genau das will ich mir ansehen. Du hast mich drauf gebracht. Wir haben uns erst vor kurzem drüber unterhalten. Erinnerst du dich?“

Therese wandte sich an Max. „Evi liebt diese Bücher. In ihrem Innersten schlägt das Herz einer kleinen Romantikerin.“

Evi starrte auf den halb gegessenen Salat. „Ja“, sagte sie. Als ob das was Schlechtes war. „Das ist es eben, was ein Großteil der Frauen liest. Und man darf sie nicht durch das akademische Auge verurteilen. Nicht alle sind so privilegiert wie wir. Diese Art der Literatur erfüllt einen Zweck. Frauen emanzipieren sich mit ihrer Hilfe sexuell. Sie lesen von Fantasien. Sie erotisieren sie. Sie befriedigen sich dazu. Sie finden heraus, dass sie nicht die Einzigen sind, die das erotisch finden. Dazu muss man doch nur mal die Rezensionen zu diesen Büchern lesen.“

„Es ist doch nichts Falsches daran“, sagte Max. „Wenn du vorschreiben willst, was Frauen sexualisieren dürfen, bist du nicht besser als die Schwarzer.“

Therese saß mit offenem Mund da wie ein Fisch, der an Land nach Luft schnappte. Offensichtlich wusste sie nicht, was sie dazu sagen sollte. „Es sind Wichsvorlagen", erklärte sie. Die letzte Ausflucht.

„Und?" Max und Evi sprachen die Frage fast unisono aus.

„Die sind genauso wichtig wie Hochliteratur. Ich bin da ganz bei Evi."

Für einen Moment sah Evi nur ihn. Nur Max, der mit ihr gegen Therese argumentierte. Max mit den dichten Locken. Max mit den braunen Augen. Max, der Theaterwissenschaftler, sprach sich für Gabaldon aus.

Max verabschiedete sich auf dem Bahnsteig, er nahm die Bahn in die entgegengesetzte Richtung. Evi und Therese aber setzten sich einander gegenüber auf die abgewetzten blaubezogenen Sitze der U-Bahn. Der Fahrtwind rauschte am geöffneten Fenster vorbei. Durch die Geräuschkulisse hindurch fragte Evi: „Was weiß Max eigentlich über mich?"

Therese betrachtete sie. „Was?"

„Was weiß er?", wiederholte Evi. „Weiß er, dass ich Poly bin?"

Therese schüttelte den Kopf.

„Warum hast du es ihm nicht gesagt?"

„Das kannst du doch am besten selbst. Ich hab gedacht, du lernst ihn erst mal kennen", sagte Therese und schob dann nach: „Er gefällt dir, oder?" Sie grinste selbstzufrieden.

Wenn er nicht Poly war, was brachte das dann? Es mit einem mono-Typen probieren, das würde sicher anstrengend. Und jetzt? Jetzt fand sie ihn tatsächlich auch noch nett.

„Ich muss raus." Therese stand auf, beugte sich zu ihr hinab für eine Umarmung. Dann sprang sie aus der Bahn, kurz bevor sich die Türen piepsend schlossen. Den Rest der Fahrt ärgerte sich Evi über Therese. Was wollte sie? Sie hätte zumindest den Anstand haben können, Max davon zu erzählen, dass sie Poly war. Das war keine Nebensache. Nichts, was man einfach so wegwischte. Ach, übrigens, ich hab noch zwei andere Partner. Willst du der dritte sein? Das nennt man Polyamorie und das ist nicht für jeden was. Man datete nicht einfach so außerhalb der Communtiy, das wusste Therese. Das hatte sie ihr oft genug gesagt. Evi schüttelte den Kopf. Erst über Therese, dann über sich selbst. Wie hatte sie nur annehmen können, dass Therese darauf Rücksicht nehmen würde? War sie naiv gewesen? Wollte Therese sie bekehren oder sie verkuppeln? Evi seufzte. Er wollte sich bei ihr melden. Eigentlich konnte sie die Sache nur noch beenden, bevor sie richtig begann. Evi sah aus dem Fenster, hinaus ins Nichts. In der Ferne verschwanden Lichter einer anderen Bahn im nächsten Tunnel.

Anstatt gleich in die Wohnung zu gehen, wanderte Evi noch im gelben Schein der Straßenlaternen in das Grünareal hinter ihrem Haus. Über ihr lag die Wohnung dunkel in wolkenloser Nacht. Mit Jan hatte Therese Recht gehabt, zumindest zum Teil. Aber das hieß nicht, dass sie alles wusste. Max war nett. Sie mochte ihn. Aber dass er in ihr Leben passte, war so unwahrscheinlich wie die Superzahl im Lotto. Evi seufzte, sah in die Ferne. Was Lore wohl gerade machte? Lag sie neben Florian im Bett? Sie beugte sich hinab, dann pflückte sie ein paar der Gänseblümchen, die mit geschlossenen Blüten auf den Morgen warteten. Sie ging zurück zum Haus, stieg das linoleumsterile Treppenhaus hinauf in ihre Wohnung. Auf der Türschwelle hörte sie schon Jans gleichmäßiges Atmen, durchsetzt von leisen Schnarchern. Er lag in ihrem Bett. Sie lehnte sich an den Türstock, sah ihn an, wie er im Mondlicht des Mondes leise schlummerte. War da Platz für Max? Sie schloss die Tür zu ihrem Zimmer, ging hinüber zu Lore. Dort schaltete sie das Licht an. Sie nahm Ganesha die verwelkten Blumen weg, und die Schale mit in die Küche. ‚Für Lore', dachte sie, als sie die schlafenden Gänseblümchen in einer kleinen gläsernen Vase vor die Figur stellte. Hoffentlich ging es ihr gut. Hoffentlich erfüllte Florian ihr alle Wünsche. Im Bad holte sie Lores Kokosduschgel aus dem Kasten.

12

Seine Gedanken sprangen hin und her, als er mit Maria am Esstisch in der WG saß. Swen war ausgeflogen, er suchte nach Inspiration in der Stadt. Auf der Tischplatte lag ein Zeichenblock, als Strichliste hatte Maria die einzelnen Ideen niedergeschrieben, die sie für ihr Gemeinschaftsprojekt jonglierten. Wenn Karin jetzt mit ihm Schluss machte, war das auch egal. Maria war, was zu erwarten gewesen war, begeistert von seinen Arbeiten. Von der düsteren Aura, wie sie es nannte. Er musste vorsichtig mit ihr sein. Noch immer traute er ihr nicht über den Weg. Ideenklau passierte mit Verzögerung. Er wüsste es erst mit Sicherheit, wenn sie zurück war bei ihrem Araber und er in München. Aber das war es nicht, was ihn am meisten beschäftigte. Am meisten beschäftigte ihn Sybille.

„Magst du Tee?", fragte Maria, als sie aufstand und den Stuhl zurückschob. Immer machte sie diesen süßen Schwarztee. Mittlerweile schmeckte er ihm, er klebte auf seiner Zunge, am Gaumen, süß wie Honig, bitter im Nachgang. Er nickte.

Seit dem Zwischenfall mit Sybille hatte sich weder sie noch Karin bei ihm gemeldet. Die Funkstille trieb ihn in den Wahnsinn. Im Nachhinein ärgerte er sich maßlos darüber, dass er seinen Frust so hatte raushängen lassen. Wer wusste schon, was Sybille Karin erzählt hatte. ‚So ein Idiot. Hat mich da total fertig gemacht. Den brauchst du nicht mehr nach Hause bringen.' Dass er es sich nicht hatte verkneifen können. Dass er nicht darüber nachgedacht hatte. Beim Gedanken daran, dass Karin Schluss machen würde, lief es ihm heiß und kalt den Rücken runter.

„Ich finde immer noch die Idee mit den Schmetterlingen am besten", bestätigte Maria sich selbst, als sie den Tee aufbrühte. „Es ist so ambivalent. Ich bin mir sicher, dass man da viel hineininterpretieren kann, an was wir jetzt noch gar nicht denken."

Klaus nickte. Die blöden Schmetterlinge waren ihm egal. Sollte sie machen, was sie wollte. Es war ein schwaches Konzept. Vorhersehbar. Nicht innovativ. Genau das Richtige für ihre gemeinsame Sache. Erst wenn man zusammenarbeitete, merkte man, wie talentiert der andere war. Oder auch nicht. Wahrscheinlich hatten Karin und Sybille miteinander gesprochen. Am meisten nervte ihn diese idiotische Einseitigkeit. ‚Ich melde mich bei dir.' Was sollte das? Er war in ewiger Wartestellung, immer bereit zu springen, wenn sie rief. Wenn das mit ihnen weitergehen sollte, dann musste sich das ändern. Frustriert starrte er auf das tote Handydisplay, schob den Elektronikklumpen über den Tisch. Was hielt ihn davon ab, sie anzurufen?

Ihre klare Ansage? Er wollte auf den Tisch hauen, das Telefon aus dem Fenster schmeißen. Er ballte seine Hand zur Faust.

Maria hielt in der einen Hand die Teekanne, in der anderen einen Untersetzer. Klaus schob den Block zur Seite, um ihr am Fenster Platz zu machen.

„Ein paar Pflanzen täten der Wohnung gut", stellte Maria mit Blick auf das leere Fensterbrett fest.

Klaus drückte wieder den Home-Button, erweckte das Display zum Leben, aber es tat sich nichts. Keine Karin. Sybille, die Schlange. Es war ein Trick. Ein Test. Wie er reagieren würde. Und er hatte versagt. Was für einen Scheiß hatte sie Karin erzählt, dass die sich überhaupt nicht mehr meldete?

„Aber lass uns doch nochmal zu den Schmetterlingen zurückkommen …", sagte Maria.

Abwesend sah Klaus durch Maria hindurch. Auf die mit Stickern vollgeklebte Tür des Vorratsraumes. Es dauerte einen Moment, bis sich Marias Worte durch seine Hirnwindungen schoben. „Mach doch die Kack-Schmetterlinge, wenn du so drauf stehst."

Erst, als sie ihn anstarrte, wurde ihm klar, was er gesagt hatte. „Ich …"

„Was ist eigentlich dein Problem?", fragte sie.

Er hatte keinen Bock auf die Unterhaltung, keinen Bock auf den ganzen Mist. Und jetzt hatte er auch noch das Falsche gesagt. Und sie war drauf angesprungen wie ein Geier aufs Aas. Er kam da nicht mehr raus und war auch noch auf sie angewiesen. Er seufzte. Drehte das Handy um, das Display nach unten. Dann lehnte er sich zurück. In einem dünnen Strahl goss sie schwarzen Tee in eine dieser kleinen Glastassen, beäugte ihn dabei misstrauisch.

„Es ist nichts", murmelte er. „Ich warte auf einen Anruf."

„Von deiner Freundin aus München?" Maria stellte die Kanne zur Seite.

‚Es geht sie gar nichts an', dachte er und nickte stumm.

„Funkstille?"

Warum sollte er mit ihr darüber sprechen? „Wollen wir weitermachen?"

„Klar", antwortete sie. Ihr verständnisvoller Blick ekelte ihn. Was dachte sie, wer sie war? Erwartete sie, dass er sich ihr anvertraute? Zog sie irgendeinen Stolz daraus, dass er ihr Scheiße erzählte, die sie für die Wahrheit halten konnte?

Sein Telefon vibrierte. Sofort drehte er es um. War es Karin? Sein Puls schnellte in die Höhe. Er nahm das Smartphone in die Hand, aktivierte das Display. Eine Adresse. Und eine Uhrzeit: *Morgen, 19 Uhr. Sei pünktlich. Abendgarderobe. Kostet zwanzig Euro.* Kein Wort, dass sie ihn versetzt hatte. Keine Entschuldigung.

„Ist sie das?“

„Ja.“ Klaus legte das Handy zur Seite. Endlich würde er sie wiedersehen. Endlich.

„Also, wie gesagt“, erklärte Maria. „Ich finde die Idee mit dem Schmetterling echt gut. Ich könnte mir auch gut vorstellen, das mit Scherenschnitten zu verbinden.“ Auf dem Papier malte sie mit Bleistift einen Strich hinter das Wort *Schmetterling*, schrieb dann: Scherenschnitte. ‚Ich könnte kotzen‘, dachte er.

Karin und Sybille standen in der Dämmerung vor einem Jugendstil-Wohnhaus, über ihren Köpfen reckten sich Balkone aus gebogenem Stahl in den Nachthimmel. Karin präsentierte sich in einem Hosenanzug mit schwarzer Krawatte, aus den Hosenbeinen lugten die Absätze ihrer High Heels. Sybille trug ein Sommerkleid, dessen Pailletten im Licht der Straßenlaternen glitzerten. Klaus war wie immer in schwarzen Jeans und schwarzem Shirt, einen Anzug, oder was sonst als Abendgarderobe galt, hatte er aus München nicht mitgenommen. Wozu auch? Eine Ausstellung konnte er auch in Alltagskluft besuchen.

Schon als er auf die beiden Frauen zuging, sah er sie miteinander tuscheln. Sybille beugte sich zu Karin rüber, bewegte die Lippen. Was auch immer sie sagte, es war sicher nichts Gutes.

„Hallo.“ Er umarmte erst das Schandmaul Sybille, dann Karin, und drückte ihr einen langen Kuss auf.

„Hey, Klaus.“ Karin lächelte ihn an.

„Hast du das Geld dabei?“, fragte Sybille.

‚Sieht ihr ähnlich‘, dachte er, ‚dass es ihr gleich ums Geld ging‘. Er zog einen zerknüllten Schein aus der Tasche, dann wandte er sich an Karin. „Können wir uns kurz unterhalten?“ Er hielt ihren Oberarm fest.

„Ja.“ Sie sah zu Sybille rüber. Am liebsten hätte er sie einfach weggezerrt. Sybille ging ihm mehr als auf die Nerven. Hatte er sie mit Karin mitgekauft? War das so ein Deal wie mit Evi und Jan? Jan, der immer im Hintergrund rumsprang – Sybille, die immer dabei war. Konnte er keine fünf Minuten mehr ohne sie mit Karin haben?

„Unter vier Augen?“, sagte er mit Blick auf Sybille.

Unsicher sah Karin von ihm zu ihr.

„Gut“, entgegnete sie.

Er ließ sie los und gemeinsam liefen sie an Kastanienbäumen vorbei die Straße entlang. Sie gingen um die nächste Straßenecke, neben einem Tisch voller [illegible]

„Ich wollte mit dir wegen Donnerstag reden“, sagte er.

„Ja. Es war sehr kurzfristig, das tut mir leid. Ich hätte dir schon früher Bescheid sagen können, aber Sybille war so nett und hat sich bereiterklärt, einzuspringen.“ Karin zupfte ein Minzblatt ab, zerrieb es zwischen Daumen und Zeigefinger. „Ich meine, ihr mögt einander, oder liege ich da falsch?“

Er stutzte. Hatte Sybille nichts erzählt? Hatte Karin keine Ahnung, wie der Abend gelaufen war?

„Ich dachte, ihr hattet eine gute Zeit in dem Club“, sagte sie.

„Ja …“

„Dass es so gelaufen ist, tut mir leid. Sybille meinte, du hättest dich beschwert, dass ich mich nicht gemeldet habe, wo doch eigentlich wir verabredet waren.“

‚Zu Recht‘, dachte er. Also hatte sie ihr doch was davon erzählt. Aber nicht alles.

„War es das, worüber du sprechen wolltest?“

„Ich wollte wissen, wo wir stehen.“ Seine Stimme klang rau. Der Satz fühlte sich falsch an. Und doch war da dieses innere Bedürfnis, es nun endlich zu klären. Er wollte nicht mehr abhängig sein von ihren Launen. Er wollte mitreden, wann sie sich trafen. Er wollte in ihrer Prio-Liste nach oben rutschen. Sie war mehr als nur der Fick, mit dem er es Evi hatte zeigen wollen.

„Was meinst du?“ Sie verschränkte die Arme vor der Brust.

„Was sind wir? Sind wir ein Paar? Friends with Benefits?“, zischte er.

Karin starrte ihn an.

„Wie wir am Anfang gesagt haben … Wir haben ausgemacht, dass wir uns hin und wieder treffen. Keine Pflichten, keine …“ Sie brach mitten im Satz ab. War ihre Stimme gerade noch weich und zerbrechlich gewesen, so war sie nun hart und abweisend. „Hör mal zu“, sagte sie. „Ich weiß nicht, was das soll. Ich habe von vorneherein die Regeln klar aufgestellt.“

Er starrte sie an.

„Ich habe Spaß mit dir, Klaus aus München. Und das ist alles, was ich suche. Spaß und kein Anhängsel.“ Sie spie das letzte Wort aus. „Ich habe immer gesagt, dass ich keine enge Sache will und auch kein Drama. Und das hier“, mit der ausgestreckten Hand zeigte sie auf ihn, „ist Drama, mein Lieber. Also überleg dir, was du willst.“

„Ich will dich“, schleuderte er ihr entgegen. Es war ein spontaner Ausruf. Ein Gedanke, der dem gefühlsgesteuerten Dummschwätzerteil seines

Hirns entsprang und direkt durch seinen Mund wanderte, ohne nochmal überdacht zu werden. „Du bist das Interessanteste und Stärkste und Beste und Schönste, was mir in den letzten Jahren passiert ist. Du inspirierst mich."

Für einen Moment entglitten ihr die Gesichtszüge. Für einen Moment sah sie ihn mit so etwas wie Zuneigung und Verwirrung an. Für einen Moment sah er sie, sah, wie sie wirklich war. Es gab Hoffnung. Er hatte es in ihr Herz geschafft, er spürte es. Dann veränderte sich ihr Gesichtsausdruck. Zurück zur Härte.

„Klaus", sagte sie. „Die Prämissen waren klar. Von Anfang an. Ich mag dich auch, deswegen bin ich überhaupt mit dir hier. Ist dir das nicht klar? Aber wenn du etwas Exklusives suchst, dann bin ich einfach die Falsche, und ich glaube, das ist es, was du willst." Sie neigte den Kopf, blickte auf die Straße. Entglitt sie ihm? Sie durfte nicht wegsehen, nicht weggehen, nicht …

„Karin", sagte er. „Ich will nur wissen, wo wir stehen. Ich will dich anrufen dürfen, wenn ich Sehnsucht nach dir habe. Ich will, dass du dir Zeit für mich nimmst, wenn ich es brauche. Nicht nur, wenn du es willst. Ich will mehr sein, als der Fick zwischendurch."

„Gut", sagte sie, und sah ihn wieder an. „Du kannst mir schreiben, mich anrufen. Wenn das alles ist, was du willst."

Er nickte. Sie waren einen Schritt weiter. Ein kleiner Schritt zwar, aber immerhin. Sie gab ihre Kontaktautonomie auf. Er bestimmte mit, wann sie sich Zeit für ihn nahm. Er drang in ihre Welt vor, wenn auch nur mit kleinen Schritten. Regeln waren dazu da, neu verhandelt zu werden. Es war einer der Sätze, die Evi während einer ihrer mitternächtlichen Streitereien zu ihm gesagt – gesagt? – ihm ins Gesicht gebrüllt hatte. Eine Neuverhandlung war an dieser Stelle bitter nötig. Karin ging auf ihn zu, und als sie ihn erreicht hatte, stellte sie sich auf die Zehenspitzen. Sie sah ihm tief in die Augen. Er konnte ihre blauen Augen nicht lesen. „Ich mag dich auch, Klaus aus München. Du bist mir ans Herz gewachsen."

Sybille blickte nervös auf die Uhr, als Klaus und Karin um die Ecke bogen. ‚Was für ein Spiel spielt sie', fragte sich Klaus. Für den Moment aber war es ihm egal, er war einfach froh, dass sie nicht bei Karin gepetzt hatte. Dann drückte Sybille auf ein weiß überklebtes Klingelschild, darauf stand „Magisches Theater". Aus dem Lautsprecher schepperte eine Männerstimme: „Ja?"

„Nur für Verrückte“, sprach Sybille in die Gegensprechanlage, dann summte der Türöffner, und sie traten ins Treppenhaus ein. Das Holz knarzte unter ihren Füßen, als sie in den [illegible] hinaufstiegen. Ein hagerer Mann im Anzug, die eingefallenen Wangen wie die Aushöhlungen eines Totenschädels, hielt ihnen die Tür auf.

Im breiten Gang hingen Mäntel an Wandhaken, Schuhe saßen aufgereiht wie Hühner auf der Stange im Schuhregal. Als Karin und Sybille Heels und Ballerinas abstreiften, war es, als würden ihre Schuhe mit der Masse der anderen verschmelzen. Sein großer Zeh schaute aus dem zerrissenen Socken hervor, berührte das Fischgrätenparkett, das in Richtung Wohnzimmer zeigte. Dort war die Einrichtung an den Wänden zusammengeschoben. Stattdessen standen Stühle in Reihen, zeigten alle nach vorn, zu zwei weit aufgerissenen Fensterflügeln in einen Innenhof. Ein Mann mit Oberlippenbart schenkte in der Küche Alkoholika aus. Klaus wollte schon einen Gin bestellen, doch Karin hielt ihn davon ab.

„Warte noch“, sagte sie. Karin und Sybille begrüßten viele der Anwesenden, umarmten den Oberlippenbartträger und fielen einer großen Frau um den Hals, die sie beide um zwei Köpfe überragte. Der Barkeeper stellte ein Tablett mit Schnapsgläsern auf den Tresen, sie waren gefüllt mit einer gelblichen Flüssigkeit. Karin drückte Klaus eines davon in die Hand. Sie hob ihres an die Lippen, exte es. Ein künstlicher Geruch stieg ihm in die Nase. ‚Ein bisschen wie Brause‘, dachte er, dann trank er es aus. Die süßliche Flüssigkeit klebte an seinem Gaumen. Fragend sah er Karin an. „Ist es …“, fing er an. Sie nickte. Es war.

Sie setzten sich und ein Mann in Nadelstreifen betrat mit einem Buch in der Hand die Bühne. Er war hager, sein langgezogenes Gesicht wirkte eingefallen. Um sie herum klatschten die Leute. Ein aufbrausendes, widerhallendes Getöse. Der Nadelstreifenmann setzte sich, blickte ins Publikum.

„Was passiert jetzt?“, fragte Klaus, zu Karin hinübergebeugt.

„Pssst.“ Sie legte ihren Zeigefinger auf die Lippen.

Der Mann schlug das Buch auf. Er räusperte sich, nahm sich die Zeit nochmal in die Runde zu blicken. Kurz sah Klaus Günther vor sich sitzen. ‚Und was hast du beizusteuern? Hast wieder nix, oder? Nutzlos. So nutzlos.‘ Evis Stimme mischte sich mit Günthers, beide ineinander verwoben und verzerrt. ‚Nutzlos. Leg dir mal einen vernünftigen Job zu. So wird das nichts. Was stellst du dir vor? Dass ich mein Leben lang für dich zahle? Leiste etwas. Los, leiste. Mach etwas Vernünftiges. Unterwirf dich dem Erwerb. Nur so kann ein Mann sein, ein Ernährer.‘

Worte schwebten durch den Raum, durch seine Gedanken. „Wer nun aber meint, den Steppenwolf zu kennen und sein klägliches, zerrissenes Leben sich vorstellen zu können, der ist dennoch im Irrtum, er weiß noch lange nicht alles."

Im Innenhof tanzten die Pflanzen in der Sonne. Und Günther las weiter, unerbittlich: „Auch im Leben dieses Mannes schien wie überall in der Welt zuweilen alles Gewohnte, Alltägliche, Erkannte und Regelmäßige bloß den Zweck zu haben, hier und da eine sekundenkurze Pause zu erleben, durchbrochen zu werden und dem Außerordentlichen, dem Wunder, der Gnade Platz zu machen."

Er sah zu Karin hinüber. Sie lachte, beugte sich nach vorn. Auf ihrem Hals saß Evis Gesicht und sie sah ihn mit Evis Augen an und riss Evis Mund weit auf, um ihre spitzen, scharfen Zähne zu entblößen. Klaus fuhr es heiß durch die Knochen, kalt lief es seinen Rücken herunter. Er zuckte zurück, sah weg von ihr, wieder hin. Karin sah ihn aus ihren blauen Augen an, als wäre nichts. Er atmete durch, sein Herz klopfte laut gegen seine Brust. Hörten sie es? Hörten sie sein Herz pochen? Sie mussten es hören. Ihm war, als sprenge es ihm gleich das Brustbein.

„Auch der Wolf brütete oft darüber, und das waren seine müßigen und unnützen Tage. Hierzu muss eines noch gesagt werden. Es gibt ziemlich viele Menschen von ähnlicher Art, wie Harry es war, viele Künstler namentlich gehören dieser Art an." Er klammerte sich an Sybille. An Sybille, die ein wunderbares Strahlen umgab. Eine Aura wie eine Heilige. Ja, wie die heilige Maria in der Kirche, die er so gehasst hatte früher, weil sie über ihn urteilte wie sein Vater. Immer gehasst. Er streckte seine Hand nach Sybille aus, berührte ihre Haare. Sie lächelte. Sanft und verständnisvoll.

„Diese Menschen haben alle zwei Seelen, zwei Wesen in sich. In ihnen ist Göttliches und Teuflisches, ist mütterliches und väterliches Blut, ist Glücksfähigkeit und Leidensfähigkeit ebenso feindlich und verworren neben- und ineinander vorhanden, wie Wolf und Mensch in Harry es waren."

Um Klaus' Finger wand sich eine Strähne von Sybilles Haar, sie wuchsen zusammen, pulsierten mit dem Schlagen seines Herzens, das langsamer wurde, immer langsamer. Dann beugte sich Sybille über ihn hinweg und küsste Karin, die Göttin küsste die Fratze. Klaus sah über sie zum Vorleser, weil er es nicht ertrug, dass so viel Schönheit ihn hinterging. Doch der war nun Günther und starrte ihn aus rotleuchtenden Augen an. In seinem Mund befanden sich spitze Zähne und seine lange Schlangenzunge schleckte über seine Lippen. Angstschweiß trat auf Klaus' Stirn. Er ließ sich zu Boden gleiten und verkroch sich unter Sybilles Rock, wollte in sie schlüpfen, in den Leib der Mutter Gottes, denn dort wäre er sicher vor den ganzen Fratzen der Welt.

„Du bist ein guter Wolf." Karins Hand [illegible] seine Schulter. Er versuchte sie abzuschütteln. „Ein zahmes Tier."

Es war viel zu hell. Klaus blinzelte, legte sich seinen Unterarm über die Augen. Er wollte schlafen, nur schlafen. Gegen seine Schläfen pochte sein Blut. Langsam driftete er weg, seine Arme wie Blei, sein Kopf wurde schwer, und er war wieder im Theater auf dem Boden, sah zu Sybille und Karin auf. Sybille, die über ihm leuchtete und ihn anlächelte, und Karin, die ihn aus schwarzen Schlitzen anstarrte und zwischen ihren spitzen Zähnen zerreißen wollte wie einen Wurm. Klaus riss die Augen auf. Er starrte in das ihn umgebende gleißende Licht – als wäre er tot und im Himmel, aber Tote hatte keine Kopfschmerzen. Er starrte ins Nichts, und langsam wurde aus dem Weiß ein Raum, eine Decke, Wände, eine Tür. Er lag im Bett. Neben ihm Sybille, ihr Rücken ihm zugeneigt, sie atmete langsam und beständig. Er stützte sich auf die Unterarme auf, drückte sich nach oben. Sybille hielt sich an Karin fest, den Arm um ihren Oberkörper geschlungen. Sie waren bei Sybille, mussten bei ihr sein, und neben ihm lag die Göttin, die sich an der Fratze festklammerte. Seine Kehle brannte. Er setzte sich auf. Sein Husten erschütterte die Matratze unter ihm. Leise stöhnte Sybille, vergrub ihr Gesicht in Karins Haaren.

Klaus kletterte über das Fußende aus dem Bett und ging in die Küche. Der Holzboden unter seinen Fußsohlen. Wie tausend Nadeln stach die Sonne in seine Augen, als er die gleißend helle Küche betrat. Er tastete sich zum Fenster vor und zog die weißen Vorhänge zu. Doch die Sonne gab nicht auf, sie gewann zumindest am Rand der Vorhänge den Kampf gegen den ohnehin dünnen Stoff. Bilder vom Vorabend drängten sich in sein Bewusstsein. Das Theater. Die Männerstimme, die verworrene Sätze vorlas. Sätze, die in seinem Kopf zusammen und auseinander flossen. Er stützte sich mit der rechten Hand auf die Küchenarbeitsplatte, atmete ein, atmete aus. Langsam. Dann öffnete er die Schränke, auf der Suche nach einem Glas. Zuerst fand er Schüsseln und Teller. Dann Tassen, dann Gläser, aufeinandergestapelt. Seine Hand zitterte, als er ein Glas aus der obersten Reihe nach vorne zog. Etwas fiel. Er sah es in Zeitlupe, es war wunderbar und grausam zugleich, wie das Licht sich brach, wie ein Glas aufprallte und zersprang. Er konnte nichts tun. Ein Knall und der Boden voller Scherben und er mittendrin. Seine Kehle brachte nicht mehr als ein Krächzen hervor. Eine armselige Erinnerung an seine Stimme. Er musste etwas trinken. Klaus beugte sich zur Seite, streckte die Hand nach dem Wasserhahn aus, und als das Wasser zu laufen begann, schoss ihm ein spitzer Schmerz in die Fußsohle. Er sah nach unten. Unter seinem Fuß entstand ein roter See auf den weißen Fliesen. ‚Was ist das', fragte er sich. Er blinzelte, öffnete er den Hängeschrank vor sich und nahm ein Glas heraus. Dann hielt er es unter den laufenden Wasserhahn.

„Was machst du?" Sybille stand in der Tür. Auf ihrer nackten Haut tanzte das Licht.

Klaus lächelte.

„Bleib stehen", sagte sie. Als sie verschwand, wollte er ihr hinterher, doch dann erinnerte er sich an ihre Worte. Bleib stehen. Er führte das Glas an die Lippen. Das kalte Wasser rann seine Kehle hinab wie süßer Nektar.

Sybille kam zurück, die Füße in dunkelblauen Crocs mit weißer Sohle und er wunderte sich, woher diese Farbe kam, inmitten des ganzen Weiß. Dann sah er nach unten und betrachtete das Rot seines Körpers. Sybille kniete sich vor ihm nieder. Mit einem Handbesen schob sie Glassplitter auf die Kehrschaufel. „Was hast du gemacht?"

Er stellte das Glas mit dem Wasser ab, streckte seine Hand nach ihr aus.

„Bist du in eine Scherbe getreten?" Besorgt sah sie ihn an.

Es dauerte einen Moment, bis er realisiert hatte, was sie gesagt hatte. Die rote Farbe auf den weißen Fliesen. Blut. Er räusperte sich. „Ich weiß nicht", murmelte er.

„Shit. Das Blut bekomm ich nie wieder aus den Fugen." Sie sah nach unten, kehrte weiter zusammen. Die Borsten des Kehrbesens zogen feine rote Streifen hinter sich her.

„Zeig her", forderte sie ihn auf.

Warum hatte sie Karin nichts gesagt?

„Was gesagt?" Sybille sah zu ihm auf.

Er blinzelte. Hatte er gedacht oder gesprochen?

Sie schüttelte den Kopf. „Heb deinen Fuß hoch."

Er schob sein Wasserglas nach hinten, stützte sich auf die Arbeitsplatte. Ein schwacher Moment. Ja, es war ein schwacher Moment gewesen. Er war nochmal davongekommen.

„Du bist in eine Scherbe getreten", sagte sie. „Wenn ich das rausziehe, fängt das sicher noch mehr zu bluten an." Sie starrte auf die Wunde. „Ins Krankenhaus würde ich echt ungern. Nicht nach gestern. Warte hier." Sie stand auf und schmiss die Scherben in den Mülleimer. Aus dem Badezimmer holte sie eine Rolle Klopapier, wickelte mehrere Blätter ab. Sie stellte einen Stuhl hinter Klaus.

„Leg deinen Fuß hier drauf", sagte sie und deutete auf die Sitzfläche des Stuhles. Und als er es getan hatte, fügte sie an: „Du hast keine ansteckenden Krankheiten, oder? Hepatitis?"

Er betrachtete sie über seine Schulter hinweg. Wie ein Film lief alles ab.

„Heilige Scheiße." Karin stand in der Tür. „Was ist denn hier passiert?"

„Vorsicht", sagte Sybille. „Es könnten noch Scherben auf dem Boden liegen."

„Ach was." Karin winkte ab. Ohne mit der Wimper zu zucken, ging sie über den mit Blutschlieren verzierten Fliesenboden. Ihre Füße hinterließen blutige Abdrücke wie in einem Horrorfilm. Runde Zehen, der Ballen, die Ferse. Als wäre sie in ein rotes Stempelkissen gestiegen. Karin beugte sich über seinen Fuß. Er meinte einen Blutstropfen auf den Fliesen zerschellen zu hören.

„Das sieht nicht so geil aus", sagte sie. „Ich hol dir Handschuhe."

Tropfen um Tropfen fiel das Blut auf den Boden. Karins Füße malten eine zweite Spur aus Rot. Dann trug Sybille plötzlich weiße Handschuhe. Er ginste, lachte, bis ein heller Schmerz ihn durchfuhr. Schreie. Seine?

„Sollen wir ins Krankenhaus?"

„Ne."

Sybille presste weißes Papier auf die Fußsohle, und sein Körper drückte mit jedem Herzschlag dagegen.

„Ich weiß nicht. Nicht, dass es genäht werden muss."

„Bist du wahnsinnig?"

Das Pulsieren wurde langsamer, der Druck. Mit einem Mal war alles scharf umrissen. Karin hinter ihm, Sybille mit dem blutigen Klopapier in der Hand. Sein Schienbein auf dem Stuhl. Sein Blut.

Sybille saß Klaus gegenüber am Küchentisch, in den Fugen klebte das trockene Blut. Die roten Fußspuren hatte sie weggewischt, jetzt durchzogen dunkelbraune Streifen das makellose Weiß. Auf dem Tisch vor ihnen hatte Sybille Frühstück aufgebaut. Brotscheiben lagen in einem Korb, Marmelade und Butter und Frischkäse standen auf dem Tisch. Lachs lag auf einem Teller, daneben stand ein halb leeres Glas Meerrettich.

„Ich muss los", verabschiedete sich Karin, und legte ihr Besteck zur Seite. Dann stand sie auf. „Ich hab noch ein bisschen was zu tun heute." Wieder lief Karin weg.

„Hast du nicht immer was zu tun?" Sybille streckte sich nach einem Kuss.

Karin trug eines von Sybilles Kleidern. Weiße Punkte auf blauem Grund. Weiße Wände, weiße Böden, helle Fliesen und Polkadots. Karins Füße steckten in schweren knöchelhohen Stiefeln, das schwarze Leder an der Spitze abgewetzt.

„Wie geht es deinem Fuß?"

„Es geht", antwortete er mit Blick auf die weiße Bandage. Eine abgelaufene Mullbinde diente als Teil eines Druckverbands.

„Wunderbar." Sie beugte sich zu ihm vor, hauchte einen Kuss auf seine Lippen. Er wollte seinen Dämon herabziehen auf seinen Schoß, sich in ihr versenken, wie sie sich in ihm versenkt hatte. Doch er blieb brav sitzen.

Nachdem die Tür zugefallen war, betrachtete er Sybille. Ihre Augen, ihren Hals, das verspielte Lächeln, das ihre Lippen noch schmaler erscheinen ließ. Schon jetzt vermisste er Karin.

„Hast du Bock, noch was zu machen?", fragte sie mit Blick in die Leere, die Karin hinterlassen hatte.

„Klar." Langsam schmierte er sich Butter aufs Brot, dann legte er das Messer weg. ‚Warum nicht', dachte er. Das, oder mit Maria so tun, als würden sie Kunst produzieren.

„Ein Film?"

Er biss von seinem Brot ab. Sybilles Schultern fielen nach vorne, die Hände hatte sie in ihrem Schoß vergraben. Sie kaute auf ihrer Unterlippe herum.

„Warum hast du nichts gesagt?"

Sybille sah zu ihm auf. Die Ratlosigkeit spiegelte sich in ihren grünen Augen. „Was meinst du?"

„Zu Karin. Über den Abend letztens. Im Club."

Sie lehnte sich zurück, verschränkte die Arme vor der Brust. „Du bist kein schlechter Kerl", erklärte sie. „Du hattest einen miesen Tag, das ist alles."

Stumm saß er da, hörte ihr zu. Er war kein schlechter Kerl. Sie hatte Hoffnung für ihn.

„Wir haben alle mal schlechte Tage und sind nicht unser bestes Selbst. Das ..." Sie blickte nach unten auf den Fliesenboden. Leise sprach sie weiter: „Ich verstehe das nur zu gut."

Eine Strähne fiel ihr ins Gesicht, zeichnete die Kontur ihrer Wange nach. Mit leicht geöffneten Lippen sah sie aus, als verharrte sie in einem endlosen Seufzen.

„Wir sind uns gar nicht so unähnlich", stellte sie fest.

„Was meinst du?"

Sie sah auf zu ihm. „Wir lieben sie beide. Sie ist die unabhängigste Person, die ich kenne. Sie ist nie lange an einem Ort. Sie ist glücklich so. Ich will ihr das Glück nicht nehmen, wie könnte ich das einem geliebten Menschen antun? Aber manchmal ist es“, sie schwieg für einen Moment und sah aus dem Fenster, „anstrengend.“ Sie nickte. „Ja, anstrengend“, wiederholte sie.

„Ich dachte ihr wärt …“

„Was?“, fragte sie. „Was sind wir?“

‚Ein Paar‘, dachte er. Zusammen?

„Es ist manchmal wie Tauziehen. Ich versuche sie zu mir zu ziehen, und je mehr ich ziehe, desto mehr zieht sie an ihrem Ende und wir landen wieder da, wo wir angefangen haben.“ Sie drehte ihr Glas an Ort und Stelle. „Aber irgendwas zieht mich immer wieder zu ihr. Denn wenn wir zusammen sind, dann ist es das Schönste der Welt. Als gäbe es keinen besseren Ort für mich. Dann vergesse ich alle Anstrengung, das ganze Warten, die Einsamkeit. Sie ist der interessanteste Mensch, den ich kenne.“

Klaus fasste sich mit den Händen unter den Oberschenkel, hob seinen Fuß auf, setzte ihn wieder auf den Boden. Dumpf pulsierte die Wunde.

„Und ich mag dich“, sagte sie und stand auf. „Der Sex im Wald war gut.“ Sie hielt einen Moment inne. „Nein, großartig. Ich würde das gerne wiederholen.“ Der Saum des weißen Tops tänzelte bei jedem Schritt um ihren Hintern. Sie stieg über ihn, auf Zehenspitzen stehend musterte sie ihn. Als sie sich auf ihn setzte, war zwischen ihnen nur der Stoff seiner Jeans und der ihres Höschens. „Ich habe mich so lebendig gefühlt“, sagte sie. „Stell dir nur mal vor, was wir zusammen machen könnten. Du und ich … und Karin. Was meinst du?“ Sie beugte sich nach vorne und griff nach seiner Gürtelschnalle. „Wäre das nicht wunderbar? Sie in dir und du in mir.“

Sein Schwanz drückte gegen den Stoff seiner Jeans. ‚Sie ist nicht hübsch‘, dachte er, als er sie betrachtete, ‚aber sie hat etwas.‘ Das weiße Licht im Theater. Eine Göttin. Er sah ihren Händen zu, die den obersten Hosenknopf durch das Loch schoben. Dann den zweiten, den dritten. „Du und ich und sie. Und wenn du in mir bist, ist sie in dir. Und durch dich in mir.“ Ihre Pupillen sprangen zwischen seinen Augen hin und her.

Er hielt sich am Stuhl fest, als sie sich an ihm rieb.

Er legte seinen Kopf in den Nacken, als sie seinen Schwanz in die Hand nahm.

Warm umschloss sie ihn, streichelte ihn. Dann ließ sie ihn los und er öffnete die Augen. Sie ging über die rotumrandeten Fliesen aus der Küche in

Richtung Schlafzimmer. Mit einem Kondom in der Hand kam sie zurück. „Hier“, sagte sie, hielt es ihm hin.

Er riss die Packung auf, drückte das Reservoir zusammen, rollte es den Schaft hinunter, während sie aus ihrer Unterhose stieg. Er dachte nichts. Nur an sie, an den Sex, den sie haben würden, an ihre Hände auf seinem Schwanz. Sie war das Nächstbeste nach Karin und sicher besser, als sich einen runterzuholen. Als sie ihn bestieg, als er in sie glitt, stöhnte er leise.

„Außerdem schaue ich gerne zu.“ Sie legte die Arme um seinen Hals. Ihre Brüste schaukelten im Rhythmus ihrer Bewegungen. Er wollte an ihnen saugen, wollte sie liebkosen, sie streicheln, sie spüren. Er löste seine rechte Hand vom Stuhl, legte sie ihr auf die Brust.

Sie lag vor ihm im Bett, den Hintern an ihn gepresst, sein Schwanz eingeklemmt zwischen ihren Arschbacken. Er streichelte ihre Hüfte, ihre Haut war unendlich glatt. Die Augen fielen ihm immer wieder zu. Irgendwas lief im Fernsehen, Comicfiguren und schrille Farben. Er war gerade dabei einzuschlafen, da drehte sie sich zu ihm um.

„Wie macht ihr das?“, fragte sie.

Langsam öffnete er die Augen. „Was meinst du?“, murmelte er.

„Na, in München. Du und deine Freundin? Du hast doch eine Freundin in München, oder?“

„Evi“, sagte er. Sein Kopf war noch immer im Nebel.

„Evi und du. Wo ist denn ihr Zweitpartner?“

„Jan? Wir leben alle zusammen.“

„Hm …“ Sie drehte sich auf den Rücken. Sein halbsteifer Penis rutschte aus der warmen Arschbackenhülle.

„Das stelle ich mir krass vor. Ich meine, dann sind sie ständig zusammen.“

„Ja.“ Er wollte nicht über Evi und Jan und die ganze Sache reden. Er war zu müde dafür. Alles, was er wollte, war die Entspannung nach dem Sex genießen, langsam einschlafen. Keine unbequemen Gedanken.

„Und wie gehst du damit um?“, fragte sie. „Ich meine, ihr lebt nicht nur in der gleichen Stadt – er ist immer verfügbar, nur ein Zimmer weiter. Karin tingelt ja zwischen den Wohnungen hin und her, und den Typen in Wien, den sie nur alle heiligen Zeiten mal sieht, den zähle ich gar nicht. Aber gleich nebenan … Das ist schon was anderes.“

Er brummte ein tiefes „Hm“, zog sie an sich. Er wollte sich in ihr verbergen, ankommen, entspannen, nur einmal. War es ihm nicht vergönnt? Hatte er vor Evi und Jan [illegible]

„Aber wie ist das für dich?“

„Es ist, wie es ist“, brummte er.

„Hm …“ Sie legte sich wieder hin. Er griff sie um die Hüfte, drückte sie an sich und seinen Schwanz gegen ihren Hintern.

13

Die Bäume, Wiesen und Felder rauschten an ihnen vorbei. Evis Kleid flatterte im Wind. Sie schloss die Augen und atmete die frische Luft tief ein. Therese hatte alle Fenster ihres schwarzen Polos heruntergelassen und lehnte sich im Fahrersitz zurück, ihr linker Ellenbogen aufgestützt auf der Armlehne der Fahrertür.

„Trefft ihr euch öfter im Wald?" Evi fuhr mal wieder mit zu Thereses Feministinnengruppe. Um den Kopf frei zu bekommen. Und mal was anderes zu sehen. Die letzten Tage hatte sie über ihrer Abschlussarbeit gebrütet. Jans Anregungen waren Gold wert gewesen.

„Der Wald ist ein Kraftort", erklärte Therese. „Wo sonst ist man so verbunden mit der Natur? Wo sonst hat man so viel Grün um sich?"

Evi nickte. Sie sah aus dem Fenster, wischte sich das umherflatternde Haar aus dem Gesicht. Einzelne Forststraßen zweigten von der Landstraße ab, auf der sie unterwegs waren, führten zwischen Baumstämmen auf unebenem Grund in den Wald hinein.

„Außerdem ist es schön, mal nicht in der Stadt in einer vermieften Wohnung zu sitzen."

Evi starrte mit leerem Blick auf die vorbeiziehende Kulisse aus Bäumen und Sträuchern. Das wäre sicher genau Lores Ding gewesen. Im Wald sitzen, diskutieren. Doch die war auf dem Hof bei Florian. Therese wusste noch gar nichts davon.

„Wir sollten uns Blumenkronen flechten und durch die Felder gehen und uns als das fühlen, was wir eigentlich sind. Herrinnen über unser Reich. Verantwortlich für die Natur, die uns umgibt. Wir sollten unsere Körper in ihrem Kontext erfahren", sagte Therese.

„Mhm", machte Evi. Nur am Rande bekam sie mit, was Therese da gerade von ihr wollte. Natur und Körper. Wie es Lore wohl ging? Sie hatte, seitdem sie mit Florian fortgefahren war, nichts mehr von ihr gehört.

Mit beiden Händen umklammerte Therese das Lenkrad. „Ich finde das eigentlich eine richtig gute Idee. In bester Tradition des Ökofeminismus."

‚Und dass Jan das so egal ist', dachte Evi. Oder auch nicht egal, sie konnte nicht in ihn hineinsehen. Er freute sich immer nur. Für sie, dass sie mit Max ausging, und für Lore, dass die was mit Florian hatte, und er selbst? Die Liebe kann man nicht festhalten, sagte er immer. Genauso wenig wie einen geliebten Menschen. Wenn ein Mensch nicht mehr liebt, dann liebt er nicht mehr. Und für die ewige Liebe gibt es keine Garantie. Für meine nicht, für deine nicht. Sie hatte ihn nie so ernstgenommen.

„Was meinst du?“

Evi starrte in die Ferne, durch die Baumstamm- und Blätterwand hindurch. Klaus war für immer. Klaus war Zukunft und Zusammensein, bis dass der Tod sie scheiden würde.

„Evi?“ Therese stupste sie an.

„Was?” Evi sah Therese an.

„Na, was meinst du dazu? Sollen wir das machen? Ich finde es eine großartige Idee.“

Der Wagen wurde langsamer. Mit den Fingern kämmte sie sich durch eine Strähne. An einem Knoten blieb ihr Finger hängen.

„Was gleich nochmal?“

Therese lehnte sich zurück, blickte über Evis Schulter nach rechts. Dann fuhr sie im Schneckentempo über den Fahrradweg. Der Wagen schaukelte auf der hügeligen Forststraße. Sie parkte halb in der Wiese, halb auf der rohen, flachgedrückten Erde, stellte den Motor ab. Dann wandte sie sich Evi zu. „Wo bist du denn mit deinen Gedanken?“

Evi starrte aus dem Fenster in ein Heer aus Brennnesseln. Dahinter violett und weiß blühendes Springkraut. Wie viel Spaß es ihr als Kind gemacht hatte, mit dem Springkraut zu spielen. Wie sie die prallen Würste zwischen den Fingern gerollt hatte, damit auch noch die letzten unreifen aufsprangen und gegen ihren Finger schnalzten. Bei den reifen Schoten machte es natürlich viel mehr Spaß. Am liebsten wäre sie ausgestiegen, wäre rüber gerannt, und hätte den Wind und die Freiheit gespürt. Wenn nur nicht das Bad aus Brennnesseln zwischen ihnen gelegen hätte. Und die Jahre des Erwachsen-Seins. Sie seufzte, dann sagte sie: „Lore ist zu einem neuen Lover gezogen, und Jan findet das alles cool und hat keinen Stress damit. Klaus hat wahrscheinlich ’ne Neue. Ich weiß es nicht, aber es sieht so aus, finde ich, und Jan ist es komplett egal, ob ich mich mit Max treffe oder nicht.“ Sie sah Therese an, die blinzelte.

„Also, jetzt nochmal für die Langsamen unter uns. Was ist los? Lore ist ausgezogen?“

„Naja, nicht ausgezogen. Sie verbringt ein paar Tage bei ihrem neuen Lover. Nalini hat die beiden einander vorgestellt.“

Therese nickte. „Und? Ist das nicht … Ich meine … Mit Poly und so?“ Ihr Blick eine Mischung aus Unverständnis und Warum-regst-du-dich-drüber-auf?

„Ja …“ Evi zog die Schulten bis zu ihren Ohren. „Schon irgendwie. Es ging nur echt schnell.“

„Aber ist …“, Therese runzelte die Stirn. „Ist da jetzt irgendwas Komisches dran? Ich meine, dafür seid ihr ja alle in so einer Konstellation, oder?“

„Ja, jein.“ Wie sollte sie es erklären? Evi legte ihren Kopf zurück, drückte ihn gegen die Kopfstütze des Wagens. „Ich meine, ich weiß nicht, was sie und Jan besprochen haben. Es ging alles so schnell. Sie haben einander kennengelernt, und sie findet ihn gut, und Jan meint, er wäre nett, und Schwupps, ist sie ein paar Tage bei ihm.“

„Ja, wenn Jan nichts dagegen hat …“ Mit dem Rücken lehnte sich Therese gegen die Fahrertür ihres Wagens. Durch die offenen Fenster zog der Geruch des Waldes ins Auto. Laub und Holz und Gras. Wie auf dem Hof. Evi starrte durch die Windschutzscheibe nach draußen. Dort, wo die Scheibenwischer nicht hinkamen, klebte eine hellgraue Dreckschicht auf dem Glas.

„Ich glaube, ich verstehe das Problem noch nicht so ganz.“

Evi legte ihren Kopf zur Seite und sah Therese an. „Sie ist eifersüchtig, wenn Jan und ich zusammen sind, und ich glaube, deswegen ist sie weg.“

Therese saß stumm da. Sie betrachtete Evi. „Ist das dann schlecht?“

„Sie meinte, sie braucht Abstand. Aber wie sollen wir das Problem denn lösen, wenn sie einfach wegläuft? Soll ich die Sache jetzt ignorieren und einfach nur mit Jan zusammen sein?“

„Vielleicht“, sagte Therese. „Hast du mit ihr gesprochen?“

„Ja, irgendwie.“ Evi seufzte. Wenn sie nur wüsste, was sie tun sollte. Es hatte sich so gut angefühlt, einfach Jan neben sich zu haben. Mit ihm so etwas wie einen Alltag zu leben. Sie arbeitete zu Hause, er in der Bibliothek, am Abend sprachen sie über ihre Ergebnisse, aßen zusammen. Es könnte so einfach sein und ewig so weitergehen. Wenn nicht diese elendigen Schuldgefühle wären.

„Und?“, fragte Therese.

„Sie will es so. Sagt sie.“

„Was willst du dann machen?“

Evi schwieg, sie hatte keine Antwort.

„Und was ist mit Klaus?“

Evi zog ihr Smartphone aus der Hosentasche. Aus den Favoriten öffnete sie Klaus’ Instagram-Seite. Sie hielt Therese das Display hin.

„Und?“ Über den Rand des Telefons hinweg sah Therese Evi an.

„Die neuesten beiden Bilder. Das ist die gleiche Frau.“

Thereses Augen wanderten zurück zum Display. „Ja …“, sagte sie. „Naja. Könnte sein. Und?“

Evi schaltete das Handy-Display ab, steckte das Telefon zurück in ihre Tasche. „Also erstmal hat er einen Social-Media-Account.“

„Wolltest du das nicht?“

Evi ignorierte Thereses Worte. „Und zweitens diese Frau. Ich glaube, er hat eine Neue.“

„[illegible]“

‚Ja‘, dachte Evi. Aber sie war nicht davon ausgegangen, dass er was Neues anfangen würde. Sie hatte gedacht … Evi starrte nach vorne, über die Motorhaube auf den schlammigen, steinigen Boden. Auf den von riesigen Reifen durchwälzten Schlamm, die Schneise, die sich wie ein Parasit durch die Bäume grub. Sie hatte nicht daran geglaubt, dass es wirklich passieren würde.

„Ich versteh das alles nicht. Ich dachte, ihr macht das, damit sowas möglich ist. Und Klaus und du, ihr seid auf Pause, oder?“

Gab es sowas wie Pause überhaupt? Evi nickte stumm.

„Jetzt schnauf mal durch“, sagte Therese. „Es war doch klar, dass sich Dinge ändern, als Klaus nach Berlin gefahren ist.“ Therese öffnete ihre Tür, stieg aus dem Auto. „Ach, fuck.“

‚Aber nicht so viele‘, dachte Evi. Wenn sie Therese nur erklären könnte, wie kompliziert es war. Wie viele Ebenen, wie viele Gefühle, wie viel Arbeit darin steckte. Es war nicht einfach: Die Entscheidung treffen und damit ist es gut. Es war nicht einfach: Jetzt sind wir Poly und dann läufts. Es war: Arbeit und Arbeit und Arbeit.

Evi setzte ihre Sneakers auf saftiges Gras. Vorsichtig schloss sie die Autotür hinter sich – vorsichtig, um nicht in den Graben mit Brennnesseln zu fallen. Sie ging vorne um den Wagen herum. Therese steckte mit ihren Docs im Schlamm fest. „Ach, Scheiße. Hat es letzte Nacht geregnet, oder was?“

Evi lachte laut los.

Der von massiven Reifen brutal umgeackerte Forstweg führte sie in den Wald hinein. Thereses Stiefel hinterließen tiefe Abdrücke in der feuchten Erde, und die Enden ihrer Jeans sammelten den hellbraunen Dreck, der auf sie spritzte. Evi rutschte in ihren Sneakers, streckte hin und wieder die Arme aus, um auszubalancieren. Der Weg öffnete sich nach kurzer Zeit schon zu einer Lichtung hin, eine Feuerstelle in der Mitte. Und an der Feuerstelle eine kleine Frau, die sie über ihre Brille hinweg betrachtete, nur um sie einen Moment später mit dem Zeigefinger nach oben zu schieben. Birte, wenn sich Evi recht erinnerte. Eine Halbschwedin. Sie hatte sie bisher nur einmal gesehen.

„Auf dem Weg hierher hatte ich eine fabelhafte Idee“, sagte Therese, als Birte und sie sich umarmten.

„Ja? Schieß los“, sagte Birte.

„Wir sollten uns einen Blumenkranz flechten und ihn als Krone tragen." Therese machte eine ausladende Handbewegung. „Wir sollten über das Land blicken und es fühlen, Teil davon sein, es als unser Land, unsere Verantwortung wahrnehmen." Sie ballte die Hand zur Faust, drückte sie gegen ihre Brust.

Birte nickte. „Finde ich gut. Sollten wir machen. Jetzt gleich oder erst, wenn die anderen kommen?"

Therese sah sich zu Evi um. „Jetzt gleich."

„Wo finden wir Blumen?"

Therese blickte sich um. „Na, hier."

Sie sammelten Blumen und Blätter. Alles, was blühte und grün war, und was der Waldboden hergab. Aus dem Auto holte Therese Blumendraht und Alufolie. Zuerst behauptete sie, sie hätte ihn nur zufällig dabei, weil sie gerade ihren Balkon aufräumte, später gab sie zu, dass sie ihn eingepackt hatte, nachdem sie ein Video über Ökofeminismus gesehen hatte. Sie banden Gänseblümchen und Springkraut, Butterblumen und Farne zusammen zu einem Wildblumenkranz. Evi stellte sich auf einen kleinen Hügel, den Blumenkranz auf dem Kopf, und hoffte, dass kein Ungeziefer durch ihre Haare kriechen würde.

„Hier." Therese legte ihr einen rotbackigen Apfel in die Hand. In die andere gab sie ihr einen Stecken, den sie mit Farn umwickelt hatten. Dann setzten sich Birte und Therese zu Evis Füßen ins Gras.

Evi blickte über die Lichtung, über die Köpfe der beiden anderen hinweg.

„Dies ist dein Land", flüsterte Therese unter ihr. „Blicke darüber. Was siehst du? Was fühlst du?"

Evi stand still. Ihr Zepter in der einen Hand, den Apfel in der anderen. Auf ihrem Kopf ihre Blumenkrone. Die Bäume wiegten sich sanft im Wind. Dies war ihr Land. Ihre Gedanken sprangen zu Klaus. Sein Gesicht erschien in ihrem Kopf, verblasste wieder. Seine Neue. Vielleicht war es gut, wer wusste es schon. Sie ließ die Schultern sinken, atmete aus. Die Sonne schien auf die Baumkronen, sie leuchteten in sattem Grün. Lore macht Platz für sie, und was wäre, wenn sie zurückkäme? Und was wäre, wenn sie ging? Sie wollte nicht, dass sie ging, wollte sie nicht verlieren. Sie schloss die Augen, sog den Waldgeruch in ihre Lungen. Sie wollte bei Tannennadeln und Moos nicht an Nalini denken und schob sie aus ihrem Kopf.

„Das ist dein Land", flüsterte Therese ihr zu.

Sie hörte die Vögel singen, ein Specht klopfte gegen einen Baumstamm.

„Was fühlst du?"

Evi atmete aus. Langsam und tief, presste das letzte bisschen Stadtluft aus ihren Lungenflügeln.

Was fühlst du?

Das ist dein Land.

Ein Vogel zwitscherte.

Mein Land.

Sie atmete tief ein.

Wieder aus.

Es wurde still. Still um sie.

Ihr Land. Ihre Verantwortung.

Lore. Ihre Verantwortung.

Der welke Blumenkranz lag neben Evi auf der Holzbank. Das Feuer loderte, heizte ihr Gesicht auf. Ihre rechte Wange, sie hatte sie der Hitze zugewandt, glühte. Neben dem Blumenkranz lagen Zepter und Apfel. Sie hatten ihn nicht gegessen.

„Sind denn schon alle da?“ Thereses Blick wanderte von Gesicht zu Gesicht.

„Ich glaube schon“, sagte Birte.

Um das Feuer herum saßen noch fünf weitere Frauen, alles Studentinnen, alle kamen Evi vage bekannt vor.

„Wir haben zwei neue Gesichter heute hier.“ Birte blickte in die Runde. „Also, vielleicht sollten alle sich einmal vorstellen, bevor wir in unsere Gesprächsrunde starten. „Therese, willst du nicht anfangen?“

Therese nickte und erzählte, was sie immer erzählte. Dass sie Feministin war und zwar seit einigen Jahren, und dass sie studierte. Dann war Evi an der Reihe und als sie sprach, spürte sie die Müdigkeit in ihren Knochen. Als sie alle durch waren, begann Therese einen kleinen Vortrag: „Zunächst einmal möchte ich Freud zitieren“, sagte sie, machte eine Pause und zog einen Zettel heraus. „Ich habe den folgenden Text aus einem Aufsatz aus dem Jahr 1931.“ Sie räusperte sich. „Das Weib anerkennt die Tatsache seiner Kastration und damit auch die Überlegenheit des Mannes und seine eigene Minderwertigkeit, aber es sträubt sich auch gegen diesen unliebsamen Sachverhalt. Aus dieser zwiespältigen Einstellung leiten sich drei Entwicklungsrichtungen ab. Die erste führt zur allgemeinen Abwendung von der Sexualität. Das kleine Weib, durch den Vergleich mit dem Knaben geschreckt, wird mit seiner Klitoris unzufrieden, verzichtet auf seine phallische Betätigung und damit auf die Sexualität überhaupt wie auf ein gutes Stück seiner Männlichkeit auf anderen Gebieten. Die zweite Richtung hält in trotziger Selbstbehauptung an der bedrohten Männlichkeit fest; die Hoffnung, noch einmal einen Penis zu bekommen, bleibt bis in unglaublich späte Zeiten aufrecht, wird zum Lebenszweck erhoben, und die Phantasie, trotz alledem ein Mann zu sein, bleibt oft gestaltend für lange Lebensperioden. Auch dieser »Männlichkeitskomplex« des Weibes kann in manifest homosexuelle Objektwahl ausgehen. Erst eine dritte, recht umwegige Entwicklung mündet in die normal weibliche Endgestaltung aus, die den Vater als Objekt nimmt und so die weibliche Form des Ödipuskomplexes findet. Der Ödipuskomplex ist also beim Weib das Endergebnis einer längeren Entwicklung, er wird durch den Einfluss der Kastration nicht zerstört, sondern durch ihn geschaffen, er entgeht den starken feindlichen Einflüssen, die beim Mann zerstörend auf ihn einwirken, ja er wird allzu häufig vom Weib überhaupt nicht überwunden. Darum sind auch die kulturellen Ergebnisse seines Zerfalls geringfügiger und weniger belangreich. Man geht wahrscheinlich nicht fehl, wenn man aussagt, dass dieser Unterschied in der gegenseitigen Beziehung von Ödipus- und Kastrationskomplex den Charakter des Weibes als soziales Wesen prägt." Sie machte eine Pause. „So viel zur Auffassung, die Freud von der weiblichen Sexualität hatte. Ich finde, dieser Absatz ist ein guter Einstieg, um die nächste Aussage in einen Kontext zu setzen. Freud wird nämlich noch ein weiteres Zitat zugeschrieben. Und zwar, dass die Frauen typischerweise Fantasien entwickeln, in denen sie lustvoll erleiden, von Männern vergewaltigt zu werden. Nun ist es ja wahr, dass in der Psychoanalyse oft die Theorie vertreten wurde, dass Frauen von Natur aus masochistisch seien, das heißt eine Tendenz zur Selbstquälerei und zur Lust am Leiden zeigen. Das leitet er direkt aus der obigen Argumentationskette ab. Hinzu kommen aus seiner Sicht noch die Haltung der Gesellschaft und die Erziehung, wobei ich hier sagen will, dass Erziehung und Gesellschaft nicht voneinander zu trennen sind. Zusammengefasst bleibt nun eben der Frau gar nichts anderes übrig, als die Aggression gegen sich selbst zu wenden und dabei masochistische Leidenslust zu entwickeln. Darüber hinaus sei ihr Masochismus die Vorbedingung dafür, dass sie den Geschlechtsverkehr generell überhaupt genießen könne." Sie legte den Zettel neben sich auf die Bank.

„Jetzt hatten wir ja Nancy Friday als letztes Buch", sagte sie. „Wie viele von euch haben es denn geschafft, es zu lesen?"

Ein Raunen ging durch die Gruppe. Etwa die Hälfte hob die Hand.

„Ich möchte erst mal ein Zitat aus dem Buch vorlesen. Als Einstimmung quasi. Friday schreibt: Natürlich sind die Fantasien dreckig, aber wir haben sie alle. Männer wie auch Frauen. Und was gibt es, was sie dreckig macht, außer, dass sie geheim gehalten werden? Dieses Geheimnis ist eine Sache, die Frauen gemeinsam haben, und das ist nirgends so deutlich wie in ihren Fantasien. Jeglichem realen Gefühl der sexuellen Identifikation beraubt, ziehen sie sich zur einsamen Erkundung in ihre individuellen Fantasiewelten zurück. Es gibt die unterschiedlichsten Fantasien, und keine davon ist besser oder schlechter. Das ist ja Fridays Kernaussage. So habe ich es zumindest verstanden. Und ich finde, das Buch hat auch heute noch seine Daseinsberechtigung. Viel zu selten setzen sich Frauen mit ihren Fantasien auseinander. Das kann ich auch von mir sagen. Und das Buch zu lesen hat zumindest mir das gute Gefühl gegeben, dass man nicht allein ist."

„Ich fand auch die Aufschlüsselungen und die Erklärungen super", sagte Birte. „Eine der häufigsten Fantasien ist die Vergewaltigung. Hätte ich vorher nicht gedacht."

Therese nickte. „Ne, ich auch nicht." Sie schlug an einer anderen Stelle auf. „Vergewaltigung ist für die Fantasie einer Frau das, was der erste Martini in der Realität tut", las sie vor. „Beide befreien sie von ihrer Verantwortung und ihrer Schuld. Indem sie sich in die Hände ihres Fantasie-Angreifers begibt, und zwar indem sie ihn zu einem Angreifer macht, erreicht sie, dass er tut, was sie möchte. Gleichzeitig erscheint es, als würde sie dazu gezwungen. Beide gewinnen, denn sie ist schuldlos und dem Angreifer ausgeliefert. Aber, so schreibt sie, und dem stimme ich vollkommen zu, muss dazu gesagt werden, dass dies nichts mit der Realität zu tun haben muss. Es ist kein unterdrückter Wunsch, den man ausleben muss."

Schweigen breitete sich aus. Dann sagte Birte: „Ich habe lange überlegt. Aber ich will euch meine Fantasie erzählen." Sie machte eine Pause. „Ich hab sie mir aufgeschrieben." Sie zog einen weiteren Zettel hervor. „Ich bin unterwegs, es dämmert. Ich gehe an Häusern vorbei, es ist irgendein Teil irgendeiner Stadt. Er sieht immer gleich aus. Eine langgezogene Straße, dunkle Gärten, die hinter hohen Zäunen liegen, Hochhäuser. Ich war noch nie in so einer Stadt, ich weiß nicht, woher ich diese Bilder habe, vielleicht aus einem Film." Sie drehte den Zettel, dann suchten ihre Augen das Blatt ab, als hätte sie die richtige Stelle verloren. „Ich gehe also diese Straße entlang und fühle mich dabei unsicher. Ich weiß nicht, was ich hier tue, vielleicht besuche ich eine Freundin oder gehe nach Hause, es ist unwichtig. Ich bin aufgeregt. Da geht neben mir eine Tür auf. Eine Hand greift mich, es ist ein Mann. Ich sehe sein Gesicht nicht und will es gar nicht sehen. Er zieht mich in das Haus, und noch bevor ich realisieren kann, was los ist, stülpt er mir einen Sack über den Kopf. Er schneidet mir mit einem Messer die Kleidung vom Leib. Er drückt mich nach unten. Meine Beine sind weit gespreizt, er dringt in mich ein. Ob ich Lust habe, ist ihm egal. Und natürlich empfinde ich großartige Lust." Sie machte eine Pause. „Er hat kein Gesicht. Wir haben lange diskutiert, also Therese und ich, ob ich die Geschichte erzählen soll, und uns schlussendlich dafür entschieden. Ich finde es wichtig, dass man darüber redet. Und natürlich ist es eine wunderbare Vergewaltigung. Sie ist genau, was ich will. Und genau das, was ich in der Realität niemals haben möchte."

„Ich wollte auch eine erzählen." Dann führte Therese aus: „Zu meiner Geschichte muss ich erst etwas sagen. Denn ich erinnere mich noch genau, wie es anfing. Ich war etwa zwölf Jahre alt, und hatte erst entdeckt, was dort unten alles zwischen meinen Beinen ist. Mit einer Freundin habe ich mich über Sex unterhalten. Sie hat erzählt, wie sie einmal ihren Bruder dabei beobachtet hat, wie er sich selbst befriedigte. Ich war ein wenig in ihn verschossen. Eines Abends dann, als ich bei ihr übernachtete, schlichen wir uns aus ihrem Zimmer und beobachteten ihn, wie er sich einen runterholte. Ich fand es unheimlich erregend. Ich stelle mir oft vor, wie ich andere beobachte."

Eine schwarzhaarige Frau mit Brille räusperte sich, sagte dann: „Ich hätte auch etwas."

„Ja", antwortete Therese. „Bitte, erzähl."

„Gut." Sie nahm ihre Brille ab, hielt mit den Händen je einen Bügel. „Ich war zu den Eltern meines Freundes eingeladen. Wir saßen gemeinsam beim Kaffee und ich konnte nicht anders, als seinen Vater immer wieder anzusehen. Irgendwann bin ich dann auf die Toilette gegangen. Dort fängt die Fantasie an, denn ich stellte mir noch an demselben Abend vor, als wir über das Treffen mit seinen Eltern sprachen, dass ich vergessen hatte, die Tür zur Toilette zu verschließen. Sein Vater kam rein, doch er war nicht überrascht, sondern wusste genau, was los war. Er schloss die Tür hinter sich, verriegelte sie, dann sah er mich mit demselben strengen Blick an, den er am Küchentisch aufgesetzt hatte. Er sagte mir, ich solle urinieren und beobachtete mich dabei. Dann meinte er, ich solle mich ausziehen und mich über den Rand der Badewanne beugen. Die Beine sollte ich spreizen. Mein Freund und ich haben uns ein halbes Jahr später getrennt, doch die Fantasie von seinem Vater, die existiert noch immer in meinem Kopf."

Evi saß da und hörte der Diskussion weiter zu. Jamie und Claire aus *Outlander*, die Vergewaltigung. Sie erinnerte sich genau, wie sie sie damals gelesen hatte. Es war das Machtgefälle, das sie erotisiert hatte. Es war, was Therese kritisierte. Und irgendwie, im Buch zumindest, hatte es ihr dann doch gefallen. Spielte Gabaldon tatsächlich mit den Erwartungen der Leser? Eine Vergewaltigung, wie es der Vergewaltigten passt. Schön und genau richtig und natürlich nicht zu viel. Nur eben die Ausweglosigkeit. Und der perfekte Mann, für alle irgendwie perfekt?

Als Evi nach Hause kam, war das Licht in Klaus' Zimmer an. Die Tür stand offen, die Wohnung war dunkel, nur der Boden vor seiner Zimmertür war hell erleuchtet. Leise schloss sie die Wohnungstür hinter sich. Ihr erster Gedanke: War er zurück? Ihr zweiter Gedanke: Jetzt? So früh? Sie hatte doch mehr Zeit. Sie brauchte, wollte die Zeit. Sie war nicht bereit mit ihm zu reden. Nicht mit allem, was losgewesen war. Mit Lore bei Florian und Jan und alledem. Doch sie konnte nicht weg, es war ihr Zuhause, sie konnte nirgends anders hin. Vielleicht zu ihren Eltern aufs Dorf. Mit dem Zug …

Leise zog sie die schlammverschmierten Turnschuhe aus. Auf Zehenspitzen ging sie in die Mitte des Ganges und lauschte. Da war das Klacken einer Tastatur. Kratzen über Holz. Eine Maus klickte.

Evi schloss die Augen. Was wäre, wenn er wieder da wäre? Stünden sie dann wieder am Anfang? Sie würde mit ihm sprechen müssen. Über die Frau auf dem Bild. Darüber, wie sie weitermachen sollten. Die Beziehung neu verhandeln. Es wäre anstrengend … viel zu anstrengend. Lore war fort und so eng wie jetzt war sie noch nie mit Jan gewesen. Noch nie. Sie atmete aus. Hatte sie nicht noch etwas Zeit verdient, das zu genießen? ‚Wenn Klaus eine Freundin in Berlin hatte, wäre das gut', dachte sie und nickte. Dann wäre sie nicht mehr die Einzige. Dann hätte sie mehr Zeit mit Jan, weil Lore bei Florian war. Und Therese hatte recht, wenn sie fragte: Was ist das Problem? Ist es nicht das, was du eigentlich wolltest?

Evi atmete ein, hielt die Luft an. Dann ging sie zur offenen Tür. Zuerst sah sie nur die mit dem Baumwolltuch abgedeckten Leinwände. Dann die weiße Wand, das Regal hinterm Schreibtisch. Wieder klickte die Maus. Dann die Kante des Tisches, und dann … Jan. Sie trat mit pochendem Herzen ein, dann atmete sie aus.

„Hi." Jan sah zu ihr auf. Sein Bart war ein hellbrauner Schatten auf seiner Wange, er trug ein T-Shirt und eine Jogginghose.

„Was machst du hier?" Irritiert sah sie ihn an.

Er lehnte sich in Klaus' Schreibtischstuhl zurück. Sein Laptop stand auf der umgedrehten Schreibtischunterlage.

„Ich arbeite noch ein bisschen", sagte er.

Sie verschränkte die Arme. „Warum hier?", fragte sie. Es war Klaus' Zimmer. Sein Atelier, in dem er alle seine Arbeiten lagerte und in dem er arbeitete. Niemand anderes durfte hier rein, nur wenn er es erlaubte.

„Wenig Ablenkung. Aber jetzt komm doch her."

Sie zögerte, betrachtete ihn. Er hatte ihr echt einen Schreck eingejagt. Wie er da saß, am Schreibtisch.

„Jetzt komm schon", wiederholte er, streckte die Hand nach ihr aus.

Also ging sie zu ihm. Langsam, bis er sie zu fassen bekam, sie zu sich zog, auf seinen Schoß. Er küsste sie. Ihre Beine schwebten in der Luft. Der Bildschirm zeigte einen mit Formeln durchsetzen Fließtext.

„Ich konnte mich drüben nicht konzentrieren. Die ganzen Sachen. Lores Sachen. Der Schreibtisch mit den Fotos."

Lores Schreibtisch. Die Fotowand neben dem Fenster. Alle möglichen Erinnerungen aus Jahren des Zusammenseins. Bilder von Jan und Lore, glücklich und breit grinsend. Und Fotos von Evi und Therese und Lore. Zusammen in der Uni. Auf Studentenpartys. Beim Eis essen. Evi nickte. Sie verstand ihn. Natürlich. Sie hätte es an Lores Schreibtisch gerade auch nicht ausgehalten. Ihre Verantwortung. Lore.

„Hier ist es so ruhig", sagte er.

Für ihn, nicht für sie. So viele Erinnerungen an Klaus. Wie er hier gesessen hatte, auf genau diesem Stuhl. Sein Blick. Nachdem Jan und Evi das erste Mal miteinander geschlafen hatten. Den Blick würde sie nie vergessen, ihr ganzes Leben nicht. Ein Blick von totgeschwiegener Wut und Hilflosigkeit. Sie nickte. Es fühlte sich falsch an, hier mit ihm zu sitzen. Als würde sie Klaus Schmerzen zufügen. Als würde sie ihn betrügen. Sie schloss die Augen. Es war ein Ort wie jeder andere.

„Wollen wir ins Wohnzimmer gehen? Ich glaub, ich mach mir einen Tee."

„Klingt gut. Ich mache hier noch schnell fertig, ja?"

In ihrem Zimmer tauschte Evi die nach dem Rauch des Feuers riechende Jeans gegen eine Jogginghose und zog sich warme Socken über. Ihre Füße waren eiskalt. In der Küche setzte sie Wasser auf. Dann betrachtete sie die Wiese vor dem Haus. Wie sie stumm vor ihr lag. Unverändert in der Sommernacht. Evi goss den Tee auf und trug die Teekanne ins Wohnzimmer.

Sie setzte sich aufs Sofa, klammerte sich an der warmen Keramik fest, starrte den schwarzen Fernsehbildschirm an und blies auf die heiße Flüssigkeit. Es war ein seltsamer Abend gewesen. Die Blumenkrone, das Blumenzepter. Das ist dein Land.

„Also." Jan kam zu ihr ins Wohnzimmer und setzte sich neben sie auf die Couch. „Was habt ihr heute gemacht?"

Evi sah von ihrer Tasse auf. „Es war spannend. Wir haben uns über Fantasien unterhalten. Ein paar der Frauen haben ihre erzählt. Ich muss dieses

Buch mal lesen. Wusstest du, dass eine der häufigsten Fantasien von Frauen die Vergewaltigungsfantasie ist? Ist das nicht krass?"

[illegible]

„Hast du auch eine Fantasie erzählt?"

„Ne", sagte Evi. „Ich hätte gar nicht gewusst, wie ich sowas in Worte fassen soll."

Jan nickte stumm, trank einen Schluck Tee und schwieg.

„Was ist los?" Sie stupste ihn mit dem Ellenbogen an.

Er stellte die Tasse auf den Tisch. Dann setzte er sich zurück, betrachtete sie.

„Was?" Sie lachte. Sein Gesichtsausdruck, sie konnte ihn nicht einschätzen. Was war los? Was wollte er ihr sagen?

„Ich …" Seine Stimme war leise. So leise, dass sie ihn kaum verstand. Er räusperte sich. „Ich habe auch eine Fantasie", sagte er.

„Okay …" Sie wartete.

„Eigentlich ist es mehr ein Wunsch."

Sie rutschte an ihn heran.

„Ich weiß nicht, ob ich es dir erzählen soll. Für Lore wäre es nichts."

„Ja?" Tat er nur schüchtern, oder hatte er wirklich keine Worte?

Evi legte ihre Hand auf seinen Oberschenkel, streichelte ihn. Sie wollte ihm versichern, dass er ihr alles sagen konnte.

Doch bevor sie einen Satz anfangen konnte, begann er zu reden. „Ein Dreier. Mit einem anderen Mann." Dann sah er sie an.

„Ja?", sie stutzte. Mit einem anderen Mann?

Er nickte. Dann blickte er nach oben, auf die Wand oder die Decke oder irgendwas dazwischen. „Ihn spüren." Er sah sie an, streichelte ihre Wange. „Durch dich."

Evi nickte. Ihre Hand lag wie festgefroren auf seinem Oberschenkel.

„Es ist so eine fixe Idee." Er schüttelte den Kopf.

„Klar", antwortete sie, auch wenn sie nicht wusste, wie genau er sich das vorstellte. „Warum nicht. Ich meine … " Er lächelte sie an, dann küsste er ihre Wange.

Sie stand auf, reichte ihm die Hand, die er nach kurzem Zögern nahm. Als sie eine Doku anschauten, gingen ihr seine Worte durch den Kopf. Mit einem Mann. Sie sah ihn an, wie er neben ihr lag, dann streichelte sie über seine Wange. Wer hätte das gedacht.

14

Regentropfen sammelten sich an der Fensterscheibe seines WG-Zimmers, liefen zusammen, dann das Glas hinunter. Aus kleinen Rinnsalen wurden Miniatur-Bäche und Flüsse. Donner zerriss den Himmel. Graue Wolken schoben sich über die Häuserschlucht, verdunkelten die Backsteinwand ihm gegenüber. Es regnete schon den ganzen Tag. Auf dem Schreibtisch lagen Bleistiftskizzen, immer dasselbe Motiv: Karin, der Dämon. Karin mit dem weit aufgerissenen Maul, bereit ihn zu verschlingen. Karin mit den Augenschlitzen. Fußabdrücke aus Blut auf weißem Boden.

Sein Smartphone vibrierte. Immer hatte er die Hoffnung, sie würde sich melden. Sie hatte versprochen, sie würde antworten, wenn er ihr schrieb, doch es kam nichts. Wann hast du Zeit? Keine Antwort. Ich möchte dich gerne treffen. Keine Antwort. Stattdessen Sybille. Immer Sybille, als hätten sie eine gemeinsame Nummer, oder Karin würde alles an sie weiterleiten. Hier, übernimm mal. War sie der Wertstoffhof und er Beziehungsabfall? ‚Ich kann das nicht', dachte er. Er konnte nicht für immer auf sie warten. Was wollte sie? Dass er immer hoffte, immer Sehnsucht nach ihr hatte? Keine Verpflichtungen. Wie sehr es ihm auf den Sack ging. Er konnte nicht mehr. Da war sogar Evi besser. Was hatte er gehofft? Dass sie es sich anders überlegte? Dass sie ihre Meinung änderte, und ganz plötzlich waren sie zusammen und alles war wunderbar und er hatte seinen Dämon gezähmt? Einen Dämon konnte man nicht zähmen.

Er tippte: *Wann sehen wir uns wieder?* Dann legte er das Telefon weg.

Die Mine des frisch gespitzten Bleistiftes splitterte, als er ihn auf das Papier drückte. Er zog einen viel zu dicken Kreis, wurde kleiner und schmaler, ein Wirbel, ein schwarzes Loch.

Es klopfte, Fingerknöchel auf Sperrholz, er drehte sich um. Maria, wer sonst.

„Hey." Die Arme durchgestreckt, die Finger ineinander verschränkt stand sie in der Tür.

„Na?", fragte er, noch immer den Stift in der Hand.

„Wie läuft es mit den Skizzen?"

Er sah auf sein Blatt. Darauf alles Mögliche nebeneinander und noch keine Idee ausgegoren.

„Sie haben Swens Arbeit genommen." Aus der Gesäßtasche ihrer Jeans zog sie eine Postkarte.

„Naja", murmelte er. War abzusehen. So begeistert wie Günther von dem Gemälde gewesen war. Ein schreiender Mann, grob gemalte Pinselstriche. Nichts Überraschendes oder Innovatives. Nichts Aufregendes. Etwas, das sich eben verkaufte. Akademie-Arbeit. Er hatte es von Anfang an gewollt.

„Und er war ja auch einer der Ersten, die fertig waren", sagte Maria. Sie hob die Postkarte in sein Gesichtsfeld.

„Sieh dir doch die ganzen Idioten an", entgegnete er. „Kunst und Geld. Was sonst? Kommerz." Sie war schon fast wieder aus dem Zimmer. „Wenn es nicht so traurig wäre, würde ich darüber lachen", spuckte er die Worte aus.

Sie lächelte ihn über die Schulter an. „Ich finde es nicht schlecht. Und ich meine, von irgendwas müssen wir alle leben. Wenn wir immer nur gegen das System ankämpfen, was bleibt uns dann? In der Hoffnung auf Ruhm nach dem Tod arm und viel zu früh zu sterben, weil wir kein Geld haben für gesundes Essen?"

‚Natürlich', dachte er. Wie sie dastand, das kleine Mädchen, ein naives Lächeln auf den Lippen. Was hatte er auch erwartet? Kein Durchhalten. Anbiederung, Aufgabe.

„Wann machen wir weiter? Es geht bald los mit der Ausstellung."

Sein Telefon vibrierte. Sicher Sybille. Er drehte es um, entsperrte das Display. Karin. Er tippte auf die Nachricht, der Bildschirm wurde weiß. Es war abgestürzt. Er hätte es aus dem Fenster schmeißen können.

„Morgen?"

„Klar, morgen." Er wollte, dass sie verschwand. Er starrte auf den Bildschirm. Das Telefon startete neu. Erst nach einer gefühlten Ewigkeit baute sich die Nachricht auf. *Treffen heute Abend?*

Er war nervös, als er zu Karin fuhr. Er wusste nicht, was ihn erwarten würde. Das letzte Mal hatte er sich mit einem minimalen Entgegenkommen ihrerseits abspeisen lassen. Unentwegt klopfte er mit dem Knöchel seines Mittelfingers an die Glasscheibe der Straßenbahn, starrte hinaus. In seiner Tasche die Skizzen. Karin, aus seiner Erinnerung gezeichnet. Die Dämonin, die Fratze, die roten Fußabdrücke auf den weißen Fliesen, alles irgendwo zwischen Gemälde und Graphic Novel. Es war windstill, als er vor ihrem Haus stand. Der Regen hatte aufgehört, die Stadt roch nach nassem Asphalt. Ein schwarzer SUV schob sich im Schneckentempo an geparkten Autos vorbei, wackelte wie eine Schildkröte über die Pflastersteine. Er atmete tief ein und umklammerte die Flasche Weißwein, die er mitgebracht hatte. Als Friedensangebot. Als Zeichen seiner Zuneigung. Als Bestechungsversuch. Sein Finger schwebte über dem Klingelschild. Was wollte er von ihr? Dass sie ihm ihre ewige Liebe schwor, dass sie einsah, dass er ihr Ritter war? ‚Unrealistisch', dachte er. Also, was wollte er?

„Entschuldigung." Eine Frauenstimme hinter ihm. Er drehte sich langsam um. Mit Kajal umrandete Augen, ein großer Mund, ein großes Lächeln. „Ich würde gerne ..." Sie nickte in Richtung der Haustür.

„Ja, klar." Er stieg die Stufe hinab auf den Bürgersteig, ließ sie durch. Sie sah ihn für einen Moment an. War da Mitleid in ihren Augen? Er umklammerte den Flaschenhals. Der Moment der Wahrheit. Er stieg wieder auf das Podest, streckte seinen Finger aus und drückte das Klingelschild mit Karins Namen darauf in die Wand hinein. Dann erklang der Summer und er atmete noch einmal durch, bevor er die Tür aufdrückte. Seine dumpfen Schritte hallten auf dem Treppenholz wider. Stufe um Stufe wurden seine Beine schwerer, und als er in Karins Stockwerk angekommen war, waren sie wie Blei.

Sie stand schon in der Tür. Barfuß, in weiten Pluderhosen, ein enges Tank-Top, kein BH. Ihre Brüste wohlgeformte Rundungen unter schwarzem Stoff.

„Klaus." Sie umarmte ihn, küsste ihn auf die Wange. „Schön, dass du da bist."

Er umfasste ihre Hüfte, sog ihren Duft nach Sommer und Vanille ein, darunter ein Hauch süßlicher Schweiß.

„Komm." Sie nahm ihm die Flasche Wein aus der Hand. Dann machte sie kehrt und ging den Gang entlang.

Mit den Füßen streifte er die Schuhe ab, schob sie vor das kleine Schuhregal in der Mitte des Ganges, unter die Haarschmuck-Plastikblumen. Aus dem Augenwinkel dachte er, er sähe ihre Fußabdrücke auf dem Parkett rötlich schimmern.

„Bist du gut hergekommen?" Sie wartete in der Küche auf ihn.

„Ja, klar. Mit den Öffentlichen." Er folgte ihr. Den Gang entlang, am Bad und an ihrem Zimmer vorbei. Darin ihr Bett und der Dildo.

„Hast du Hunger?", fragte Karin, die Hände in die Hüften gestemmt. Auf dem Fensterbrett erzitterten die violetten Blütenblätter einer Orchidee im kühlen Luftstrom.

„Ja", sagte er. Aber er hatte keinen Hunger. Zu sehr war er in Gedanken. Sie konnten nicht so weitermachen, er brauchte mehr Gewissheit und er musste es ihr sagen. Jetzt, heute, es ging kein Weg daran vorbei. Was würde sie sagen? Zu was für einem Ergebnis würden sie kommen? Sie konnten sich nicht trennen, es war ausgeschlossen, die Option bestand nicht für ihn. Bevor sie sich trennten, würde er so weitermachen. Genauso. Lieber das als sie verlieren. Aber wäre nicht nach so einem Gespräch alles anders? Und vor allem, was wollte er fordern? Dass sie alle anderen verlassen sollte? Für ihn? Der Gedanke erschien ihm absurd. Dass sie ihn mit mehr Respekt behandelte?

„Was wollen wir essen? Ich habe Nudeln mit Tomatensoße und Parmesan.“ Ihre Schultermuskeln spannten sich, als sie eine Küchenschublade aufzog.

„Klingt gut.“ Er stand verloren hinter ihr in der Küche. Er wusste nicht wohin mit sich. ‚Es ist ein Fehler‘, dachte er. Hierhergekommen zu sein.

„Wie läuft es in deinem Seminar?“, fragte sie.

„Es geht. Maria und ich … Wir arbeiten gerade etwas aus.“

„Maria?“ Sie stellte einen Kochtopf auf das Cerankochfeld.

„Meine Mitbewohnerin.“ Hatte er ihr überhaupt von Maria erzählt? Oder war es Sybille gewesen, mit der er geredet hatte? In seinem Kopf löste sich die Grenze zwischen den beiden auf.

„Ach“, sagte Karin. „Stimmt ja. Ich glaube, ich erinnere mich. Was habt ihr geplant? Hast du was dabei?“

„Im Flur“, sagte er.

„Super.“ Sie lachte ihn an und ein Kloß blieb ihm im Hals stecken.

„Es sind nur grobe Ideen.“ Es war sie, immer wieder sie. Ihre Fußabdrücke auf dem Boden. Ihr Gesicht, verzerrt. Er hätte noch etwas anderes mitnehmen sollen … Aber vielleicht erkannte sie sich nicht selbst.

„Na, trotzdem“, sagte sie. „Du weißt doch, ich diskutiere gerne.“ Hatten sie jemals seine Kunst diskutiert? Immer nur mit Sybille.

Das Nudelwasser kochte, Karin ließ Spaghetti aus einer kleinen Packung hineinfallen. Ein Fertiggericht. Auf dem Tresen glänzte ein Alufolienpäckchen im Licht der Sonne. Klaus starrte sie an, wie sie Nudeln mit einer Gabel ins Wasser schob. Das Wasser spritzte. „Was wollen wir sonst heute noch machen?“ Sie wischte sich die Hände an einem Küchentuch ab.

Er schluckte den Kloß im Hals herunter. „Ich wollte mit dir reden“, sprach er die Worte endlich aus. Jetzt oder nie.

„Worüber denn?“ Sie lehnte an der Arbeitsfläche, neben ihr das sprudelnd kochende Nudelwasser. Zischend spritzte es auf die heiße Kochfläche. Sie reckte ihren Hals, sah ihn mit skeptischem Blick an. „Wird es jetzt kompliziert?“

Er schüttelte den Kopf. Ja, nein, vielleicht. Er wollte nicht gleich mit der Tür ins Haus fallen, sie würde fliehen. Ihn rauswerfen, ohne Kommentar. Sein Blick wanderte von ihr zum Fenster, wo der Orchideenstiel sich unter dem Luftzug nach vorne bog.

„Worüber willst du reden?“ Sie rührte in den Nudeln.

„Was wir sind“, brach es aus ihm heraus. Er kniff die Lippen zusammen. Alle guten Vorsätze aus dem Fenster. Alles sanft angehen. Als hätte der dumme Teil seines Hirns die Kontrolle übernommen und die Worte direkt zum Mund geschoben.

Sie legte den Kochlöffel zur Seite. Ruhig, vielleicht sogar betont gelassen. „Was meinst du?“, fragte sie.

„Ich mag dich sehr.“ Er blickte aus dem Küchenfenster. Vorbei an der Orchidee. Ganz oben ein Streifen blauer Himmel.

„Ich mag dich auch.“ Ihre Stimme klang angespannt.

Er nickte.

„Und was wir sind ...“ Sie ließ den Kochlöffel los. „Ich bin eine Frau, du bist ein Mann, wir haben Spaß miteinander. Müssen wir mehr sein als das? Hatten wir das Gespräch nicht schon mal? So oder so ähnlich?“

„Sind wir ein Paar?“, fragte er. „Sind wir zusammen?“ Die Unterhaltung lief anders als er es sich gewünscht hatte, ganz anders. Er schloss die Augen, hörte sich selbst dabei zu, wie er sich ins Unglück ritt.

Sie schwieg, während das Nudelwasser hinter ihr auf der Herdplatte sprang und zischend verdunstete.

„Ich will es nur wissen, weißt du. Ich mag dich, ich genieße jede Minute mit dir. Wegen dir ist Berlin erträglich.“

Sie rührte sich nicht. Dachte sie nach? Was sollte er sagen? Würde sie gleich explodieren?

„Du bist das Einzige, was mir an Berlin gefällt.“

Sie räusperte sich. Dann sagte sie: „Wie ich schon gesagt habe ... Wir haben eine lockere Sache. Wir kennen uns erst seit ein paar Wochen. Ich bin kein Fan davon, gleich überall ein Label dranzuhängen. Für den Moment finde ich es gut, wie es ist.“

Er könnte aufhören, er könnte nichts mehr sagen, sich mit ihr hinsetzen und einfach Nudeln mit Tomatensoße essen, und mit ihr darüber lachen, dass sie nichts anderes kochte als Fertiggerichte, und sich klammheimlich nach Marias Essen in der WG zurücksehnen. Und sich danach von Karin ein zweites Mal ficken lassen. Oder waren sie schon fertig miteinander?

„Ich fand es nur scheiße, dass du mich versetzt hast.“

Sie rollte mit den Augen. „Wieder das? Ich dachte, das hätten wir schon gehabt. Es ist mir was dazwischengekommen.“ Sie kotzte die Worte aus.

„Ich bin es leid, weniger wichtig zu sein. Ich bin es leid, derjenige zu sein, der den Kürzeren zieht“, presste er hervor. Er wollte nicht praktisch sein, nicht der Ersatz für jemand anderen. Es war wie bei Evi. Wenn Jan Zeit hatte, wenn er wollte, dann war sie bei ihm. Es war wie bei Evi, nur zehnmal schlimmer. Warum hatte er nur Pech?

„Ich hatte ihn lange nicht mehr gesehen. Wir sehen uns die ganze Zeit. Es war mir wichtig. Willst du das nicht verstehen? Drehen wir uns jetzt nur im Kreis?“

Er presste die Lippen zusammen.

„Es war die einzige Chance, ihn zu sehen. Vielleicht klappt es wieder in einem halben Jahr, in einem Jahr. Willst du mir das wirklich vorwerfen?“

Er schwieg. Starrte ins Leere, in den Spaghettikochtopfdampf, der langsam nach oben zog. Auf das Wasser, das aus dem Topf in den Tod sprang und auf der heißen Platte verdampfte.

„Ich hab mich mit dir eingelassen, weil ich dachte, du bist cool. Ich dachte, du kannst damit umgehen. Aber ich glaube mittlerweile, dass ich mich getäuscht habe.“ Sie drehte sich um, rührte mit der Gabel in den Nudeln. „Ich war von Anfang an ehrlich zu dir. Keine Verpflichtungen.“

Es ging in die falsche Richtung. Er hatte es zu früh angesprochen. Er hätte die Klappe halten sollen.

Sie zog eine Nudel aus dem Wasser, blies dagegen. Sanft tänzelte die Nudel im Luftstrom. „Ich mag dich“, sagte sie. „Aber ich glaube, das ist nichts für dich. Ich glaube, was du brauchst, ist eine kleine Freundin, die dir treu ist. Ich glaube, du bist einfach total Mono.“

„Das …“ Er presste die Lippen aufeinander. Zu viel, zu ehrlich, zu früh. Es war Evi, wieder und wieder. „Das stimmt so nicht. Ich will einfach wissen, wo wir stehen.“ Er schwieg für einen Moment, fügte dann leise hinzu: „Das ist alles.“

Sie goss das Nudelwasser in den Abfluss, die Spaghetti klatschten auf das Sieb.

„Das hab ich doch schon gesagt.“ Sie schüttelte das Nudelsieb. Wasser tropfte in das Edelstahlbecken. „Wir haben Spaß, das ist alles. Und ich habe den Eindruck, dass das ein Konzept ist, das dich überfordert.“

Er schüttelte den Kopf. „Nein. Ich kann damit umgehen.“ War es das jetzt? Hatte er es verbockt? Ein kalter Schauer lief ihm den Rücken hinunter.

Sie drehte sich um, ließ die Schultern sinken, seufzte. Dann schüttelte sie den Kopf.

„Lass es uns noch einmal versuchen“, bat er sie.

„Du wirst doch nicht glücklich damit“, sagte sie. „Sieh dich doch an. Die Angst ist dir ins Gesicht geschrieben.“ Sie schaltete die Herdplatte aus.

„Doch“, beteuerte er. „Alles, was ich will, bist du.“ Sie würde es noch sehen, sie bräuchte mehr Zeit. Sie würde ihm zustimmen, würde es früher oder später einsehen. Früher oder später würde sie zu ihm sagen: Wir sind ein Paar. Sie würden dem Ganzen ein Label aufdrücken wollen, dann wären sie zusammen. Er konnte warten.

„Vielleicht sollten wir es lassen“, sagte sie.

„Nein“, entgegnete er reflexhaft. Nur das nicht. Sie konnte nicht mit ihm Schluss machen. Nicht hier, nicht jetzt.

„Klaus …“ Sie schüttelt den Kopf.

„Wirklich. Bitte.“ Ihm blieb nur Flehen.

Sie legte den Kopf zur Seite, betrachtete ihn. „Gut“, sagte sie. „Noch ein Versuch.“ Sie schüttelte den Kopf. Über ihn? Dass sie zustimmte, konnte nur eines bedeuten. Da war doch mehr. Er hatte Recht. Sie würde es sehen. Sie würde es lernen. Sie brauchte nur noch etwas Zeit. Karin schnitt die Packung mit der fertigen Tomatensoße auf und drückte den Inhalt in einen kleinen Topf. Wie Blut lief sie ihr über die Finger. ‚Sie wird schon sehen‘, dachte er.

15

Lore kommt heute Abend vorbei. Sie will reden. Evi starrte auf ihr Handy. Las den Satz wieder. *Lore kommt heute Abend vorbei. Sie will reden.*

Sie tippte: *Wann?*

Jans Antwort kam prompt. So gegen acht. Sie bringt Florian mit.

Sie drückte den Knopf an der Seite ihres Smartphones, das Display erlosch. Dann legte sie das Handy, die Glasscheibe nach unten, auf ihren Schreibtisch. Evi sah aus dem Fenster. Die Blätter schimmerten grün bis weiß im hellen Sonnenlicht. Der Himmel war strahlend blau. Und sie saß an ihrem Schreibtisch. Vor ihrem Laptop, vor ihrem Uni-Kram und hackte hohle Worte in die Tastatur. Sie seufzte. Jan hatte sich wieder in der Bibliothek verkrochen. Als gäbe es nichts Besseres, als den ganzen Tag zwischen verstaubten Büchern im Dunkeln zu sitzen und zu arbeiten. Zu Hause hatte er keine Ruhe. Zu Hause konnte er nicht arbeiten. Zu Hause wollte er trennen von den Uni-Sachen, sonst schaltete er nicht ab. Evi streckte ihre Hand aus, klappte das Gerät zu. Es piepste, die LED auf der Oberseite blinkte dreimal auf, dann war Ruhe. Endlich Ruhe. Sie konnte sich sowieso nicht mehr konzentrieren. Mit der Hiobs-Botschaft im Nacken … Sie stand auf, sie musste was anderes machen. Irgendwas anderes. In ihren Rucksack packte sie ihren Bikini und ein Handtuch, dann stieg sie auf ihr Fahrrad und fuhr an den See.

Sie schwamm neben den Naturschutz-Schildern entlang. *Ab hier Vogelschutzgebiet.* Einen Meter vor ihr ließ sich ein Haubentaucher auf dem Wasser treiben. Eine Entenfamilie schwamm zwischen den Wurzeln eines Baumes umher, die verknöchert ins Wasser ragten, sich miteinander verschlangen und gemeinsam untergingen. Bäume reckten ihre Blätter über die ruhige Wasserfläche. Das Grün tanzte im sanften Wind. Aus der Ferne das Geschrei von Kindern. In der Mitte des Sees ein Floß, Miniaturmenschen auf Miniaturgummibooten und hungrige Sonnenbadende.

Evi aber wollte ihre Ruhe. Lore und Florian kamen vorbei, heute Abend. Warum? Nach so kurzer Zeit? Nach nur einer Woche? Es kam ihr vor, als wäre es gestern gewesen, dass Lore ihre Sachen gepackt hatte. Evi steuerte auf eine verlorene Kiesbucht zu, die zwischen der Bewaldung in den See ragte. Ihre Füße berührten den steinigen Untergrund, als sie halb schwebend, halb stehend ins Grün blickte. Zog sie zu Florian? Verschob sich ihr Lebensmittelpunkt? Weg von Jan, hin zu ihm? Was hieß das für sie? Dann wäre sie Jans Primärpartnerin. Sie biss sich auf die Lippe, ihr Herz machte einen kleinen Sprung.

Evi schwamm nach vorne, bis ihre Füße den Boden des Sees berührten. Das wäre wunderbar. Sie würden zusammen in den Urlaub fahren, sie würden jede Nacht miteinander einschlafen, sie würden zusammen kochen und über alles reden, so wie die letzten Tage. Wie die letzten Tage, nur für immer. Langsam ging sie vorwärts, auf den Kiesstrand zu, bis ihr plötzlich ein spitzer Schmerz ins rechte Bein fuhr. Das Wasser färbte sich rot.

Sie umfasste ihren Fuß mit der rechten Hand, fiel bei dem Versuch ihre Fußsohle zu betrachten fast um. Dann humpelte sie zur Kiesbucht, setzte sich auf die Steine. Dann sah sie sich ihre Fußsohle an. Ein Schnitt gleich unter dem großen Zeh. Eine rote Linie, die sich über den ganzen Ballen zog, ihre Seiten klafften auseinander, Blut quoll hervor. Sie drückte auf die Wunde, dumpfer Schmerz ließ sie die Luft scharf einziehen.

Sie ließ den Fuß los, stellte ihn auf die weißen und hellgrauen Kiesel, von der Sonne in jahrelanger Feinarbeit ausgeblichen, vom Wasser feinsäuberlich abgeschliffen. Evi schloss die Augen. Es war nur ein kleiner Schnitt. Es war egal. Die Sonnenstrahlen auf der Haut wärmten sie, trockneten ihren Bikini, waren Kompensation dafür. Ihre Gedanken wanderten zu Jan. Wie er sie angesehen hatte, so zerbrechlich und scheu und verletzbar. Jan und seine Fantasie, die Lore ihm nicht erfüllen wollte oder konnte. Und was wollte sie? Endlich war er bei ihr und jetzt? Würde sie es tun? Was sollte sie tun? Würde sie ihn so glücklich machen? Wenn sie ihn und einen anderen in sich eindringen lassen würde … Vielleicht würde es ihr sogar gefallen? Ohne es zu versuchen konnte sie es nicht wissen.

Sie hob ihren Fuß an. Die blutverschmierten Steine darunter starrten sie an. Er war ein guter Liebhaber, ein rücksichtsvoller Liebhaber. Er würde nichts tun, was sie nicht wollte. Die Nippelklemmen lagen noch immer neben ihrem Nachtkästchen, er hatte nicht danach gefragt. Er liebte sie, musste sie lieben, wenn er ihr seine Gefühle, seine Sehnsüchte erzählte. Wenn er sich verletzlich machte. Sie stellte ihren blutenden Fuß zurück auf die roten Kiesel. Er wäre rücksichtsvoll. Er würde aufhören, wenn sie nicht mehr wollte. Sie würde es versuchen, für ihn. Und für sich. Sie schloss die Augen, reckte ihr Gesicht ins Sonnenlicht.

Nach einer Weile humpelte sie zurück ins Wasser. In den Weiten des Sees löste sich ihr Blut auf. Zwei Männer lagen ausgestreckt auf dem Floß. Zwei Frauen saßen zusammengekauert auf der anderen Seite. Die Beine angezogen, der Rücken krumm über die Knie gebeugt. Als wären sie fast nicht da. Fast.

Evi klebte ein großes Pflaster über die mit Jodsalbe beschmierte Wunde an ihrem Fuß. Dann legte sie die Salbe zurück in die Schublade des Badschrankes und wischte die roten Farbreste mit einem Stück Toilettenpapier von der Keramik. Die nassen Haare klebten an ihren Schultern, das Frotteehandtuch hatte sie sich um die Brüste gewickelt. Sie humpelte gerade aus dem Badezimmer, als der Schlüssel sich im Schloss drehte. Es musste Jan sein.

„Hi." Sie war gerade an der Tür vorbei, als er in die Wohnung kam. „Du bist aber früh dran heute."

Er nahm er ihre Hand, zog sie zu sich. Er war ihr ganz nah, flüsterte: „Hi."

Sie grinste, sah in seine Augen. Er roch nach Sonne.

Er küsste sie, umarmte sie, drückte sie an sich.

„Was ist?", fragte sie.

„Nichts." Er war ganz nah bei ihr. „Ich bin froh, dass ich dich hab." Wieder küsste er sie. Und sie schloss die Augen, spürte seine Nähe, seine Hände auf ihrem Hintern, seine Zunge in ihrem Mund, sein Geschmack auf ihren Lippen.

„Ich liebe dich", flüsterte sie, doch er küsste ihre Worte fort.

„Ich dich auch." Dann ließ er sie los.

Sie humpelte in die Küche.

„Was ist los?", sagt er. „Was ist mit deinem Fuß?"

„Ich war schwimmen und hab mich geschnitten. An einer Glasscherbe unter Wasser."

„Hast du es desinfiziert?"

„So gut es ging", sagte sie.

„Das Wasser im See ist ziemlich dreckig", sagte er.

„Es gibt viel Dreck im Leben", entgegnete sie.

Evi zog die Auflaufform mit den Kartoffeln aus dem Ofen. Jan stand neben ihr und knetete nervös seine Fingerknochen. Wie eine abgewürgte Sirene quietschte das Porzellan über die Herdplatten. Dann legte Evi die Ofenhandschuhe zur Seite.

„Hat Lore ..." Evi verstummte als sie hörte, wie die Haustür geöffnet wurde.

Für einen atemlosen Moment starrten sie beide in Richtung der Haustür, schließlich setzte Jan sich in Bewegung, trat in den Gang. ‚Sie sind da', dachte Evi. Aus dem Kühlschrank nahm sie die Schüssel mit dem veganen Kräuterquark. Ein leises Klopfen und Jan öffnete die Tür.

Lore trug einen langen dunkelroten Rock und ein weites, dunkelrotes T-Shirt dazu, beides hatte Evi an ihr noch nie gesehen. Es roch nach Nalini. Die Haare fielen ihr bis über die Schultern, den Pony hatte sie mit zwei Haarnadeln nach hinten geklemmt. Die hohe Stirn, die sie seit der zehnten Klasse versteckte, war entblößt. Evi wischte sich die Hände an einem Handtuch ab und warf es in die Ecke. Dann humpelte sie zu Lore hinüber. Die lächelte sanft, so sanft wie Nalini, als hätten sie gemeinsam einen Kurs im sanften Lächeln belegt, gleich nach der OM-Session und der Emotionsdiskussion. Sie drückte Evi kurz an sich.

„Habt ihr einen Parkplatz gefunden?", fragte Jan

Florian schloss die Tür hinter sich. „Ja. Ein bisschen mussten wir suchen."

‚Als hätten wir ein befreundetes Pärchen zu Besuch', dachte Evi.

„Ja, wir sind halt doch in der Stadt." Jan sah Lore an. Und sie ihn.

Dann ging Lore einen Schritt auf ihn zu, legte ihm die Arme um den Hals. „Hallo", sagte sie und Evi konnte nicht anders als hinzusehen, auch wenn sie ihnen eigentlich ein Stück Privatsphäre gönnen wollte.

Jan ließ Lore nicht los. Sah sie an, ihr Gesicht, ihre Augen. Dann küsste er sie. Es war ein langer Kuss.

„Evi." Florian sah sie an. „Ich hab viel von dir gehört."

Hatte er? „Ja?" Sie nickte und sah zu Lore und Jan hinüber. Noch immer lagen sich die beiden in den Armen.

Evi räusperte sich. „Schön dich mal kennenzulernen", sagte sie und dachte: ‚Das letzte Mal hattest du deine Finger zwischen den Schamlippen meiner Mitbewohnerin.' Dann fügte sie an: „Sollen wir rübergehen? In die Küche?"

‚Was habe ich erwartet?', fragte sie sich, als sie vor Florian die Küche betrat. Das Essen auf dem Tisch und hinter ihnen Lore und Jan, ineinander verschlungen. Wie zwei frisch Verliebte.

„Ich hoffe, ihr habt Hunger mitgebracht." Sie atmete durch.

„Ja, total."

Sie drehte sich um zu ihm. Im Augenwinkel die anderen beiden, Arm in Arm, vor ihr der großgewachsene Hüne mit dem schlanken Gesicht und dem Männerdutt. Evi räusperte sich. „Ich habe Kartoffeln mit Kräuterquark gemacht. Und dazu Salat."

Sie versuchte, die beiden zu ignorieren. Am liebsten hätte sie die Tür zugemacht. Konnten sie nicht einfach zurück zu dem Punkt, an dem Klaus beschlossen hatte, ihre Beziehung zu öffnen? Sie hatten die Fehler wiederholt, vor denen ihre Ratgeber gewarnt hatten. Jetzt würde sie es anders machen. Wenn sie damals gewusst hätte, was sie jetzt wusste … Aber leider gab es keinen Probelauf für das Leben.

Im Gang lösten sich die beiden voneinander. Sie kamen in die Küche. Ohne Händchen zu halten, Evi atmete auf. Wer war jetzt gerade mit wem?

Jan küsste Evis Wange. „Sieht gut aus“, flüsterte er ihr zu und nickte in Richtung des Essens, als er sich neben sie setzte. Evi neben Jan. Lore neben Florian. Jans Hand auf Evis Oberschenkel, Florians Arm um Lores Schultern.

„Also.“ Lore sah Evi an, dann Jan. „Wir wollten mit euch sprechen.“

Mit dem Salatlöffel hob Evi die Kartoffelspalten aus der Auflaufform auf ihren Teller.

„Es läuft gut bei uns“, sagte sie. „Es ist, als hätten wir uns gesucht und gefunden.“

Florian nickte, lächelte, nahm den Salatlöffel von Evi entgegen.

„Das ist toll“, sagte Jan, sein Daumen malte Kreise in die Mitte von Evis Oberschenkel. Als wollte er sich durch sie durchreiben. Ein bisschen zu fest, ein bisschen zu schnell, ein bisschen zu viel. „Ich habe mich lange mit Nalini und Florian und auch mit Hendrik über meine Eifersucht unterhalten.“

„Ja?“, fragte Jan. „Und? Zu was für einem Ergebnis bist du gekommen?“

„Ich will was versuchen“, erklärte sie. „Wenn das für euch okay ist.“

„Was denn?“, Jans Hand verharrte still auf Evis Oberschenkel. „Ich will mit Florian eine Nacht hier verbringen. Wenn ihr zusammen seid.“

Evi starrte sie an. Das war also der Plan.

„Das ist großartig“, bestätigte Jan. Er suchte Evis Augen. „Oder, was meinst du?“

Evi teilte ein Stück Kartoffel mit ihrer Gabel. „Ja, klar“, sagte sie. „Ich meine, klar.“ War das Lores Ernst? Erst verschwand sie und jetzt tauchte sie mir ihrem neuen Typen einfach so auf, aus dem Nichts und dann das?

„Das ist ein Riesenschritt für Lore“, sagte Florian. „Wir haben uns lange darüber unterhalten.“

‚Schön, dass ihr euch unterhalten habt‘, dachte Evi, und schob sich die Kartoffel in den Mund. Dann hatte das alles nichts gebracht? Hatte sie Lore nicht deutlich genug gesagt, dass es so nicht lief? Und jetzt ging sie sogar noch über Jan hinweg. Sie wusste nicht mehr, was sie sagen sollte.

„Es war gut, Abstand zu bekommen. Über alles nachzudenken. Florian war eine unglaubliche Hilfe.“ Lore strahlte Florian an.

„Ich bin immer für dich da.“ Er küsste sie.

„Wann?“, fragte Evi, nachdem sie das Kartoffelstück runtergeschluckt hatte.

„Am nächsten Wochenende. Samstag auf Sonntag. Ginge das bei euch?"

„Wir quatschen dann nochmal, ja?", sagte sie, dann zog sie mit ihrer Gabel ein Stück Kartoffel durch den Quarkbatzen auf ihrem Teller. Sie sah Jan an. „Lass uns das noch besprechen."

Er nickte. Aber alles, was er zu sehen schien, war Lore.

„Bist du gleich wieder weg?" Evi stand in Lores Schlafzimmertür. Die packte einen Stapel T-Shirts in ihren Uni-Rucksack. Langsam, aber sicher verschwanden Lores Sachen aus der Wohnung.

„Ja", Lore lächelte Evi an. Es war ein leises, sanftes Lächeln. Wieder ein Nalini-Lächeln. „Es tut gut, rauszukommen. Der Garten, die Leute ..." Sie drehte sich um, zog die Kommoden-Schublade unter Ganesha auf. „Florian." Sie betrachtete ihre Unterwäsche, als wäre sie abstrakte Kunst.

„Er ist nett ..." Evi ging zu Lore ins Zimmer und setzte sich auf deren Bett. ‚Jetzt nicht wieder konfrontieren', dachte sie. Nicht gleich wieder aufregen. Sie würde die Sache erstmal mit Jan besprechen. Evi strich eine Falte des Bettlakens glatt.

„Er ist großartig." Lore nahm einen Stapel platt aufeinander gelegter Höschen aus der Schublade. Sie legte sie auf die T-Shirts. Dann setzte sie sich neben Evi aufs Bett.

„Er ist super. Ich kann mit ihm über alles reden. Und der Sex ist toll."

Evi nickte. Sie vergrub ihre Zehen im Teppich vor Lores Bett. „Das freut mich für dich."

„Ja." Lore nickte. „Ich bin gespannt, wie Jan ihn findet."

„Wann kommst du zurück?" Wie lange hatte sie noch? Allein mit Jan? Mit Lore war die Unsicherheit ausgezogen, wenn auch nur auf Zeit. Ja, sie vermisste sie. Natürlich vermisste sie sie. Und doch war der Status quo etwas, das sie nicht so schnell aufgeben wollte ... Und sobald Lore zurückkäme ... Schon jetzt war es wieder kompliziert und alles lief nach ihren Bedürfnissen. Alle tanzten nach ihrer Pfeife. Jan würde es wollen. Jan würde wollen, dass Florian und Lore hier übernachteten. Alles, um sie zu unterstützen.

„Mal sehen", sagte Lore. „Momentan fühle ich mich auf dem Hof sehr wohl und es gibt eine Menge, an dem ich arbeiten will. Und muss."

Evi nickte.

„Ich bin noch nicht soweit. Aber es wird", fügte Lore an.

„Und du bist dir sicher mit der Nacht hier?"

Lore nickte. „Ja. Ich will mich meiner Angst stellen. Mit Florian als Unterstützung. Er ist dann hier mit mir, kann mich auffangen.“

[illegible]

„Ihr macht einfach weiter wie gehabt. Es ist so schön zu sehen, wie ihr euch entwickelt. Ihr beide, dass ihr euch habt. Du bist ein wunderbarer Mensch“, sagte Lore. „Ich bin froh, dass du meine Freundin bist.“

Evi saß stumm da und schob die Hände zwischen die Oberschenkel.

„Ich bin so froh, dass du mit mir zusammen diesen Weg gehst. Mich unterstützt. Mich verstehst.“ Sie stand auf, starrte in die halb gepackte Tasche. „Ich bin davongelaufen, weißt du. Auf Biegen und Brechen habe ich versucht, eine ehrliche Auseinandersetzung mit mir und mit anderen zu vermeiden.“ Aus traurigen Augen sah sie Evi an. „Es war anstrengend. Emotional anstrengend.“

Evi betrachtete sie, widerstand dann aber dem Impuls aufzustehen und Lore in den Arm zu nehmen.

„Ich habe viel darüber gesprochen. Wirklich viel. Ich habe an mir gearbeitet.“ Sie zog eine Yoga-Hose aus dem Kleiderschrank. Verloren hing sie auf ihrem ausgetreckten Zeigefinger. „Und ich weiß, ich werde noch viel mehr an mir arbeiten müssen. Ohne mich mit meinen Gefühlen zu konfrontieren, geht es nicht.“ Der Stoff des Kleides glitt ihr durch die Finger und es fiel zu Boden, wurde zu einem Haufen Stoff. Sie bückte sich danach, hob es auf.

„So, jetzt aber genug von mir“, sagte sie, setzte ein Lächeln auf und stopfte das Kleid in den Rucksack. „Du humpelst.“

Evi starrte ihren Fuß an. Sie hatte ihre kleine Schwimmverletzung ganz vergessen. „Ja“, murmelte sie. „Ich bin beim Schwimmen in eine Scherbe getreten.“

„Oh. Ist es schlimm?“

„Es geht. Nicht wirklich.“ Evi lächelte. Was sollte sie aus alledem machen? Aus Lores Selbstanalyse und ihrem Selbstverbesserungsdrang. In ihrem Kopf herrschte Leere. Sie musste erst noch drüber nachdenken.

Lore zog den Reißverschluss des Rucksacks zu. „Ich freue mich schon aufs Wochenende“, sagte sie, warf ihn sich über die Schulter.

‚Als wäre es beschlossene Sache‘, dachte Evi und sah Lore hinterher.

Beide schwiegen sie, als die Tür hinter Lore und Florian zufiel. Die Nacht drückte gegen die Fensterscheiben, das Licht in der Wohnung kämpfte dagegen an. Jan und Evi saßen im Schein der roten Lampe in der Küche. Sie hätten Florian sagen können, dass Lore sie gebastelt hatte. Aber dafür war in dem Gespräch kein Raum gewesen.

„Wie geht es dir?", fragte Evi. Sie dachte an die Begrüßung, an die Küsse, die geheimen Worte, die Jan und Lore gewechselt hatten. Sie war noch immer seine Primärpartnerin. Da ging kein Weg daran vorbei.

Jan war blass, starrte auf den Tisch. Nahm es ihn mehr mit, als sie gedacht hatte? Für ihn war alles immer so locker und kein Problem gewesen. „Es ist wichtig." Mit abwesendem Blick nickte er.

„Wichtig?", fragte sie.

Er nickte. „Es ist wichtig, dass sie die Nacht hier verbringt. Es ist wichtig, dass er dabei ist. Er ist …", Jan zögerte erst, dann sah er sie an. „Nett."

Evi hatte sich nicht mit ihm unterhalten, nicht wirklich.

„Komm her", sagte er.

Sie stand auf.

„Setz dich." Er rutschte mit seinem Stuhl nach hinten.

Sie stieg über ihn, setzte sich auf seinen Schoß, ihre Gesichter nah beieinander. Es sollte nicht mehr um Lore gehen. Sie war auch noch da. Sie hatte so viele Opfer gebracht, sie hatte gewartet. Auf ihn. Darauf, dass sie mehr Zeit miteinander hätten. Darauf, dass er aus der Uni kam. Darauf, dass er sich in ihr verlieren würde. Und immer ging es nur um Lore. Schon wieder um Lore.

Sie küsste ihn. Spürte ihn. Seine Lippen, seine Zunge, alles schlaff. ‚Komm schon', dachte sie. Sie sah ihm in die Augen, küsste ihn wieder. ‚Lass uns Lore vergessen, für einen Moment.' Sie brauchte diesen Moment. Brauchte ihn, musste spüren, dass er sie liebte, wie er Lore liebte. Dass er sich nach ihr sehnte, nach ihr verzehrte. Wieder küsste sie ihn, doch er gab ihr nicht mehr. Ihr war zum Heulen zumute. Frustriert lehnte sie sich zurück. „Was ist los?", fragte sie.

Er antwortete nicht, vergrub stattdessen seinen Kopf in ihrem Nacken. Sie verharrten. Sie saß auf ihm, er war an sie gelehnt. Er drückte sie an sich, und sie streichelte seinen Kopf, seine Schultern, seinen Rücken. Sie konnte nicht mehr tun, als ihm zu geben, wovon sie dachte, dass er es brauchte. Dann würden sie eben hier übernachten. Evi seufzte. Sie wollte sich nicht schon wieder darüber aufregen.

Später, als sie zusammen im Bett lagen, sagte sie: „Ich treffe mich morgen mit Max."

Im Dunkeln spürte sie seinen Blick auf ihrem Gesicht ruhen. „Ich wünsche euch viel Spaß“, flüsterte er mit schwacher Stimme.

Konnte er nicht etwas anderes sagen? Sie lag neben ihm im Bett, das Zimmer war dunkel. Sie starrte ins Schwarz. Ins Nichts. Morgen? Wirklich? Wollen wir nicht mal was zusammen machen?

„Er ist wirklich nett“, sagte sie.

„Klingt doch gut.“

War da nichts? Gar nichts? Klaus wäre ausgeflippt.

„Wir gehen ein Eis essen, morgen Nachmittag.“

Er bewegte sich neben ihr, sie spürte seinen Atem an ihrem Ohr. „Macht das. Ich hoffe, er ist gut für dich.“

Sie nickte, drehte den Kopf zu ihm. Dann küsste er sie. Endlich küsste er sie.

„Was machst du morgen?“

„Ich geh in die Bib.“

„Wollen wir am Abend was miteinander machen?“

„Klar“, sagte er.

„Ein Film? Kuscheln?“

„Hast du darüber nachgedacht?“, flüsterte er.

Für einen Moment wusste sie nicht, was er meinte. Dann fiel es ihr ein: Seine Fantasie. Sie nickte.

„Und?“

Wieder nickte sie. Warum nicht. Er zog sie an sich. Küsste sie. „Wirklich?“, fragte er.

„Ja.“ Sie stöhnte, als er ihr Höschen herunterzog. Als er sein Gesicht zwischen ihren Beinen vergrub. Mit der Zunge penetrierte er ihre Scheide. Langsam, irgendwann setzte er sich auf, streifte ein Kondom über, dann war er in ihr. Es ging schnell. Er sank auf ihr zusammen, sein Schwanz schrumpelte, rutschte aus ihr raus. Aus ihrem Nachtkästchen nahm er ihren Vibrator. Das Summen erfüllte ihren Kopf, die Vibration ihren Körper.

„Ich liebe dich“, flüsterte er ihr ins Ohr, nachdem sie gekommen war.

Das warme Wasser lief über ihre Haare und fiel von ihren Schultern in die Wanne. Endlich hatten sie mal wieder miteinander geschlafen. Endlich war da die Leidenschaft gewesen, die sie von ihm kannte. Die Leidenschaft, die sie bei Klaus vermisste. Sie drehte den Wasserhahn zu und schob den Duschvorhang zur Seite. Sie hob ihren Fuß und stieg über den hohen Rand der Wanne. Ein spitzer Schmerz durchfuhr sie, als sie auf dem Fliesenboden auftrat. Ihre Fußsohle. Der Schnitt, sie hatte ihn ganz vergessen. Evi setzte sich auf den Toilettensitz und zog das nasse Pflaster von der Wunde. Die Ränder des Schnittes und die Haut darum waren tiefrot. Sie drückte dagegen. Ein hellrotes Rinnsal lief über ihren Fuß. Mit Toilettenpapier wischte sie das Blut auf. Dann humpelte sie zum Badezimmerschrank, nahm die Jodsalbe heraus und trug sie dick auf der Wunde auf. Es zog und brannte, und sie presste die Lippen aufeinander. Sie klebte ein Pflaster darüber.

Er wartete am U-Bahn Aufgang, lehnte an der Betonbrüstung neben der Treppe, hinter ihm ein Blumenhändler. Tulpen und Rosen in Plastikeimern, sogar am Sonntag. Zur schwarzen Röhrenjeans und den Chucks trug er ein schwarzes Shirt. Die vollen Locken fielen ihm wirr um den Kopf. Seine Haut war hell, fast schon weiß.

„Hi“, sagte sie. Sollte sie ihm die Hand geben, ihn umarmen? Sie blieb einfach stehen. Steif wie ein Stock.

„Evi.“ Er blinzelte gegen die Sonne. „Wollen wir?“

Sie nickte. Sie liefen am Unicampus entlang in Richtung der Museen. Am Straßenrand reihten sich Autos auf. Von der Eisdiele aus bog sich eine Menschenschlange um die Büsche am Straßenrand.

„Schön, dass wir uns wiedersehen“, sagte er, als sie sich anstellten. Seine Hand streichelte ihren Rücken.

Sie mochte seine Berührung, mochte seine Augen, mochte, wie er sie ansah. Ihr Herz klopfte, als sie darüber nachdachte, warum sie sich eigentlich trafen. Sie wollte es nicht beenden. „Finde ich auch“, sagte sie und lächelte. Seine sich vortastende Berührung war bitter-süß.

Langsam bewegte sich die Schlange nach vorn. „Wie läuft es mit deiner Arbeit?“, fragte er.

Ihre Arbeit. Die lief so nebenher. Evi nickte. „Gut“, log sie. Sie atmete auf, als sie schließlich ihr Eis in Händen hielt, und noch einmal, als sie am Museum gegenüber vorbeiliefen, weg von den Menschen, vorbei an der bunten Hausverkleidung aus verschiedenfarbigen Stäben. Immer wieder tauschten sie schüchterne Blicke.

„Ich liebe das Eis hier.“ Er lachte, fuhr sich mit der Zunge über die Lippen.

„Ja“, antwortete sie. „Ich auch.“

Sie setzten sich auf eine Bank, er rutschte an sie heran, und ihre Knie berührten sich. Er sah sie an und sie verschwand in seinen unendlich braunen Augen. Wie er Therese Kontra gegeben hatte. Dann bist du nicht besser als die Schwarzer. Sie wünschte, sie wäre so schlagfertig. Davon war sie noch weit entfernt. Die Ansagen, die er den Schauspielern gemacht hatte. Ihr Herz rutschte in ihren [illegible].

Er lächelte, biss von seinem Eis ab.

„Ich muss dir was sagen“, sagte sie.

„Ja?“

Sie atmete tief ein. Besser das Pflaster schnell abreißen. „Ich bin Poly.“ Jetzt war es raus.

„Ja?“

„Ich bin Poly“, wiederholte sie. Dieses Mal mit mehr Nachdruck.

Er lachte. Als wäre es nichts Besonderes. Als hätte sie gesagt, sie wäre brünett.

„Weißt du, was das heißt?“

Die Eiswaffel knackte, als Max hineinbiss. Er grinste breit. „Ich hatte mit meiner letzten Freundin eine offene Beziehung. Klar weiß ich, was das heißt.“

Evi ließ die Schultern sinken.

„Wenn man ehrlich miteinander umgeht, kann es funktionieren“, sagte er. „Wie viele Partner hast du?“

„Zwei. Ich wollte es dir nur sagen. Bevor …“

Wieder biss er von seiner Waffel ab. Dann nickte er in Richtung ihrer Hand. „Du hast da …“

Flüssiges Eis lief über ihre Finger, tropfte von der Eistüte auf den Boden. Sie leckte es ab.

16

Eine Leinwand, so groß wie er selbst, lehnte an der Wand des Ateliers. Er trat einen Schritt zurück, betrachtete die Linien, die er mit dem Pinsel gezogen hatte. Dünn und schwarz zogen sie sich über das Weiß, verschmolzen mit dem Hals, den Haaren, den Zähnen. Er trat einen Schritt vor, zog die Spitze seines Pinsels über eine kleine Stelle bei den Schultern.

„Ist doch gut geworden." Maria saß auf der Couch in der Mitte des Raumes, die Beine übereinandergeschlagen.

„Irgendwas stört mich." Er betrachtete das Gemälde. Er konnte nicht sagen, was es war.

„Ich weiß nicht, was du meinst", sagte sie. „Ich finde es ziemlich gut." Der tiefe Ausschnitt ihres Oberteils ließ einen Einblick auf ihre Brüste zu, zwischen den Rundungen glänzten Schweißtropfen auf nackter Haut. Warum hatte sie nicht mehr an? War es Sinan egal?

Still stand er da. Langsam trocknete die Farbe auf den Pinselhaaren. Er ging auf die Knie und zog aus dem Sammelsurium der Farbtuben ein kräftiges Rot.

„Meinst du wirklich?" Das abgewetzte Leder der Couch knarzte, als sie sich nach vorne beugte.

Er drückte die pastöse Farbe auf den farbverschmierten Porzellanteller, wusch seinen Pinsel aus. Ja, er war sich sicher. Der Farbton war der ihres tiefroten Lippenstifts. Mit dem feuchten Pinsel verflüssigte er die Farbe. Dann stand er auf, den Teller in der Hand, und trat an die Leinwand, setzte einen Strich mit roter Farbe darauf.

„Ja", kommentierte sie, als sie neben ihn trat. Der dünne Stoff der Hose schlackerte um ihre Beine.

Das Rot hatte sich mit den Überresten vom Schwarz vermischt, bildete eine dunkle Kontur. Klaus nickte, mit der freien Hand wischte er sich die Locken aus der Stirn. Schweißperlen klebten an seinen Schläfen.

„Jetzt ist es perfekt."

Klaus nickte. Ja, er war zufrieden. Er kniete sich nieder, tauchte den Pinsel in ein mit Wasser gefülltes altes Schraubglas. Rote Schlieren durchzogen das helle Grau.

„Wie nennst du es?"

Er sah zu Maria auf. Sie hatte die Arme verschränkt und betrachtete das Bild. Immer noch gab sie ihm Rätsel auf. Auch wenn sie sich mittlerweile wider Erwarten als produktive Partnerin herausgestellt hatte. Fehlende Kreativität versuchte sie mit Fleiß und Technik zu kompensieren. Es tat ihm fast schon leid, wenn er ihr zusah, wie sie Skizze nach Skizze nach Skizze von ihrem Block riss. Keine neuen Ideen, kein Durchbruch. Kein Wunder, dass sie ihn brauchte. Die Bilder, die sie für die Abschlussausstellung gemalt hatte, waren voll von seinen Ideen, umgesetzt mit ihren unsäglichen Scherenschnitten. Aus allem Guten konnte man etwas Mittelmäßiges machen.

„Freust du dich auf die Ausstellung?“, fragte sie, ihr Blick fixiert auf das Bild. Ihre Bilder waren längt eingepackt und schon in der Galerie. Sie war natürlich früher fertig geworden als er. Natürlich. Alles gut geplant und rechtzeitig angefangen und so weiter. Wie ihn dieses schulmädchenhafte Getue nervte.

Er legte den Pinsel neben das Schraubglas. Ein kleiner nasser Fleck bildete sich unter den feuchten Pinselhaaren auf dem unversiegelten Beton. Ein Fleck von vielen. Ein Künstler von vielen.

„Ich weiß nicht“, antwortete er. „Du?“

„Schon. Nur Schade, dass es dann vorbei ist.“

Er stand auf, streckte die Knie durch. Er ging zur Ledercouch, setzte sich. Bei jeder Bewegung knarzte das Leder.

Über ihre Schulter hinweg sah sie ihn an. „Ich meine, ich arbeite gerne mit dir. Wir waren produktiv. Ich finde das Ergebnis echt gut … Und das hier …“

Klar, wenig überraschend, zumindest für ihn. Sie hatten einen mittelmäßigen Vorschlag mittelmäßig zusammen ausgebarbeitet. Er hatte sich nicht besonders angestrengt. Warum auch? Einfach durchkommen und gut. Die Mittelmäßigkeit war Programm. Maria war das lebende Beispiel dafür, dass so ein Seminar eben nicht das Beste in den Besten zum Vorschein brachte. Am Ende hatte sie alle seine Vorurteile bestätigt.

„Du solltest das zeigen. Eigentlich hätte es auf die Postkarten gedruckt werden müssen.“

Fast schon niedlich, wie sie ihn lobte.

„Wirklich, das meine ich ernst.“

Als ob er ihre Bestätigung brauchte. Er wusste, wie gut es war. Würde Karin das auch erkennen?

„Du musst es ausstellen“, sagte sie.

Der graue Himmel küsste die Hausdächer, als sie zu den Ausstellungsräumen fuhren. Zwischen ihnen das Gemälde, umwickelt mit braunem Papier. In den Ausstellungräumen lehnte er es neben Marias Bildern an die Wand, es gab keinen eigenen Platz dafür. Ihre Bilder hingen natürlich schon längst, irgendjemand hatte sie platziert. Die Haken waren genau abgezählt, jeder hatte seinen kleinen Raum und mit dem Raum mussten sie auskommen. Planen lernen, so nannte es Günther. Gestalten lernen. Um sie liefen ihre Kommilitonen herum, platzierten vorsichtig ihre Arbeiten an den Wänden, auf Podesten, auf dem Boden. Skulpturen aus Holz, halb menschlich, halb Tier, Gemälde, beliebig und abstrakt, Installationen, überdimensionale Papierrollen mit Text. Nichtssagend. Was man eben momentan so machte. Akademiestandard. Klaus setzte sich an einen langen Biertisch, billig kaschiert mit einer weißen Tischdecke. Der Raum war hoch. Ein Deckenlicht, Architektur aus dem zweiten Weltkrieg. Helle Strahler beleuchteten taghell, trotz der Tristesse vor der Tür. Mitten im Raum legte eine seiner Kommilitoninnen eine graue, aus Fetzen genähte, unförmige Stoffwurst auf den Boden. Performancekunst. Er hatte während der ganzen drei Monate kein Wort mit ihr gesprochen. Aber bestimmt war es ein Zitat an einen anderen Künstler. Neu interpretiert, in einen neuen Kontext gesetzt. Blabla. Wofür brauchte es Neues, wenn man Zitate hatte? Deez und die Assistenten standen am Eingang, diskutierten, gaben Anweisungen. „Nicht dahin". „Weiter drüben". „Die Stoffwurst noch ein paar Zentimeter nach links". Eine Kellnerin öffnete die erste Flasche Sekt mit einem Knall ohne Bravo, füllte die Gläser. Es war vier Uhr, noch zwei Stunden. Draußen liefen Passanten vorbei, unbeteiligte Gesichter hinter Glas. Klaus nahm eines der gefüllten Sektgläser. Der Inhalt schmeckte süß und billig und klebte auf seinen Lippen.

Karin hatte sich nicht mehr gemeldet. Keine Nachricht, kein gar nichts. Es war nichts Neues, und doch … Wie immer wartete er. Ein paar Mal war er kurz davor gewesen, sie anzurufen. Doch jedes Mal, wenn sein Finger über dem grünen Telefonhörer-Symbol geschwebt hatten, hatte er einen Rückzieher gemacht. Er hatte das Display ausgeschaltet, das Telefon zur Seite geworfen. Frustriert. Mit sich. Mit ihr. Mit der Welt. Sie würde sowieso nicht antworten. Was brachte die Aufhebung des einseitigen Kontaktverbotes, wenn sie ihn ignorierte? Er war praktisch und immer verfügbar. Er hatte es mit sich machen lassen. Warum, konnte er selbst nicht sagen. Man kann einen Menschen nicht zwingen, einen zu lieben. Aber ihm zeigen, wie wichtig, wie gut, wie großartig er war, das konnte man. Er hatte nur wissen wollen, wo er stand. War das wirklich so falsch? ‚Du kannst es nicht!', schrie sie in seinem Kopf. Du bist nicht dafür gemacht.

Er starrte das Bild an. Würde sie sich selbst erkennen? Die Wangenknochen waren überspitzt dargestellt, die Augen zu Schlitzen verzerrt, und doch … Wenn er sie betrachtete, sah er Karin. Karin in ihrer Küche. Karin, die einen anderen Termin hatte. Er schloss die Augen. Ihre knallroten Lippen formten Worte, die keinen Sinn ergaben. Er war richtig für sie. Warum verstand sie das nicht? Sie gehörten zusammen. Warum lief sie vor ihm weg? Wovor hatte sie Angst? Er wusste [illegible]. [illegible] nach München gehen. Wenn er sich etwas nicht vorstellen konnte, dann war es die WG. Mit Evi und Jan und Lore und allem auf Anfang. Es war, als hätte er diese Phase seines Lebens zurückgelassen. Evi, die ihn warten ließ, die machte, was sie wollte, die auf ihn schiss und ihm alles Mögliche vorwarf. ‚Date-Abend, es dauert so lang wie es dauert, es war doch abgemacht. Heute passt es dir nicht, damit musst du umgehen lernen, ich komme ja wieder, warte einfach. Komm mit deiner Eifersucht klar.' Einsamkeit und das ewige Warten. Er konnte es nicht bei beiden. Nicht bei Evi und Karin gleichzeitig.

Ob Karin kommen würde? Er hatte ihr einen Link mit der Einladung geschickt. Der Sekt klebte an seinem Gaumen, als er ihn hinunterkippte. Er stellte das Sektglas auf den Tisch.

Klaus saß auf dem grauen Kunstlederhocker in der Mitte des Raumes und schwieg. Die Dozenten gingen von Bild zu Bild, blieben stehen, betrachteten, steckten die Köpfe zusammen, besprachen, warfen dem Künstler oder der Künstlerin einen Blick über die Schulter zu, berieten weiter. Ein verkacktes Schiedsgericht. Als ob die drei das Beurteilungsmonopol hatten.

„Ist doch gut geworden." Maria schlug Klaus mit dem Handrücken gegen die Schulter. Als er nicht reagierte, fragte sie: „Was ist los?"

Sein Bild lehnte schief an der Wand wie ein Fremdkörper zwischen all der Anbiederung. Sie würden es hassen, da war er sich sicher. Er hätte sich nie von ihr überreden lassen sollen. Es war ein Fehler gewesen, das Gemälde herzubringen. Maria war wie eine Sirene, die ihm dumme Ideen einflüsterte. Mach einen Instagram-Account. Nimm das Bild mit. Es ist wirklich gut. Er brauchte niemanden, der ihm erklärte, dass seine Sachen gut waren. Er hätte seinen ursprünglichen Plan weiterfahren sollen. Mit Wachs in den Ohren am Schiffsmast festgebunden.

„Kommt Sinan?" Er sah zu ihr auf, wollte nicht darüber sprechen. Jedes andere Thema war ihm recht.

„Er steht im Stau. Ist wohl spätestens um acht da. Kommt Evi aus München?"

Hatten sie darüber gesprochen? Der Gedanke erschien ihm mehr als abwegig. Evi. Er schüttelte den Kopf.

„Hm ..." Maria kniff die Lippen zusammen und nickte stumm.

Das Schiedsgericht stand vor seinem Bild. Die Assistentin warf sich den Fransenschal über die nackten Schultern. Trug sie das lächerliche Teil immer? Günther nickte in Richtung des Bildes, formte einen Kreis mit den Händen. Deez nickte. Seine Lippen bewegten sich. Was hätte Klaus dafür gegeben, Lippenlesen zu können. Die Fransenschalfrau lachte schrill.

Über die Schulter hinweg sah Günther Klaus an. Einen Moment zu lange. Automatisch setzte Klaus sich gerade hin. Er hatte es gewusst. Sie lachten über ihn. Sie verstanden es nicht, wie könnten sie es auch verstehen, so verbohrt, wie sie waren. So festgefahren, wie sie waren, in ihrer verkackten Universität.

Günther löste sich aus der Gruppe. Er ging auf Klaus zu. Ein Zipfel seines fahlblauen Hemdes hing ihm über den Hosenbund, schlug im Takt seines Ganges gegen den schwarzen Jeansstoff.

„Na, Klaus?“ Günther verschränkte die Arme vor der Brust. Klaus rang sich ein Lächeln ab. ‚Was kommt jetzt?‘, fragte er sich.

„Dann hast du ja doch noch etwas zustande gebracht. Ich muss ehrlich sagen, ich habe nicht daran geglaubt.“

Maria tätschelte Klaus' Schulter. Wollte sie ihn verarschen?

„Es ist gut geworden. Schwierig, aber gut.“ Günther betrachtete das Bild. „Heute sind einige Galeristen da.“

Klaus nickte. Schwierig, aber gut. Es war verdammt nochmal das beste Bild der gesamten Ausstellung.

„Ich könnte mir gut vorstellen, dass Interesse für deine Arbeit bestehen könnte.“ Günthers Blick ruhte noch immer auf dem Gemälde. „Es ist vielschichtig. Du hast definitiv von der Zusammenarbeit mit Maria profitiert. Und eindeutig weniger sperrig als das, was ich davor von dir gesehen habe.“ Günther sah ihn an. „Ich hatte gegen dich gestimmt. Ich hatte nicht gedacht, dass du reinpasst. Ich hoffe, du hast dich gut vorbereitet. Zu jedem Bild gehört eine Geschichte.“

Er hatte von Maria profitiert? Er?

„Überleg dir, was du zu den Galeristen sagst. Jetzt geht es nur noch ums Verkaufen.“

Er wollte aufspringen, ihm erklären, dass Maria von ihm profitiert hatte, nicht andersherum. Er wollte es klarstellen. Er wollte … Da war sie, Karin. Im Anzug, die Krawatte locker gebunden. Sie stand am Eingang, sprach mit einem der Kellner. Nur am Rande bekam er noch mit, wie Günther ihm auf die Schulter klopfte. Dann war er weg und das Tribunal suchte sein nächstes Opfer. Klaus sah nur noch sie. Die Hose, die ihre Beine umspielte, und das zu weite Hemd, das ihre vollen Brüste versteckte. Sie war gekommen.

Klaus stand auf, ging zur Eingangstür.

„Die Ausstellung wird erst heute Abend eröffnet“, sagte der Kellner, die Tür cinen spaltbreit offen.

„Ich bin mit einem der Künstler hier.“ [illegible] oben. Dicke Regentropfen klatschten auf den Asphalt. Sie stand unter dem kleinen Vordach.

„Sie müssen leider noch warten.“ Der Kellner blieb hartnäckig. Er wusste nicht, dass er schon verloren hatte gegen sie. Jeder verlor gegen sie.

„Sie gehört zu mir“, sagte Klaus.

Der Kellner drehte sich zu ihm um. „Sie sind einer der Aussteller?“

Klaus nickte. „Ja.“

Der Kellner zögerte einen Moment, dann trat er wortlos zur Seite. Mit hoch erhobenem Kopf schritt sie an ihm vorbei.

„Du bist hier“, sagte er.

„Klar bin ich hier. Hast du gedacht, ich lass mir das entgehen?“ Sie grinste ihn breit an. Weiße Zähne unter knallrotem Lippenstift. „Ich will doch sehen, wie du dich von mir hast inspirieren lassen. Dann zeig mal.“ Sie nahm seine Hand. Ihre Finger glitten zwischen seine, sie drückte zu. Wie um zu sagen: Wir gehören zusammen. Er wollte sie nie wieder loslassen.

Stumm standen sie vor dem Bild. Klaus betrachtete Karin, wie die sein Werk ansah. Kleine Fältchen bildeten sich auf ihrer Stirn, ein Lächeln umspielte ihre Lippen. Was würde sie sagen? Erkannte sie sich?

„Wann ist dir die Idee gekommen?“ Ihre Augen leuchteten heller als die Deckenstrahler. Begeisterung. Endlich sah er in ihren Augen, wonach er die ganze Zeit gesucht hatte.

Würde er zu viel sagen, würde er ihr von der Dämonin erzählen, von den blutigen Fußabdrücken und dem aufgerissenen Maul, wäre sie wieder weg. Es war zu früh. Es würde einen guten Zeitpunkt dafür geben. Und der war nicht jetzt.

„War es im Wald?“, fragte sie. „Oder auf der Lesung?“

Klaus schluckte. „Was meinst du?“

„Na, Wald oder Lesung?“ Sie stupste ihn mit der Schulter spielerisch an. Als ob es nur diese beiden Möglichkeiten gäbe.

Sanft drückte er ihre Hand. Sie drückte zurück.

„Im Wald hatte ich die erste Idee. Auf der Lesung wurde es konkreter.“

Wissend sah sie ihn an. ‚Ich habe es geahnt‘, sagten ihre Augen. ‚Ich war die Idee‘, sagte ihr Lächeln. Und er wartete. Auf ihr Urteil. Er wollte, dass es ihr gefiel. Sie waren so kurz vor einem: Ja, finde ich gut. So kurz vor einem: Ich bin begeistert.

Sie senkte ihren Kopf, einzelne Haarsträhnen fielen in ihr Gesicht. Im Raum nebenan trat die Performancekünstlerin mit dem Fuß ihre Stoffwurst umher, schob die Spitze ihres Stiefels darunter, zog sie in die Höhe. Die Konzentration war ihr ins Gesicht geschrieben.

„Komm mit." Karin zog an seiner Hand.

Er ließ sich von ihr fortziehen. Was kam als nächstes? Was hatte sie vor?

Sie sah sich um, als sie die schwere Tür zu den Toiletten aufzog. Im kaltgefliesten Gang spiegelten sich die ausgeschalteten Deckenleuchten im Restlicht des Regentages. Karin drückte ihn gegen die Wand. Sie öffnete den Gürtel ihrer Hose, schob das weiße Hemd nach oben. Sie benutzte seine Finger, um unter den Bund ihres Höschens zu fahren. Sie steuerte ihn fern, zwischen ihre Beine, wo ihn Feuchtigkeit empfing.

So gut?

Für einen Moment verharrten sie.

„Ist es Sybille?", fragte sie.

Er konnte, wollte die Frage nicht beantworten. Er wollte sie auffressen, ihre Lippen, ihre Zunge. Er tauchte mit seinem Finger in sie ein. In ihren Mund. Sein Kopf war leer, es gab nur noch sie. Endlich wieder sie.

Er drehte sie, drückte sie an die Wand. Er würde sie hier und jetzt ficken, ob jemand reinkam, war ihm egal. Er hatte auf diesen Moment gewartet. Endlich.

„Hier?", fragte sie. Es war eine rhetorische Frage. Wo sonst?

Er küsste ihren Hals, presste sein ganzes Gewicht gegen sie. Sie gehörte ihm. Endlich gehörte sie ihm. Er hatte sich nur gedulden müssen, er hatte es gewusst.

„Lass uns auf die Toilette gehen."

Undenkbar, dass er sich wegbewegte, doch irgendwie schaffte sie es, sich unter ihm heraus zu schlängeln. Irgendwie gebat sie ihm Einhalt wie der Tiertrainer dem Löwen im Zirkus.

„Komm." Sie zog ihn hinter sich her und er folgte ihr.

War es die Männer- oder die Frauentoilette? Spielte es eine Rolle? Waren sie beide nicht beides und am Ende nichts von beidem? Ficker und Gefickter oder Fickerin und Gefickte? Sie knallte die Tür hinter sich zu, verriegelte das Schloss. Er drückte sie gegen die Wand aus dunklem Holz. Alles lief auf Autopilot. Wie er ihr die Hose auszog. Wie er seinen Schwanz herausholte, an dessen Spitze ein schimmernder Tropfen hing. Sie zauberte ein Kondom irgendwoher, und er fragte sich kurz, ob sie immer eins dabeihatte – allzeit bereit, man wusste ja nie, wann es den nächsten Fick gab. Dann war das Kondom auf seinem Schwanz und er in ihr.

„Ich mag es, wenn du nicht mehr an dich halten kannst, Klaus aus München", sagte sie.

Es war sein Stichwort. Er küsste ihren lippenstiftverschmierten Mund. Er fickte sie. Ihre Wärme, ihr Fleisch. Ihre Fingernägel schoben sich unter sein Shirt, zerkratzten seinen Rücken. Endlich.

Er kam schnell. War sie gekommen? Sie sah ihn an, die Augenlider auf Halbmast, verträumter Blick und Lächeln. Es war gut gewesen für sie. Oder?

Die Tür zur Toilette ging auf.

„Wann ist denn die Eröffnung der Ausstellung?“ Eine Frauenstimme. Sie waren auf der Damentoilette. Fuck.

„Etwas über ’ne Stunde.“ Die Tür neben ihnen. Hatten sie zugesperrt? Er hielt das Gummi fest und zog seinen halbsteifen Schwanz aus Karin heraus. Die grinste ihn aus ihrem verschmierten Make-up-Gesicht an und legte ihren Zeigefinger über die Lippen. Pssst.

„Haben sie zu dir schon was gesagt?“

Frauen aus seinem Kurs. Sein Herz pochte schneller.

„Ne. Die gehen die ganze Zeit nur rum und gucken. Das kommt bestimmt später.“

„Machst du deine Performance noch?“

Die Stoffwurst saß neben ihnen auf dem Klo.

„Ja, aber erst später. So gegen zehn.“

Die Klospülung. Wann waren sie endlich raus? Klaus rührte sich nicht. Das Gummi hing ihm zwischen den Beinen. Karin sah aus, als wollte sie gleich loslachen. Er starrte sie an. Sie kniff die Lippen zusammen.

Das Waschbeckenwasser lief. Seife. Papier zum Händeabtrocknen. Die Tür. Waren beide draußen? Klaus atmete aus.

„Hast du echt so ’ne Angst, dass die uns erwischen?“ Karin grinste breit. „Ist doch egal. Was wär schon wenn? Vielleicht hätten sie auch gern ’ne Runde gevögelt.“

Klaus trat einen Schritt von Karin zurück. Die zog Klopapier von der Rolle, ging in die Hocke, wischte sich zwischen den Beinen ab.

„Komm, zieh dich an.“

Er zog das Gummi von seinem Schwanz, knotete es zusammen. Dann stieß er die unverschlossene Tür auf und verließ auf direktem Weg die Damentoilette.

„Haste Hände gewaschen?“, rief Karin ihm hinterher.

Im Gang lehnte er sich an die Wand, atmete durch.

Pünktlich um sechs Uhr trafen die Gäste ein. Freunde und Verwandte, Eltern und Geschwister. Es wurde umarmt und begrüßt und gelobt. Niemand kam, um ihn zu sehen. Er konnte sich seine Eltern vorstellen. ‚Der Junge muss es wieder übertreiben. So etwas unterstütze ich nicht.‘

Maria stand auf der einen Seite neben ihm, Karin auf der anderen, und gemeinsam hörten sie sich Deez' Rede an. Er sprach von wunderbaren Werken, von der erfolgreichen Sommerakademie, die ja jedes Jahr stattfand, von den großartigen Talenten, die mitgewirkt hatten. Alle applaudierten, es war eine Farce. Als hätte er etwas beigetragen zu all dem, was hier stand. Wie oft hatte Klaus ihn gesehen? Einmal? Er legte Karin den Arm um die Hüfte, trank einen Schluck Sekt. Gemeinsam gingen sie zu seinem Bild hinüber. An ihr hing noch immer der Geruch von Sex. Er war froh, wenn er das alles hinter sich lassen konnte. Es war ein albernes Drumherum, die Kunst wurde zum Nebenschauplatz, wo sie Hauptdarsteller sein sollte.

Nach Deez' Rede wurde der Professor von zwei jungen Frauen belagert. Roter Lippenstift. Beide himmelten ihn an, als wäre er der nächste Prophet. Günther schien von den beiden ganz hingerissen und badete in seinem Dozentenfame. Er tratschte mit ihnen, lachte, schlug sich übertrieben auf seinen Schenkel.

„Hallo."

Klaus' Blick wanderte langsam von Günther zu einer brünetten Frau, die neben ihm stand. Schwanger und Kurzhaarschnitt, die rechte Hand lag auf ihrem Bauch. Eine ausgebeulte Tasche hing über ihrer linken Schulter. Sie schüttelte ihnen allen die Hand, stellte sich als Vertreterin des Lokalradios vor.

„Ich würde gerne ein Radiointerview mit Ihnen machen", sagte sie. „Das sind ihre Werke, oder?" Sie nickte über ihre Schulter in Richtung der Fratze und Marias Scherenschnitten, die neben seinem Bild fast schon kindlich wirkten. „Hätten Sie Interesse?"

„Klar, gerne." Maria strahlte sie an, nickte Klaus zu.

„Wunderbar." Die Reporterin öffnete ihre Tasche, zog Aufnahmegerät und Mikro heraus.

Karin schmiegte sich an ihn wie eine Katze, eine Hand auf seiner Brust, eine auf seinem Hintern. Sie schob sich nach oben, flüsterte ihm ins Ohr: „Dann lass ich euch mal alleine." Sie küsste ihn auf die Wange, dann war sie fort.

„Bitte sagen Sie Ihren Namen ins Mikro." Die Reporterin hielt erst Maria, dann ihm das Mikrofon hin.

„Wie sind Sie dazu gekommen, an dem Sommerseminar teilzunehmen?"

Klaus suchte nach Karin. Doch im Menschengewirr war sie nirgends zu sehen. Maria erzählte irgendwas, von Empfehlung ihres Profs, bla, bla, bla.

„Und Sie?“ Das Mikro zeigte auf Klaus wie ein Dolch.

„Ein Dozent an der Uni kam auf mich zu. Ich studiere in München.“

Irritiert sah ihn die Reporterin an. Als nichts mehr kam, stellte sie endlich ihre nächste Frage: „Sie haben hierfür zusammengearbeitet?“

„Ja, ich kannte Klaus' Arbeiten von seiner Abschlussausstellung, und war von ihrem düsteren Vibe total begeistert“, sagte Maria.

Wieder sah sich Klaus nach Karin um. Wo war sie hin? Maria redete irgendein Zeug von der sehr fruchtbaren Zusammenarbeit.

„Das ist ja spannend.“ Die Reporterin nickte wie der Wackeldackel auf dem Armaturenbrett.

„Woher nehmen Sie ihre Inspiration?“, fragte sie.

Eine dämlichere Frage konnte sie sich nicht einfallen lassen. Hoffentlich war der Mist hier bald vorbei. Nicht, dass Karin ihm davonlief.

„Inspiration ist so ein esoterischer Begriff“, erklärte Maria. „Er suggeriert, dass eine höhere Macht der ausführenden Person eine Eingebung überbringt. Diese Person ist dann nur noch ausführendes Objekt und nicht selbst Quell der Inspiration. Obwohl der Begriff schon von Plato auf die inneren Vorgänge im menschlichen Gehirn übertragen wurde, ist er immer noch falsch besetzt. Ich lehne ihn daher ab. Grundlage meiner Kunst ist Recherche.“

„Und wie ist es bei Ihnen?“

Maria stieß Klaus mit dem Ellenbogen in die Rippen.

Er blinzelte. „Was war die Frage?“ Er sah die Reporterin an.

„Was dich inspiriert“, sagte Maria zu ihm, dann zur Journalistin: „Sie schneiden das, oder?“

„Natürlich.“

„Meine Inspiration …“. Seine Inspiration war gerade fortgelaufen. „Stanislaw Lem. Ich lese gerne philosophische Texte …“

„Hm …“ Die schwangere Reporterin zog eine Augenbraue hoch.

„Wo arbeiten Sie? Nutzen Sie ein Atelier?“

„Momentan kann ich noch die Räumlichkeiten der Universität nutzen, in meiner Münchner WG habe ich ein Arbeitszimmer“, antwortete Klaus auf eine Frage, die ihm mehr als profan erschien.

„In Großstädten“, ergänzte Maria, „ist die Nutzung eines Ateliers keine Selbstverständlichkeit. Nicht in Heidelberg, wo ich wohne, und auch nicht in München. Selbst in Berlin nicht.“

„Danke, das war es schon.“ Der Knopf am Mikro knackte zurück in Aus-Position und die Sache war vorbei. Endlich.

„Ich komm gleich wieder“, sagte er zu Maria, dann suchte er Karin. Er ging an Statuen vorbei, stieg über die Stoffwurst, hastete durch einen fast leeren Bereich mit Gemälden. Keine Spur von ihr. Dann sah er sie. Vor den Toiletten, sie drückte sich nach oben, auf die Zehenspitzen, küsste einen Typen auf die Wange. Er war aus der anderen Gruppe. Holger? Daniel? Klaus hatte keine Ahnung, was der Typ machte, und welche seine Sachen waren. Er hatte nicht mal eine Idee davon, ob sein Zeug besser war. Der Typ umfasste Karins Hüfte, zog sie an sich.

Wie lange hatte er sie schon angestarrt, als Karin ihn endlich sah? Als sie ihn anlächelte. Hier? Jetzt? Auf der Ausstellung? Mit einem seiner Kollegen? War das der ultimative Test? Der ultimative Beweis?

Er stand starr, wie festgewachsen. Günthers Stimme schob sich nur langsam an sein Ohr: „Klaus. Ich möchte dir jemanden vorstellen.“

Wie in Trance drehte er sich um. Eine der Dutt-Frauen. „Freut mich.“ Sie streckte ihm die Hand entgegen. „Jule Pohl.“

Bevor er ihre Hand schütteln konnte, musste er seine Faust lösen. Er atmete durch. Jule Pohl.

„Frau Pohl ist Kuratorin einer jungen Kunstplattform. Sie ist interessiert eine Ausstellung mit dir zu organisieren.“

„Wir haben einen Ausstellungsraum hier in Berlin und veranstalten regelmäßig wechselnde Ausstellungen. Im Normalfall dauert eine drei Monate. Oft laden wir drei Künstler ein, die den Raum mit uns gestalten. Wir haben bereits einen jungen Künstler gewinnen können, der bildhauerisch arbeitet. Ich denke, Ihre Arbeiten würden gut dazu passen. Wenn Sie und ihre Kollegin an einer Zusammenarbeit interessiert wären, wäre das wunderbar.“

„Ja …“ Klaus blinzelte. Er versuchte zu verstehen, doch da war diese elendige Karin-Blockade. Warum? War ihr alles scheißegal? Bedeutete er ihr nichts? War es immer nur ein Test mit ihr? Test nach Test nach verficktem Test?

„Hätten Sie denn kurz Zeit?“

„Ja.“ Er versuchte zu denken. Er versuchte sein Gehirn anzuwerfen, doch es gehorchte nicht. Es war wie ein abgesoffenes Motorboot. Nur ein unmotiviertes Blubbern.

„Wie würde es Ihnen jetzt gleich passen? Wir können uns gerne duzen. Jule“, stellte sie sich vor.

„Klaus. Nur einen Moment.“

„Ja, natürlich. Ich warte drüben. Bei ihrem Bild.“

Klaus lächelte aufgesetzt, nickte Günther zu. Dann ging er zu Karin hinüber. „Kann ich mit dir sprechen?“, fragte er sie. Es ging nicht anders. Er konnte nicht mehr denken. Was machte sie mit ihm!

„Au.“ Irritiert starrte sie ihn an.

„Alles klar?“, fragte der andere.

„Alles klar“, fauchte Klaus ihn an. Zu Karin sagte er: „Komm mit.“

„Lass sie in Frieden.“ Der Typ legte ihm die Hand auf die Schulter.

Klaus stieß sie weg. „Das ist eine Sache zwischen ihr und mir.“

„Ist okay“, sagte sie zu ihm, und der Typ hob die Hände, Handflächen auf Schulterhöhe. „Okay, okay.“ Feige Sau.

Sie schüttelte ihn ab, als sie hinter der schweren Tür zum Toilettengang standen.

„Was sollte das?“, fragte sie.

„Genau dasselbe könnte ich dich fragen. Was sollte das?“

„Ich hatte Spaß.“

„Hier? Jetzt?“ Er konnte es nicht glauben.

Sie verschränkte die Arme. „Siehst du?“

Er starrte sie an. Was bitte? Er konnte nicht fassen, wie ruhig sie war.

„Das ist genau das, was ich gemeint habe. Du bist einfach nicht dafür gemacht. Sieh es ein. Arbeite dran, verdammt nochmal.“

Also ein Test. Arbeite dran? Hatte sie gar keinen Anstand? Er war sprachlos.

Sie ließ ihn einfach stehen. Ging um ihn herum. Auf dem Fliesenboden klackerten ihre Absätze.

Er drehte sich zu ihr. „Echt jetzt?“, rief er ihr nach. „Auf der Ausstellung?“

Sie hielt ihren ausgestreckten Mittelfinger hoch, ohne sich umzudrehen. Hinter ihr fiel die Tür ins Schloss. Der erste Gedanke, den er fasste, war: Das war's. Der zweite Gedanke war: Vielleicht besser so. Er lehnte sich an die kühle Wand. Regen lief das schmale kleine Fenster am Ende des Gangs hinab. Hatte er sich so in ihr getäuscht? Wieviel Arschloch war sie?

Die Kuratorin redete mit Maria, beide hielten sie ein Glas Sekt in der Hand. Er konnte es noch immer nicht fassen. Seine Wut lag in seinen Fingern, seine Hände waren zu Fäusten geballt. „Da ist er ja.“ Maria deutet auf ihn. Sie lachte. Als ob es etwas zu lachen gäbe. Klaus atmete aus. Er versuchte sich zu beruhigen, was nur mäßig klappte. Die Unterhaltung zog sich wie eine Ewigkeit, immer wieder sprang ihm Karin und ihr ausgestreckter Mittelfinger in den Kopf. Fuck. Gegenstandsloses Geplänkel endete mit einer Verabredung zum Kaffee. Das hätten sie auch schneller haben können. Nachdem die Kuratorin gegangen war, haute ihm Maria mit der flachen Hand gegen den Oberarm.

„Was sollte das?“, fuhr sie ihn an. „Mir ist egal, mit wem du rumfickst. Das hier ist wichtig.“ Dann drehte sie sich um, ging zur Tür. Sinan wartete auf sie. Ein schwaches Nicken, dann waren sie zur Tür raus. Klaus ließ sich auf den schwarzen Lederhocker fallen. Scheiße.

17

Der Stadthimmel über der Münchner Skyline färbte sich dunkelblau. Lore und Florian waren bei Lore im Zimmer. Evi saß im Bett und schob das blumenbedruckte Kissen unter ihren Rücken. Es drückte rechts gegen ihre Wirbelsäule. Mit der Faust schlug sie dagegen, es wollte einfach nicht weicher werden. Sie seufzte und legte das Buch, das auf ihren Knien lag, zur Seite auf die Bettdecke. Es sank ein wenig ein. Evi zog das Kissen hinter ihrem Rücken hervor, dann schüttelte sie es auf. Staub tanzte im Licht der Nachttischlampe, legte sich langsam über das Nachtkästchen, über ihre Bücher, über den Boden. Sie lehnte das Kissen gegen das Kopfende des Bettes, ihr Rücken landete in einer Kuhle. Mit beiden Händen schob sie das Kissen an ihrem unteren Rücken wieder zusammen. Es drückte. Evi ließ den Kopf zurückfallen.

„Hey." Jan schloss die Tür langsam hinter sich.

„Hi." Evi sah auf. Er stand vor der Zimmertür.

„Und?", fragte sie.

„Alles gut." Er nickte, wiederholte: „Alles gut."

Evi steckte das abgerissene Stück Karton, das sie als Lesezeichen benutzte, zwischen die Buchseiten und klappte das Buch zu. Er kam zu ihr, setzte sich aufs Bettende.

„Bist du nervös?", fragte sie. Jan war nie nervös. Er war die Ruhe selbst. Er war selbstsicher. Immer. Jetzt war er blass.

„Es geht." Er betrachtete die Wand, die Zimmerdecke, sie. „Die beiden sehen glücklich aus zusammen. Zufrieden. Ich bin so froh, dass sie ihn gefunden hat."

Evi streckte ihre Arme nach ihm aus, er kletterte aufs Bett. Auf Knien kam er auf sie zu.

„Es ist gut, wie es ist."

Sie sah die Anspannung in seinen Schultern, in seinem Gesicht.

„Wie war es früher", fragte sie, „wenn wir beide zusammen was gemacht haben? Ich meine, ich weiß, wie es mit Klaus war."

Er legte sich neben sie. Sein Kopf lag schwer auf ihrer Schulter. Ihre Finger miteinander verwoben, hielt er sich an ihr fest.

„Sie war immer fertig. Sie war immer unglücklich. Sie war glücklich und unglücklich zugleich. Es war immer gleich. Es war anstrengend. Immer ein Kampf. Ich habe sie gefragt, ob sie will, dass ich es beende."

Evis Herz rutschte in ihren Magen. Er hatte sie gefragt, ob er es beenden sollte? War ihre Verbindung so fragil, so wenig wert, dass es bei einem Zucken von Lore vorbei gewesen wäre? Sie schluckte.

„Sie wollte nicht. Sie wollte, dass ich frei bin, dich zu lieben. Sie wollte kein Veto gegen dich einlegen. Wer weiß, wie es gewesen wäre, wenn es nicht du gewesen wärst. Wenn ich eine andere gehabt hätte. Eine, mit der sie weniger eng gewesen wäre." Er rührte sich nicht, starrte ins Nichts ... „Ich bin froh, dass es ist, wie es ist. Dass wir zusammen sind. Dass es weitergegangen ist." Er drückte ihre Hand. „Aber jetzt ... Jetzt hat sie ihn."

Evi starrte auf ihr vollgestopftes Bücherregal. All die Bücher, all die Worte, all die Ratgeber, die sie gelesen hatte. Wie kam es eigentlich, dass nichts, aber auch wirklich nichts auf die Realität vorbereitete?

Er atmete tief aus. Dann hob er seinen Kopf, drückte sich nach oben, küsste sie. Er griff in ihre Haare, drückte ihre Lippen gegen seine. Sie spürte seine Zunge. Für einen Moment unterbrach er den Kuss. Für einen Moment sah er in ihre Augen. Er betrachtete sie, als suche er etwas in ihrem Blick, seine Pupillen sprangen hin und her. Dann küsste er sie wieder und sie schloss die Augen und er war über ihr, auf ihr, seine Hände an ihrem Hals, auf ihren Schultern, ihren Brüsten, in ihren Haaren, überall. Nur er. Er zog ihr das T-Shirt aus, und ihre Gedanken waren bei Lore. Sie hatte etwas geahnt, aber sich selbst misstraut. Sie hätte es Lore ansehen müssen, hätte ihr ansehen müssen, dass sie etwas verbarg. Hätte unter die dünne Eisschicht blicken müssen, unter der die dunklen Wasser so tief waren, dass sie alle darin ertrinken konnten.

„Alles gut?", er stützte sich neben ihr auf und sah sie an.

Sie streichelte seine Wange. „Wie ist es so weit gekommen?"

„Was meinst du?"

„Florian, Lore."

„Denk nicht darüber nach. Lass es uns einfach besser machen." Dann küsste er ihren Hals.

Es einfach besser machen? Sie runzelte die Stirn, starrte an die Decke. Nicht darüber nachdenken? Aber was wäre gewesen, wenn Lore nein gesagt hätte? Weil sie nicht mehr gekonnt hätte?

Hätte er sie einfach verlassen? Wenn sie nicht Florian mitgebracht hätte, der nebenan im Zimmer in ihrem Bett lag? Die beiden waren das Paar in der Mitte, und alle anderen Verhandlungsgegenstand. Sie war Verhandlungsgegenstand, und mit ihr jetzt auch Florian. Hatte Therese Recht?

Seine Küsse waren wie sterbende Schmetterlinge auf ihrer Haut. „Liebst du mich?", flüsterte sie.

Er hob den Kopf, sein Mund stand offen. „Ja“, antwortete er. „Natürlich liebe ich dich. Warum fragst du?“

Sie drehte sich auf die Seite und betrachtete ihn. Er war erstarrt neben ihr.

Dann lächelte sie. „Ich musste es hören“, sagte sie.

„Natürlich liebe ich dich“, wiederholte er.

„Wie du Lore liebst?“

Er presste die Lippen aufeinander. Dann fügte er schließlich an: „Wie ich Lore liebe.“

„Stellst du mir mal deine Eltern vor?“, fragte sie.

„Wenn du das willst … Ich bin nicht geoutet.“

Sie nickte. Also nein. Oder vielleicht irgendwann mal. Sie wollte ihn nicht fragen: ‚Outest du dich für mich? Weil es fair wäre mir gegenüber?‘ Nicht jeder konnte eine Hippie-Kommunen-Freie-Liebe-Mutter haben wie sie, das sah sie ein.

Sie drehte sich wieder auf den Rücken, betrachtete die Decke, die vom gelblichen Schein der Nachttischlampe beleuchtet war wie immer. Doch die Welt hatte sich um hundertachtzig Grad gedreht. Dann dachte sie: ‚Ist doch egal, ich liebe ihn, er liebt mich, und es ist eben nicht einfach.‘ Und sie wusste nicht mal, ob sie seine Eltern kennenlernen wollte. Und dann dachte sie: ‚Ist doch nicht egal.‘ Wieder küsste er ihren Hals. „Willst du die Klemmen ausprobieren?“, fragte er vorsichtig.

Sie schüttelte den Kopf. Nicht das auch noch, das war zu viel. Vielleicht mit Max.

Irgendwann in der Nacht wachte Evi auf, sie musste aufs Klo. Als sie aus dem Bad kam, stand Florian vor der Tür. Florian in Boxershorts. Ein fast weißer, kaum behaarter Körper. Eine dünne Spur Schamhaare zog sich vom Bauchnabel zum Bund seiner Hose. Sie schoben sich aneinander vorbei. Er ins Bad, sie raus. Auf dem Weg zurück sah sie in Lores Zimmer, der Türspalt war weit genug offen. Evi blieb stehen. Lore lag im Bett, blonde Haare flossen über rote Kissen. Sie lauschte. Keine Geräusche. Schlief sie? Sie beugte sich vor, spähte hinein. Schritte hinter ihr. In der Küche? Sie floh in ihr Zimmer, kroch zu Jan unter die Decke, der Fernseher lief. Eine Doku. Löwenmännchen in der Sonne. Lores Mähne auf den Kissen. Dann schloss sie die Augen, schob den Gedanken an Lore fort, und kuschelte sich an Jan.

Der süßliche Geruch von frischen Pfannkuchen lag in der Luft. Frische Pfannkuchen und geschmolzene Butter und Ei und aufgebackene Brötchen. Lore und Florian machten Frühstück. Jan lag an Evi gekuschelt, sein Oberkörper an ihrem Rücken. Evi schob ihr Bein unter der Bettdecke heraus. Wunderbar kühl. Sie schlug die Decke zurück. Jans Hand wanderte über die Außenseite ihres Oberschenkels nach oben, über die Hüfte, bog ab, schob sich über ihren Bauch. Er drückte sich an sie. „Wo willst du hin?“, flüsterte er in ihr Ohr.

„Es ist so warm …“, sagte sie. Mit dem zweiten Fuß arbeitete sie sich langsam unter der Decke heraus. Dann drehte sie sich auf den Rücken, sah ihn an.

„Zu warm?“ Er küsste sie.

„Ja … Und ich hab Hunger.“ Evi lächelte. „Es riecht nach Essen.“ Langsam entzog sie sich ihm. Unter ihren Füßen der kühle Linoleumboden ihres Zimmers. Sie ging zum Fenster, zog die Rollläden nach oben. Das Sonnenlicht blendete sie.

„Wollen wir rübergehen, in die Küche?“, fragte sie. Sie wollte Lore sehen. Wollte sehen, dass alles okay war, wollte sie lachen sehen, wollte Florian sehen, wollte mit den beiden reden, wollte …

Jan blinzelte ins Sonnenlicht. „Wenn du unbedingt willst. Ich hätte nichts dagegen, noch ein bisschen liegen zu bleiben.“ Er grinste.

„Ja, aber die beiden sitzen drüben …“ Evi zog die Kommodenschublade mit ihrer Unterwäsche auf. Sie kramte in der bunt durcheinandergewürfelten Wäsche. BHs zwischen Höschen. Sie nahm eine schwarze Unterhose heraus. Er war so entspannt. Wusste er etwas, das sie nicht wusste?

„Ja …“ Jan zog sich die Bettdecke über den Kopf.

„Was ist los?“, sagte Evi.

„Ach, nichts …“, sagte er, unter der Bettdecke versteckt. Ein paar dunkelblonde Haare schauten raus. Sie setzte sich zu ihm aufs Bett, zog ihm die Bettdecke weg. „Was ist?“

„Es ist gerade so … einfach“, sagte er. „Wir beide zusammen, die beiden zusammen. Wenn wir rausgehen, dann …“

„Ja?“

„Wer weiß, was dann ist.“

„Vielleicht ist alles gut“, sagte sie. Ihre Verantwortung. Lore.

Jan hielt sich an seiner Bettdecke fest.

„Vielleicht gibt es gar keinen Stress und es war alles cool.“ Das zumindest war es, was sie hoffte. Sie wollte nur rübergehen, weil sie sich die Bestätigung abholen wollte. Sie war sich sicher. Sie wollte sich sicher sein.

„Ja …“, sagte er, schälte sich unter seiner Decke heraus. „Wird schon.“

Vom Boden hob Evi ein Shirt auf und zog es sich über. Ohne auf Jan zu warten, öffnete sie die Tür. Sie warf ihm noch einen Blick zu, dann war sie im Gang. In der Küche klapperte Geschirr. Florian stand am Herd. Aus der großen blauen Rührschüssel, die sonst immer nur verloren im Hängeschrank herumstand, kippte er Teig in die Pfanne. Das Fett zischte. Er neigte die Pfanne nach rechts, wartete. Dann nach links, wartete.

„Morgen", kam von hinten. Lores Stimme. Evi drehte sich um. „Keine Angst, er beißt nicht." Lore grinste breit.

„Ich …" Mehr brachte Evi nicht raus, dann fiel ihr Lore um den Hals. Drückte sich an sie. „Hattet ihr eine schöne Nacht?", fragte Lore.

„Ja."

„Das ist toll. Wir auch. Komm doch rein in die Küche. Willst du mit uns frühstücken? Florian macht so richtig amerikanische Pancakes."

„Klar, gerne. Ich komme gleich, ja?"

Lore nickte. Alles an ihr strahlte. Die Augen, der Mund.

Evi ging zurück in ihr Zimmer, zurück zu Jan. Der stand gerade mit einem Fuß in seiner Jeans.

„Und?"

„Florian macht Pancakes", sagte sie und setzte sich aufs Bett.

„Und Lore?"

„Die ist unglaublich gut gelaunt", gab Evi weiter. So ganz konnte sie es noch nicht fassen. Nicht Lores Umarmung, nicht deren überschäumende frühmorgendliche Fröhlichkeit.

„Das ist doch gut." Jan schloss den Gürtel seiner Jeans.

„Ja." Evi nickte. Langsam. Ja. Sie sah Jan an. Ja, es war gut.

Er zog sich sein Shirt über. „Wollen wir?" Erwartungsvoll sah er sie an.

Vielleicht würde jetzt alles wieder normal. Vielleicht würde es wie früher. Vielleicht würde es einfacher.

„Florian war als Austauschschüler in den USA", sagte Lore. Auf dem Teller in der Mitte des Tisches stapelten sich Florians Pancakes. Ein ganzer Turm. Wie im Film.

Evi stach mit der Gabel in das fluffige Gebäck, spießte es auf, hob es auf ihren Teller. Florian hielt ihr den Ahornsirup hin. Evi hatte nicht mal gewusst, dass sie so etwas hatten.

„Ein halbes Jahr", sagte er. „Am Wochenende gab es immer frischgemachte Pancakes und Waffeln. Da hab ich mir das Rezept abgeschaut."

„Er hat mir schon auf dem Hof welche gemacht. Und ich steh total drauf." Mit dem Messer fuhr sie in ein Himbeermarmeladenglas, strich eine dünne Schicht der roten Masse auf den Pancake.

Es war so nicht Lore. Sie war doch immer so auf gesund und grün und biologisch. Zum Frühstück biodynamisches Müsli und grüne Shakes.

„Und Florian", sagte Jan. „Du bist Informatiker?"

Florian nickte. „Ich arbeite viel vom Hof aus. Ich bin ein Digital Nomad. Ich erledige Auftragsarbeiten für größere Kunden."

„Aktuell arbeitest du mit jemandem wo gleich zusammen?" Lore stach mit der Gabel durch die Marmeladenschicht in den Pfannkuchen, schnitt sich ein Stück runter und schob es sich in den Mund. Evi war fasziniert. Sie saß noch immer starr da, die offene Flasche Ahornsirup in der Hand.

„Mit Ahornsirup sind sie super." Lore nickte in Evis Richtung.

Die blickte an sich herab und wandte den Kopf nach rechts. Sie brauchte einen Moment, um zu verstehen, was Lore meinte, dann kippte sie sich den Sirup über den Pancake.

„Und du wohnst auf dem Hof?", fragte Jan.

Florian nickte kauend. „Ja, genau. Wir sind eine ganz bunte Gemeinschaft. Du solltest unbedingt mal vorbeikommen."

„Und die Workshops sind klasse", fügte Lore an.

„Ja?" Jan nahm sich den nächsten Pancake vom Stapel.

„Wir hatten einen zu Kontaktimprovisation. Das ist spannend. Es geht darum, auf den anderen einzugehen, die Reaktionen des Gegenübers kennenzulernen, damit zu arbeiten, körperliche Signale zu bekommen und zu geben."

Jan nickte, griff nach der Squeeze-Flasche mit dem Honig. Ohne hinzusehen, ertränkte er den Pancake mit dem gelben pappigen Zeug.

„Klingt spannend."

Lore lehnte ihre Schulter an Florians Oberarm. „Wir haben festgestellt, dass wir wunderbar zusammenpassen." Verliebt sahen sie einander in die Augen. Und Evi sah Jan an. In seinem Blick lag Erleichterung. Neue Beziehungsenergie. Jan legte seine Hand auf Evis Oberschenkel. Ihre Finger fanden seine. Er lächelte sie an. Es war ein stilles Lächeln. Am liebsten wollte sie seine Gedanken lesen.

Dann war es vorbei. Sie waren wieder alleine. Nur Evi und Jan und die Wohnung, still und leer. Florian und Lore waren zum Hof gefahren. Sie hatten die Küche aufgeräumt, Lore hatte frische Klamotten eingepackt. Dann waren sie verschwunden. Die Wohnungstür war hinter ihnen zugefallen. Fast als wären sie nie da gewesen. Und doch hatte sich viel getan. Sie waren mit den beiden nicht nur in der Theorie, sondern auch in der Praxis konfrontiert worden. Lore und Florian. Tatsächlich ein Paar. Und verliebt. Es gab nichts Schöneres.

Jan zog seinen Laptop aus der Tasche und stellte ihn auf Klaus' Schreibtisch, auf die umgedrehte Schreibtischunterlage. Als er ihn aufklappte, lehnte sich Evi gegen den Türrahmen.

„Sollen wir reden?", fragte sie.

Er drückte die Einschalttaste seines Laptops.

„Über Lore?" Sie verschränkte die Arme vor der Brust.

„Ich brauche nur einen Moment für mich. Alleine. Später …"

‚Das ist neu', dachte sie. Evi lief ein kalter Schauer über den Rücken. „Ich wollte nur … Zwischen uns ist alles in Ordnung?"

Er lächelte, streckte die Hand nach ihr aus. „Ja. Sicher."

Sie nahm seine Hand, ging zu ihm. Sie stand zwischen seinen Beinen und er lehnte seinen Kopf an ihre Brust. Ihre Hände streichelten seine Schultern. ‚Erst mal verdauen', dachte sie. Und mit Blick auf ihn: ‚weniger einfach als gedacht.'

„Wir können nachher was unternehmen", sagte sie. „Schwimmengehen fällt flach … Aber ein Eis in der Stadt? Oder ins Brandhorst? Mal raus hier?"

„Doch was mit Kunst?" Von unten herauf betrachtete er sie, die Stirn in Falten gelegt.

„Ja, ich glaube, ich kann wieder Kunst."

18

Er saß in der Sitzgruppe in der Nähe seiner Bilder. Es war ein schwül-warmer Tag, die Hitze staute sich in den Häuserschluchten der Großstadt. Nur ein paar Schaulustige hatten den Weg in die Ausstellung gefunden. Eine Frau, deren Kind im Kinderwagen am Eingang schlief, stieg behäbig über die Stoffwurst der Performancekünstlerin. Klaus hatte sich ein Buch eingepackt. *Die blinde Eule* von Sadegh Hedayat. Maria hatte es ihm empfohlen. Vertieft in die ersten Seiten der Geschichten saß er da, der Hauptcharakter beobachtete die engelsgleiche Frauenfigur im Garten durch das mysteriöse Fenster im Schrank. Reflexartig sah er auf, als sich jemand neben ihn setzte. Sybille sah ihn unter einem zu langen Pony heraus an.

„Hallo", sagte er, überrascht sie zu sehen.

„Hi." Sie lächelte. „Na?" Mit ihrer Schulter stupste sie seine an. „Wie läuft es?"

Er klappte das Buch zu.

„Was liest du?"

„Ach das", antwortete er. „Meine Mitbewohnerin hat es mir empfohlen." Er hielt ihr das Cover hin.

Sie nickte. „Wie läuft es?"

Er legte das Buch zur Seite. „Gut", sagte er.

„Ist nicht viel los, oder?"

„Ne, nicht wirklich. Bei der Eröffnung war es mehr."

„Ja …" Sie betrachtete die Bilder, die ihnen gegenüberhingen. Das Gemeinschaftswerk mit Maria, die Fratze. „Karin hat mir davon erzählt."

Was alles? „Hat sie?", fragte er.

„Ja." Sybille schob ihre Hände unter ihre Oberschenkel. „Waren wohl auch einige Kuratoren da und Journalisten. Sie meinte, ihr hättet wohl eine Ausstellung an Land gezogen?"

„Wir sind im Gespräch, also Maria und ich." Ihr Blick war noch immer auf die Gemälde gerichtet. Warum war sie hier? Was wollte sie? Hatte sie nicht mitbekommen, dass Karin abgehauen war? Dass sie ihm den Mittelfinger hingestreckt hatte, dass sie ihn quasi abgesägt hatte? Das hatte sie doch schlussendlich, ihn abgesägt.

„Klingt gut." Sie lächelte.

„Ja. Klingt gut. Es soll eine Gemeinschaftsausstellung werden, zusammen mit einem dritten Künstler. Es ist ein Kunstraum, der von jungen Menschen betrieben wird."

Sie nickte, dann fragte sie: „Wie bist du eigentlich darauf gekommen?"

„Worauf?“

„Na, das Bild. Karin war begeistert. Sie meinte, ich müsse es mir unbedingt ansehen.“

„Der Wald und das Theater.“

„Ist es Karin?“ Sie sah ihn an, auf ihren Lippen ein wissendes Lächeln.

Er nickte. Natürlich durchschaute sie es. War es nicht eigentlich immer sie gewesen, die ihn verstanden hatte? Er betrachtete sie, das rundliche Gesicht, die schmalen Lippen. In ihren grünen Augen war eine Traurigkeit, die er nicht deuten konnte. Sie wandte ihren Blick ab, starrte nach vorn. Sollte er etwas sagen? Und wenn ja, was?

„Sie will dich nicht mehr sehen“, sagte Sybille.

Klaus nickte.

„Sie sagt, du sollst erstmal mit deinen Problemen klarkommen und sie kann sie nicht mit dir lösen.“ Sybille schüttelte den Kopf. „Ich glaube, sie hat ein größeres Problem als du.“

Starr saß er da.

„Warum bist du gekommen?“

Sie sah ihn mit zusammengekniffenen Augen an. „Wenn es jemand in mein Herz geschafft hat, dann lasse ich die Person nicht einfach fallen“, sagte sie, fügte dann an: „Es ist besser so.“

„Was meinst du?“

„Ich habe es beendet.“

„Was?“ Er starrte sie an. Ihre Wimpern hoben die zu langen Pony-Strähnen nach oben an.

„Ich habe es beendet“, wiederholte sie. „Es ist genug. Ich kann nicht mehr. Ich will nicht mehr. Was sie mit dir da abgezogen hat. Es hat mir die Augen geöffnet. Es war nicht okay. Wirklich nicht okay.“ Sybille stand auf, stellte sich vor ihn. „Ich gehe jetzt. Wenn du reden willst … Meine Tür steht dir offen. Ruf mich an, okay?“

Er lief durch die Stadt. Zwischen all den Menschen war er verloren, einsam, verlassen. Die Sache mit Karin war beendet. Er ging mitten in der Sonne unter Bäumen entlang, doch in seinem Kopf war Karin in dem dunklen Toilettengang. ‚Krieg deinen Scheiß in den Griff.‘ War er es, der etwas in den Griff kriegen musste, oder sie?

Sein Telefon vibrierte gegen seinen Oberschenkel. Er blieb stehen, zog es aus seiner Hosentasche. Ein Typ rempelte ihn an, brüllte: „Hey.“ Als Klaus aufblickte, war er schon ein paar Meter weiter, reckte die Arme in die Luft, die Lederjacke hob sich über den Nietengürtel.

Klaus starrte auf das Display: *Treffen morgen. Vielleicht können wir unseren Aufenthalt in Berlin verlängern. Ich schaue gerade Wohnungsanzeigen durch. Grüße Maria.*

Den Aufenthalt verlängern. Am liebsten wäre er woanders hingefahren. Nicht München, nicht Berlin, beides verbranntes Pflaster. Neu anfangen. Er drückte die Nachricht weg. Es waren gute Neuigkeiten. Doch alle guten Neuigkeiten waren unter einem Haufen Scheiße in Form von Ex-Beziehungen vergraben. Was würde Evi sagen? Wer wusste schon, wofür es gut war?

Klaus machte eine neue Nachricht auf. Tippte: *Wo bist du?*

Die Antwort ließ nicht lange auf sich warten. *Zu Hause.*

Kann ich vorbeikommen?

Ja, klar.

Die Fugen der Fliesen waren noch immer rotbraun.

„Das bekommt man nicht mehr weg." Sybille saß ihm am Küchentisch gegenüber. Sie lächelte, und wenn sie lächelte, formten sich kleine Grübchen neben ihren Mundwinkeln.

„Gar nicht?"

„Ich habe mit meinem Dad gesprochen. Er meinte, man müsste die Fugen neu machen."

Er starrte auf das Braun. Der Morgen nach dem Theater, das zerbrochene Glas, der Schnitt in seinem Fuß. Man sah davon nur noch eine rötliche Linie auf seiner Fußsohle. Es erschien ihm wie ein böser Traum.

„Was machst du jetzt mit deiner Freundin in München? Du kannst dich nicht einfach nie mehr melden."

Ja, wahrscheinlich hatte sie Recht.

„Willst du hinfahren?"

War er bereit dafür? Alles abzubrechen? Andererseits … Es war undenkbar, nach München zurückzukehren. Einfach so, und weiterzumachen, als wäre nichts gewesen. Mit Evi und Jan und Lore. Wenn er daran dachte, drehte sich ihm der Magen um. Er war nicht der Richtige für Evi. Und Karin nicht die Richtige für ihn.

„Ich finde, das solltest du. Alles andere ist nicht fair. Ihr gegenüber."

„Manchmal glaube ich, es ist scheißegal."

„Warum sagst du das?"

Sein Blick wanderte von den braunen Fugen über den weißen Tisch zu ihren Händen, die gefaltet auf dem Tisch lagen. Als würde sie beten. Ein irres, seltsames Gebet.

„Es ist nicht scheißegal“, sagte sie. „Wie lange wart ihr zusammen? Sie hat es verdient.“ Die gefalteten Hände lösten sich, stützten sich auf. „Willst du was trinken?“

Er schüttelte den Kopf.

„Warum warst du eigentlich ihr zusammen?“, fragte sie, als sie Wasser in ein Glas füllte.

Mittlerweile waren sie so lange zusammen, dass er nicht sagen konnte, warum. Er richtete sich auf, strich sich eine Locke aus dem Gesicht. Er sollte sie abschneiden Neues Leben, neue Frisur. Er quälte sich schon zu lange damit herum. „Wir haben uns in der Schule kennengelernt.“

„Hm …“ Sybille lehnte vor dem Teekocher an der Küchenarbeitsplatte. „Also eine Schulliebe. Naja, dann habt ihr euch eben auseinandergelebt. Gewohnheit, hm?“

‚Und Jan‘, fügte er gedanklich hinzu. „Gewohnheit, ja“, sagte er.

Der Wasserkocher klickte laut, Dampf stieg auf. Sybille goss das kochende Wasser in eine Kanne. „Aber so ist das nun mal in der Liebe. Du kannst niemanden festhalten.“

„Aber sollte man nicht gemeinsam daran arbeiten?“, fragte er.

„Ich sage nur, dass es keine Sicherheit gibt.“ Sie stellte den Wasserkocher zurück. „Es kann immer sein, dass sich der geliebte Mensch ganz plötzlich für jemand anderen entscheidet.“ Lange sah sie ihn an. „Meistens ist es ja ein längerer Prozess, von dem man nichts mitbekommt.“

„Ja“, sagte er.

„Man kann nur das Beste draus machen.“

„Aber wie hältst du es aus? Die Unsicherheit.“

„Zuversicht? Weil ich weiß, was ich wert bin. Und ich bin viel wert.“

19

„Freut mich total, dass es dir so gut gefallen hat.“ Therese saß auf der WG-Couch, die Beine überschlagen. Aus einer hellblau gepunkteten Schüssel löffelte sie Chocolate Chip Eiscreme. Sie hatten das Fenster aufgerissen, Vögel zwitscherten dem ausklingenden Tag entgegen, in der Ferne das Rauschen der Stadt. Ein Hund bellte irgendwo zwischen den Wohnhäusern.

Evi lümmelte im Lesesessel. Langsam trockneten ihre nassen Haare in der warmen Luft. Sie schob ihren Löffel durch Cookies and Cream und sammelte eines der teigigen Keksstücke auf, ließ das Eis in ihrem Mund schmelzen, bis nur noch der gefrorene Teig übrig war. „Ja“, sagte sie und hielt den abgeschleckten Eislöffel als Zeigefingerverlängerung in die Höhe. „Besonders die Sache mit dem Zepter und der Krone. Es war ein eigenartiges Gefühl ... über das Land zu blicken. Ich kann es gar nicht in Worte fassen.“

„Wir sollten es wiederholen“, sagte Therese.

„Auf jeden Fall.“ Evi nickte, steckte sich noch einen vollen Löffel Eis in den Mund. Sie hatten den Tag am See verbracht. Sonne, Schwimmen, Pommes mit Mayo futtern. Jetzt hatten sie es sich im Wohnzimmer gemütlich gemacht. Müde legte Evi ihren Kopf zurück. Die Eisschüssel stand auf ihrem Bauch, hob und senkte sich mit ihren Atemzügen.

„Wann siehst du ihn wieder?“, fragte Therese.

„Wen? Max?“

„Ja, wen sonst. Er ist begeistert von dir.“

„Ist er das?“, sagte Evi.

Therese schleckte das Eis von ihrem Löffel.

„Ich weiß nicht.“

„Was meinst du?“ Therese legte den Löffel in das schmelzende Eis in ihrer Schüssel.

„Gerade läuft es gut mit Jan.“

Therese runzelte die Stirn. „Ja?“

„Lore und Florian waren über Nacht in der WG und es war alles gut.“

Therese nickte. „Weißt du“, sagte sie. „Ich weiß nicht, was ich dazu sagen soll. Ich sehe dich an und es ist ein ständiges Auf und Ab mit dir. Mal bist du unglücklich, mal glücklich. Als wir uns das letzte Mal gesehen haben, warst du fertig mit der Welt. Bist du sicher, dass das alles gut für dich ist?“

„Naja …“ Evi nahm die Schüssel mit der Eiscreme von ihrem Bauch, stellte sie auf den Tisch. Der Rest war zu einer sahnigen Flüssigkeit zusammengeschmolzen.

„Jan ist es egal, was du machst. Ob du dich mit Max triffst oder nicht. Du hast dich drüber beschwert, dass Jan zu wenig eifersüchtig ist. Auf jeden Fall habe ich das so verstanden. Und ich dachte immer, es wäre gut, wenn er nicht eifersüchtig wäre, aber da hab ich, glaube ich, irgendwas nicht kapiert.“ Thereses Stimme wuchs zu einem Crescendo an.

Evi rutschte im Stuhl zurück. Sie kniff die Augen zusammen. Ja, sie war verunsichert gewesen, ob Jan sie wirklich liebte. Sie war verunsichert gewesen, ob es wirklich eine Liebe ohne Eifersucht gab. Sie war verunsichert gewesen, weil ihm Max so egal gewesen war. Aber er liebte sie, da war sie sich jetzt sicher. Er liebte sie, weil sie gut zusammenpassten. Er hätte sie einfach verlassen, aber das war früher. Das war vorbei. Sie hatten eine schwere Zeit gehabt. Aber jetzt wurde es besser. Jetzt wurde es einfach, denn Lore war bei Florian und glücklich mit ihm und Jan musste sich keine Sorgen mehr um sie machen. Musste sich nicht mehr bremsen lassen aus Rücksicht auf ihre Gefühle. Konnte endlich bei ihr sein, wie sie es beide wollten.

„Und dann noch Klaus und seine Bilder von der neuen Frau“, sagte Therese. „Also, was ist jetzt los?“

Evi setzte sich gerade in ihrem Stuhl auf. „Um Klaus geht es ja gerade nicht“, führte sie aus. „Ich war down, weil es mit Jan so schwierig war. Klaus war weg, und wir wollten beide mehr voneinander haben als nur die Freitage. Ich wollte eine ganz normale Beziehung führen mit ihm, und das war eben alles etwas schwieriger als gedacht. Wir haben Zeit gebraucht, um uns zu finden.“

Unverwandt starrte Therese sie an. „Ich weiß nicht, Evi …“

„Ich meine, wenn ich im Nachhinein drüber nachdenke, dann ist es doch klar. Ich bin in Jan und Lores Beziehung eingedrungen und habe die Grenzen verschoben. Jan wollte es auch. Und wir haben Lore damit überfordert. Da ist es doch ganz klar, dass sie damit unglücklich ist. Dass sie eifersüchtig reagiert. Ich meine, ich hätte genauso reagiert.“

„Mhm …“, machte Therese. Sie war nicht überzeugt.

„Ich hab ihr Zeit mit ihm weggenommen. Jan hat mit ihr verhandelt, und sie wollte es so. Sie wollte, dass wir zusammen sind, auch wenn es ihr nicht gut tat in dem Moment. Ich meine, ich war echt angepisst, dass sie mich nicht miteinbezogen haben.“

„Das hast du noch gar nicht erzählt“, sagte Therese.

Evis Blick wanderte von Therese zum Couchtisch und zurück zu ihr. „Echt nicht?", fragte sie dann. In ihrer Erinnerung war alles unscharf. Welche Details sie Therese erzählt hatte und wann und warum.

Therese stellte ihre Eisschüssel auf den Tisch.

„Ich hab erst im Nachhinein erfahren, dass es Lore nicht gut ging. Dass sie eifersüchtig war. Sie haben es mir nicht erzählt. Weder Jan noch Lore. Lore wollte es nicht, weil sie unsere Beziehung nicht belasten wollte, und Jan hat sich dran gehalten. Deswegen hat er mir nichts erzählt. Wir haben uns ziemlich gestritten deswegen. Es war das erste Mal, dass zwischen uns beiden die Fetzen geflogen sind."

„Ja?" Therese zog ihre Beine an, setzte sich im Schneidersitz auf die Couch.

„Er hat sich entschuldigt. Er hat eingesehen, dass es besser gewesen wäre, hätten sie was gesagt."

„Hat er das?" Thereses linke Augenbraue wanderte langsam nach oben.

„Ja, hat er."

„Evi, also …", sagte sie, dann presste sie die Lippen aufeinander. „Ich will mich ja nicht immer einmischen."

„Dann lass es", erwiderte Evi. Es reichte ihr. Sie wollte nicht schon wieder hören, wie schlecht Jan für sie war. Konnte Therese sich nicht einfach mal für sie freuen? Einfach mal anerkennen, dass sie eine Beziehungskrise gelöst hatte? Dass es anstrengende Arbeit war, Poly zu sein? Dass es immer Ausdiskutieren und Reden war?

„Was?" Therese zuckte zurück. „Was?", wiederholte sie.

„Wenn du dich nicht einmischen willst, dann lasse es." Evi verschränkte die Arme.

Therese schüttelte den Kopf. „Ich will nur das Beste für dich. Ich will dir nur einen guten Rat geben. Ich sehe dich an und ich sehe, wie unglücklich du bist."

„Das bedeutet nicht, dass das Beste ist, dass ich es lasse. Dass ich mich von Jan trenne. Du hast doch keine Ahnung. Du schaffst es doch nicht mal eine einzelne Beziehung über längere Zeit aufrechtzuerhalten."

Therese schnappte nach Luft. Mit den Fäusten stemmte sie sich auf der Couch auf, drückte sich nach oben. „Evi, ich …"

„Na, du kannst doch gar nicht beurteilen, was und ob es gut läuft. Du hast es nie selbst erlebt."

„Und wenn ich mir dein emotionales Auf und Ab so ansehe, dann will ich das auch gar nicht", entgegnete ihr Therese.

Evi klammerte sich mit den Armen an ihrem Oberkörper fest, starrte Therese an. In ihren Ohren rauschte das Blut. Was maßte sich Therese da eigentlich an? Wieder und wieder und immer wieder? Sie starrte ihre Freundin an. Ihre beste Freundin, das, was vom Trio Infernale übriggeblieben war.

„Hör zu, Evi. Ich will dich nicht von deinem Lebensplan abbringen, mit Jan glücklich zu werden. Ich sehe es nur realistisch. Ich meine, was erwartest du vom Leben? Wie stellst du dir deine Zukunft vor? In zehn, zwanzig Jahren?"

Evi biss die Zähne aufeinander und schwieg. Was wollte sie hören? Biedermeier-Gewichse? ‚In zehn Jahren will ich ein Baby in den Armen wiegen.' Vielleicht wollte sie keine Kinder. Keine Familie. Vielleicht wollte sie die Erde nicht mit einem weiteren Menschen belasten. Vielleicht war ihre Bestimmung nicht, Mutter zu werden. Und falls doch, es gab glückliche Poly-Familien. Es gab nicht nur den einen Weg. Sie machte die Augen zu, versuchte sich zu beruhigen. Sie hörte erst, dass jemand hineingekommen war, als Lores Stimme durch den Gang hallte.

„Hallo", rief sie. „Jemand zu Hause?"

„Wir sind im Wohnzimmer", rief Therese.

Sporttasche über der einen Schulter, Rucksack über der anderen stand Lore in der Wohnzimmertür. Sie trug ein gelbes Shirt und einen orangenen bodenlangen Rock dazu.

„Hey", sagte sie. Die Sporttasche glitt ihr von der Schulter, sie legte sie im Gang ab. Darauf stellte sie den Rucksack.

„Hi", sagte Evi.

Therese stand auf, ging zu ihr, drückte Lore an sich. Dann setzte sie sich wieder. „Komm doch her", sagte sie.

„Ja …" Es war, als warte Lore auf Evis Erlaubnis.

Evi atmete aus, tief ein, wieder aus. „Bist du wieder da?", fragte sie schließlich, zwang sich zu einem Lächeln.

„Hey, ja. Ich war lange genug auf dem Hof. Ich wollte nie da einziehen."

„Ich hab gehört, es gibt einen neuen Mann in deinem Leben." Therese sah Lore an.

Fragend betrachtete Lore erst Evi, dann wandte sie sich Therese zu.

„Ja", sagte sie. „Ja, das stimmt. Florian. Er ist wirklich nett." Sie sah Evi an. „Wir haben ausgemacht, jedes zweite Wochenende miteinander zu verbringen. Ich wollte das noch mit Jan und dir besprechen … Ich wäre dann jedes zweite Wochenende auf dem Hof."

Therese musterte Evi. War es das, was du wolltest? Hast du es dir so vorgestellt? Jedes zweite Wochenende?

„Und vielleicht auch mal unter der Woche", fügte Lore an. „Ich weiß noch nicht. Wie gesagt, ich wollte mit euch reden."

Evi ließ ihre Schultern sinken. Sie nickte. Klar war jedes zweite Wochenende gut. Jetzt. Und wenn Klaus wiederkäme? „Ja, können wir dann später machen, wenn Jan wieder da ist.“

Lore nickte.

„Und“, sagte Therese, „wie läuft es mit deiner Arbeit?“

„Super!“ Lore strich sich die Haare aus dem Gesicht. Mittlerweile war ihr Pony bis zu den Mundwinkeln gewachsen. Sie steckte sich eine Strähne hinters Ohr. „Auf dem Hof ist es perfekt zum Arbeiten. Ich musste mich um nichts kümmern. Wenn man Zeit hat, kocht man gemeinsam und wenn nicht, kann man sich einfach was nehmen. Das ist ultra-praktisch, gerade wenn man eine Abschlussarbeit schreiben will.“ Sie lachte. „Ich hab schon zwei Kapitel fertig.“

Therese nickte und sah Evi an. „Klingt gut.“

In Evis Ohren klang es wie ein Vorwurf. Und du? Wie weit bist du? Krieg deinen Scheiß zusammen. Schweigend stand Evi auf. Sie ging in die Küche und zog ihr Telefon aus der Tasche. Jedes zweite Wochenende. Ein Lächeln machte sich auf ihren Lippen breit. Jan hatte Recht, es wurde besser. Endlich. Sie ging in die Küche, lehnte sich an die Wand. Sie brauchte einen Moment Pause von Therese. Evi öffnete die Balkontür. Die Kräuter standen noch immer auf dem Boden. Niemand hatte sich darum gekümmert. Schlaff und grau und kaputt hingen tote Blätter auf grauem Asphalt. ‚Therese treibt mich in den Wahnsinn‘, dachte Evi. Sie schloss die Augen, spürte einen warmen Lufthauch an ihren Wangen, ihren Lippen. Alle zwei Wochen. Wie sollte sie das Klaus verkaufen? Sie öffnete sein Instagram. Ein neues Bild. Ein Frauengesicht, grotesk zu einer Fratze verzogen. Davor ein paar Bilder zur Entstehung. Skizzen. War es dieselbe Frau wie auf den anderen Bildern? Und warum die Fratze? Spitze Zähne standen aus dem Gaumen hervor, der ganze Kopf bestand fast nur aus Mund. Die Augen dunkle Schlitze. Ein Ungeheuer. Evi schloss das Browserfenster und steckte das Telefon ein. Sie schmiss die toten Pflanzen weg. Dann drehte sie den Wasserhahn auf, ließ Wasser in ein Glas laufen, trank einen großen Schluck. Wohltuend lief es ihre trockene Kehle herunter. Sie hatte nicht mal gemerkt, wie groß ihr Durst gewesen war. Therese hatte keine Ahnung.

Die Augen geschlossen schmiegte sie sich an ihr Kopfkissen. Sie tastete nach dem Körper auf der anderen Seite des Bettes, der die letzten Tage dort gelegen hatte. Neben dem sie die letzten Tage aufgewacht war. Jans

Körper. Seine Wärme. Sie fand das kalte Plastik der Fernbedienung. Evi schlug die Augen auf. Das Zimmer war dunkel und leer, die Rollos hinterleuchtet vom Sonnenlicht. Sie tastete die Bettseite neben sich ab, fand ihr Smartphone, drückte auf den Home-Button, es erwachte zum Leben. Neun Uhr. Sie seufzte. Sie war alleine, wieder alleine, Jan war bei Lore. Lore war wieder da. Evi drehte das Display nach unten und ließ sich zurück in die Kissen fallen. Sie zog sich die Bettdecke über den Kopf. Therese. Sie hatte den einzigen Menschen, mit dem sie sich wirklich unterhalten konnte, verprellt.

Evi zog das Bettlaken von ihrem Kopf. Sie musste aufs Klo. Sie legte sich auf die Seite, um den Druck auf ihrer Blase loszuwerden. Sie wollte noch nicht aufstehen. Es fühlte sich so gut an, hier zu liegen. Niemand, der etwas von ihr wollte. Kein Problem, das gelöst werden musste. Keine Gedanken, die um Lore kreisten, und darum, ob alles okay war. Keine Gedanken, die um Klaus oder Jan kreisten. Und dass Jan nicht da war, war okay.

Evi schlug die Decke zurück. Es half doch nichts, sie musste raus. Sie robbte aus dem Bett, öffnete die Tür. Die Wohnung lag still vor ihr. Das Wohnzimmer in der morgendlichen Sonne, die halb verdunkelten Rollos in Klaus' Arbeitszimmer. Die aufgeräumte Küche. Barfuß lief sie ins Bad, schloss die Tür hinter sich. Sie setzte sich auf die Toilette. Das einzige Geräusch war ihr Urin, der auf das Porzellan der Kloschüssel traf. Nachdem sie fertig war, trat sie in den Gang.

„Hey." Jan stand in Lores Tür, und sah sie aus kleinen Augen an.

„Morgen", sagte Evi.

„Willst du kuscheln kommen?"

„Kuscheln?", fragte sie. Was meinte er?

„Na, kuscheln", wiederholte er und öffnete die Tür.

„Ich …" Evi spähte durch den Türspalt an Jan vorbei. Im hellen Zimmer lag Lore unter der Decke, lächelte sie an.

„Na komm schon", lud er sie ein. Er ging zurück zum Bett, ließ die Tür offenstehen.

Evi tastete sich vor. Erst zur Türschwelle. Jan und Lore warteten auf sie. Frische Luft strömte von draußen herein, ließ die Vorhänge vor dem offenen Fenster tanzen. In Ganeshas Vase blühten frische Rosen. Evi sah erst Jan an, dann Lore. „Ich trage keine Unterwäsche", sagte Evi, als der Gedanke durch ihren Kopf schoss. Sie hatte nicht mehr an als ein viel zu weites altes T-Shirt.

„Ist doch egal", sagte Lore. Jan hob die Bettdecke an.

„Soll ich wirklich?" Sie war sich unsicher. Es war, als würde sie in den Raum der anderen eindringen. Als gehörte sie dort nicht hin.

Jan setzte sich auf, hielt ihr die Hand hin. Als sie sie nahm, zog er an ihr, zog sie hinab aufs Bett zu ihnen, an seine Seite. Jan lag in der Mitte und Evi stützte sich auf, sah über ihn hinweg Lore an. Die lächelte, als wäre es plötzlich das Normalste der Welt, dass sie hier zu dritt lagen. Evi kuschelte sich an ihn, dann schloss sie die Augen. ‚Warum?', fragte sie sich. Doch sie traute sich nicht, es auszusprechen.

„Schön, dass du da bist", sagte Lore.

Angekommen. Ihre Schultern, ihr Rücken, ihr Gesicht, alles entspannte sich. Eine Weile lagen sie so da, Jan in der Mitte und Evi an ihn gekuschelt. Geborgen, friedlich. „Wie wollen wir es denn jetzt machen?", flüsterte Lore irgendwann.

Evi öffnete die Augen. Sie drehte den Kopf und sah Lore, deren Gesicht halb im Kissen vergraben war.

„Jan mag die Idee, dass ich jedes zweite Wochenende mit Florian verbringe. Wie es wirklich funktioniert, wird sich zeigen, er ist ja auch mal auf Dienstreise zu einem seiner Kunden." Sie zuckte mit den Achseln. „Wir werden sehen."

„Ich finde es gut", bekräftigte er.

Evi drehte ihren Kopf auf die andere Seite, sah Jan an. Kleine Lachfältchen umspielten seine Augen. „Dann hätten wir die restliche Zeit zu dritt?", fragte sie.

„So der Plan." Er hob seinen Kopf, fand ihre Lippen, küsste sie. Seine Hand wanderte über ihre Hüfte, über ihren Bauch, und fand Lores Arm.

„Ich muss mit Klaus reden", sagte Evi.

Lore rutschte näher an sie heran. Ihre Brüste drückten sich gegen Evis Arm.

„Hast du mal wieder was von ihm gehört?"

Mit der rechten Hand streichelte Evi Lores Unterarm, ihre linke Hand lag auf Jans Hüfte. „Noch nicht."

„Ist seine Zeit in Berlin nicht bald vorbei?", fragte Jan.

Evi nickte. „Nächste Woche."

„Und dann?"

„Wir werden sehen", murmelte Evi.

Jan flüsterte in ihr Ohr: „Wir werden sehen."

Evis Zimmer war noch immer dunkel, als sie ein paar Stunden später tatsächlich aufstanden. Sie zog die Rollos hoch, und sich eine Unterhose an. Als sie schon wieder auf dem Weg nach draußen war, ihr Magen knurrte, bemerkte sie, dass ihr Handy blinkte. Irgendeine Nachricht. Vielleicht Therese, dachte sie. Oder Max. Sie hob es auf. Klaus. Sie starrte auf den Bildschirm.

Komme übermorgen nach München. Bist du da?

War sein Kurs schon vorbei? Ihr Herz pochte schneller. Jetzt schon?

Wann kommst du an, schrieb sie, dann schmiss sie das Telefon aufs Bett. Sie fuhr sich durch die Haare, ging zum Fenster. Der Himmel war grau, einzelne Sonnenstrahlen fielen durch Wolkenfetzen. Gerade jetzt, wo die Sache mit Lore geklärt war.

„Willst du auch Tee?", hörte sie Lore aus der Küche schreien.

„Ja!", rief sie. Und leise, zu sich selbst: „Tee wäre gut."

„Ist Schwarz in Ordnung?"

Seit wann trank Lore schwarzen Tee? „Klingt super."

Ihr Telefon vibrierte leise. Sie nahm es vom Bett.

Bin gegen 16h in der WG.

War es das jetzt? Wie würde er reagieren? ‚Jedes zweite Wochenende', dachte sie.

Sie öffnete sein Instagram. Die Frauen-Fratze starrte sie an. Die Zähne. Bitte lass ihn eine andere haben. Bitte. Sie legte das Telefon weg. Dann wäre es gut. Wenn er eine andere hatte, dann könnte er sie jedes zweite Wochenende besuchen. In Berlin oder sonstwo. Wie ferngesteuert ging sie rüber in die Küche, Frühstücken mit Jan und Lore.

20

Die kühle Morgenluft kroch ihm die Waden hinauf, schlich sich in seine Knochen. Unter der Jacke stellten sich seine Nackenhaare auf. Sybille zog ihren Mantel enger um die Taille. Sie trug ein viel zu leichtes Sommerkleid. Eigentlich konnte man damit erst auf die Straße gehen, wenn die Spätsommersonne die Straßen der Stadt in einen Backofen verwandelt hatte.

Sie sah ihn aus müden Augen an und zog den Wintermantel enger um sich, den sie aus Angst, sie könnte frieren, angezogen hatte.

„Wann kommst du wieder?", fragte sie. Der Zug hinter ihnen schnaubte. Als wäre er ungeduldig und wollte, dass Klaus endlich einstieg. Sie hatten noch ein paar Minuten. Er wusste nicht, womit er verdient hatte, dass sie ihn begleitete. Dass sie sich zusammen mit ihm aus dem Bett gequält hatte, dass sie in ihre hellbraunen Sommerstiefel geschlüpft war, dass sie jetzt ihm gegenüberstand, zwischen ihnen der halbleere Rucksack. Ein paar T-Shirts, eine Jeans, mehr hatte er nicht eingepackt. Er würde nicht lange in München bleiben. Nur so lange, wie es eben dauerte, die Sache zu bereinigen.

„Ich finde es gut, dass du hinfährst." Sie gähnte. Dabei schob sie ihren Unterkiefer leicht zur Seite und verdeckte ihren Mund mit der flachen rechten Hand. So gähnte sie immer.

„Es ist besser so", sagte er. Sollte er ihr sagen, dass er sie vermissen würde? Er wusste noch nicht, was sie waren. Ob sie mehr füreinander sein konnten als Sex und Nähe, mehr als ein gegenseitiges Halten nach Karin.

„Ja." Sie lächelte müde. Schlafzimmerblick. „Weißt du schon, was du sagen willst?"

„Ich hab ja noch ein paar Stunden." Er sah zum Kopf des Zuges. Die Sonne spiegelte sich im weiß-roten Lack. „Fünf, wenn es keine Verspätung gibt."

„Hast du ihr gesagt, dass du kommst?"

Er nickte.

„Weiß sie, um was es geht?"

„Nein." Er wollte ihr die Neuigkeiten mitteilen, wenn er sie sah. Von Angesicht zu Angesicht. Dann beugte er sich über den Rucksack nach vorne. Er suchte Sybilles Mund, ihre Nähe, ihren Geruch. Am liebsten wäre er hiergeblieben. Doch es musste sein, es war das Beste. Sybille hatte Recht. So viele Jahre konnte man nicht einfach wegschweigen. Sie hatten sich auseinandergelebt. Das passierte.

Ihre Lippen waren weich. Ganz anders als Karins, ganz anders als Evis. Sie schmeckte nach Kaffee und Zimt. Als der Schaffner in seine Trillerpfeife blies, sah er sie ein letztes Mal an, dann stieg er ein. „Bis bald“, sagte er.

„Bis bald.“

21

Klaus sah müde aus, als er seine Tasche im Wohnzimmer ablegte. Nicht in ihrem gemeinsamen Zimmer. Im Wohnzimmer. Schweißverklebte Wellen hingen auf seiner Stirn. War er nicht dazu gekommen, zum Frisör zu gehen? Hatte er wirklich so wenige Haare gehabt? Sie dachte an Max' dichte Locken.

„Willst du einen Tee? Kaffee?"

Er sah aus dem Fenster, der kühle Luftzug spielte mit seinen Haaren. War er der gleiche Mann? Sollte sie ihn küssen und umarmen? ‚Eigentlich sollte ich das', dachte sie. Sie sollte vor Freude weinen, dass sie ihn wiedersah. Und doch war er ihr fremd.

„Danke, nein", sagte er.

„Auch kein Wasser?", fragte sie. Als wäre er ein Gast in seiner eigenen Wohnung. Als könnte er sich das Wasser nicht selbst holen. Sie hielt sich an ihrem Ellenbogen fest.

„Wie war die Fahrt?" Sie setzte sich auf den Lesesessel.

„Gut", sagte er, dann sah er sie an. „Es hat einen Grund, warum ich früher nach Hause gekommen bin."

„Wie läuft die Ausstellung?" Sie wollte alles nachholen, was sie verpasst hatte. Sie wollte ihm von Jan und Lore erzählen und von Florian. Und von Max. Sie musste es tun, damit sie wieder zusammenfänden. Er hatte ja keine Ahnung, was alles passiert war. Und sie hatte keine Ahnung, was bei ihm alles passiert war.

„Gut", sagte er. „Ich bin mit einer Kuratorin im Gespräch. Sie organisiert die Ausstellungen einer kleinen, unabhängigen Kunstplattform."

„Das ist wunderbar." Evi zog die Beine nach oben, faltete sich im Schneidersitz zusammen. Dann war er bald wieder weg? In Berlin?

„Ja …" Ein Lächeln umspielte seine Lippen. „Ja, das ist es." Er nickte.

„Und wann?"

Er kniff die Augen zusammen. Sein Blick wanderte über ihre Haare, das Gesicht, ihre Brüste, ihre Beine.

„Bei uns hat sich auch einiges getan …", wagte sie einen ersten Vorstoß.

„Hör zu", sagte er. Seine Jeans war über dem Knie durchgewetzt. Kein Gewebe mehr, nur noch einzelne Fäden. War er in Berlin tatsächlich so verlottert? „Ich wollte mit dir sprechen."

„Okay …", sagte sie, zog das Wort in die Länge.

„Wir funktionieren nicht, ich habe lange darüber nachgedacht", sagte er.

Sie starrte ihn an, kniff die Lippen zusammen. Was hatte er gesagt? Einen Fuß stellte sie auf dem Fußboden ab. Sie brauchte Kontakt zu etwas Festem. Macht er Schluss? Vor Berlin war sogar die Pause zu viel gewesen. Ihr wurde kalt.

„In Berlin ist viel passiert“, erklärte er. „Und … Weißt du, ich kann das nicht mehr. Ich habe darüber nachgedacht. Aber Jan und du … Es ist nichts für mich.“

Sie blinzelte. Wollte er, dass sie Jan verließ? Das konnte er nicht ernst meinen.

„In Berlin habe ich endgültig gelernt, dass ich damit einfach nicht glücklich werde. Ich bin nicht der richtige Mensch dafür.“

Sie blinzelte. „Aber was heißt das?“, fragte sie. „Es lief doch gar nicht so schlecht. Ich meine, wir haben unsere Grenzen verhandelt. Und wir haben gestritten. Das machen alle.“

Er seufzte, ließ seine Schultern sinken.

„Es funktioniert einfach nicht“, sagte er.

„Aber willst du nicht erstmal zu Hause ankommen? Willst du was trinken?“ Hatte sie ihm schon etwas zu trinken angeboten? Sie wusste es nicht mehr. Ihr Kopf hatte zugemacht. Er konnte es nicht ernst meinen. „Wir können doch nochmal drüber reden. Und Lore, sie hat jetzt einen Zweitpartner, weißt du? Florian. Es wird jetzt einfacher.“

„Einfacher für wen?“ Er schüttelte den Kopf, seufzte. „Evi, es tut mir leid.“

Es tat ihm leid?

„Es ist anders. Wenn wir es nochmal versuchen. Ich meine, Lore hat jemanden gefunden, vielleicht …“

„Ich habe jemanden gefunden. In Berlin.“

Sie starrte ihn an. Was hatte er? Machte er deswegen Schluss? „Aber das ist doch toll“, sagte sie. Gottseidank. Dann war doch alles gut.

„Ja.“ Er lächelte. „Ja, das ist es.“

„Dann ist es doch noch besser.“

Klaus’ Locken tanzten, als er seinen Kopf schüttelte. „Evi“, sagte er. „Wir hatten schöne Jahre zusammen. Ich habe dich geliebt, aber wir haben uns auseinandergelebt. So ist es, leider. Ich gehe jetzt. Meine Sachen hole ich später.“

Stumm sah sie zu, wie er aufstand. Er sah auf sie herab, fuhr fort: „Es tut mir leid.“ Sie sah zu, wie er seinen Rucksack nahm, wie er aus dem Wohnzimmer ging, wie er aus der Wohnung ging, wie er aus ihrem Leben ging. Eine Träne lief ihre Wange hinunter, tropfte von ihrem Kinn auf ihren nackten Oberschenkel. ‚War es das?', fragte sie sich. War es das tatsächlich? Die ganzen Jahre, für nichts. Als wären sie nichts wert?

Als sie aufstand, spürte sie nicht den Boden unter ihren Füßen, nicht den Teppich im Wohnzimmer, nicht das kühle Holz. Er hatte eine andere. Sie nahm ihr Telefon vom Schreibtisch und tippte eine Nachricht an Jan: *Klaus hat Schluss gemacht.*

Drei Punkte erschienen. Er tippte irgendwas. Die Punkte tanzten vor ihren Augen. *Klaus hat Schluss gemacht* las sie ihre eigene Nachricht.

Bist du zu Hause? Soll ich kommen?

Sie betrachtete seine Nachricht, als wäre sie etwas Abstraktes, als wäre es ein Philosophischer Text, dessen Argumentationsstruktur man analysieren müsste. *Soll ich kommen?*

Ja, schrieb sie. Dann ließ sie sich aufs Bett fallen. Er hatte eine andere und machte Schluss mit ihr und er konnte es nicht mehr, das mit ihr und Jan. Er konnte es nicht mehr. Flach atmete sie ein, dann wieder aus. Er konnte es nicht mehr. Er ließ sie alleine. In ihren Augenwinkeln sammelte sich Tränenflüssigkeit, bis sie überliefen, ihre Schläfen hinabrannen und im Stoff des Kissenbezuges versickerten. Er konnte nicht mehr. Ihre Lippen verzogen sich, erst die Mundwinkel nach unten, dann nach oben zu einem grotesken Grinsen. Sie war allein. Er hatte sie nach all den Jahren alleine gelassen. Irgendetwas in ihr, ein Kern, ganz tief in ihrem Inneren, hatte angenommen, sie würden miteinander alt werden und irgendwann sterben. Irgendwas in ihrem Inneren hatte mit der Gewissheit gelebt und sich damit abgefunden. War sich sicher gewesen, dass sie für immer diskutieren würden, streiten und Lösungen suchen würden. Für Probleme, die nur sie miteinander hatten. Klaus-und-Evi-Probleme.

Evi wischte sich die Tränen fort, dann nahm sie ihr Telefon in die Hand. *Wir haben uns getrennt. Klaus hat Schluss gemacht.*

Sie starrte auf das Display. Warum antwortete Therese nicht?

Das tut mir leid für dich. Und gleichzeitig kann ich gar nicht in Worte fassen, wie froh ich darüber bin.

Dann fing Evi an zu lachen. Sie warf das Telefon zur Seite und lachte. Weinte und lachte. Lachte und weinte. Es war vorbei. Wirklich, wirklich vorbei. Er war weg und sie war alleine. Alleine in ihrem Zimmer. Kein Schatten mehr über ihrer Schulter. Was würde aus Klaus' Atelier?

22

Auf der Straße drehte er sich noch einmal um. Er sah nach oben, zum offenen Wohnzimmerfenster. Er würde wiederkommen müssen. Um sein restliches Zeug zu holen. Und dann? Berlin? Für immer Berlin? Oder ganz woanders hin? In München hielt ihn nichts.

Es ist vorbei, schrieb er. Dann steckte er sein Telefon in die Hosentasche. Am Ende hatte Evi also recht gehabt. Berlin hatte ihn weitergebracht.

Dieses Buchprojekt wurde per Crowdfunding realisiert.

Gemeinsam haben wir damit eine echte Alternative zu Großverlagen mit festgefahrenen Programm- und Genrevorstellungen geschaffen.

Und ihr seid so zu einem Teil des Projekts geworden, das ohne euch nie gedruckt worden wäre. Ein ganz besonderes Dankeschön geht also an alle Unterstützer:innen dieses Projekts:

Indira Acharya
Jonas Navid Al-Nemri
Anna Harnisch
Lara und Steffen
Claudia Bartholdi
Kim Begemann
Julia Benndorf
Elisabeth Beuttel
Julia Blümel
Melina Blumenröther
Kajani
Sonja Böhringer
Kathrin Borghoff
Mario Borsdorf
Caroline Breitfelder
Viola Brodkorb-Sonnenberg
Stefan Brüggemann
Oliver Bruns
Kiwi
Sophie Dams
Marco Deissenbeck
Leonie Dencks
Natalie Digel
Ulrich Dittmann
Irina Döbler
Steffen Eilts
Marion Elstrodt
Chris Elstrodt
Judith Erdrich
naschnase23897
Gerlinde Felber
Sajan Anadi
Bijan Ghorbani
Tilia Götze
Lisa Hartmann
Petra Hauer
Franziska Held
Lisa Helmus
Kathrin Hemkendreis
Gudrun Hittinger
Antje Hoffmann
Oliver Hohlstein
Michelle Janßen
Rebecca Johnson
Vera Jost
Andrea Juchem
Sonja Kabatek
Sandra Kappesser
René Karges
Martin Klaus
Simon Klima
Julia Koller
Ingo Körber
Silvia Latzer
Mira Lau
Jutta Laube
Corinna Lautenbach
Jasmin Matzakow
Anett Maul
Danica Müller
Corinna Naumann
Nicole Neß
Katrin Nicole Wustrack
Katrin Oberhofer
Susanne Pawlik
Fabian Pieroth

Julia Preu
Cay Rahn
Julia Ravens
Axel Rentsch
Robert Richter
Sylvie Rietmann
Dr. Robert Richter
Katharina Rogg
Kerstin Runte
Isabelle Sattig
sabi_anka
Stefanie Scherübl
Claudia Schmidt
Melanie Schneider
Franziska Schuster
Christian Schwarz
Sascha Schwarzer
Rolf Schwermer
Karola Sedlmeier
Janita
Frank Sieger
Anne-Kathrin Sillmann
zweisigartig.de
Antonia Stübbe
Liane Stueker
Pascal Suter
Elke Ida Utzmann
Anouk van Westrenen
Stephan Waldtmann
Björn Weber
Nikolin Weindel
Helena Werner
Tanja Wildmoser
Kathrin Wilsmann
Antje Winter
Elisabeth Wölfl
Saskia Zierer
Harald Zorn

Über die Autorin

Helen Klaus, geboren 1983, ist Autorin und Feministin. Mit den verschiedenen Spielarten der Liebe hat sie sich schon für die Anthologie „Abgeranzte Liebe" auseinandergesetzt, die 2019 erschien. In ihrem Roman geht es jetzt um die romantische Liebe und um die drängende Frage: Gibt es überhaupt eine richtige Art zu lieben? Und ist Monogamie vielleicht nur ein valides Beziehungsmodell unter vielen? Anlass und Inspiration zur Recherche gab ihr ein Netzwerk aus wunderbaren polyamoren Menschen, in dem alle das Liebes- und Beziehungsglück auf ganz eigene Weise suchen und finden. Seit 2018 ist Helen Klaus aktives Mitglied bei Frauenstudien München e.V. und organisiert mit dem Filmclub einen Denkraum für feministische Debatten, Ideen und Alternativen.